赵利民 ◎ 著

中外文学理论问题研究

Research on the Theoretical Issues in Chinese and Foreign Literature

山西出版传媒集团 北岳文艺出版社
BEIYUE LITERATURE & ART PUBLISHING HOUSE

·太原·

图书在版编目（CIP）数据

中外文学理论问题研究 / 赵利民著. —太原：北岳
文艺出版社, 2019.8
ISBN 978-7-5378-5920-2

Ⅰ.①中… Ⅱ.①赵… Ⅲ.①世界文学–文学理论–
研究 Ⅳ.①I0

中国版本图书馆 CIP 数据核字 (2019) 第 095832 号

书　　名：中外文学理论问题研究
著　　者：赵利民
责任编辑：贾江涛
书籍设计：张永文
————
出版发行：山西出版传媒集团·北岳文艺出版社
地　　址：山西省太原市并州南路 57 号
邮　　编：030012
电　　话：0351-5628697
传　　真：0351-5628680
网　　址：http://www.bywy.com
E - mall：bywycbs@163.com
经 销 商：新华书店
承 印 者：山西人民印刷有限责任公司
————
开　　本：787 毫米×1240 毫米　　1/16
字　　数：260 千字
印　　张：18.75
版　　次：2019 年 8 月第 1 版
印　　次：2019 年 8 月山西第 1 次印刷
书　　号：ISBN 978-7-5378-5920-2
定　　价：38.00 元

目录

马克思、恩格斯民间文学思想的再阐释

　　马克思、恩格斯对民间文学一直保持着浓厚的兴趣。马克思在青年时期曾将精心挑选的民间爱情诗歌抄写下来送给热恋着的燕妮，并多次谈到民间文学问题。恩格斯对德国民间故事进行搜集、整理与考订，投入相当精力研究民间故事，关注民间文化。马克思、恩格斯对民间文学与文化所表现出的浓厚兴趣与他们对艺术的热爱密切相关。民间故事书中所具有的纯洁的思想性、特有的幽默感、丰富的想象力都深深吸引着他们。

　　学术界对于马克思、恩格斯民间文学思想的研究与他们对民间文学的关注度相比较，显得比较薄弱，二者极不相称。刘锡城发表于 20 世纪 60 年代的论文《马克思恩格斯与民间文学》是国内研究马克思、恩格斯民间文学思想的较早的一篇论文，对该领域的研究有开创之功。文章重点探讨了马恩是如何立足于历史唯物主义的角度对民间文学与艺术起源、民间文学与社会历史的关系、受压迫阶级的民间文艺的价值等问题进行研究的，尤其强调民间故事在社会革命中的价值与意义，"总括起来，马克思、恩格斯在论述阶级社会的民间文学中看到了人类社会的历史发展的真实反映，从而丰富了自己的政治观点；看到了并广泛地运用了民间文学的深刻的人民性和革命性，作为政治斗争的有力武器，驳斥论敌、抨击当时的社会"[①]。我们不否认这样的阐释与评价是符合马克思、恩格斯民间文学研究实际的，诸多文献资料证明马克思、恩格斯非常关注

---

① 刘锡城：《马克思恩格斯与民间文学》，《草原》1963 年第 2 期。

民间歌谣、故事（特指工人阶级的作品）在革命斗争中的作用。但随着文学研究方法的多样化，尤其是在文学研究的学科交叉趋势越来越突出的背景下，对马克思、恩格斯民间文学思想的研究在方法与视角上都应有新的开拓与进展。

本文重点从社会文化批判与生态学的角度，尝试立足于基本文献对马克思主义经典作家的民间文学思想做出新的解读。

马克思、恩格斯对民间文学的热爱与重视与他们对时代的文化精神乃至审美状况的关注直接相关，具体而言，他们是把民间文学作为与处于"异化"状态中的资本主义艺术相比较从而肯定其价值的。这里涉及马克思主义经典作家的社会文化批判理论。按照学术界的一般看法，文化批判理论是新马克思主义理论家提出并具体实践的，马克思的社会批判一般被认为是政治批判或意识形态批判，这一观点虽不无道理，但否认马克思、恩格斯思想体系中有文化批判思想也是有失偏颇的；而且，他们以之作为主要的思想武器对资本主义社会的本质做出了深刻的揭示与批判，为后来各种新马克思主义理论流派的文化批判理论奠定了基础。

在马克思、恩格斯的社会文化批判理论中，对资本主义艺术的批判占有非常重要的地位，也正是在对资本主义及其艺术生产的强烈批判中，彰显出他们对民间文学及其赖以生存的民间文化优秀成分的肯定。恩格斯在给友人的信中有一段文字非常具有代表性："工业发展的成就从整个德国来说具有极其阴郁的、异常沉闷的性质，而这些成就也席卷了杜塞尔多夫，因此，我能够想象得到，乌培河谷的空虚和烦闷现在也笼罩了杜塞尔多夫。但是，总有一天，我们将驱散空虚和烦闷，重新唱起三十年前人们在米兰唱过的一首古老歌曲：如今，如今，永远是如今；如果我们如今开怀畅饮，那我们当即就把钱付清！"①

接着，恩格斯幽默地补充道，"为畅饮付钱的应当是资产者。"

在这里，恩格斯对资本主义生产

① [德]恩格斯：《恩格斯致泰·库诺》，《马克思恩格斯全集》第三十三卷，人民出版社1973年版，第486页。

方式尤其是工业技术的日益发展在精神层面带给人们的负面影响表达得形象而深刻；对古老歌曲的引用无疑表现出恩格斯对充满诗意的民间生活世界失去的遗憾和对人类理想精神家园的向往。

必须承认，对资本主义时代艺术与文化的批判在马克思、恩格斯之前已有多位思想家提出过极有见地的观点。在继承前人思想的基础上，马克思、恩格斯形成了更加成熟的社会文化批判理论，其中自然包含着非常丰富的艺术批判理论。在对资本主义精神文化及其艺术进行批判的同时，近于完美的堪称"范本"的古希腊艺术、充满着泥土气息的民间故事都或隐或显地成为马恩批判资本主义制度摧残艺术发展的重要参照。

首先，马克思、恩格斯从生产方式与生产目的角度研究不同时代的艺术及其特点，表现出对民间文学的特别关注。他们的出发点是探讨资本主义的生产方式不利于真正艺术的发展，为理想艺术的产生寻找途径。马克思曾明确表示，资本主义的生产目的已经不是为了人们的精神需要和审美需要，而是为生产而生产，劳动过程服从于剩余价值的积累过程。在资本主义社会里，人本身扮演着极卑微的角色。艺术劳动成了资本家投机的对象，艺术成了牟利的工具，艺术创造的主体精神自由受到极大限制。在资本主义生产关系中，人的劳动（包括艺术创作）具有强烈的异化特征，本应高尚的艺术劳动再没有从前的荣耀。艺术家不再被人尊崇，艺术活动实际上已沦落为制造特殊商品的活动。马克思把以生产剩余价值为目的的劳动者称为"生产劳动者"。为说明"生产劳动"与"非生产劳动"的区别，并在此基础上指出资本主义艺术家成为"生产劳动者"的残酷现实，马克思、恩格斯以古代艺术为例阐发并证明其观点，其中多次涉及古代神话及民间诗歌与故事传说。据统计，单就《资本论》而言，马克思引法国谚语一次，希腊、罗马、德国古代神话传说十四次。[1]

在马恩之前，黑格尔曾对古希腊艺术发出过由衷的赞叹，称颂古

---

[1] 杨柄：《马克思恩格斯论文艺和美学》下卷，文化艺术出版社 1982 年版，第 495 页。

希腊世界是"美丽自由的王国",是"最优美的世界",希腊性格的中心是"美"的个性,古希腊艺术家正是将这种美的形态用大理石和绘画表现出来,希腊人之所以能够创造出如此伟大的艺术,其根本原因在于"希腊人生活在自觉的主体自由和伦理实体的这两领域的恰到好处的中间地带"[①]。黑格尔如此推崇古希腊艺术,并指出希腊艺术辉煌的时代一去不返,是明确针对资本主义社会中艺术的"异化"而言的。马克思、恩格斯对古希腊艺术的高度评价与黑格尔有一致之处,同时,他们对古希腊艺术之所以具有永久魅力原因的分析在继承前人观点的基础上又有新的推进。马克思、恩格斯超越黑格尔等德国古典美学家之处在于,他们不是简单地从一般人性的角度颂扬古希腊社会与希腊艺术,而是从生产方式、社会形态等角度指出艺术发展存在不平衡的现象,进而有力地击破当时的关于艺术发展的错误观点。这些观点按照线性的历史发展观解释包括艺术在内的精神文化现象,其目的是为资本主义的合理性寻找依据。马克思提出了"资本主义生产就同某些精神部门如艺术和诗歌相敌对"的著名观点,接着又说"既然我们在力学等等方面已经远远超过了古代人,为什么我们不能也创作出自己的史诗来呢?于是出现了《亨利亚特》来代替《伊利亚特》"[②]。马克思的意思是《伊利亚特》作为古希腊的伟大的民间艺术是"一定社会形态下的自由的精神生产",只出现在古希腊这个特殊的时代,进而说明精神生产的繁荣与社会的物质生产的发展之间存在不平衡关系。我们从中也可以明显看出,马克思是从与资本主义艺术相比较的角度赞扬古代民间史诗的。

在对古希腊神话的魅力做出研究的同时,马克思、恩格斯对其他民族民间文学的社会历史价值也非常关注,同样发表过极为精彩的文字。恩格斯对古爱尔兰史曾有过浓厚兴趣,他发现,学界对爱尔兰的历史研究较少,实际情况是"存在着相

---

① [德]黑格尔:《美学》第二卷,朱光潜译,商务印书馆2015年版,第169页。

② [德]马克思:《资本论》,《马克思恩格斯全集》第二十六卷,人民出版社1972年版,第296页。

当丰富的地方文献……包括短诗、文法、辞典、年表和其他历史著作以及法律汇编"①。这些关于爱尔兰历史的年表从史前开始，其基础是古代民间传说，这些传说经过 9 世纪和 10 世纪诗人的修饰，后来又由教士编年史家加以整理。恩格斯注意到了这些民间传说对研究古代民族文化的文献价值，尤其对爱尔兰《尼亚耳史诗》给予了高度评价："'尼亚耳史诗'是在那次战争结束近一百年之后在冰岛写成的：爱尔兰的年表至少有一部分是根据当时人的叙述。这两种史料彼此并无联系，可是两者不仅在要点上完全符合，而且还互相补充。"②《尼亚耳史诗》是 13 世纪末根据口头传说与古老文献资料记录下来的，史诗中有两段插曲：其一是 10 世纪和 11 世纪之交基督教传入冰岛的历史，其二是诺曼第人和爱尔兰国王安·博卢作战的叙述。恩格斯指出，后者是研究 11 世纪爱尔兰历史中重大事件之一——爱尔兰人在公元 1014 年战胜诺曼第侵略者的可靠史料。马克思、恩格斯对古代民族民间神话及传说的研究在方法论方面给我们以重要的启发。

　　同样在谈到爱尔兰历史时，恩格斯从一首写于公元 1000 年的民间诗歌中发现"斯堪的那维亚人自己如何把爱尔兰当作一个经常给他们提供战利品的国家。古代多神教的那种野蛮，在这首歌中似乎最后一次强烈地表现出来了"。涉及爱尔兰的诗句为：

　　　　我们挥动利剑，旷野里积尸如坟，

　　　　狼兄狼弟兴高采烈，将鲜血开怀痛饮，

　　　　铁剑击铜盾；爱尔兰君主马斯太因

　　　　不使鸷鹰饥饿，更让恶狼狂吞，

---

① [德]恩格斯：《爱尔兰史》，《马克思恩格斯全集》第十六卷，人民出版社 1964 年版，第 550 页。

② 同上书，第 569 页。

在韦德腊福德给大鸦献上牺牲。

我们挥动利剑，早晨发起一场游戏——
在林迪赛里同三个国王愉快地比比高低。
只有少数幸运儿活着回去；
鹰隼与饿狼争肉，豺狼大口吞食人体，
爱尔兰人的鲜血像潮水泛滥海堤。①

　　恩格斯认为，通过史诗等艺术形式发现文献是历史研究的重要方法，在其他民族史研究中也普遍可见，"雅科布·格林在研究德意志民族性格、德意志风俗习惯和法律关系时，一向把从记载基姆布利人进军的罗马史学家到不来梅的亚当和萨克森·格腊马提克所提供的一切证据，从《贝奥伍耳夫》和《希尔德布兰德之歌》到《艾达》和古史诗的一切古代文学作品……都看作同样珍贵的史料，是完全有理由的。"②由此可见，马克思、恩格斯对民间文学价值的重视不仅仅停留在其文学自身层面，他们从更多样的视角挖掘这些存在于古代典籍中的宝贵文学资源，为政治经济学、历史学、哲学、伦理学等学科的研究提供重要的文献支撑及新的研究方法，也使得古代民间文学的多元魅力更加显现出来。

　　从社会分工的角度观照民间文学与文化在人类精神文化史上的地位及其当下意义是马克思、恩格斯的重要贡献。马克思以三大社会形态为背景考察人的历史演变：前资本主义社会是"最初的社会形态"，以商品经济为特征的资本主义社会是"第二大社会形态"，共产主义社会是"第三大社会形态"。在第一种社会形态中，人类刚刚从自然界中分化出来，生产力极低，社会分工还没有出现，出于共同合作的需要，每个人都要参加

---

① [德]恩格斯：《爱尔兰史》，《马克思恩格斯全集》第十六卷，人民出版社1964年版，第565-566页。

② 同上书，第571页。

生产活动、艺术活动、宗教活动等，个人相对于分工出现之后而言"显得比较全面"，马克思称之为"原始的丰富"。随着物质活动和精神活动分工的出现，人的"原始的丰富性"受到破坏，"在这里，无论个人还是社会，都不能想象会有自由而充分的发展。"①分工到了资本主义阶段，作家、艺术家越来越受到局限，不能充分发展自己的个性和才能，马克思说："只要人们还处在自发地形成的社会中，也就是说，只要私人利益和公共利益之间还有分裂，也就是说，只要分工还不是出于自愿，而是自发的，那末人本身的活动对人说来就成为一种异己的、与他对立的力量，这种力量驱使着人，而不是人驾驭着这种力量。"②"统治阶级的存在，日益成为阻碍工业生产力发展的愈来愈大的障碍，同时也成为阻碍科学和艺术发展，特别是阻碍文明交际方式发展的愈来愈大的障碍。从来也没有比我们现代的资产者更不学无术的人了。"③正是立足于对资本主义分工之下人的片面发展及艺术成为商品的时代状况，马克思、恩格斯对处于"原始的丰富性"时代的创作给予较高评价。在他们看来，在这一时期分工尚没有达到后来的那么精细，人处于比较全面的发展阶段，因此，作为民间文学的艺术创作自然会展现出人的一定的自由而充分的个性发展特征。

马克思、恩格斯对民间文学的关注还有一个重要的角度，这就是生态视角。生态哲学、生态美学关注人与自然的和谐统一，而这也正是马克思、恩格斯美学思想中的重要内容。发现民间文学与文化中的"自然"，既是他们鉴赏、研究民间文学的重要维度，也是这两位伟大的思想家对资本主义社会生产关系下"异化"现象批判的一个重要参照。

马克思、恩格斯有着丰富的生态美学思想。正如曾繁仁先生所指

---

① ［德］马克思：《经济学手稿（1857—1858）》，《马克思恩格斯全集》第三十卷，人民出版社1995年版，第479页。

② ［德］马克思：《德意志意识形态》，《马克思恩格斯全集》第十六卷，人民出版社1960年版，第37页。

③ ［德］恩格斯：《论住宅问题》，《马克思恩格斯全集》第18卷，人民出版社1964年版，第246页。

出的："生态审美观是 20 世纪 70 年代以后出现的一种崭新形态的审美观念，是在资本主义极度膨胀导致人与自然矛盾极其尖锐的形势下，人类反思历史的成果。如果说活跃于 19 世纪中期与晚期的马克思与恩格斯早就提出了这一理论形态，那肯定是不符合事实的。但作为当代人类精神的导师和伟大理论家，他们以其深邃的洞察力和敏锐的眼光对人与自然的审美关系已有所分析和预见，那是一点也不奇怪的。而且就我们目前的研究来看，这种分析与预见的深刻性同样是十分惊人的，从而成为新世纪我们深入思考与探索生态审美观的极其宝贵的资源。"①本文前面的文字中也曾提及，马克思、恩格斯的社会文化批判理论的产生有着深刻的时代背景，其中，随着新的社会分工的出现，资本主义对剩余价值的贪婪追求，人的欲望不断扩大，使自然受到破坏，人的生存环境出现危机，这是马恩批判理论提出的原因之一，也是两位思想家哲学与美学思想体系的重要组成部分。马克思、恩格斯从生态视角出发审视民间文学，揭示出了这一人类精神文化宝库中蕴含的现代价值。

早在《1844 年经济学哲学手稿》中，马克思就非常明确地对"自然界"给予充分关注，在一定意义上有反思"人类中心主义"的自觉意识，"没有自然界，没有感性的外部世界，工人什么也不能创造。自然界工人的劳动得以实现，工人的劳动在其中活动、工人的劳动从中生产出和借以生产出自己的产品的材料"②。在过去的研究中，对马克思、恩格斯关于"人与自然"的思想或多或少存在误解，往往过多地强调人类对自然的"改造"，忽视了他们提出这一思想的重要前提，即，人类对自然的改造必须建立在尊重自然规律、顺应自然界之特性的基础上。在马克思看来"人是自然界的一部分"，"自然界，就它本身不是人的身体而言，是人的无

① 曾繁仁：《马克思、恩格斯与生态审美观》，《陕西师范大学学报》2004 年第 5 期。
② [德]马克思：《1844 年经济学哲学手稿》，《马克思恩格斯文集》第一卷，人民出版社 2009 年版，第 158 页。

机的身体。人靠自然界生活。这就是说,自然界是人为了不致死亡而必须与之处于持续不断的交互作用过程的、人的身体。所谓人的肉体生活和精神生活同自然界相联系,不外是说自然界同自身联系,因为人是自然界的一部分。"①正是基于以上的理解,马克思强调人的活动是按照"内在尺度"进行的,"动物的生产是片面的,而人的生产是全面的;动物只是在直接的肉体需要的支配下生产,而人甚至不受肉体需要的影响也进行生产,并且只有不受这种需要的影响才进行真正的生产;动物只生产自身,而人再生产整个自然界;动物的产品直接属于它的肉体,而人则自由地面对自己的产品。动物只是按照它所属的那个种的尺度和需要来构造,而人却懂得按照任何一个种的尺度来进行生产,并且懂得处处都把固有的尺度运用于对象;因此,人也按照美的规律来构造。"②对于"内在固有的尺度",学界存在各种不同的解释,如果我们从生态的角度看,就会发现马克思这段文字中充满着生态意识与生态思想。所谓"美的规律",一方面,包含人类自身的需要,也就是"善",是"合目的性";另一方面,还必须"合规律",在人类与自然打交道的过程中必须尊重自然的规律。如何才能真正处理好人与自然的关系,马克思在《资本论》等其他著作中也有多处精彩的论述。在谈到人类社会发展的两个重要阶段"必然王国"与"自由王国"时,马克思、恩格斯指出:"这个自然必然性的王国会随着人的发展而扩大,因为需要会扩大;但是,满足这种需要的生产力同时也会扩大。这个领域内的自由只能是:社会化的人,联合起来的生产者,将合理地调节他们和自然之间的物质变换,把它置于他们的共同控制之下,而不让它作为盲目的力量来统治自己;靠消耗最小的力量,在最无愧于和最适合于他们的人类本性的条件下来进行这种物质变换。但是不管怎样,这个领域始终是一个必然王国。在这个必然王国的彼岸,作为目的本身的人类能

① [德]马克思:《1844 年经济学哲学手稿》,《马克思恩格斯文集》第一卷,人民出版社 2009 年版,第 161 页。

② 同上书,第 162-163 页

力的发展，真正的自由王国，就开始了。但是，这个自由王国只有建立在必然王国的基础上，才能繁荣起来。"①随着社会的发展、人类需要的不断扩大，社会生产力也要随之扩大，但所有这些必须基于合理地调节人与自然的"物质变换"关系之上，真正的自由王国只有建立在必然王国的基础上才能繁荣起来。很明显，马克思、恩格斯在探讨人类社会发展规律的同时，充分认识到人不是无所不能的，人类对自然的改造也决不是任意妄为，只有尊重自然规律的社会发展才是真正的"自由王国"。西方马克思主义学者联邦德国的 A.施密特对马克思所做的研究的一些观点我们未必完全同意，但他著作中对马克思的"自然"概念的探讨是很有见地的，对于我们理解马克思的生态观念富有启发意义。他认为，马克思的自然概念具有"社会的历史的性质"。自然是"社会范畴"，反过来，社会也是"自然范畴"，自然和人、自然和历史是不可分离的。他还明确指出："马克思在各个地方都相当清晰地肯定了物质自身的运动。他并不否定物质自身的规律性，他理解到只有通过作为中介的实践，人才能认识并有目的地利用物质的运动形式，这是马克思的唯物主义中辩证法的本质。在生产中，人与自然之间进行的辩证法的运动，并不排除自然规律的作用。"②因此，可以毫不夸张地说，"按照任何一个种的尺度来进行生产""真正的自由王国只有建立在必然王国的基础上才能繁荣起来"等理论命题蕴含着非常丰富的生态智慧，彰显出马克思、恩格斯对作为人赖以生存的自然环境乃至整个自然界的无比尊重，这些思想也构成了人类生态思想中的不可或缺的重要一环。

马克思、恩格斯不但从哲学的高度深刻地阐释了人与自然的关系，而且，他们还特别关注人的生存状况，有着极强的环境意识。在批判费尔巴哈的直观的唯物主义"同人类无关的外部世界"观点时，马克思敏锐地发现工业的发展已使自然

① [德]马克思：《资本论》，《马克思恩格斯全集》第二十五卷，人民出版社 1974 年版，第926—927 页。

② [德]A. 施密特：《马克思的自然概念》，商务印书馆 1988 年版，第 99 页。

环境受到污染，甚至连鱼都失去了其存在的本质——清洁的水。他指出："但是每当有了一项新的发明，每当工业前进一步，就有一块新的地盘从这个领域划出去，而能用来说明费尔巴哈这类论点的事例借以产生的基地，也就越来越小了。现在我们只来谈谈一个论点：鱼的'本质'是它的'存在'，即水。河鱼的'本质'是河水。但是，一旦这条河归工业支配，一旦它被染料和其他废料污染，河里有轮船行驶，一旦河水被引入只要把水排出去就能使鱼失去生存环境的水渠，这条河的水就不再是鱼的'本质'了，它已经成为不适合鱼生存的环境。"①

阅读马克思、恩格斯的相关著作，不难发现他们对环境遭到破坏所产生的深深忧虑，"光、空气等等，甚至动物的最简单的爱清洁习性，都不再是人的需要了。肮脏，人的这种堕落、腐化，文明的阴沟（就这个词的本义而言），成了工人的生活要素。完全违反自然的荒芜，日益腐败的自然界，成了他的生活要素"②。工业化造成了城市与农村的明显分离，这种分离严重破坏了"人和土地之间的物质变换，也就是使人以衣食形式消费掉的土地的组成部分不能回到土地，从而破坏土地持久肥力的永恒的自然条件"③。马克思、恩格斯赞赏民间文学对自然的态度及作品对自然的描写，恩格斯在评论德国民间故事书时就曾指出："这些古老的民间故事书虽然语言陈旧、印刷有错误、版面拙劣，对我来说却有一种不平常的诗一般的魅力。它们把我从我们这种混乱的现代'制度、纠纷和居心险恶的相互关系'中带到一个跟大自然近似的世界里。"④恩格斯在这里表现出对民间故事的由衷喜爱，在他看来，甚至它们陈旧的语言、错别字和显

① [德]马克思恩格斯：《〈德意志意识形态〉第一卷手稿片断》，《马克思恩格斯全集》第四十二卷，人民出版社 1979 年版，第 369 页。

② [德]马克思：《1844 年经济学哲学手稿》，《马克思恩格斯文集》第一卷，人民出版社 2009 年版，第 225 页。

③ [德]马克思：《资本论》，《马克思恩格斯全集》第二十三卷，人民出版社 1972 年版，第 552 页。

④ [德]恩格斯：《德国的民间故事书》，《马克思恩格斯全集》第四十一卷，人民出版社 1966 年版，第 23 页。

得有些蹩脚的版画都散发着别样的意味。更为重要的是，马克思、恩格斯肯定民间文学价值的原因还在于，民间文学所建构的"世界"对处于"异化"状态中的现代人而言能够满足对理想的精神家园的追求，民间文学中的"自然"往往是纯洁的、纯粹的，没有被外力所破坏的人们诗意生存的理想之所。

恩格斯曾盛赞古代诗人对西西里岛田园牧歌式生活的歌咏："西西里岛的古代诗人忒俄克里托斯和莫斯赫曾经歌颂了他们同时代人——牧人奴隶的田园诗式的生活；毫无疑问，这是美丽的、富有诗意的幻想。"[①]恩格斯说"大自然把西西里岛创造成为人间天堂"，作为大自然的馈赠，它曾是人间天堂，但是，随着阶级产生、分工出现，自然遭到破坏，"古希腊罗马时代为了经营大地产和大矿场而赏给了西西里岛一个奴隶制"，这曾经非常美丽的地方"变成了地狱"[②]。因此，接下来，恩格斯感叹道："能不能找到一个现代诗人，敢于歌颂今天西西里岛'自由'劳动者的田园诗式的生活呢？如果这个岛的农民能够在哪怕是罗马对分租佃制的沉重条件下耕种自己的小块土地，难道他们不会感到幸福吗？这就是资本主义制度所造成的结果：自由人在怀念过去的奴隶制！"[③]

另外，马克思、恩格斯非常肯定人的健康的具有自然本性的身体及人的"肉欲"，也是生态思想在民间文学中的体现。格奥尔格·维尔特作为一位民间的无产阶级作家是共产主义者同盟盟员、《新莱茵报》编辑之一、马克思、恩格斯的战友。恩格斯曾称他为"德国无产阶级第一个和最重要的诗人"。维尔特在给马克思的信中曾对大自然表达出内心的热爱："葡萄牙啊！西班牙啊！（维尔特刚从那里回来）如果我们有你的美丽的天空、你的葡萄酒、你的橙子和桃金娘，那该多么好啊！但是连这个也没有！除了凄风苦雨和熏肉之外，

① [德]恩格斯：《给西西里岛社会党人的贺信》，《马克思恩格斯全集》第二十二卷，人民出版社1965年版，第557页。
② 同上书。
③ 同上书，第557—558页

什么也没有！"①恩格斯看到这封信后对之大加赞扬并与海涅、歌德做了比较，肯定他们在表现人的自然情欲方面的贡献，"维尔特所擅长的地方，他超过海涅（因为他更健康和真诚），并且在德国文学中仅仅被歌德超过的地方，就在于表现自然的、健康的肉感和肉欲……"②恩格斯没有忘记"批判"，接着批判"德国社会主义者"的市侩与虚伪，"然而我不能不指出，德国社会主义者也应当有一天公开地扔掉德国市侩的这种偏见、小市民的虚伪的羞怯心，其实这种羞怯心不过是用来掩盖秘密的猥亵言谈而已……最后终有一天，至少德国工人们会习惯于从容地谈论他们自己白天或夜间所做的事情，谈论那些自然的、必需的和非常惬意的事情，就像罗曼语民族那样，就像荷马和柏拉图，贺雷西和尤维纳利斯那样，就像旧约全书和'新莱茵报'那样。"③这里，恩格斯从自然生态与文化生态的角度提出了对无产阶级文学的要求，期望未来的无产阶级文学能够做到"谈论那些自然的、必需的和非常惬意的事情"。

总之，马克思、恩格斯从独特的视角研究民间文学，提出宝贵的民间文学思想，时至今日，它们仍具有重要的现代价值与意义。

（原载《文学评论》2016 年第 5 期）

① [德]恩格斯：《格奥尔特·维尔特》，《马克思恩格斯全集》第二十一卷，人民出版社1965 年版，第 8 页。
② 同上书，第 9 页。
③ 同上书。

马克思、恩格斯审美教育思想综论

马克思、恩格斯既是伟大的思想家、革命家，也是著名的美学家，他们非常重视审美教育在人类解放过程中所起到的重要作用，其美育思想在继承前人的基础上显示出自己的特质，开创了西方美育研究的新航向。在 21 世纪的今天仍具有重要的现实意义。

一

马克思、恩格斯的审美教育思想是建立在社会理想与人的理想高度统一的基础上的。他们以历史唯物主义的观点科学地研究了人类社会的发展阶段，天才地预见了共产主义作为人类社会发展的最理想阶段是一定能够实现的，并把共产主义的实现作为自己的社会理想，而这一理想又是以全人类的解放为最终目标的，因此，马克思、恩格斯的社会理想与人的理想紧密地联系在一起。

马克思主义认为从客体方面看，社会历史表现为生产力和生产关系、生产方式和社会形态的发展史；从主体角度看，社会历史则是人自身发展的历史。人在改造自然、改造社会的过程中不断地改造和发展自己，达到人与自然、社会的和谐统一，而这种和谐统一是在人类的革命实践过程中实现的。

马克思以三大社会形态为背景考察人的历史演变。前资本主义社会是"最初的社会形态"，以商品经济为特征的资本主义社会是"第二大社会形态"，共产主义社会是"第三大社会形态"。在第一种社会形态中，人类刚从自然界中分化出来，生产力极低，社会分工还没有出现，出于共同合作的需要，每个人都要参加生产活动、艺术活动、宗教活动等，个人相对于分工出现之后的人而言"显得比较全面"，马克思称为"原始的丰富"。但随着物质活动和精神活动分工的出现，人的"原始的丰富性"受到破坏，"在这里，无论个人还是社会，都不能想象会有自由而充分的发展"①。在资本主义生产条件下，社会分工更加细致化，人的"原始的丰富性"也随之解体。尽管分工是时代发展的必然规律，它具有推动文明进步的重大意义，然而，资本主义的生产资料私有制使工人为了维持生计只能为资本家生产剩余价值，劳动仅仅是一个手段，这种带有"异化"性质的劳动使得人的自我创造和发展从劳动者意识中消失，劳动不是对人的肯定而是对人的否定。

马克思认为人的解放的时代只能是共产主义社会，"人的全面发展"只有在这个阶段才能真正实现。根据马克思、恩格斯的有关论述，所谓人的全面发展，至少包括以下内容：首先，人作为有生命的自然存在，有着丰富的肉体和精神素质，具体表现为人的知、情、意及体力等，在全面发展的人身上，以上诸方面将得到充分自由的发展。其次，全面发展的人是在生产中能够全面地发挥各方面才能的人，他能够自由地选择职业，而不是终身局限于某一职业。再次，个性必须得到彻底解放，个人创造性必须得到自由的发挥，通过实践活动展示出人与外部世界的多样性关系，全面地表现和确证自己的本质，而这些在私有制条件下是不可能实现的，只有在共产主义社会才会成为现实。共产主义革命将推翻一切旧的生产和交往关系的基础，消灭私有制，它本身就是个人自由发展的共同条件，不仅将普遍提高人们的共产主义意识，而且通过革命"代替那存在着阶级和阶级对立的资产阶级旧社会的。将是这样一个联合体，在那里，每个人的自由发展是一切的

---

① 《马克思恩格斯全集》第四十六卷（上），人民出版社1979年版，第485页。

自由发展的条件"①。在共产主义时代，社会生产力将得到极大提高，必要劳动时间大大缩短，人们可以自由支配的闲暇时间增多。特别是由于社会生产方式的改变，分工消失，人们具有了按照其天性自由选择他们所喜爱的审美创造活动的可能，人们可以自由地发挥他们的审美创造潜力。从此意义上讲，劳动已不再是手段，而成为人的需要，成为塑造全面发展的个体的根本条件。马克思还在其他很多地方论述了人的全面发展与生产力的发展和共产主义建设是一致的，是互为条件的。社会理想与人的理想是完全统一的，共产主义时代的人是全面发展的人，也是具有高度审美意义的人。

马克思、恩格斯关于人的全面发展的学说也是在批判地继承前人的基础上提出的。他们之前的思想家也不同程度地提出了人的全面发展的设想，也认识到社会理想与人的理想是一致的。马克思、恩格斯在创立自己的关于人的学说时从中吸取了不少精华但他们超越前人的最根本之处在于找到了人的片面发展、人性分裂的根源。他们不再抽象地谈论人的完善，而是立足于社会冲突中，立足于人类的社会实践活动中考察全面发展的人得以实现的根本条件，正如他们所指出的，"在革命活动中，在改造环境的同时也改变着自己"，对无产阶级而言，革命尤其需要"不仅是因为没有任何其他的办法能推翻统治阶级，而且还因为推翻统治阶级的那个阶级，只有在革命中才能抛掉自己身上的一切陈旧的肮脏的东西"②。这就明确地告诉我们，人民群众的革命实践是改造社会和提高人的思想所必需的，只有通过在认识世界和改造世界过程的各种活动（不仅仅在精神活动领域）中，人们才能得到全面的发展。

从社会理想的角度理解人的理想，也同时说明了马克思、恩格斯把全面发展的人的理想不仅看成是一个最高目标，而且也是一种动态的逐渐完成的过程。真正全面发展的人虽然只有在共产主义社会中才能出现，但正如共产主义不是一朝一夕突然实现一样，全面发展的人也有一个渐趋

① 《马克思恩格斯全集》第一卷，人民出版社 1975 年版，第 273 页。
② 《马克思恩格斯全集》第三卷，人民出版社 1979 年版，第 78 页。

形成的过程。作为全面发展的人所应具备的各种具体因素并不是说只有到共产主义社会才能形成，它必须依赖于人类不断的革命斗争和创造性活动，并在其中逐渐积累和扩大。正是在此基础上，马克思、恩格斯极为重视立足于现实社会探寻人的全面发展的各种条件及途径，而作为情感教育和艺术教育的审美教育被马克思、恩格斯看作是培养全面发展的人的重要手段之一，审美教育思想也是马克思主义理论中的一个重要组成部分。

二

在人的全面发展学说的基础上，马克思、恩格斯为审美教育确立了方向和任务。在他们看来，审美教育的目的就是培养全面发展的人。马克思在《1844年经济学哲学手稿》中指出："动物只是按照它所属的那个种的尺度和需要来建造，而人却懂得按照任何一个种的尺度来进行生产，并且懂得怎样处处都把内在的尺度运用到对象上去；因此，人也按照美的规律来建造。"[1]马克思在此揭示出人类实践活动的特点是按照美的规律来建造的，这里重点讲的虽然是物质生产劳动，但它也适合于人类的一切活动，适应于人类自身的塑造。

马克思主义对共产主义的人的本质曾作过科学规定，其中包含着丰富的美育思想，指出了美育对塑造共产主义新人的重要性，"共产主义是私有财产即人的自我异化的积极扬弃，因而是通过人并且为了人而对人的本质的真正占有：因此，它是人向自身、向社会的（即人的）人的复归，这种复归是完全的、自觉的而且保存以往发展的全部财富"。马克思还指出："私有财产的积极的扬弃，作为对人的生命的占有，是一切异化的积极的扬弃，从而是人从宗教、家

---

[1]《马克思恩格斯全集》第四十二卷，人民出版社1979年版，第97页。

庭、国家等等向自己的人的即社会的存在的复归。"①马克思借用德国古典哲学的术语"复归"一词来说明人从异化中解放出来进入共产主义的人的本质中去，复归是真正的人的本质的获得。马克思还指出人的本质是一切社会关系的总和，人性是历史的、具体的，它是随着人类社会实践和工业实践的发展而发展的。人的真正解放是"人的一切感觉和特性的彻底解放"，这种解放也使人的审美特性得到发挥，"人的眼睛和原始的、非人的眼睛得到的享受不同，人的耳朵和原始的耳朵得到的享受不同，如此等等"②。人的真正本质的实现是通过消灭私有制实现共产主义而完成的，而人的审美感觉能力的丰富和发展是构成人的本质的丰富性的一个重要组成部分，它们的获得显然是依赖人的社会实践活动的。由此看来，马克思将美育提到人的全面发展和人的本质的高度来加以考察，它在人的全面发展过程中占有重要地位。

马克思、恩格斯还从具体的教育角度，讨论了审美教育的任务和目标是全面发展的人的塑造。马克思在 1866 年就若干问题给临时总委员会出席日内瓦会议的代表的指示信中曾指出："我们把教育理解为以下三件事：第一，智育。第二，体育，即体育学校和军事训练所教授的那种东西。第三，技术教育，这种教育要使儿童和少年了解生产各个过程的基本原理，同对使他们获得运用各种生产的最简单的工具的技能。对儿童和少年工人应当按不同年龄循序渐进地投以智育、体育和综合技术教育课程。"③有人曾据此认定，马克思、恩格斯的教育思想不应包括审美教育在内。但从马克思、恩格斯的整个思想体系包括教育思想的基本精神和他们的美学及艺术思想来考察，完全可以认为，马克思主义经典作家不仅为审美教育提供了坚实的理论基础，而且也提出了全新的审美教育观。

马克思在《资本论》中指出，教育与生产劳动相结合不仅是提高社会生产的一种方式，从更高的角度来看，它是造就全面发展的人的重要方法。教育只有与生产劳动相

①《马克思恩格斯全集》第四十二卷，人民出版社 1979 年版，第 121 页。

② 同上书，第 125 页。

③《马克思恩格斯全集》第十六卷，人民出版社 1979 年版，第 218 页。

结合，才能为一个更高级的以每个人的全面自由的发展为基本原则的社会创造现实基础。共产主义教育的根本目标就是培养全面发展的人，美育是应该包含在其中的。首先，共产主义"创造着具有丰富的、全面而深刻的感觉的人"，而人的审美感觉能力显然是马克思所说的"感觉"中的最重要内容之一。其次，共产主义教育使每个人都能全面发展，个人才能能够得到充分发挥，由于分工而造成的人的片面性得以消除，"在共产主义社会里，没有单纯的画家，只有把绘画作为自己多种活动中的一项活动的人们"[①]。如上所述。共产主义的人的理想的实现本身就是一个伟大的过程，要实现以上所规定的人的特性显然是离不开审美教育的。

三

马克思、恩格斯还给审美教育以科学的定位。他们认为审美教育是人类全部活动的一部分，不能离开人的社会实践活动来谈审美教育。如何实现人的自由发展，消除人性分裂，这是西方思想史上诸多思想家、美学家都在努力探讨的重要问题。早在古希腊时代，就提出了"美是和谐"的观念，18世纪启蒙主义者爱尔维修、狄德罗等都认为历史上曾出现过一种非常理想的社会状态，它处于人类远古的野蛮时代和近代文明之间，既克服了野蛮时代的物质匮乏，也没有文明社会的人的精神空虚，达到的是物质与精神的和谐统一状态。启蒙主义理想家们追求的理想社会模式就是建立在这种和谐状态基础上的，这种理想在德国古典美学那里得到了进一步发展。

康德企图通过人类的审美活动来实现人与自然之间的和谐，进而达到人的理想与社会理想和审美理想的统一。席勒更将审美活动作为建立理想社会和完美人性的手段，他宣布，正是通过美才可以走向自由。黑格尔称颂古希腊世界是"美丽自由的王

[①]《马克思恩格斯全集》第三卷，人民出版社1979年版，第460页。

国”，认为希腊性格的中心是"美"的个性。黑格尔对资本主义的人的生存状况的批判也是以古希腊人完美的人性为参照的。

以上美学家的思想虽不完全相同，但也有着共同之处，表现在：首先，审美教育基本上局限于艺术领域，仅仅把艺术作为审美教育的主要工具。其次，他们的思想都带有"审美乌托邦"的性质。他们把人的解放、人性的全面发展全部寄托在人的审美活动，因而把审美教育强调到了不恰当的位置。由于不能把审美教育活动同人类广阔的社会生活实践密切联系，审美教育也就失去了现实根基，理想的人的实现也只能成为空谈。

马克思、恩格斯的美育思想在以上两个方面都超越了前人。他们虽然十分重视艺术教育在审美教育中的地位，但有别于前人的独特之处是，他们把艺术作为反映现实社会斗争的一种特殊的意识形态来看待，因而艺术世界不再是一个虚幻的空中楼阁，艺术审美的目的在于认识世界、改造世界，而不是让人沉浸在虚幻的精神王国之中，达到所谓逃避现实的目的。更重要的是，马克思、恩格斯不再像以前的美学家那样把人类的审美活动局限于艺术活动或精神活动领域，而是认为审美涉及人类的一切活动，按照美的规律来建造是人类在改造客观世界甚至是主观世界的任何活动中都应遵循的一个重要美学原则。因而，审美教育也不能只限于艺术领域。

马克思、恩格斯十分重视教育对人的全面发展的重要性，但也反对历史上的"教育万能论"。同样，在对待审美教育问题上，他们也是反对"美育万能论"的。马克思、恩格斯不同于唯心主义及机械唯物主义美学家的重要特点之一在于，他们只是把审美教育看作是人的全面发展理想实现的重要手段，而不是唯一手段。从根本上讲，人的全面发展的实现，仅仅靠包括审美教育在内的教育是不行的，它必须以消灭私有制、克服异化劳动为条件。马克思在《1844年经济学—哲学手稿》中曾对私有制下普遍存在的"异化劳动"做过四个方面的规定：劳动者同他们的产品相异化；劳动者同他们的生产活动本身相异化；劳动者同他们的类本质相异化；人同人相异化。在私有制度下的异化劳动条件下，人不能在劳动对象中得到自我确证，人的存在和本质是分裂的，人和人、人和社会、人和自己的类本质是矛盾的。因而，异化劳动是与人的美学理想相对立的，正如马克思所言："劳动为富人生产了珍品却为劳动者生产了赤贫。劳动创造了宫殿，却为劳动者创造了贫民窟。劳动创造了美，却使劳动者成为畸形。"①因此，实现人的真正的本质，造就全面发展的人必须依赖于对私有制的扬弃，共产主义社会是人类的本质向至今仍发展着的全部丰富性的复归。私有制的废除，阶级对立的消亡，人在美的创造活动中得以确证自我的本质力量，进而真正完成人对自己本质的占有，即成为真正意义上的人。所以，共产主义社会并不是原始共产主义社会的简单还原，而是更高层次的社会理想。马克思认为要达到这一目标，进而实现社会理想、人的理想与审美理想的统一，就只能依靠无产阶级起来推翻阶级剥削和压迫，消灭私有制及其异化劳动，解放全人类，这样才能真正实现美向创造者自身的复归，才能实现全面发展的人的理想。因此，在马克思、恩格斯的思想体系中，美育与其他教育内容相比具有独特性，对人的全面发展而言也具有重要意义，但人的真正全面的发展从根本上讲还必须依赖人类的长期而艰苦的社会斗争，消灭私有制度，实现共产主义。

另外，马克思、恩格斯还强调艺术教育在审美教育中的重要地位。他们同以前的美育思想家一样，都看到了艺术是培养人的审美能力的重要手段，但他们超越前人之处在于特别重视艺术教育对无产阶级革命事业的重要作用。

正如马克思、恩格斯创立的科学世界观在人类思想史中具有划时代的意义一样，他们的美育思想与社会理想、人的理想紧密相连，包含着全新而丰富的内容，树起了美育思想史上一座崭新的里程碑。

---

① [德]马克思：《1844年经济学—哲学手稿》，刘丕坤译，人民出版社1979年版，第46页。

（原载《文艺理论与批评》2005年第5期）

关于中国文学与世界文化对话交流的几个问题的思考

国内外对中外文学交流的研究已取得了极为丰富的成果，但无论是从资料的发掘、研究角度的切入、方法的选择等方面都还有很多可以拓展的空间，本文是笔者对于中外文学与文化交流研究的几个相关问题的一些思考。

一 方法：走向以探讨文学交流自身规律为中心的综合化研究之路

对中外文学交流的研究首先遇到的重要问题之一是如何处理文学交流与文化交流的关系，这一问题与比较文学的学科特性和学科方法密切相关。

（一）对于比较文学的"跨文化跨学科"的定位有着社会文化发展和比较文学学科自身发展的深刻背景。

从世界文化的格局看，冷战结束之后，非西方的文化和文明作为西方文明的"异质"受到重视，西方文化与非西方文化的交流和对话渐渐开始。正如美国学者亨廷顿指出的，冷战结束后，国际政治运动迈出西方阶段，重心转到西方与非西方文明彼此之间的作用上。在涉及文明的政治中，非西方文明不再是西方殖民主义下的历史客体，而像西方一样成为推动、塑造历史的力量。其实，文化间的对话绝非从冷战结束开始，一种文明发展到一定阶段，向外寻求交流和对话的愿望就会产生，就是在这样的相互交流中，文明才向前发展，封闭必然造成文明的衰落和死亡。哲学家罗素曾指出："不同文化之间的交流过去已被多次证明是人类文明发展的里程碑。希腊学习埃及，罗马借鉴希腊。阿拉伯参照罗马帝国，中世纪的欧洲又摹仿阿拉伯，而文艺复兴时期的欧洲则效仿拜占庭帝国。"①因此，作为文化交流组成部分的文学交流一开始就与文化和文明不可分割。

至20世纪中后期，比较文学学者开始关注并提出比较文学的"跨文化研究"，中国学者在此方面做出了重要贡献，曹顺庆提出比较文学"中国学派"的特征是"跨文化研究"，尤其是"跨越东西方异质文化"的文学研究。乐黛云先生明确把比较文学定位于"跨文化与跨学科研究"，并身体力行，以开阔的视野，包容的文化心态理解、研究中西文学与文化问题。其实，从比较文学研究的实际情况看，从19世纪末20世纪初始，处于中西文化大交流、大碰撞时期的特殊时期，王国维、鲁迅的文学研究可称得上是真正意义上的"跨文化研究"，后来的诸多学者在此方面都做出了很多贡献。

"跨文化"与"跨学科"作为学科方法被提出的背景除前面所提到的冷战结束后的大格局外，多元化的世界文化发展态势尤其是后现代哲学强调"差异"的思想对文学的跨文化研究也是重要的一个方面。但必须注意，如果说早期比较文学的跨文化研究的目标主要是求同（所谓"求同存异"），那么，在后现代视野下的比较文学研究乃至比较文化研究是既关注"同"，但也承认"异"，以更加多元开放包容的心态对待不同的文化和文明。

后现代思想为多元文化景观提供了新的理论依据，其重要代表人物利奥塔呼吁发动一场针对"总体性"的战争，并维护分歧承认差异。摧毁现代知识赖以存在的追求普遍游戏规则的认识论，提倡一种多元的、相对主义的和差异的后现代的认识论。反对逻各斯中心主义，打破二元对立的思维方式和看待问题的态度，强调多元，反对一元是后现代哲学的主要思想内核。文化相对主义受到后现代主义等思潮的影响，固然有其弱点，但对于全球化背景下的世界文化研究而言无疑提供了新的视角，让人们以更加包容的心态看待不同类型的文化，有利于世

---

① [英]罗素：《中西文化之比较》，《一个自由人的崇拜》，胡品清译，时代文艺出版社1988年版，第8页。

界文化的良性发展。孔子所谓"和而不同"从本质上讲与近些年来西方一些思想家所主张的文化的多元化是一致的。在此背景下，比较文学研究也更加注重文学交流中的"差异"，而不是简单的"求同存异"。文学交流过程中的误读、变异现象等等变得更加重要，更加受到研究者的重视。

如上所述，文化多样性和文化观的多元化是当代社会的重要特征之一。文化的多元化为学科的多样性和学科之间的交叉和交融提供了最基本的条件和重要的背景，"跨越边界，填平鸿沟"既是一种文化观也是学科发展的必然趋势。学科之间的边界跨越还有赖于研究方法的不断创新和不同研究方法的互补和融合。面对同样的研究对象，由于研究方法和研究视角的不同会形成不同的学科，而研究方法之间的相互借鉴也必将推进某一研究领域的进展，在此基础上，新的交叉学科会逐渐形成，如语言文化学、语言哲学、文学人类学、文化人类学等跨学科的诞生是与研究方法的创新与学科交叉密不可分的。

（二）在关注比较文学跨文化跨学科研究的同时，也必须重视这样一个问题，即，在文学研究越来越借助其他学科的方法进行研究的同时，如何保证文学自身的特性得到揭示，而不至于让文学研究变成哲学研究、文化研究、语言研究甚至是科学研究。

这样的担忧并不是从现在开始。1994 年于加拿大召开的比较文学协会第十四届大会上，有不少学者感到文学研究正在被文化研究所吞没，如何挽救危机？很多学者开出了药方，归结起来最有代表性的声音是"回到文学自身的研究"。比较研究无论是事实联系为基础的研究（影响研究），还是平行研究都应是以文学为中心的研究。

美国文艺理论家韦勒克是主张文学研究、比较文学研究回归文学自身的最有代表性的人物。他明确区分了文学的"外部研究"和"内部研究"，主张文学的内部研究，提出必须把文学研究与文学研究的思想史研究、心理研究、传记研究区别开来，文学研究必须关注文学自身即"文学性"的问题。

法国著名比较文学学者艾田伯在《比较文学的危机》一书中在肯定学科交叉、文学的文化研究的基础上，更注重对文学自身的关注。"韦勒克先生和我一样没有忘记'比较文学'中是有比较的，但是对于有人遗忘了文学，他却比我宽容得多了"①。确实如此，正如我们在前面所提到的如果文学研究完全成了文化研究、语言研究等等就将失去其自身的特性。因此，强调比较文学的学科特性就必须关注文学的自身规律。

（三）未来的比较文学研究方法如何进展，比较文学之路如何继续向前迈进？我认为，比较文学研究的方法应该在以文学研究为中心的基础上走综合研究之路。所谓以文学研究为中心，即是首先要关注文学交流过程中的文学思想、文学形式等方面的相互影响。所谓综合化，是要透过文学文本的解读综合其他学科的方法揭示出其中所蕴含的相关信息，如社会信息、文化信息等等。具体而言，比较文学研究的综合化方法的实现可从以下两个方面入手。

其一，文学研究和文化研究结合，走向综合化。作为承载文化的文学文本本身自然蕴含着文化信息，文学是文化的符号，因此，将文学研究和文化研究结合起来做综合研究是文学研究也是比较文学研究的题中应有之义。

在欧美一度盛行的新历史主义及其"文化诗学"观对我们的思考有较大的启发意义。"新历史诗学"强调对文本实施政治、经济、社会"综合治理"，将形式主义颠倒的传统再颠倒过来，把文学研究的重点放在为被形式主义忽略了的、产生文学文本的历史语境上，即将一部作品从孤零零的文本分析中解放出来，将其置于同时代的社会惯例和非话语实践的关系之中。

新历史主义的"文化诗学"强调将"文学的内部研究"和"外部研究"打通并融合起来，将文本研究和文化研究结合起来，这些观点在一定程度上代表着 20 世纪 80 年代之后文学研究的主要倾向。它启发我们在将比较文学研究向历史、文化领域拓展的同时必须关注文学自身的特性，在文学和文化的综合研究中寻找文学交流

---

① [法]艾田伯：《比较文学之道——艾田伯文论选集》，胡玉龙译，三联书店 2006 年版，第 32 页。

的规律。

其二，借鉴多学科的研究方法，走向综合化。如前所述，比较文学研究的跨学科特性是社会发展、学科发展的必然趋势，正所谓"分久必合，合久必分"，跨学科的研究极大地拓展了文学研究的视野也已是不争的事实。阐释学重视理解、对话，承认阐释者的"偏见"在阐释过程中的意义；接受美学"期待视野"概念的提出对于文化、文学交流中出现的误读、变异等等现象能够找到理论上的依据并给予合理的解释。文化人类学、原型批评、比较神话学立足于人类文化的原始形态，注重从人类整体的文化发展中考察不同文化形态中出现的共同的主题或母题，为比较文学的主题学、文类学研究提供了新的话语和视角。文化研究、后现代哲学、后殖民主义、女性主义等20世纪以来的各种理论方法其实都从不同的角度影响着比较文学研究，使得比较文学研究不断突破单一的方法走向多元的、多角度的整体性研究。

总之，比较文学研究只要密切关注社会文化现实，同时不断反思学科自身问题，就一定能保持其生命的活力。

二 文学交流：立足自我文化立场的接受与创造

在文化交流和文学交流的过程中，必须承认交流双方有强势和弱势之分，但从中外古今的文化交流的事实看，任何的接受都是自觉或不自觉地从自己的立场出发，有选择地接受外来文化从而创造发展自己的文化，各自对世界文化发展做出贡献。下面以晚清中国对西方小说的翻译为例来讨论文化交流中的自我文化立场的重要意义。

中国晚清小说理论家们认为对西方小说的翻译应该是有选择性的，徐念慈等人反对"搜索诸东西藉以迎和风尚"[①]，王钟麟则更加明确地指出，翻译小说要于中国的改良变法

① （清）徐念慈：《余之小说观》，载《小说林》，1908 年第 9、10 期。

有所补益。鲁迅与周作人之所以出版《域外小说集》也有其直接的现实目的，主张译介"异域文术新宗"，把目光投向俄罗斯以及东欧、巴尔干等弱小民族的文学。梁启超到日本之后选择在当时的日本已过时的《佳人奇遇》等政治小说并投入较大精力译之。这些都是经过他们的"有色眼镜"过滤之后的选择。

林纾作为晚清翻译小说的重要实践者，所译作品一百多部，他对外国小说的翻译是以"有益于今日之社会"①为出发点的。在其多种译著的序言中曾屡次表达出翻译域外小说的最重要目的在于激发爱国之思，寄托忧思之泪。就连表面看似"缠绵悱恻、哀感顽艳"的《巴黎茶花女遗事》之所以能获得"可怜一卷茶花女，断尽支那荡子肠"的阅读效果，其原因除去人的爱情故事本身之外，还在于它引起了在封建统治下爱情婚姻得不到自由的中国青年的共鸣。

近代知识分子译介外国小说是以"为我所需"的标准实行"拿来主义"，而从取舍标准本身就可看出，近代人所需要的是那些反映社会现实的作品，同时，在翻译过程中，他们还有意识地对原作进行删改，以强化译者本人所要突出的"主题"。

翻译文学明确从功用主义文学价值观出发译介西方小说，这在近代中国人看来是有益于社会改良与革命的。梁启超说："往往每一书出，全国之议论为之一变。彼美、英、德、法、奥、意、日本各国政界之日进，则政治小说为功最高焉。"②由此可见，当翻译作品被引进中国文坛之后，近代作家对这类小说已不再有什么隔膜之感，而且在创作上也深受启发和影响。有了可以模仿、效法的对象，近代小说便开始创作自己的所谓"政治小说"。梁启超创作《新

---

① （清）林纾：《鬼山狼侠传》，商务印书馆1905年版，转引自陈平原，夏晓虹编《20世纪小说理论资料》第一卷，北京大学出版社1989年版，第143页。

② 梁启超：《译印政治小说序》，《清议报》第一册，转引自陈平原，夏晓虹编《20世纪小说理论资料》第一卷，北京大学出版社1989年版，第22页。

中国未来记》虽是一次不成功的尝试，但日本政治小说观念对中国近代小说所产生的影响已是明显可见，它直接促进了"小说界革命"的发生。

域外小说翻译丰富了中国近代小说文体类型、促进了近代小说叙事精神及叙事模式的转变，作家的参与意识得到空前的强化。中国近代小说的观念变革及在创作上所取得的成就固然来自于时代的赐予，但域外小说的翻译引进作为一种外部力量，对中国近代小说观念的影响也是不可忽视的一个重要方面。从翻译引进西方小说到借鉴吸收西方小说创作的思想与技巧到创作出不同于传统模式的新的小说类型，是文学交流过程中的必然发展，也是立足于接受者的自我文化立场所做出的选择。

中外文学与文化交流的诸多事实如日本文学对中国古代文学的接受与再创造、法国哲学对中国儒家思想的吸收与误读等等都可以证明接受者的自我立场、接受视野在文学交流过程中的主导地位。强调这一点的意义在于在文化多样性、多元化，文化相对主义观点比较盛行的当代背景下，注重自我的文化立场去选择、接受异质文化，创造自己的文化，才能真正实现"和而不同"的世界文化理想。

三 媒介：传教士在中外文化与文学交流中的贡献应该得到重视

（一）传教士的翻译活动对中西文化交流的贡献很大。对西方基督教文献及其他著作翻译的最早的发起者和实践者是传教士。据目前掌握的资料看，16世纪末叶，先有耶稣会士发起并身体力行，新教传教士继之做了大量工作。传教士对西方基督教经典，特别是西方科技、制度、人文科学著作及文艺作品的翻译成为中西文化交流的重要组成部分。据统计，17、18世纪至少有八十名不同国籍的耶稣会传教士参加了将西书翻译为中文的活动，在四百多种译书中，半数以上是关于基督教教义的，三分之一是关于科学方面的，其余是西方制度和人文科学和极少数的文学读物。①著名的传教士利玛窦、金尼阁对西方书籍的翻译做出了重要贡献。后者的《西儒耳目资》(1626)最早尝试将中文拉丁化，他所译《况义》，即《伊索寓言选集》（1625），是第一部介绍到中国的西方文学作品。

欧洲早期对中国散文的翻译研究主要以"四书"为主。以耶稣会士为代表的欧洲传教士试图通过对这些代表中国传统文化经典的翻译让西方人了解中国，进而寻找从根本上改变中国人信仰的对策。意大利耶稣会士利玛窦曾于1593年将"四书"译成拉丁文，并寄回国内。意籍会士艾儒略在利氏的传记《大西西泰利先生行迹》中记述道："利于此时尝将中国四书译以西文，寄回本国。国人读而悦之，以为中邦经书，其能识大原不迷其主者乎？至今孔孟之训，远播遐方者，皆力于利也。"意大利籍耶稣会士殷铎泽和葡萄牙耶稣会士郭纳爵合译《大学》，取名《中国之智慧》，内容包括孔子的传记、《大学》及《论语》前半部分的译文。为欧洲人阅读的方便，该书在每个汉字的旁边都注有拉丁文读音，汉字之下附拉丁文解释，可以说是提供给西方人的一本很好的中国典籍的读物。

法国传教士柏应理1659年来华，在中国居住二十余年。1687年，柏应理奉法王路易十四敕令，在巴黎以拉丁文出版《中国哲学家孔子》一书，中文标题为《西文四书直解》。比利时籍传教士卫方济1711年在布拉格大学出版拉丁文本《中华帝国经典》，是这时期西方翻译"四书"最完备的版本，包括《大学》《中庸》《论语》《孟子》《孝经》《幼学》六部著作。该书对欧洲思想界产生了重大影响。

中国小说最早被译介到欧洲的时间是1735年，翻译者是法国传教士殷宏绪，其翻译的《今古奇观》的四篇法译文，即《庄子休鼓盆成大道》《怀私怨恨仆告主》和《吕大郎还金完骨肉》等收入法国耶稣会士杜赫德出版的《中国通志》卷三中。

① 王克非：《翻译文化史论》，上海外语教育出版社1997年版，第163页。

自 18 世纪末和 19 世纪初，新教传教士继续耶稣会士的翻译事业，从翻译质量上看虽不如他们前辈，但由于致力于用于传教的通俗性小册子和课本的翻译，对中国民间接受西方文化产生了一定影响。传教士翻译家如马礼逊，翻译出版《使徒行传》《新旧约全书》等多部著作。伟烈亚力完成欧几里德的《几何原本》的部分章节及其他数学著作的翻译。晚清思想家王韬对这个译本非常赞赏，在其日记中写道："几何之学，素重于泰西。自利马窦入中国，与徐文定公译成此书，其学乃大明。然原书十有四卷，有未全之憾。定九梅氏谓精奥处皆在后八卷，前数卷略备轨法耳。匿其所长而不以告人，犹有管而无钥也。今西士伟烈与海宁李君不惮其难而续成之，功当不在徐、利下。"[1]另外，《代数学》、《重学》（物理学）、《天文略论》、《全体新论》（解剖学）、《博物新编》、《植物学》等一批影响较大的科学著作相继翻译出版，这些出版物为中国读者了解相关科学知识发挥了重要作用。从深层次讲，它们对西方科学精神引入近代中国做出了不容忽视的贡献。1852 年出版的魏源的《海国图志》百卷本引用了大量世界地理的材料。据统计，在所引外国人著述中，明末清初传教士的文字占百分之二十，19 世纪传教士的著作和翻译文字占百分之八十，由此也可看出传教士的翻译活动和成果对中国思想文化变革的影响之大。1887 年，美国传教士狄考文提出科学可以作为宗教的同盟，希望传教士在此方面发挥更大作用。完全可以这样认为，真正从文化上打开中国大门的是西方来华的传教士，他们的翻译活动的初衷虽是为了传播上帝福音，但在客观上推动了将西方的科学文化和制度文化传入中国，进而加快了中国走向现代化的步伐。

（二）传教士对中西文化交流的另一个贡献是创办报纸杂志，为中西文化交流提供新的媒介。办报纸办杂志对传教士而言其目的当然如翻译一样主要还是为传播基督教教义，但由于在这些报刊上同时刊载大量西方自然科学、人文科学的文章和及时新

---

[1]（清）王韬：《王韬日记》，中华书局1987 年版，第 69 页。

闻报道，这就为中国人了解西方打开了一个非常快捷的通道。著名的中文报刊如《察世俗每月统记传》（在马六甲）、《特选撮要每月记传》（1823年在巴达维亚）、《天下新闻》（1827年在马六甲）都是由传教士创办，这些基本都是在中国境外。最早在中国国内出版的中文期刊是传教士郭实猎主持创办的《东西洋每月统记传》。一般认为，其办刊时间为1833年至1837年。德国籍传教士郭实猎，曾在新加坡、马六甲作为尼德兰传教会成员传教，后到中国从事公务活动，他具有很强的言语能力，通德、英、荷兰等国语言，后又学会中文，此人非常勤奋，著述达八十五种之多，中文著作有六十一种，所编的《东西洋考》由于刊发大量的世界各国地理、历史、宗教、经济、政治、科学、技术、新闻、风俗、文学等方面的知识和信息，为中国人了解世界打开了一扇窗口。郭实猎在其亲自起草的一份办刊缘起时说："当文明在世界各处取得迅速进步并超越无知与谬误之时——即使排斥异见的印度人也已开始用他们自己的语言出版若干期刊——唯独中国人却一如既往，依然故我。虽然我们与他们长久交往，他们仍自称为天下诸民族之首尊，并视所有其他民族为'蛮夷'。如此妄自尊大严重影响到广州的外国居民的利益，以及他们与中国人的交往。其出版是为了使中国人获知我们的技艺、科学和准则。"[1]为便于中国人接受，文章作者常常引用中国儒家经典尤其是孔子的话作为依据。需要特别指出的是，他们有时会声明并强调西方文化与中国文化有很大不同，但不妨碍"合四海为一家，联百姓为一体，中外无异视"[2]。这样的观念和看待东西方文化的视角，即使现在看来也是非常有远见的。

《东西洋考》[3]刊载文艺性论文为数不多，但有一篇题目为《诗》的短文谈中西诗歌问题值得注意。文章首先引用孔子"思无邪"的观点阐述中国传统诗论对诗歌本质和功能的看法，同时，向中国读者介绍欧洲诗歌，其论析不乏比较文化的视角，"汉人独诵李太白、国风等诗，而不诵

---

① 爱汉者等编：《东西洋考每月统记传·导言》（影印本），中华书局1997年版，第12页。

② 同上书，第13页。

③ 同上书，第195页。

欧罗巴诗词，忖思其外夷无文无词。可恨翻译不得之也，欧罗巴诗书万世之法程于是备。善意油然感物而兴起，豪烈豪气于是乎生，精神涌发乐而不过无一理而不具矣。盖欧罗巴民讲异话，其诗书异类。诸诗之魁，为希腊国和马之诗词并大英米里屯之诗。希腊诗翁推论列国、围征服城也，细讲性情之正曲，哀乐之缘由。所以人事浃下天道，和马谓诗中之魁。词诗翁兴于周朝穆王年间，欧罗巴王等振厉文学，诏求遗书搜罗。自此以来学士读之，且看其诗相无稍逊也。夫米里屯当顺治年间兴其诗说始祖驻乐园，因罪而逐也。"最后，作者用"沉雄俊逸""词气壮、笔力绝"等词对弥尔顿的诗歌特征做了简要概括。

传教士报刊作为全新的传播中西文化的媒介值得研究的问题非常之多，以上只是以一个个例稍作说明。

（三）传教士的翻译和文学创作对中国文学的影响。首先看语言方面。中国文学由古典走向现代的最重要标志是文学语言的变革，新文学的白话语言虽然不可能不受到古典白话的影响，但所用的主要是欧化了的白话。欧化的白话语言的直接创造者是近代来华传教士。[①]综观传教士对中国新文学语言的影响，主要包括以下几个方面：其一，传教士的传教翻译活动大量运用白话语言对中国现代白话文运动和语言变革产生了重要影响。著名的基督教研究专家王治心先生谈到太平天国运动时曾很有见地地指出西方传教活动在语言方面的影响，他在其名著《中国基督教史纲》中说："现在我们所提倡的白话文，以为是文学革命的产物，是空前的，却不知道当太平天国的时候，早有过一番改革。我们且看一看他们所用的经典与文告，有好几处很通俗的东西，这些东西是很浅近的，与现在的白话差不多。想不到在贵族文学极盛的时候，竟有这种平民文学出现。"[②]为将基督教义及其他知识传播到民间，能为百姓接受，选择通俗易懂的白话是最好的手段，在

① 参见袁进：《重新审视欧化白话文的起源》，载《文学评论》，2007年第1期。
② 王治心：《中国基督教史纲》，上海古籍出版社2004年版，第152-153页。

传教士影响下太平天国如此，其他时期的传教士其实也是这样做的，他们将《圣经》用俗语进行翻译，初期所用是古白话，至18世纪70年代，已开始出现欧化的语言。所编教材也都是用浅近的白话文字写成。传教士的创作在语言方面对中国文学也产生了影响，主要表现在语法方面（如由古代白话诗的单音节变为双音节为主，像"仰望天堂一心向上，走过两边绊人罗网"）。在词汇方面，传教士的翻译和创作大量引进了很多西方新词，丰富了中国文学的词汇。

传教士的小说创作对中国新的小说文体的影响。如何界定传教士的文学创作是一个问题。从宽泛意义上讲，传教士围绕自己在中国的游历和传教过程所创作的文字都可作为文学创作来看。著名的汉学家美国学者韩南先生提出"传教士小说"的概念，他界定为"'传教士小说'，我指的是基督教传教士及其助手用中文写的叙述文本（以小说的形式）"[1]。对于传教士的作品是否是小说，能否真的被看作小说——传统小说和西方小说，韩南先生的回答是肯定的，其主要标准主要是从形式上的判断，包括运用白话（普通话或方言）写作，形式上采用中国传统的章回小说的形式（分若干章，常用"回"这个词）或前现代西方小说的叙事形式。郭实猎《赎罪道传》通过个人叙事教授基督福音，米怜《张远两友相论》，讲述基督徒与他一个邻居的十二次会面，讨论基督教义问题。这些传教士小说的叙事方式尤其是其中的对话、议论对中国近代小说创作的影响是比较直接的，只是我们在此方面还缺乏基本的研究。

再是文学观念的影响。传教士的小说创作对中国文学的影响除语言方面之外，还有小说观念的影响。周作人于1920年曾指出："我记得从前有人反对新文学，说这些文章不能算新，因为都是从《马太福音》出来的；当时觉得他的话非常可笑，现在想起来反要佩服他的先觉：《马

---

① [美]韩南：《中国19世纪的传教士小说》，《中国近代小说的兴起》，徐侠译，上海教育出版社2004年版，第68页。

太福音》的确是中国最早的欧化文学的国语，我又预计他与中国新文学的前途有极大的关系。"①可见传教士对中国文学的影响是事实上的存在。晚清"新小说"的兴起与传教士傅兰雅发起的小说征文直接相关。1895傅兰雅发表公告，对参赛小说提出要求，必须对社会有意义，要对当时中国社会的弊病——鸦片、时文和缠足进行抨击并提出救治的办法。②这种功利主义的小说观对梁启超等倡导新小说也产生了影响。③传教士在中西文化交流中的作用和地位的研究尤其是他们对中国文学现代性的影响是新的课题，希望有更多的学者进一步关注。

总之，在新的文化背景和文化视野下，中外文化交流有着更多更新的变化，对之的研究从理念到方法也必然要有新的推进。

（原载《湖南社会科学》2012年第2期）

---

① 袁进：《重新审视欧化白话文的起源》，载《文学评论》，2007年1月第1期。

② 参见[美]韩南：《新小说前的新小说——傅兰雅的小说竞赛》，《中国近代小说的兴起》，徐侠译，上海教育出版社2004年版，第149页。

③ 参见爱汉者等编：《东西洋考每月统记传·导言》（影印本），中华书局1997年版，第195页。

论詹姆逊的艺术形式观

费雷德里克·詹姆逊（Fredric Jameson，1934— ）是美国当代著名的文化研究家，西方马克思主义批评家，其思想极其丰富，本文主要对他的有关艺术形式的理论观点进行初步探讨。

一

詹姆逊的艺术形式观是对西方古典形式美学、马克思主义形式美学和当代西方形式主义文艺理论的批判和继承。一方面，他抛弃了柏拉图、亚里斯多德、康德以及俄国形式主义、庸俗马克思主义、结构主义的形而上学的、片面的"形式"观；另一方面，借鉴歌德、席勒、黑格尔、经典马克思主义和以卢卡奇、阿多诺、本雅明、马尔库塞、布洛赫、萨特为代表的西方马克思主义的"形式的辩证法"，提出了"外在形式"和"内在形式"等重要概念。

詹姆逊认为传统的内容与形式二分法是有缺陷的，必须加以抛弃。他反对将形式同内容对立起来考察，认为文学中的内容与形式是一对辩证的概念，文学的内容一开始就从来不是没有形式的，它们一开始就已经是富有意义的形式了。文学作品并不是赋予词语、思想、客体、愿望、人物、场所和活动等因素以意义，而是将这些因素的初始意义转化为一种新的意义结构。

在詹姆逊看来，"外在形式"有两层含义。第一层含义是指形式美学所说的素材、语言、技巧、语义、结构等纯形式的基本范畴。第二层含义是指只用眼看不用思考的艺术的外部表象。"从原则上讲，把社会历史领域同审美—意识形态领域熔于一炉应该是令人兴趣盎然的事情。……总之，卢卡奇对我来说意味着从形式入手探索内容，这是理想的途径。"①在这种辩证的批评中，应该把作品所体现的形式和美学的特性转述成真正的历史的存在。

"内在形式"（inner form）的概念是歌德和威廉·冯·洪堡从普罗提诺那里发展而来的，詹姆逊将这一概念运用于阐释活动。洪堡对外在形式与内在形式的语言学划分为詹姆逊将"内在形式"作为阐释学概念并提出"从外在形式向内在形式运动"的阐释过程提供了重要的思想资源。

"内在形式"是指统摄作品并最终与社会、政治、历史相联系的深层结构。"内在形式"包含两个层面："既作为对具体的伪装又作为具体的揭示"②。所谓对具体的"伪装"是指外在的表层结构，它使内在的深层结构神秘化、歪曲化，这种"伪装"是文本的寓言化、象征化之后的形式。第二层面，作为对具体的"揭示"，内在形式是受到外在形式的歪曲和异化的，只有将外在形式这一伪装卸除，才能揭示内部形式。"内在形式"体现了作品的真正内涵和社会历史的深层底蕴，所以透过外在形式，揭示"内在形式"成为詹姆逊阐释学的最终目的。

要揭示"内在形式"，必须深刻了解文本表达方式。一切文本都是寓言化了的。詹姆逊在《寓言》中指出，对内在形式的揭示有时也可以说是对"寓言机制"的揭示，尤其在戏剧艺术中更是如此。"寓言包括从某一特定再现中抽取它自足的意义"③。

从以上可看出，詹姆逊认为文学作品的"内在形式"具有对"政

---

① [美]费雷德里克·詹姆逊：《马克思主义与理论的历史性》，王逢振主编《詹姆逊文集》第一卷，中国人民大学出版社 2004 年版，第 136 页。

② [美]费雷德里克·詹姆逊：《语言的牢笼：马克思主义与形式》(下)，钱佼汝、李自修译，百花洲文艺出版社 2010 年版，第 371 页。

③ [美]弗雷德里克·詹姆逊：《寓言》，王逢振主编《詹姆逊文集》第二卷，中国人民大学出版社 2004 年版，第 134 页。

治无意识"的意识形态的遏制作用，"文艺阐释学应该采取由文本形式去揭示文艺的政治、社会、历史内涵的阐释路径，既要揭示出文本形式所遮蔽的历史真实或政治欲望，又要阐明审美形式进行意识形态遏制的运行机制"①。

其次，作品的"内在形式"与社会、历史密不可分。文学进入社会—经济或者进入历史都不是将文学研究滑入其他学科的研究，而是"文学作品的形式在陈述上都必须有一个潜在的历史维度来支撑它们"②。在历史面前，各种理论都不过是一个角度、一种视野，而历史本身则是能包容、超越这些互相冲突的不同角度的一个终极框架、终极视野，个体总是一种历史情境的组成部分。在此基础上，詹姆逊建立了他所谓的"辩证的批评"模式，注重探求作品所赖以产生的历史情境，从而揭示文艺作品的内在意蕴及其与历史的深层联系。詹姆逊特别强调"真正的解释使注意力回到历史本身，既回到作品的历史环境，也回到评论家的历史环境"③。这种对评论的评论，即为元批评（meta-commentary），这也是詹姆逊阐释学的核心观点。

另外，詹姆逊的艺术形式理论还融汇了弗洛伊德的精神分析理论。他从内容的每一个层面都仅仅是一个乔装的形式的辩证思想出发，指出批评的过程与其说是对于内容的解释，不如说是对于内容的显示，是将被多种潜意识压抑所歪曲的原始含义和原始经验重新揭示出来，恢复其原来面貌。这种显示所要解释的是内容何以要受到如此的歪曲，因此，不能将它和对于潜意识压抑机制的描写分割开来。

二

由外在形式到内在形式的运动存在着内在的逻辑，二者之间有着紧密的联系，詹姆逊对此给予了独到而深刻的论述。

① [美]费雷德里克·詹姆逊：《马克思主义与理论的历史性》，王逢振主编《詹姆逊文集》第一卷，中国人民大学出版社 2004 年版，第136 页。

② [美]费雷德里克·詹姆逊：《批评的历史维度》，王逢振主编《詹姆逊文集》第一卷，中国人民大学出版社 2004 年版，第 166 页。

③ [美]弗雷德里克·詹姆逊：《快感：文化与政治》，王逢振等译，中国社会科学出版社 1998 年版，第 4 页。

首先，在形式与内容之间，存在同一性，这种同一性就是二者之间的联系。辩证思维在其结构上是自我意识（self-consciousness）的，对于马克思主义辩证法来说，自我意识的目的在于认识思考者在社会和历史本身中的地位，认识造成这种阶级地位的原因和条件。我们根据詹姆逊的观点把这样的辩证思维描述为"同义反复"（tautology），因为运用辩证思维，主体和客体，思维过程和真正的现实之间具有同一性、互译性。主体和客体，思维过程和真正现实作为独立的实体，最终表现的是一个命题——对社会和历史本身的还原与解释。将作品与社会学进行联系，被詹姆逊称为"The regrounding of the work"① （对作品的重新打磨）。也就是说，只有进入作品本身的历史结构内部，才能真正解读作品。

其次，外部形式向内部形式运动时，它所强调的是释义运作本身。"这种运动，正是由表层到基础现实，从一种表面自主的客体到这客体证明是其一部分或接合部的更大基础的这样一种运动"②。

然而作为阐释学，由外部形式到内部形式的运动是由内容—形式—内容的螺旋式上升运动。"文学素材或潜在内容的本质特征恰恰在于，它从来不真正地原初就是无形式的，从来（不像其他艺术那些未经加工的实体材料那样）不是在原初就是偶然的，而是从一开始就已经具有了意义，既不多于又不少于我们具体社会生活本身的那些成分：语词、思想、目的、欲望、人们、地点、活动等等。艺术作品并不赋予这些成分以意义，而是把它们的原初意义转变成某种新的、提高了的意义建构；由于这个原因，作品的创作和释义就都不可能是一种武断的过程。（我这样说，意思并不是指作品必然是现实主义的，而是指任何对其形式的文体化或抽象化，最终必然表达出其内容的某种深刻的内在逻辑，而且这种文体化自身的存

---

① [美] Fredric Jameson: *Marxism and form*，上海外语教育出版社 2009 年版，第 375 页。

② [美]费雷德里克·詹姆逊：《语言的牢笼：马克思主义与形式》（下），钱佼汝、李自修译，百花洲文艺出版社 2010 年版，第 361 页。

在，最终都必然依赖于社会原材料本身的结构)"①。一部作品由三种意义成分构成，一是由材料构成的原初意义；二是显露在外的形式的意义；三是隐含在内的最终意义。作品的创作和释义要以原初意义为基础，透过外在形式，最终指向终极意义。虽然原初的材料具有意义，但是还是要经过一定的加工和扭曲，才能使原初的材料转变成新的、提高了的意义建构。原初的材料是碎片化的，由此构成的外在形式是整体性的，而最终的内在形式是深层的意义。正如席勒所说："就我来说，我深信，美只是一种形式的形式，而且那通常称作它的材料（内容）的东西，势必被视为已经赋予了形式的材料（内容）。"②席勒的"形式的形式"，即终极意义，也就是詹姆逊所说的"内在形式"。

再次，文学阐释要探寻文本背后的内容，也就是探求艺术本质和内在形式，詹姆逊称之为"内容的逻辑"。"在文化领域内，相对透明并可以论证的东西，即变化在本质上是寻求以形式来充分表达自己内容的一种功能，恰恰是政治、社会和经济现实物化世界的不清晰的东西，在这个物化世界里，基础的社会或经济的'原材料'依照它自己的逻辑而发展的观念，产生一种爆发性的解放效应"③。所以詹姆逊不得不说内容的逻辑在性质上是社会的和历史的。要想明确表达艺术事实和它与之相应的社会和历史现实之间的关系，就要逐步扩大批评的焦点，扩大批评家的思考范围，这样由内在到外在的运动，本身就是一个意识形态行为。

詹姆逊对忽视历史思维，忽视作品个性的"新批评"十分不满，他认为辩证的批评要摆脱单一或单价值的美学理论。"新批评"追求一切艺术的同一结构，用单一类型的释义技巧或单一的解释方式，不去探求指向社会政治、社会、经济的内容，这种缺少内容逻辑的理解不能实现对作品的全面而真正的理解。只有辩证

① [美]费雷德里克·詹姆逊：《语言的牢笼：马克思主义与形式》（下），钱佼汝、李自修译，百花洲文艺出版社 2010 年版，第 362 页。

② 同上书，第 362 页。

③ 同上书，第 295-296 页。

的批判才能在作品与背景的关系中，解释作品形式和内容的多维度意义。

三

詹姆逊反对忽视内容的形形色色的形式主义的批评流派。同时他并不认为作品是不可解释的。詹姆逊企图建立起马克思主义的文艺阐释学，这一阐释学力图纠正抛弃内容的批评方法，将文艺作品同历史建立起联系作为辩证的批评方法，要求做到"历史化"，也就是说，辩证的批评不是孤立地去分析作品，不是预先规定文学批评的范畴，而是把它们理解为历史情境的某个方面。

詹姆逊建立起一套完整的阐释学理论模式，主要体现在他的《政治无意识》中，总体上看，这部著作的基本思想是，在最基本的层次上，每个文本都是一种政治幻想，它以矛盾的方式连接在特定的政治经济内部构成个人的那种实际的和潜在的社会关系。他思考的核心问题是，究竟是以什么样的机制通过什么样的运作过程将社会组织转变成为文化形式的。詹姆逊主要从心理学出发，对文化中连接个人幻想和社会组织的机制进行说明。其阐释学也正是要解决这个问题的。他的阐释模式是由文本、意识形态、历史真实几个不同层面构成的。这种阐释是在三个同心圆的、依次增大的框架之内完成的，三个同心框架也就是三个依次增大的阐释视野。其一，一般意义上的个别历史事件。这一视野是根据一般的历史联系来看待事物的，即弄清在什么地方发生了什么以及所发生事件的具体内容和特点，即确定事物的个别性。其二，广义的社会组织方式。这是阐释体系的第二视野，是由阶级间的对抗和斗争构成的。文本不能仅仅被看成个别现象，而应看作是社会现实。与此相应，我们借以读解文本的范畴应该从第一视野中的"个别事件"换成"阶级社会"，以了解某一阶级意识形态的总体特征。对于意识形态这一马克思主义的基本概念，詹姆逊也给予了自己的解释。在《意识形态的诸理论》中梳理出七种意识形态的模式，认为意识形态是一个复杂的联合体。詹姆逊借鉴弗洛伊德的无意识与性的理论，认为意识形态之于总体性的历史正如人的意识之于力比多一样，两者之间的关系是压抑和被压抑的关系。文学艺术是政治无意识的象征性行为，在文学文本中，文学既是意识形态的又是乌托邦的。其三，作为总体的历史。第三视野是最广阔的历史视野，即生产方式。詹姆逊指出，他所要研究的是与各种生产方式相应的各种文化符号作为素材，重新构筑为一个全新的文化框架。就艺术而言，每一种艺术形式都负载着特定生产方式及意识形态所规定的意义。当过去时代的形式因素被后起的文化重新构入新的文本时，它们初始的信息并没有被消灭，而是与后继者的各种其他信息形成新的搭配关系，与它共同构成全新的意义整体。一篇文本的形式结构实际上暗含着各种特定信息的积淀方式、交叠、重构过程等等，文本结构的整体意义取法于各种信息的积淀方式。为了说明文本形式结构的特点，詹姆逊提出了"形式的意识形态"的概念。所谓"形式的意识形态"是在一定的艺术创作过程中，如在社会结构中一样，并存着几种负荷不同信息的符号体系，而构成它们之间主导矛盾的信息便是"形式的意识形态"。

詹姆逊还强调，以上每一种视野或每一阶段都带来对文本的不同重构，并以不同的方式解释文本的结构。这个解释体系的特点在于把内在研究和外在研究真正融会贯通，这样，文学批评就不仅突破了结构主义、后结构主义的语言牢笼，而且为文学研究带来了新的视野。

詹姆逊认为"辩证的批评"在方法上最重要的步骤是在艺术与历史的基本框架内具体探索艺术品以何种隐蔽或被歪曲的形式表现了历史情境。他提出应借鉴弗洛伊德考察潜意识的方法，即区分症候和被压抑的思想，区分掩饰的行为和被掩饰的信息。

"内部形式"，作为一个阐释学概念（hermeneutic concept），也是詹姆逊所要建构的马克思主义阐释学的最重要概念之一。在辩证批评过程中，它强调的是解释本身的操作，也就是在时间中从"外部形式"向"内部形式"运动。对于批评家来说，不仅要被找回到自己的程序中，及时展示一种形式，而且还要反映他自身的具体的社会和历史境况。

与其说批评的过程是对内容的释义，不如说是对它的揭示。那么，在这一过程中，如何暴露和恢复种种稽查的歪曲之下的原初信息、原始经验？仔细阅读詹姆逊的著作，我们可以发现他有关文学阐释的更具体的解读方式。

对作品的解读，"必须按照关于某种激发力量等级的更为复杂的模式，重新阐释我们的内部形式观念。在这种激发力量等级的模式中，作品的各种因素都从表层开始在各个层面排列起来，而且可以说每一层面都用作更深一个层面存在的借口，因而，归根结底，作品中一切东西的存在，都是旨在让作品的最深层面即具体性本身得到表达；或者，如果按照布拉格学派的方式将这个模式颠倒过来，它们都是旨在突出作品的最本质的内容"①。这种释义过程，不仅在各个层面排列起来，而且为深度的拓展奠定基础。

詹姆逊所讲的辩证批评，"……并不是脱离形式批评走向别处，而是穿越它们后获得全面的观照，使我们能够了解事物的另一面，对马克思主义者而言，另一面即人们不以为然的历史"②。这样的解读首先肯定了纯形式主义合理成分，然后在此基础上继续前行——进入历史的范畴，这样才是真正的批评的批评。

在《象征推断；或肯尼思·伯克和意识形态分析》中，詹姆逊通过对伯克象征观点的分析，认为他的意识形态的形式研究，就是"对语言方法、叙事方法或者单纯形式方法的分析，意识形态通过这些方法表达自身，并且将自己铭刻在文学文本之中"③。也就是说，文学作为象征活动，总是通过语言方法、叙事方法或者单纯形式的方法来表现

① [美]费雷德里克·詹姆逊：《语言的牢笼：马克思主义与形式》（下），钱佼汝、李自修译，百花洲文艺出版社 2010 年版，第 368 页。

② [美]费雷德里克·詹姆逊：《批评的历史维度》，王逢振主编《詹姆逊文集》第一卷，中国人民大学出版社 2004 年版，第 166 页。

③ [美]费雷德里克·詹姆逊：《象征推断；或肯尼思·伯克和意识形态分析》，王逢振主编《詹姆逊文集》第二卷，中国人民大学出版社 2004 年版，第 313 页。

"意识形态"。这种"意识形态"分析可以被描述成"对某一特别的叙事特征的重写，或者是具有社会、历史、政治语境的一种功能"。所以历史、社会、政治的现实作为确定的"语境"优于产于之中的文学文本，所以"语境"就是分析的目的，把文学文本作意识形态的分析，就是重写文学文本，也就是重写或重构一个先前的意识形态或者历史的潜文本。象征活动作为描述世界的一条途径，"世界"作为其"内容"，并且赋予内容以形式，"象征活动通过生产与它自己同时出现的语境作为开始"①。所以一切理解都要回到文本发生的"语境"。詹姆逊描绘的三种不同的"语境"：直接的历史层面，阶级的历史层面，最大意义上的语境——生产方式，这就给人提供了认识事物的框架和阐释文本的三种不同的视野，透过这三种视野我们可以获得全面而深刻的意义。

总之，詹姆逊的"辩证批评"努力将历史重新焕发出生命力。尤其需要特别肯定的是，詹姆逊将马克思主义文艺批评同一般社会学的批评区别开来。他说："对具体的领悟，真正的马克思主义文学批评的典型姿态，发生于共时性的领域，而且，正是在这一方面，马克思主义的概念运作和一般社会学文学批评运作之间的区分本身，才最精确地展示出来。"②

詹姆逊尝试建立起一种马克思主义的阐释学批评模式，力求将文本重新放置到历史之中，他通过文化的视野以"理解—对话"的方式对文学文本作出阐释，而外在形式向内在形式运动构成了文本解释的具体过程。

最后，简要概括詹姆寻逊的艺术形式理论。其一，艺术形式是由内容转化而来的。其二，艺术的创作过程表现为从"外在形式"到"内在形式"的转化。其三，它还是一个阐释学概念。内形式是在进行文学阐释活动时，沟通文学与其境况的重要环节。詹姆逊认为外形式只是艺

① [美]费雷德里克·詹姆逊：《象征推断：或肯尼思·伯克和意识形态分析》，王逢振主编《詹姆逊文集》第二卷，中国人民大学出版社2004年版，第316页。

② [美]费雷德里克·詹姆逊：《语言的牢笼：马克思主义与形式》（下），钱佼汝、李自修译，百花洲文艺出版社2010年版，第338页。

术品的表层结构，内形式则揭示出艺术品的真正含义及其与更广阔、更深厚的社会历史底蕴的内在关联。

詹姆逊运用马克思主义的总体性原则同时吸收其他思想流派的方法对当代资本主义的文化和艺术进行了批评和阐释，形成了颇有个性的学术研究风格，其艺术形式理论对于我们的当代文艺学理论建设也有着一定参考价值和借鉴意义。

（本文与支云杰合作，原载《中外文论与文化》2012 年第 21 辑）

学术反思与学术超越

——读曾繁仁先生《美学之思》

　　曾繁仁先生于 2003 年出版的《美学之思》的命名中有"思考""思辨"之意，但同时更有"反思"的深意。学术的生命在于不断创新，创新就需要不断超越，而超越有赖于不断的反思。曾先生之所以在学术上能够不断有新的创获，保持着旺盛的学术创造力，最根本的原因在于他始终以学者的情怀、理性的精神及敏锐的洞察力关注现实，分析、反思中国社会发展中所面临的重大问题，以美学家文艺理论家的独特视角探寻解决问题的思路。更为难能可贵的是，作为人文知识分子，曾繁仁先生有着强烈的中国学人的责任感和使命感。

　　我认为，曾先生的学术反思及其所取得的学术成就，大体体现在以下几个方面。

一

　　自觉反思认识论、阶级论美学及文艺理论的弊端，关注文学艺术及审美活动的内在规律。曾先生在《美学之思》自序中说："前期的理论探索者重在认识论范围，表现在自己对美与艺术本质的认识，对西方古典美学的研究，主要将美与艺术界定在对现实的艺术形象的反映的层面。"[1]当代文艺学美学研究带着深深的时代烙

---

　　[1] 曾繁仁：《美学之思》，山东大学出版社 2003 年版，第 2 页。

印，其中认识论甚至是阶级论的思想对建国之后的理论研究影响很大，可以说是主流意识形态的重要组成部分，有其时代的贡献但同时也有着较明显的局限，正如曾先生自己所说，在前期的理论研究中，他也概莫能外地会从认识论的角度看待美学问题、艺术问题。但我在研读先生这个时期的论著过程中，发现他在 70 年代末和 80 年代初已比较自觉地开始思考甚至是反思长期以来占主导地位的认识论文艺学的问题，有一种对艺术与美进行重新定义的内在冲动，已感到仅仅停留在认识论的层面来认识美与艺术似已远远不够。因此，这一时期所发表的多篇文章在理论反思的同时，开始有意识地向着关注文学艺术与美自身规律努力。发表于 1979 年的《关于艺术类型本质的初步思考》是在学术界刚刚进入拨乱反正不久写出的。现在看来，仍具有重要的学术价值和学术创新性。文章明确指出"艺术典型既是文艺这一特殊领域的现象，就须抓住文艺的特性去探讨、研究它的本质。众所周知，文艺同其他社会科学不同，有一种特殊的社会作用，就是美感教育作用。也就是说，优秀的文艺必须引起人们感情上的某种激动，使其惊醒起来，感奋起来，去实现改造自己的环境。因此产生这种美感教育作用的艺术美就是文艺的特殊本质，就是典型的本质。而艺术形象的典型意义也就是它的美学价值。由此，我们提出'典型即美'的命题，并认为只有从艺术美的角度去研究典型，才能真正地把握住它的本质。"[1]在艺术典型的本质特征的具体研究中，曾先生对艺术典型中"主观因素"的强调，更是表明虽然还未完全脱离认识论的思维方式，但已表现出不满足于仅仅从这一角度分析问题了，"文艺尽管同其他社会科学一样都是属于意识形态的范畴，都是人类对于客观世界的认识，从认识的过程来看也都是主客观的统一；但从认识的内容来看，一般说来其他社会科学只是对客观规律的正确反映而并不包括主观因素，但文艺却不仅要求正确反映客观社会生活，还包括着浓厚的主观因素"[2]。在当时的学术环境下，曾繁仁先生

① 曾繁仁：《美学之思》，山东大学出版社
2003 年版，第 3 页。
② 同上书，第 16 页。

提出问题的方式及理论见解极有学术勇气和学术个性，也更充满着理论反思的精神。

　　对形象思维及文学史研究方法的探讨同样可以明显看到曾繁仁先生对"忽视文学最基本的美学特性"之理论研究格局的批评与反思，力图克服简单化地从社会学的角度考察文学艺术的局限。在《文学史研究方法之我见》中，曾先生关注文艺自身规律，强调文学特性的意识更加明确和自觉。他明确指出文学是一种特殊的审美的社会现象，并构成自己特有的审美系统，单纯从其社会的属性，从社会存在决定社会意识的角度还不能完全揭示文学的根本特性。进而，他强调文学作品是凭借形象的特有的情感判断，是作者的独特审美体验，"对文学的分析应是一种美学的分析，而不能代之以政治的分析……"①曾繁仁先生强调，对于作为特殊的美学现象的文学作品，政治的与阶级的分析只应渗透于美学的分析之中，成为美学分析的指导而不能对其取代，而美学的分析又着重于情感的分析，即着重分析文学作品通过形象所表现的情感基调。这种情感基调即形成作品基本的美学特性。曾先生还特别指出了文学活动中"偶然因素"的重要性，认为偶然因素常常对作家的心理产生不容忽视的影响，并成为某些作品产生的直接原因，我们过去相对忽视偶然因素，就文学创作的实际而言，应多注意其在文学创作过程中的独特意义。我们从中可以看出，曾先生已开始自觉地对长期以来在认识论哲学影响下，重视规律、必然，轻视或否定偶然的思维方式进行反思。曾繁仁先生之所以在粉碎"四人帮"之后不久，对极"左"思潮影响下忽视文学艺术自身规律的现象进行批判，致力于文学艺术研究向自身规律与特性的回归，究其原因，我认为有三：其一，作为"文革"的亲历者，他对把文学艺术仅仅作为阶级斗争符号、政治斗争工具的弊病及其危害深有感受。其二，曾先生虽长期从事理论研究，但十分关注时代的艺术与审美状况，同时对艺术有着特殊的敏感和鉴赏力。其

---

① 曾繁仁：《美学之思》，山东大学出版社2003年版，第45页。

三，曾先生对西方美学家的研究，为其提供了反思中国文学艺术的重要参考。

二

对美育"情感教育"本质和"培养生活的艺术家"的研究表明，曾繁仁先生对美与艺术自身规律的反思走向了将美与艺术同人的生存状态相联系。即是说，在他看来，美与艺术的存在更重要的不是为了"认识"，而是人生过程中重要的组成部分，是人格塑造的重要因素。

如何实现人的自由发展，消除人性分裂，是西方思想史上诸多哲学家、美学家不断努力探讨的重要问题。早在古希腊时代，就有了"美是和谐"的观念，18世纪启蒙主义者爱尔维修、狄德罗等都认为历史上曾出现过一种非常理想的社会状态。启蒙主义思想家们追求的理想社会模式就是建立在这种和谐状态基础之上的，这种理想在德国古典美学那里得到了进一步发展。

康德企图通过人类审美活动来实现人与自然之间的和谐，进而达到人的理想与社会理想和审美理想的统一。席勒更将审美活动作为建立理想社会和完美人性的手段，他宣布，正是通过美才可以走向自由。席勒认为，美育的根本性质和任务就是要在力量的王国和法制的王国之外创建一个审美的王国。"在力量的可怕王国中以及在法制的神圣王国中，审美的制造冲动不知不觉地创建第三个王国——游戏和感观的愉快的王国，在这里，它卸下了人身上一切关系枷锁，并且使他摆脱一切可以叫作强制的东西，不论是身体的强制或是道德的强制"①。曾繁仁先生在其美育研究中自觉吸收了德国古典美学家思想中的"合理成分"，但从根本上把美育本质的定位奠定在马克思历史唯物主义基础之上。马克思之前的美学家美育的思想的局限表现在两个方面：首先，审美教育基本上局限于艺术领域，仅仅把艺术作为审美教育的主要工具。其次，他们的思

① 《古典文艺理论译丛》第五册，人民文学出版社1963年版，第94页。

想都带有"审美乌托邦"的性质。他们把人的解放、人性的全面发展全部寄托在人的审美活动，因而把审美教育强调到不恰当的位置。由于不能把审美教育活动同人类广阔的社会生活实践密切联系，审美教育也就失去了现实根基，理想的人的实现只能成为空谈。马克思、恩格斯的美育思想在以上两个方面都超越了前人，他们虽然十分重视艺术教育在审美教育中的地位，但有别于前人的独特之处是，他们把艺术作为反映现实社会斗争的一种特殊的意识形态来看待，因而艺术世界不再是一个虚幻的空中楼阁，艺术审美的目的在于认识世界、改造世界，而不是让人沉浸在虚幻的精神王国之中，达到所谓逃避现实的目的。更重要的是，马克思、恩格斯不再像以前的美学家那样把人类的审美活动局限于艺术活动或精神活动领域，而是认为审美涉及人类的一切活动，按照美的规律来建造是人类在改造客观世界甚至是主观世界的任何活动中都应遵循的一个重要美学原则。从根本上讲，人的全面发展的实现必须以消灭私有制、克服异化劳动为条件。曾先生指出："马克思'人也按照美的规律来建造'是一种符合人的本质的劳动观，也可以说是一种按照美的规律来对待社会和人生的人生观。"[1] 由此，引申出现代美育的问题，"当今人类已经进入信息时代，现代科技在人类生活中占据着越来越大的比重，物质生活较前极大丰富。但是，环境问题、人口问题、资源问题、南北问题以及精神问题仍在不断地困扰人类，成为关乎人类命运前途的诸多重大问题"[2]。曾先生的美育之"思"，尤其是现代美育之"思"就是从此出发的，他广泛借鉴综合前人的美育思想，立足于解决当前人类所面临的危机，关注人的全面发展和社会和谐进步，在曾先生看来，美育说到底是一种人生观、世界观的教育，而不是单纯的技能教育。"作为美育来说，最后的结果仍然是和谐协调的审美世界观、人生观的培养。这种审美的世界观、人生观，就包含以审美的态度对待自然、社会和人生，而最终的审美理想就是为建立一个和谐的审美的人

---

[1] 曾繁仁：《美学之思》，山东大学出版社2003年版，第498页。

[2] 同上书，第498页。

051

类社会而奋斗。"①

20世纪80年代中期至21世纪初的多篇有关美育的研究论文中,曾先生投入极大的精力与热情研究、探讨、呼吁符合新时代需要的审美观的出现。科技的发展、市场经济的出现、人们的物质生活极大改善,都为当代人的现实生存状况提供了新的内涵。我们也深切感到,人们的最初欲望得到满足的同时,物欲、人欲过分膨胀,道德水准滑坡。关于人文的精神讨论及钱中文先生提出建立"新理性精神"等都是对中国人文精神状况的关注并积极寻找途径解决问题的表现。

曾繁仁先生以其特有的方式思考当下中国人的精神文化状况,不但有理论的思考,更有现实的关切,那就是通过审美教育实践造就时代所需要的人才,通过广义的美育提升人们的精神气质和人格境界。曾先生说:"我们从知识经济和信息科技革命的新视角来重新审视美育,得出的结论是:在知识经济的时代,美育比以往任何时候都重要。"②"新时期正是市场经济占据主要地位的时期,不仅资本主义国家,而且社会主义国家都实行市场经济。市场经济有其促进经济与社会发展正效应的一面,但市场规律所产生的市场本位、金钱本位及拜金主义倾向也有其不可忽视的负效应一面。为了克服这种负效应,除了大力加强法制建设,还应大力倡导人文主义精神,将人的全面发展与对人的全面关怀提到突出位置。而美育就是人文精神的组成部分,就是人的全面发展与对人的全面关怀所不可缺少的方面。"③对联合国教科文组织1989年提出的"学会关心:21世纪的教育"的主题,曾繁仁先生的理解是:"所谓'关心',就是关心人类,关心社会,关心他人,就是一种高尚的情操,美好的情感。"④由此可见一个美学家的人间情怀。也正因此,他多次撰文强调美育要培养人的审美力,本世纪初又提出美育的根本任务是培养"生活的艺术家",

---

① 曾繁仁:《美学之思》,山东大学出版社2003年版,第550页。

② 同上书,第532页。

③ 同上书,第559页。

④ 同上书,第532页。

其旨归在于实现新世纪人类和谐发展的美好理想。曾先生以培育新的社会性格为核心的美育思想立足于社会发展的实际需要，以极其开阔的国际视野重新审视美育的价值与地位，强调美育的现代意义。这一时期，他发表了一系列论文，如《走到社会与学科前沿的中国美育》（2001 年）、《美育与脑科学关系初探》（2001 年）、《现代"美育转向"与中国美育发展》（2002 年）、《试论当代美育的"中介"功能》（2001 年）。单从论文题目，即可强烈地感到曾繁仁先生这时期美育研究所关注的问题域具有很强的前沿性，从中国现实问题出发，为美育灌注新的生机与活力，为人的更美好的生存提供重要的人文视野。在《审美教育现代性初论》中，曾先生更是明确而系统地对美育的现代意义做出了清晰表述，在指出美育现代性是经济和社会发展的需要，是当前教育现代化的需要的同时，又特别从现代化过程中人文精神缺失的背景下突出倡导美育现代性的重要意义。现代化的过程本来就有其两面性，一方面，市场化、工业化、城市化甚至是信息化，极大地促进了经济社会的发展，是不可超越的。另一方面，正如当代西方诸多思想家对"现代性"的负面所进行的深刻反思一样，曾先生作为一位有责任感的中国学者对当代人文环境所面临的问题的体验是非常深刻的，在此基础上呼吁美育现代性的建立，"诸如市场化所导致的市场本位、金钱拜物，工业化所导致的工具理性膨胀，城市化所导致的精神疾患蔓延等等，这都是资本主义国家在现代化的过程中所遇到的问题。目前看，在我国现代化过程中这些问题也难以避免。这些问题都有一个共同性，那就是人文精神的缺失……审美教育就是人文精神的培养与发扬，可以在现代化过程中对种种人文精神缺乏的现象起到补缺作用"①。其基本方法是要求人类以审美的"亲和"态度对待给予我们以生命源泉的大自然，同时以和谐发展的态度对待自身，"审美地对待自身，做到生理和心理的和谐发展，这样一个属于美育范围的基本态度和观点就在人类自身生存发展问题上将科

① 曾繁仁：《美学之思》，山东大学出版社2003 年版，第 622 页。

学主义与人文主义沟通起来。以审美的态度对待自身，人类将会愈来愈和谐、健康、美好"①。

曾先生的美育研究把真正的人文精神灌注到新时代人的培养之中，充分显示出一位美学家对社会的现实关怀。

三

反思实践美学，提出崭新的生态存在论美学观。"中国当代美学领域面临着对实践美学的突破，而当代存在论美学的强烈的现实性与包容性使其成为取代实践美学的最佳选择"②。当代存在论美学的提出对于超越和突破实践美学的局限具有重要的理论价值与现实意义，这一新的美学观关注人的生存状况，其基本范畴是审美存在，按照曾繁仁先生的界定，"'审美存在'是指人当下的存在状况，是关系中的存在，而非实体的存在。他包含了自然—社会—人整体协调的内容，是物质与精神、现实与理想、此岸与彼岸、世俗与诗意、科学与人文的二律背反，但又侧重于后者"。③实践美学将美定义为"人的本质力量对象化"并没有解决审美本身的问题，而是以哲学概念代替美学概念。在此基础上，曾繁仁先生将生态观引入以实践为基础的当代存在论美学，进一步提出"生态存在论美学观"。这是一种后现代语境下，以崭新的生态世界观为指导，立足于人与自然的审美关系，同时涉及人与社会、人与宇宙以及人与自然等多重审美关系的美学观。其根本任务在于改善人类当下的非美的存在状态，建立更加符合人的生存需要的符合生态规律的审美的存在状态。

---

① 曾繁仁：《美学之思》，山东大学出版社2003年版，第630页。

② 同上书，第193页。

③ 同上书，第197页。

由当代存在论美学到生态存在论美学是进入21世纪之后曾繁仁先生美学思想的一次重大飞跃，与之着力思考的当代美育问题有着必然的联系。20世纪80年代曾先生美育研究的一个重要命题是培养"生活的艺术家"，即以审美的态度对待自然、社会与人自身，这种审美地对待自然的态度及强调审美教育中人与自然、人与社会、人与自身相协调统一的观点与后来提出的生态存在论美学观基本的背景及内涵是一致的。从曾先生的表述中我们也可以明确地看到这一点，"对于生态美学的界定应该提到存在观的高度。生态美学实际上是一种在新时代经济与文化背景下产生的有关人类的崭新的存在观。这是一种人与自然社会消除了污染，达到资源再生的存在观。这也是一种新时代的理想的审美的人生，是一种'绿色人生'"①。

生态存在论美学观提出的重要意义仍在于对人的生存状况的反思，对非美的存在状况的忧虑。西方的哲学与美学对"现代性"问题的观照，对"现代化"问题的反思，就是在关注人的当下生存状况的视野之下展开的。自文艺复兴尤其是启蒙运动以来，随着科学技术的进步，现代化进程的展开，人类社会取得了前所未有的成绩，但同时也带来了一系列影响人的生存的多种问题：技术至上，理性桎梏，物欲膨胀，道德沦丧，尤其是自然环境遭到无休止的掠夺，生态环境极度恶化。这也是生态哲学、生态美学作为人文学科以其特有视角关注人的生存状况，成为世界美学研究中的一门"显学"的重要原因。说它是一门显学因为它意味着美学研究之哲学观的改变，即由机械论向存在论演进发展。从宇宙观的角度，生态哲学及生态美学的出现，"标志着20世纪后半期人类对世界的总体认识由狭隘的人类中心主义向人类与自然构成统一的生命体系这样一种崭新观点的转变。"②更为重要的是，生态美学成为中国人文学者关注"现代性"问题，反思晚清以来"现代化"发展进程中特别是20世纪90年代以来中国人文状况所出现的诸多弊端，有力地推动了中国当代人文精神向好的方面发展。国家提出"生态文明"建设的号召，与人文学者所倡导的"生态美学"有着密切的关系。

① 曾繁仁：《美学之思》，山东大学出版社2003年版，第671页。

② 同上书，第675页。

生态美学研究还大量汲取中国传统哲学与美学智慧，成为中西哲学和美学对话的重要桥梁。曾先生在对生态美学的基本理论问题做出系统研究之后，便以极为自觉的学术意识，对中国传统生态美学资源给予系统总结与研究，发表了学术论文《老庄道家古典生态存在论美学观新说》《试论〈周易〉的"生生为易"之生态审美智慧》《孔子与其他儒家代表人物的古典生态智慧与生态审美智慧》《试论〈诗经〉中所蕴含的古典生态存在论审美智慧》《中国古代"天人合一"思想与当代生态文化建设》等，在这些文章中，曾先生或从生态存在论的哲学和审美观的角度阐释中国古代经典，或探讨古典生态智慧对当代生态文化建设的意义，视野开阔，所得结论新颖而独特。特别需要指出的是，曾先生在运用中西哲学相互阐发研究，发现中国古典生态智慧与西方当代生态哲学观念共同之处的同时，更加注重二者的相异之处。例如，曾繁仁先生指出，《周易》的"生生相易"，"中和之美"的生态美学智慧已经作为一种人的生存方式表现于中国人生存与思维的方方面面，同时也决定了中国人的审美方式的独特性，渗透于整个中国美学与艺术的发展过程之中。"正位居体""中和之美""立象尽意"等使得中国古代艺术更加注重人与自然、山水及具体生活环境的统一，"这样的美学与艺术特点与西方古代静穆和谐、符合透视规律的雕塑之美是迥异的"①。认识到这一区别是十分重要的。曾先生还指出，由于受西方中心主义思维方式的影响，我们常常以西方的"和谐、比例与对称"以及各种"认识论"的西方美学观念削足适履地硬套中国古代的美学与艺术思想，当然得出的结论是符合这一标准的会很少。在这样的美学研究思路的影响下，可以说自近代以来，我们在很大程度上都是以西方的美学理论来评判中国传统美学与艺术的实践，抹杀了中国美学与艺术的特质，滋生出对于中国文化的"虚无主义"思想，其弊病是很大的，曾先生深有感触地在文章结尾指出："写到这

---

① 曾繁仁：《试论〈周易〉的"生生相易"之生态审美智慧》，载《文学评论》，2008年第6期。参见《生态存在论美学论稿》，吉林人民出版社2009年版，196-197页。

里，我想起'美学'的翻译给我国美学研究带来的弊端。'美学'作为德国人鲍姆加敦提出的对于'感性认识的完善'的解释，经过日文则翻译成了中国的'美学'，使我国古代美学研究中不仅要按照西人的研究规范，而且要在古籍中寻找与'美丽'有关的'美'字，从而不仅导致了我国古代美学研究的种种误区，而且还出现了中国古代到底有没有'美学'这样的问题。我想作为如此历史悠久的中华民族有没有美学应该是不成问题的问题，但关键是我们真的没有完全形态的西方古代那样的美学，但却有着极为丰富的以《周易》为代表的，以'生生相易''保合大和'为标志的中国古典形态的生态的生命的美学。这样的美学体系需要我们在前人的基础上很好地研究总结，以建设中国当代的美学并参与世界美学对话。"①

生态美学的提出与研究不仅仅在于为当代美学研究提供了新的增长点，更为重要的是作为人文知识分子找到了一条解决现实和人生困境的路径，同时以曾繁仁先生为代表的中国当代美学家对于生态美学的研究，关注中国现实问题和人的生存状况，汲取中国传统生态智慧，发出了自己的声音。

总之，曾繁仁先生的美学研究以不断的学术反思和对现实问题的思考实现着一个又一个学术超越，显示出一位美学家的理论气度和广阔视野。

（原载《美育学刊》2011年第2期）

---

① 曾繁仁:《试论〈周易〉的"生生相易"之生态审美智慧》，载《文学评论》，2008年第6期。参见《生态存在论美学论稿》，吉林人民出版社2009年版，第197页。

论晚清新人学思想及其内在矛盾

　　以康有为、梁启超等为代表的中国近代知识分子在经历了极其曲折复杂的探寻过程后，他们深刻地认识到，中国要想摆脱内忧外患、积贫积弱的局面，走向现代化，必须由向西方学习科技、文化进入到"人"的改造层面。与之相适应必须有"新人"作为基础，在晚清知识分子的积极努力下，构建起了新的人学思想体系。概括而言，近代人学思想的核心是人的个性解放与自由，其目标与归宿是"新民"。

　　中国古代文学理论家虽然也不断谈到与创作主体自由有关的问题，作家在创作中也常常表现出与正统思想不和谐的个性自由的声音，但所有这些都只能是在极有限的范围之内的。众所周知，晚明时期以李贽等为代表的启蒙思想家曾高举性灵、自我、个性创造的旗帜奏响了向传统宣战的号角，他们明确提出"独抒性灵，不拘格套，非从自己胸臆流出，不肯下笔"的文学主张，这无疑是对创作主体自由意识的自觉呼唤。在这一思想影响下，文学艺术领域取得了比较辉煌的成就。但是，这种新人文主义思潮并没有使中国社会走出古典而进入现代的大门。人的解放和个性自由的土壤没有真正形成，新的人文思潮虽没有完全消失，但文学的质并没有根本改变。人的自由和个性解放作为时代问题在近代被明确提了出来。

　　人的自由和人格独立是晚清新人文精神的根本要义。如前所述，由于社会历史条件的限制，中国古代虽有倡导个性解放的曙光，但并没有迎来清晨的朝霞。近代思想家痛切感到，唤醒中国人觉醒、改造国民性是中国摆脱积贫积弱、走向富强的根本之路。要实现国民素质的提高，人的独立、平等、自由是根本保证。对人的自由的重视可以说是近代思想家反复探讨的一个问题。

严复由于接触到了西方思想，他不再仅仅从传统理论资源中寻找探讨人性问题的依据。他明确提出"以自由为体，以民主为用"，即要实现人的自由及人格独立，必须承认个体的基本需求。严复以他所接受的西方天赋人权思想，对长期以来中国人不自由的状况给予激烈批判，他认为人"皆为天之赤子"，凡人都天赋平等，而中国"自秦以降……皆以奴虏待吾民"，剥夺了人的一切权利，个体也就丧失了独立自主意识，由于个人与国家的关系是奴与主的关系，因而，当国家的命运处于危亡之时，人们会漠然视之。与之相反，由于西方国家是崇尚自由的，重视发展人的个性，人们也便具有强烈的主人翁意识，因此"深私至爱于其国与主"，"赴公战如私仇"[1]。严复对个人与国家关系的把握是相当准确而又深刻的。

对"自由"问题论述最多最为系统的是梁启超。他认为长期以来，中国只有君主一人是自由的，而人民群众根本无自由可言，中国人的奴隶性、依附心理正是来自于此。同严复的思路基本相似，在梁启超看来，由于个人没有自由及独立人格，因此，对国家兴亡置若罔闻，中国缺少凝聚力，四万万人犹如一盘散沙，显然，扫除奴隶根性，争取人的自由已成为时代当务之急。"中国数千年之腐败，其祸报于今日，推其大原，皆必自奴隶性来。不除此性，中国万不能立于世界万国之国。而稀有云云，正使人自知其本性，而不受钳制于他人。今日非施此药，万不能愈此病。"[2]自由是衡量国民素质的根本标志，"自由者，权利之表证也。凡人所以为人者有二大要件：一曰生命，二曰权利。二者缺一，时乃非人，故自由者亦精神界之生命也"[3]。梁启超不但在一般

① 严复：《原强》，《严复集》第一册，中华书局1985年版，第31页。

② 梁启超：《致康有为书》，《梁启超文集》，北京燕山出版社1997年版，第698页。

③ 梁启超：《致康有为书》，《梁启超选集》，上海人民出版社1984年，第136页。

意义上谈自由问题，而且也十分重视个体的自由，他说："一部分之权利，合之即为全体之权利。一私人之权利思想，积之即为一国家之权利思想。故欲养成此思想，必自个人始。"①梁启超还说过"国民树立的根本义，在发展个性"，他借《中庸》中的一句话"唯天下至诚为能尽其性"概括出"尽性主义"。梁氏一谈到个人、自由总是充满着激情："近今日第一要紧的，是人人抱定这尽性主义。如陆象山所谓'总要还我堂堂地做个人'，将自己的天才（不论大小，人人总有些）尽量发挥，不必存一毫瞻顾。更不可带一分矫揉。便是个人自立的第一义，也是国家生存的第一义。"②特别要引起我们注意的是，梁启超还在《新民说》中设计了理想社会的理想人格，而实现这种理想人格的基本保障是看人的自由是否成为可能，为此，他还对个人的自由与人格的独立做出了具体规定：一是以我为是，勿虑古云；二是不必随"群动者"而活，俯仰从人不自由；三是一切人与"我"斗而"我"必有斗争精神；四是有过人之才过人之欲者必有过人之道德心，方可有真正自由。梁启超对人的自由与人格独立的全面阐述成为近代个性解放思想的重要内容，它与谭嗣同的"冲决罗网"，章太炎的"依自不依他"，早期鲁迅的"立人"等具有鲜明近代色彩的人学命题无疑构成了中国近代个性解放思想发展的主线。这些思想对近代文学理论及文学创作也产生了直接影响，促发了近代创作主体观念的新的转型。郭沫若这样评价梁启超以自由为核心的新思想对旧思想的猛烈抨击："平心而论，梁任公的地位在当时确实不失为一个革命家的代表。他是生在中国的封建制度被资本主义冲破了的时候，他负载着时代的使命，标榜自由思想而与封建的残垒作战。在他那新兴气锐的言论之前，差不多所有的旧思想，旧风习都很像狂风中的败叶，完全失掉了它的精彩。"③

---

① 梁启超：《新民说·论权利思想》，《饮冰室合集·专集》之四，中华书局1989年版，第36页。

② 梁启超：《欧游心影节录》，《饮冰室合集·专集》之二十三，中华书局1989年版，第25页。

③ 郭沫若：《少年时代》，新文艺出版社1953年版，第125—126页。

近代个性解放思潮形成的思想资源也应引起我们的注意。其一是自然人性论。康有为在古代人性论思想中寻找思想资源，他在《爱恶篇》中指出："人禀阴阳之气而生，能食味则声被色，质为之也。于其质宜者则爱之，其质不宜者则恶之……故人之生也，惟有爱恶而已。"人性从根本意义上说是一种满足自身欲望的自然要求。从先天性考察，"人皆天子"，无贵贱之别。①人性既然出之于自然，就不应该也不可能压抑得了，因此康有为指出"圣人之为道"，"不废声色"，"但因国民性之所利而利导之"。他在理论上承认人的自然欲望，进而肯定人格的独立。然而，当理论落实到实践时，康有为的思想便表现出极大的矛盾性。他又反对提倡"自由"，认为个人自由与他人自由是对立的。尽管如此，康氏的自然人性论思想是针对封建正统观念而发的，它具有个性解放的性质。较康有为而言，谭嗣同则是以更为激烈和更为彻底的自然人性论为近代个性解放寻找理论上的依据。在他看来，"天理"存在于"人欲"之中，"人欲"是至高无上的善。从人欲合理的自然人性论出发，谭嗣同得出了人生而平等的结论，他说："三纲之慑人，足以破其胆而杀其灵魂"，完全应该废除，五伦中有四伦都应废弃，只有"朋友"一伦"于人生最无弊而有益，无纤毫之苦，有淡水之乐"。所以，它是"四伦之圭臬"，应发扬光大之。废除三纲四伦而提倡朋友之道，用意在于使君臣、父子、夫妇、兄弟都成为朋友，最后达到"一曰平等，二曰自由，三曰节宣惟意"之目的，总之，"不失自主之权而已"。②谭嗣同从肯定人的自然本性开始得出了人格独立的结论。其二是佛教的平等观念。这也是近代以弘扬人的自由为核心的新人文思想产生的重要因素之一。近代人虽然也尽力对儒家传统思想进行自己的阐释，并在古代圣贤的言论中寻找立论依据。然而，正统思想本身毕竟很难真正能完成这一任务，因而，近代思想家便从异端思想中"拿来"武

　　① 康有为：《请尊孔圣为国教立教部教会以孔子纪年而废淫祀折》，汤志钧《康有为政论集》，中华书局 1981 年版，第 281 页。
　　② 谭嗣同：《仁学》，《谭嗣同全集》，三联书店 1954 年版，第 66 页。

器，可谓"他山之石可以攻玉"。佛学思想曾给近代哲人以多方面的启示，在弘扬人格独立、个性自由方面，佛学所倡导的众生平等观念无疑发挥了较大作用。近代人对佛教平等观念是以自己的"前理解"进行阐释的，"平等"在佛教典籍中大量出现，其含义主要指人人都具有平等的佛性，而以此推论出政治上的平等则是近代人的发明，很显然，他们是从功利主义目的出发来吸收和利用佛教的"平等"观念的。章太炎明确将佛家的平等与政治联系起来，他说："昔者平等之说起于佛氏"，"佛教最重平等，所以妨碍平等的东西必要除去，满洲政府待我汉人种种不平，岂不应该攘逐？"[1]梁启超也认为："佛教之信仰也，必以为教徒之智慧，必可与教主相平等"，"其立教之目的，则在使人人皆与佛平等而已"。[2]谭嗣同重视佛教"破对待"之说，认为"无对待"，然后"平等"，"无人相，无我相"，然后"人我通"，达到人与人之间的平等。谭氏以之来抨击禁锢人们个性自由的封建伦理道德。

另外，西方资产阶级"天赋人权"的平等思想对近代个性自由思想的产生也起到了重要的影响作用。

总之，中国近代思想家在思考"中国向何处去"的问题时，敏锐地觉察到个体如不能冲破封建伦理的束缚进而获得自由，那么，中国就很难摆脱困境，更谈不上自立于世界之林。当然，个性自由与个人解放在实践中遇到了各种各样的问题，此点留待后面讨论。

如果说对个性自由与人格独立的追求是对封建道德公开宣战的话，那么，近代人对"心力"的崇尚则是个体真正觉醒的重要标志。

什么是"心力"？近代思想家谭嗣同在其文章中多次提到这一概念，如"心力之最大者，无可不为"[3]，"心之力量虽天地不能比拟，虽天地之大，可以由心成之、

---

① 章太炎：《演说录》，张枬，王忍之编《辛亥革命前十年间时论选集》第二卷（上册），上海三联书店1963年版，第451页。

② 梁启超：《论佛教与群治之关系》，《饮冰室合集·文集》之十，中华书局1989年版，第47页。

③ 谭嗣同：《仁学》，《谭嗣同全集》，三联书店1954年版，第74页。

毁之、改造之"①，"不论神奇到何地步，总是心为之。若能了得心之本原，当下即可做出万万年后之神奇"②。梁启超也非常推崇心力，"境者，心造也。一切物境皆虚幻，唯心所造之境为真实"③，认为心力是宇宙间最伟大的东西。可以看出，"心力"是一个带有强烈主观色彩的概念，它甚至可以不受外界客观现实世界的束缚，可以天马行空，为所欲为。极度夸大主观性在中国近现代思想史上所产生的负面效应虽不难看出，但我们也不得不承认对"心力"夸大的倡导是对长期以来中国崇尚"中庸"，反对冲突与对抗的柔性文化的反叛，它对重塑中国人的国民性格无疑具有不可磨灭之功。

对"心力"论产生直接影响的当推佛学思想。梁启超在解释佛教十二缘生理论时，特别强调人的意志力的作用，他说："佛以为一个人的生命，并非由天所赋予，亦非无因而突然发生，都是由自己的意志力创造出来。"④他写于1904年的《唯心》一文曾对佛教的"三界唯心"说加以阐发。"三界唯心"是佛学的一个基本命题，其基本含义是：世界上的一切自然现象和精神现象并不具有客观实在的物质基础，而是由心所造。梁氏说："境者心造也，一切物境皆虚幻，唯心所造之境为真实。"他还认为，事物的一切属性都不是事物所固有的，而是人的主观感觉的产物，从此出发，梁启超对"业"做出解释："各人凭自己的意志力不断的活动，活动的反应的结果，造成自己的性格，这性格又成为将来活动的根柢，支配自己的运命。从支配运命的那一点说，名曰业果或业报。业是永远不灭的，除非'业尽'——意志活动停止。"⑤业力并未因生命的死亡而终结，它还可以形成新的生命，即轮回。佛学作为近代思想资源的一部分成为近代革命家、思想家用来唤起民众觉醒，为民族命运而战的精神武器，从中

① 谭嗣同《上欧阳瓣姜师书》，《谭嗣同全集》，三联书店1954年版，第319页。
② 同上书。
③ 梁启超：《惟心》，《饮冰室合集·专集》之二，中华书局1989年版，第45页。
④ 梁启超：《佛陀时代及原始佛教教理纲要》，《饮冰室合集·专集》之五十四，中华书局1989年版，第13页。
⑤ 同上书，第15页。

汲取营养的"心力"说的价值当然是有不可估量的现实意义的。梁启超说："盖心力涣散，勇者亦怯；心力专凝，弱者亦强。是故报大仇、雪大耻、举大难、定大计、任大事，智士所不能谋，鬼神之所不能通者，莫不成于至人之心力。"①他将力看作人的立身之本，而"心力"在其中占有重要地位。

近代人提倡"心力"也试图从儒学思想中寻找有用的理论。明中叶思想家王阳明的"心学"及在其影响下的晚明个性解放思潮对近代"心力"都有直接影响。王阳明虽然也崇拜天理，但他反对把天理视为主宰一切的"上天""天命"，而认为心就是理，"我的灵明，便是天地鬼神的主宰"②。可见阳明心学是高扬人的主体性的，他对程朱理学的公开批判在当时产生了很大影响。章太炎曾高度评价道："宋儒程、杨诸师，其言行或超过文成，末流卒无以猖狂败者，则宋儒之阙也。"③章太炎的"依自不依他"固然来源于佛教思想，但他也承认这在根本精神上同王阳明的哲学是一致的，他说："王学岂有他长？亦曰'自尊无畏而已'。"④康有为、梁启超等维新派思想都极力推崇王学，目的依然是肯定个体意志的合理性。

晚明个性解放思潮对近代个性解放思潮的崛起同样产生了重要影响，有关这方面的研究成果已有很多，但在此需要注意的一个问题是，有不少学者将近代文学思想发展的前限定于晚明，其理由是晚明个性解放思想与近代对个性自由、人格独立的提倡在基本精神上是一致的。我们认为，近代个性解放思想对晚明思想家的某些主张做过较多吸收，但二者有根本区别，这表现在：其一，二者的任务不同。晚明思想家的任务主要是"启蒙"，呼唤自由，抨击专制制度。近代个性解放除启蒙的任务外，还有"救亡"的使命。其二，就其思想来源看，晚明个性解放思想只能

---

① 梁启超：《新民说·论尚武》，《饮冰室合集·专集》之四，中华书局 1989 年版，第 115 页。

② （明）王守仁：《知行录之三·传习录下·已下门人黄雀曾录》，《王阳明全集》卷一，红旗出版社 1997 年版，第 130 页。

③ 《太炎文录续编》卷二，《章太炎全集》第五卷，上海人民出版社 1985 年版，第 117 页。

④ 章太炎：《答铁铮》，《章太炎全集》第四卷，上海人民出版社 1985 年版，第 369 页。

是对传统思想的借鉴或重新解读，而近代思想家除了中国传统思想之外，还大量引进了西方新学，其理论的说服力更大。卢梭等的天赋人权思想，康德、叔本华、尼采的唯意志主义主张曾经是康有为、梁启超、谭嗣同、王国维、鲁迅等常常涉及的话题。

从理论上来讲，在理想的社会状态中，个体与群体应该是和谐统一的，但在特定的社会阶段，在实践操作层面上二者往往存在着矛盾与冲突。如前所述，中国近代社会所面对的"救亡"与"启蒙"的任务促使近代人对西方的技术、文化、制度都给予了较多关注，特别是如何培养"新民"、改造国民性等更是萦绕在近代启蒙思想家头脑中的大问题。但国民性改造或"新民"的核心问题主要是"人的现代化"问题，那么，在对"人的现代化"的思考与实施过程中如何处理个体价值与群体（"国民"）意识之间的关系是困扰着近代政治家与思想家的难题。

改良主义者对个体与国家之间关系的理解基本上是辩证的，他们特别强调了国家的基础是个人。国家振兴，个人必须首先有自由，梁启超在《十种德性相反相成义》一文中明确提出，当先言个人之独立，乃能言全体之独立。但在他们的思想中也存在显而易见的矛盾。严复对"自由"无论在理论上还是在实践上都曾给予较多关注，但他也意识到个体与群体之矛盾刚开始就是一种"两难"。一方面，中国反封建摆脱蒙昧的任务要求启蒙思想家必须张扬人的个性自由及人的一切基本权利。另一方面，救亡的任务又需要集体主义精神，尤其是中国人的国民素质又决定了很难实行西式的人的解放，他把"自由"理解为"群己权界"，很能说明这一矛盾和困惑。严复曾说过"侵人自由者，斯为逆天理，贼人道"[1]，但他也明确表示："小己之自由，非今日之所急。"[2]

由于改良派一开始所确立的目标是"鼓民力、开民智、新民德"的"新民"理想，因而，其目标必

---

[1] 王栻编：《严复集》第一册，中华书局1986年版，第3页。

[2] 王栻编：《严复集》第四册，中华书局1986年版，第985页。

然确定在作为整体的国民意识的改造上。郭嵩焘、薛福成、胡礼垣都特别强调"民权"的重要，但在其民权思想中个体意识的地位并不高。

作为"新民"说代表之一的梁启超认为，无论将自我、个人意志强调到多大程度，但个人必须服从国家的整体利益是不容置疑的。他曾明确表示："大抵康氏良心说与国家论者之主权说相类。主权者，绝对者，无上者也。命令的而非受命的者也。凡人民之自由，皆以是为源泉，人民皆自由于国家主权所赋与之自由范围内，而不可不服从主权。良心亦然，为绝对的，为无上的，为命令的。吾人自由之权理所以能成立者，恃良心故，恃真我故，故不可不服从良心，服从真我。服从主权，则个人对于国家之责任所从出也，服从良心，则躯壳之我对于真我之责任所从出也，故字之曰'道德之责任'。由是言之，则自由必与服从为缘。"①他在 1903 年更加明确地将国家视为目的，个人为手段，"故我中国今日所缺而最急需者，在有机之统一与有力之秩序，而自由平等直其次耳。"因此，他说："故伯氏谓以国家自身为目的者，实国家目的之第一位，而各私人实为达此目的之器具也。"②梁启超思想中的矛盾并不难理解，"新民"的目的是为了国家的富强，"苟有新民，何患无新制度、无新政府、无新国家"③，"新民"高于作为个体的人。另外，梁启超思想中的矛盾也表现出过渡时代的思想家的思想所具有的特征，他认为，"新民"的重要途径之一在每个人的"自新"："新民云者，非新者一人，而新之者又一人也，则在吾民之各自新而已。孟子曰：子力行之，亦以新子之国，自新之谓也，新民之谓也。""自新"颇类似于儒家思想中的"独善其身"，更多地带有道德主义的色彩，因此，梁启超所关注的主要还是国家利益，这就使他陷入了两难困境。有学者曾指出："自由意识的宗旨在于强调自主性

① 梁启超：《近世第一大哲康德之学说》，《饮冰室合集·文集》之十三，中华书局 1989 年版，第 62 页。

② 同上书，第 88 页。

③ 梁启超：《新民说·论新民为今日中国第一急务》，《饮冰室合集·专集》之四，中华书局 1989 年版，第 2 页。

与独立性，而君主制的根本特征在于它的专制性与独裁性，欲使国民获得自由就需要反对专制与高压，而要维护君主专政就要削弱或剥夺国民的自由，两者之间非此即彼难以调和。"①这样，梁启超的个性主张在具体操作层面上只能让位给"民族主义"。美国学者张灏在《梁启超与中国思想的过渡》一书中也曾有过精彩的评论："当梁倡议将这自由主义价值观作为公德的一个组成部分的时候，他关注的焦点是'群'这一集体主义概念，它几乎不可避免地妨碍他对这些自由主义价值观的某些实质内容的领会。因此，毫无疑问，梁在《新民说》中最终提出的那些理想，归根到底很难称作自由主义。"也就是说，梁启超是在集体主义的"群"的范围内讨论个人主义自由的，不可能达到西方意义上的对个人主义的信仰程度。梁启超认为："野蛮时代，个人之自由胜，而团体之自由亡；文明时代，团体之自由强，而个人之自由减。"而他对中国人自由状况的基本估计是："使其以个人之自由为自由也，则天下享自由之福者，宜莫今日之中国人也。"②孙中山也觉得"欧洲当时是为个人争自由，到了今天，……万不可再用到个人身上去，要用到国家身上去"，"国家要得到完全的自由，……便要大家牺牲自由"。③

　　总之，晚清个性解放思潮与新人学思想伴随着中国人追求现代化的初始阶段而产生，在具体的实践过程中，个人与群体、思想启蒙与社会救亡之间虽有着诸多矛盾与冲突，但晚清知识分子对"人"的问题的思考开启了中国哲学、中国文学现代性的大门是毋庸置疑的事实。

（原载《文学评论》2010年第4期）

　　① 朱德发：《中国文学：由古典走向现代》，载《文学评论》，1997年第5期。
　　② 梁启超：《新民说·论自由》，《饮冰室合集·专集》之四，中华书局1989年版，第45页。
　　③ 孙中山：《三民主义·民权主义》第三讲，《三民主义·民族主义》第二讲。

中国近代文学观念：
致力于中西融合的初步尝试

费正清曾经指出，中国关于现代性的概念表现出一些不同于西方之处，"在中国，'现代性'不但表示对当前的关注，同时也表示向未来的'新'事物和西方的'新奇'事物的追求"。①事实也正如此。我们认为，国内学者所说的自新文化运动所开始的启蒙和救亡两大主题在近代就凸现出来了，二者是相互交织在一起的。用"二重变奏"来形容它们之间的关系似乎更为恰当。要完成历史所赋予的这两大任务，近代人就必须要先来审视一下手中的"武器"是否能胜任其职。显然，再仅仅囿于传统的思维模式和文化观念，根本不可能使中国走向现代化，用古老的传统学说也不足以抵挡坚船利炮的袭击。因此，中国人特别是一大批先进或比较先进的知识分子开始有意识地调整自我的文化心态，即使是晚清政府也不得不在一定程度上认识到一味固守国门的消极后果，于是，近代中国自从鸦片战争起，便逐渐以较为开放的姿态来对待西方世界。其过程虽然极为艰难，甚至是以血的代价才换来了开放的"世界眼光"，但中国人"天朝帝国"梦的保守心态最终被击碎了。具体到思想文化领域，中国近代知识分子出于不太相同的目的，对西方文化采取了借鉴和吸收的态度，正如梁启超在《清代学术概论》中所指出的，是"以其幼稚之'西学'知识，与清初所谓'经世之学'相结合"。从文化发展的角度讲，文明的进步存在于不同文明之间的冲突和融合的

---

① [美]费正清：《剑桥中华民国史》（上册），中国社会科学出版社 1994 年版，第 561-562 页。

矛盾与统一过程之中。就中国近代文化和文学观念而言，其中存在着诸多对立及冲突，如西方基督教观念与中国以儒学思想为核心的传统文化之间的矛盾，就表现为近代历史上所出现的多次"教案"与教会的斗争，它们一直贯穿在近代社会文化的发展过程中。但是，走向中西融合在近代来讲，毕竟是历史的大势所趋。这种"融合"可能是自觉的，也可能是非自觉的。而国门一旦打开，作为不同质的异质文化就会与本土文化相互渗透、相互吸引。英国民族学家弗里斯曾精辟地指出："各族的联系及其文化融合，是发动各种导致人类进步的力量的主要推动力。"①社会文化发展史已充分证明：一种文化如果长期处于封闭状态，不与异族文化相互交流，它必然会失去活力，最终将走向消亡。

近代早期的先驱者并没有特别自觉地从文化发展的角度力主学习西方、融合中西，而往往出于救亡图存的现实目的，不得不向西方借鉴先进的科学技术及政治文化制度。张罗澄在《时务论》中便透露出这种心态："窃思中夏被先圣先王之深，崇尚王道，一旦用夷变夏，人心本难自安。但以时事孔棘，亟在燃眉，参用西法，克图速效，转贫弱为富强，亦维持世变不得已之苦心也，而必黜者，亦未免拘于墟耳。"显然，他们基本上还是停留在技术或现实层面来考虑学习西方的，尚未在文化心理的层次上思考问题。然而，能够迈出这么一大步，已是具有划时代意义的了。当然，中外交流并非自近代始，从东汉印度佛教的传入到明末清初的中西文化的接触，都曾对中国传统文化产生较大影响，但就其自觉程度而言，中国近代人是以"别求新声于异邦"的自主姿态接受西方文化观念的；而就其影响的深度和广度看，也是前者所无法比拟的。致力于中西文化的融合始终贯穿于整个近代历史。鸦片战争之后、甲午战争之前，基本上是文化上的"中体西用"论占主导地位。魏源面对中国在鸦片战争中的惨败，认识到除西方的舰炮比中

① 转引自〔苏〕C.A.托卡列夫：《外国民族学史》，中国社会科学出版社 1983 年版，第167页。

国厉害之外，其政治制度也远优于中国。在魏源看来，中国目前所亟待解决的问题是去伪、去饰、去畏难、去养痈、去营窟，同时必须承认西方科学技术的价值，虚心向西方学习，他说："圣人以天下为一家，四海皆兄弟，故怀柔远人，宾礼外国，是王者之大度；旁咨风俗，广览地球，是智者之旷识"，而不应"株守一隅，自画封域，而不知墙外之有天，舟外之有地。"魏源明确提出"师夷长技以制夷"的主张。后来，冯桂芬在《校邠庐抗议》中主张"采西学""制洋器"，提出"以中国之伦常名教为原本，辅以诸国富强之术"的宗旨。同魏源一样，他所持的观点是：传统文化是不存在什么问题的，中国所缺乏的是西方的科学技术。他们虽然没有明确提出在文化观念和社会制度方面学习西方，但已表现出对西方文化的认同态度。至洋务运动，便发展成为对待西方文化的"中学为体，西学为用"的思想原则。"中体西用"主张中国传统文化是处于本体地位，在这一理论前提之下，中国文化可以对西方文化中的有用成分进行吸收和利用，这就是张之洞所说的"先以中学固其根柢，端其识趣"，显然，"中体西用"所持观点是用"中学"去包融"西学"，"中"与"西"并未处在平等对话的同等地位上。但是，我们认为，提出"西学为用"比盲目拒斥外来文化是一个具有划时代意义的转折，它表明中西文化相互融通自觉阶段的开始。从甲午战败起，中国近代知识分子对中西文化的认识进入了一个新的阶段，开始对自己的文化进行更为深层的反思，对西方的社会思潮、哲学思潮及政治制度表现出吸收借鉴的态度。康有为提出"泯中西之界限，化新旧之门户"[1]的主张；严复倡言："必将阔视远想，统新故而视其通，苞中外而计其全，而后得之。"[2]在中西学术与文化的融合与会通方面，王国维更是在理论与实践两方面做出了卓有成效的实绩。他曾针对张之洞等提出的"中体西用"之说，明确阐述了他对"中学"与"西学"的看法，认为"学问之事本无中西"。

① 汤志钧：《康有为政论集》（上），中华书局 1981 年版，第 295 页。

② 王栻编：《严复集》第三册，中华书局 1981 年版，第 560 页。

他将西学进入中国看作是打破中国传统学术与文化发展停滞局面的最好契机，因此力主二者的相互化合，将中学作为"体"被王国维讥为"无稽之谈"。鲁迅所提出的"别求新声于异邦"是他对西方文化态度的最好说明。孙中山也以开放的眼光来看待中西文化的关系，他说："发扬吾固有之文化，且吸收世界之文化而光大之，以期与诸民族并驱于世界。"①孙中山还曾明确地承认他的学说是融合了中西方思想的，"余之谋中国革命，其所持主义，有因袭吾国固有之思想者，有规抚欧洲之学说事迹者，有吾所独见而创获者。"从以上诸人的言论中，我们可以看出，近代中国对待中西文化的态度逐渐走向较为科学的道路上来了。

与"五四"时期激烈的反对传统文化的激进主义态度相比，我们总感到近代人对中西文化的认识应该是较为公允的。而新文化运动时期，将中西文化加以绝对对立的做法随处可见，陈独秀在《东西民族根本思想之差异》中的观点可作为这方面的代表：

（一）西洋民族以战争为本位，东洋民族以安息为本位。儒者不尚力争，何况于战？老氏之教，不尚贤，使民不争，以佳兵为不祥之器。故中土自西汉以来，黩武穷兵，国之大戒。……若西洋诸民族，好战健斗，根诸天性，成为风俗。……东洋民族或目为狂勇，但能肖其万一，爱平和、尚安息、雍容文雅之劣等东洋民族，何至处于今日之被征服地位？西洋民族性，恶侮辱，宁斗死；东洋民族性，恶斗死，宁忍辱。民族而具如斯卑劣无耻之根性，尚有何等颜面高谈礼教文明而不羞愧！

（二）西洋民族以个人为本位，东洋民族以家族为本位。西洋民族自古迄今，彻头彻尾个人主义之民族也。……举一切伦理、道德、政治、法律、社会之所向往，国家之所祈求，拥护个人之自由权利与幸福而已。思想言论之

---

① 《孙中山全集》第七卷，中华书局1981年版，第60页。

自由谋个性之发展也。法律之前，个人平等也。……东洋民族自游牧社会进而为宗法社会，至今无以异焉。……宗法社会以家族为本位，而个人无权利，……律以今日文明社会之组织，宗法制度之恶果盖有四焉：一曰损坏个人独立自尊之人格；一曰窒碍个人意思之自由；一曰剥夺个人法律上平等之权利；一曰养成依赖性，戕贼个人之生产力。东洋民族社会中种种卑劣不法惨酷衰微之象，皆以此四者为之因，欲转善因，是在以个人本位主义易家族本位主义。

（三）西洋民族以法治为本位，以实利为本位；东洋民族以感情为本位，以虚文为本位。

五四新文化运动中所表现出来的这种走极端的思维方式所导致的必然是"全盘西化"的主张。尽管胡适也曾有意对"全盘西化"的提法做出过一些矫正，但他毕竟说过"我很明确地指出文化折衷论的不可能，我是主张全盘西化的"[①]。胡适的意思基本上还是以西方文化代替中国文化。人们对此进行解释时所拿出的最为常见的理由是所谓"矫枉必须过正"的理论。社会历史有其自身的发展规律，个人意志在其中虽起一定作用，然而，它却不以个人意志为转移。因此，我们不能以今人的价值取向标尺去剪裁已经过去的历史现象。对待新文化运动中所表现出的激进主义倾向，我们不能轻易地加以否定。五四新文化运动无疑是一次伟大的行动，它提出了新文化建设的目标。但是，客观地讲，彻底否定传统文化的主张一旦落实到行动上便会带来一些极为恶劣的后果。传统虽然不是喊几句口号就能斩断、抛弃的，但"打倒"的口号一经发出，它对传统文化中有益于现时代的成分也就会持全盘否定的态度。

有学者著文提出中国文论的"失语"问题，认为自"五四"提出"打倒孔家店"以来，中国文论

[①] 胡适：《编辑后记》，载《独立评论》，1935年3月第142号。

乃至中国文化在发展轨迹上便"呈现出一条巨大的断裂带"①。这一观点对中国文论及文化在世界格局中的地位的估计也许过分悲观了一些，所谓"巨大的断裂带"云云未免亦有夸大其词之嫌。然而，在这世纪的交替时期，回眸 20 世纪的中国文化发展，我们不得不承认"五四"文化运动的偏激心态是有其泛滥的弊端的。同时，这也提醒我们在 21 世纪的时代转折点上，对待未来中国文化及文论建设必须采取科学审慎的态度。为了"走向世界"，很可能会出现两种对待中国文化的态度：其一是过分夸大中国文化（乃至东方文化）的实力；其二为急于与西方"接轨"将中国传统文化一脚踢开，与西方文化过分热情地拥抱。以上二者都是不可取的。而实际上这两种态度从"新时期"以来已表现得够明显了。我们不想简单地开出"药方"来指出发展中国文化的路径，只是想提醒人们注意吸收近代人的经验，注意借鉴"新文化"运动的某些教训。近代文化先驱在文化问题上所做出的清醒的反思也是后来者所无法比拟的。梁启超曾做过深入的检讨："新思想之输入，如火如荼矣。然皆所谓'梁启超式'的输入，无组织，无选择，本末不具，派别不明，惟以多为贵，而社会亦欢迎之；盖如久处灾区之民，草根木皮，冻雀腐鼠，罔不甘之，朵颐大嚼，其能消化与否不问，能无召病与否更不问也。而亦实无卫生良品足以为代。"②我们从中也可以看出近代学者在汲取西方文化时是有些"饥不择食"的，这反映出近代文化是不成熟的。但也应该看到，在努力保持传统文化优良成分基础上，大胆汲取外来文化而致力于中西融合的尝试所带来的是近代文化的勃勃生机。

作为近代文化的一个因子的近代文学以及相关文学的观念，在中西文化融合的大背景之下，同样出现了对西方哲学思想、西方文学观念有意识吸收和学习的局面，以传统儒学为基础的文学观念受到猛烈冲击。近代文学观念在外来因素刺激之下

　　① 曹顺庆：《文论失语症与文化病态》，载《文艺争鸣》，1996 年第 2 期。
　　② 梁启超：《清代学术概论》，夏晓红编《梁启超文选》（下），中国广播电视出版社 1992 年版，第 258 页。

甚至出现了多元化的趋向。对域外文学观念的接受也经历了由简单模仿到相互对话、相互融合的过程。这里所要重点讨论的问题是：中国近代文学观念在其形成过程中究竟是以哪些方式与西方观念发生碰撞并为我所用的。

一　中国近代文学观念与西方社会学说和哲学理论

中国近代文学观念大量吸收了西方近代以来的社会学说和哲学理论。无论是科学主义还是人文主义等社会学、哲学流派都对中国传统文学观念产生了较大影响。哲学思想对文学观念的影响在西方文学世界中是非常明显的，可以毫不夸张地说，西方任何文学理论流派都有其哲学基础，也正是由于哲学对文学的影响，西方不同文学理论流派的特征才显得极其鲜明，进而形成了流派林立的局面。中国传统文学观念也有其哲学基础，如我们常说的儒家文学观念、道家文学观念等等也是着眼于其哲学基础而言的。也许是由于传统诗学不太注重思辨以及在此思维方式影响下所形成的表达方式的缘故，中国传统文论话语中的哲学气息就显得不够充分，没有形成一个流派超越另一个流派，从而出现峰峦叠起的形势。然而，到了近代，中国文论家开始有意识、有目的地用西方哲学观念来帮助构筑自己的文学理论体系，或以之为理论方法阐释中国文学现象。对中国文学观念变革产生较大影响的有进化论、人道主义、唯意志论、实证主义哲学思潮以及民权学说等，其中，最有代表性的首推进化论和唯意志论。

首先来看进化论对中国近代文学观念的影响。中国近代知识分子出于变革和革命的需要，在戊戌前后至"五四"前后从西方引进进化论，对中国近代的各个领域都产生了重要影响，可谓中国近代的第一大思潮。有人曾这样描述进化论处于热潮时的情形："我们放开眼光看一看，现在的进化论，已经有了左右思想界的能力，无论什么哲学、伦理、教育，以及社会之组织、宗教之精神、政治之设施，没有一种不受它的影响"①。"物竞天择之理，厘然当于人心，中国民气为之一变"②，甚至"《天演论》便变成一般救国及革命人士的理论根据"。可见，它的影响面之广、影响度之深。进化论作为近代人接受的文本，其接受效果是存在很大差异的，严复、康有为、梁启超、谭嗣同、王国维、胡适、陈独秀等诸位大家所理解的进化论存在许多分歧，运用进化观念所解决的问题也是各不相同的，但对进化论基本精神的把握还是比较一致的。就其对近代文学观念的影响而言，也是十分明显的。

就文学表现的内容而言，进化论为近代文学家提供了立论的基础，在进化论信奉者看来，人道主义的兴起，个性解放的勃兴是符合人类社会的进化规律的，因此，严复认为"人道所为，皆背苦而趋乐"，他坚信"世道必进，后胜于今"③。周作人的"人的文学"观就是受益于进化论的，他在著名的《人的文学》中指出："我们要说的人的文学，须得将这个人字，略加说明。我们所说的人，不是世间所谓'天地之性人为贵'或'圆颅方趾'的人。乃是说'从动物进化的人类'。其中有两个要点，（一）'从动物'进化的，（二）从动物'进化的。'"并说因第一个要点，故而人有"肉的一面"，因第二个要点，故而人有"灵的一面"。从文学发展的角度看，近代文学家也是常常用进化论思想来论证白话文代替文言文并进而形成了带有进化论色彩的文学史观的。梁启超的文学进化观表现在两个方面：其一，文学语言的进化。"文学之进化有一大关键，即由古语之文学，变为俗语之文学是也。各国文学史之开展，靡不循此轨道。中国先秦之文，殆皆用俗语，观《公羊传》《楚辞》《墨子》《庄子》，其间各国方言错出者不少，可为佐证。故先秦文界之光明，数千年称最焉……自宋以后，实为祖国文学之大进化。何以故？俗语文学大发

① 陈兼善：《进化论发达略史》，载《天铎》，1922 年 3 卷 5 号。

② 胡汉民：《述侯官严氏最近政见》，载《民报》，1905 年第 2 号。

③ （清）严复：《天演论·按语》，《严复集》第五册，中华书局 1981 年版，第 1359—1360 页。

达故。"①其二，为小说体裁的进化。梁启超的观点得到了时人的响应，如楚卿（狄葆贤）说："饮冰室主人常语余：俗语文体之流行，实文学进步之最大关键也。"②胡适在其《文学改良刍议》中更是明确从进化论角度出发来讨论以白话取代文言的必要性的，"文学者，随时代而变迁者也。一时代有一时代之文学……此非吾人之私言，乃文明进化之公理也"。"以今世历史进化的眼光观之，则白话文学之为中国文学之正宗，又为将来文学必用之利器，可断言也。"陈独秀的《文学革命论》以任何事物"莫不因革命而新兴而进化"的革命与进化的关系原理说明白话文产生的历史必然性。

总之，因为近代学者往往以"进化"的眼光看待其他新思潮的出现，因此进化论思潮对中国近代文学观念的影响是巨大的。

再看作为人本主义哲学流派的唯意志论对近代文学观念变革的影响。唯意志论的代表理论家是德国的叔本华和尼采，但它的形成却是建立在接受自古希腊以来特别是近代哲学（如卢梭的社会学说，康德的哲学理论）的基础之上的。唯意志论哲学用"意志"来解释自然和社会方面的问题，它把人的"主体性"强调到了极致。这一思想在中国近代引入是因为它恰恰适应了近代知识分子反对传统伦理、要求个性解放的需要。它对中国近代文学观念的影响是从人学本体论的角度发挥作用的。

王国维对唯意志论哲学美学思潮的接受在近代是最具代表性的。《〈红楼梦〉评论》以叔本华的唯意志论学说为依据，认为人生之欲与生活与痛苦三者是合而为一的，人类要摆脱痛苦必须寻求解脱之途径，而文学艺术是其中一种方式，正是在此认识基础之上，王国维认为《红楼梦》是"悲剧中之悲剧"，堪与世界一切伟大著作相媲美。王国维的结论显然曲解了《红楼梦》的本意，但以叔氏哲学来阐释这部作品，也在一定程度上揭示出它的价值所在。更为重要的是王国维首先以西方理论展开对中国文学的评

---

① 周作人：《小说丛话》，载《新小说》，1903 年第 8 号。

② 狄保贤：《论文学上小说之位置》，载《新小说》，1903 年第 7 号。

论，开创了中国文学批评的新体系，打破了传统文学评点式的批评方法，从系统挖掘文学作品的内涵意义上讲显然是传统文学批评所无法比拟的。

对于王国维的"境界"说，学界流行着一种占主导地位的观念，即认为它集了中国传统意境理论之大成。其实，这种说法是错误的，至少是不准确的。王国维的"境界"说可以说是"取外来之观念与固有之材料，互相参证"的结晶（陈寅恪语）。清末民初的《国学月报》在介绍王国维的《人间词话》时说它"是用新的眼光，观察旧文学的第一部书"。钱锺书在《谈艺录》中称赞《人间词话》"时时流露西学义谛，庶几水中之盐味，而非眼里之金屑"。可谓评价甚高，几乎算得是中西融合的典范之作了。王国维确实是在借鉴传统境界论的同时，将康德、叔本华的哲学理论融入其中，因为它融合得如"水中之盐味"，人们才不易发现它所受西学之影响。其实，如仔细考察，便可见出"西学义谛"。王国维提出："原夫文学之所以有意境者，以其能观也。"这其中的关键词"观"就是叔本华美学的"直观"或"静观"。已有学者指出："王氏所谓'能观'，意谓诗人在对某种客体的直接观照中形成的一种超越时空的'领悟'，叔本华称之为'审美的领悟'。而'能观'的关键在于：审美主体本身'合乎自然'，摆脱'意志'的束缚，忘掉个体的存在，而'自由'地进入审美观照之中。"[1]佛雏在对"境界"说与叔本华哲学之关系充分论证的前提下也指出："王氏的'合乎自然'与'邻与理想'二者结合的'意境'说，跟叔本华所谓后天的'自然物'与先天的'美之预想'（理想）二者'相合'的审美'理念'说，渊源甚深。"[2]"境界"说可以说是中西融合的一个较成功的代表。

西方社会文化思潮、哲学思潮的其他流派对中国近代文学观念产生直接影响的还有很多，不再一一列举。总起来讲，西方哲学思想的引进使中国传统文学观念受到冲击，它促发了具有新时代文化特点的新文学

---

① 潘知常：《美的冲突》，学林出版社1989年版，第231页。

② 佛雏：《王国维诗学研究》，北京大学出版社1987年版，第187-188页。

观念的形成。

二　西方文学观念影响下的近代文学观念变革

与文学观念的变革紧密联系的是文学研究思维方法的革新，二者之间具有相互影响的关系。文学观念的更新会推动文学思维方式的改造，而文学思维方法的更新又会推动新的文学观念的形成。在美学和文学研究的思维方法方面，也表现出了中西融合的努力。

从总体上讲，中国古代思维方式具有重宏观把握、直觉体悟的特征。具体到文学批评中，这一思维特征则更加明显。从历代诗话、词话那种特有的评论方式中，我们能够看到古代文人思维的特点。中国古代思维更多地依靠直观、体悟等方式来把握对象，而较少注重逻辑分析、理性推理，这种独特的思维方式是中华民族文化心理结构的重要组成部分，也是其核心，它有着很多优点。但是，我们也不得不承认，这种思维方法具有朦胧性、模糊性，有时甚至走向封闭和保守。

明中叶之后，尽管有一些知识分子力图弥补传统思维方式的不足，但由于强大的思维定式的作用，其冲击力是极其微弱的。如叶燮在他的《原诗》中就将文学、美学研究的对象进行了分类，而不是将对象作为一个混沌的整体来描述。他将客体分为三，即理、事、情，将主体分为四，即才、胆、识、力。但叶燮的努力并没有对传统思维方式产生多大的冲击力。

古代思维方式的变革这一重要使命就历史地落到了近代人的身上。龚自珍虽然没有真正接触西学，然而随着社会的发展，旧的思维方式的弱点也越来越明显，思维机制期待着新机的出现，龚自珍的思维视角也开始发生改变。当朋友劝他"曷不写定《易》《书》《诗》《春秋》"时，他的回答是"方读百家""未暇也"。这时他正研究"天地东西南北之学"，已不再把视野仅仅集中在儒家的经、史、子、集中了，这意味着其思考的内容已有变化。后来，随着西学正式传入中国，中国人的观念发生了急剧变化，与之相适应，思维方式的变革也随之而来。这时期，近代人首先看到了西方科技的发展给他们带来的繁荣，于是便开始引进学习西方近代的数学、天文学、地理学以及声、光、电、化等方面的知识，国人的眼界自然大开。特别是《海国图志》等书使近代人认识到在"夜郎国"之外竟还有如此大的世界，这对传统的以华夏为中心的封闭的思维无疑是一个很大的冲击。尤其是后来对西方思维方法的进一步介绍，就逐渐推动了富有近代特征的思维方式的形成。

新的思维方法在近代文学、美学研究中得到了广泛的运用。将西方的科学方法运用于中国传统文艺批评的实践者首推王国维。由于他精通中学与西学，对中西方思维的根本特质曾做过极其精到的概括和总结，他说："西洋人之特质，思辨的也，科学的也，长于抽象而精于分类，对世界一切有形无形的事物，无往而不用综括及分析之二法，故言语之多自然之理也。吾国人之所长，宁在于实践之方面，而于理论之方面，则以具体的适应知识为满足，至分类之事，则除迫于实际之需要外，殆不欲穷之也。"他又说："夫抽象之过，往往泥于名而远于实，此欧洲中世学术之一大弊，而今世之学者犹或不免焉。乏抽象之力者，则用其实而不知其名，其实亦遂漠然而无所依，而不能为吾人研究之对象。何则？在自然之世界中，名生于实，而在吾人概念之世界中，实反而依名而存故也。"①如前所述，他对《红楼梦》的评论便是运用新的思维方法研究的结晶。王国维在理论上认识到了传统思维方法不太重视分类的特点，在实践上他便努力运用抽象法、分类法从事其文学研究。他的意境理论可称得上是这方面的代表，如"写境"与"造境"，"有我之境"与"无我之境"，"隔"与"不隔"等的区分显然有助于对意境的深入理解。

蔡元培也对中国传统的思维方法进行了具体分析，认为长期以来，我们的思维方法"未能为精深

---

① 王国维：《论新学语之输入》，《静庵文集》，辽宁教育出版社1997年版，第116-117页。

之观察、繁复之实验"，"不得科学之助"，他说："吾国人重文学，文学起初造句，必依傍前人，入后方可变化，不必拘泥，吾国人重哲学，哲学亦因历史之关系，其初以前贤之思想为思想，往往为其成见所囿；今后渐次发展，始于已有之思想，加入特别感触，方成新思想。吾国人重道德，而道德自模范人物入手。三者如是，美术遂以不能独异"，也更不会形成"系统之理论。"①我国古代对音乐的研究很能代表传统的思维方法，甚至用"大音希声"这样具有神秘性、臆测性的语言来谈论音乐。到了近代，由于较多地接受了西方艺术研究中的新方法，蔡元培对音乐的研究也更具科学性、精确性。他给音乐下了一个精确的定义："音乐者，合多数声音，为有法之组织，以娱耳而移情也。"然后对各个要素如声音、结构（"有法之组织"）、效果、方式等做了具体研究，运用了近代声学、物理学等方面的知识。另外，他在《美学的进化》一文中，还试图建立一种有别于传统美学的科学美学。所有这些都表明，蔡元培的文艺学、美学方法有着鲜明的近代特点。

近代文学理论家虽然并不完全否定传统思维方法，但更注意到它的不足，进而为构建新的思维模式和思维方法做出了不懈的努力，为近代文学观念的诞生提供了新思维工具。

西方哲学、文学观念在中国近代的引入使中国传统的文学观念发生了较大改变并初步形成了中西融合的新局面，当然"中西融合"的结果并没有在近代产生成熟的文艺学新体系，其原因正如梁启超所指出的那样："康有为梁启超谭嗣同辈，即生育于此种'学问饥荒'之环境中，冥思枯索，欲以构成一种'不中不西即中即西'之新学派；而已为时代所不容。盖固有之旧思想，既根深固蒂，而外来之新思想，又来源浅觳，汲而易竭；其支绌灭裂，固宜然矣。"②

① 《蔡元培全集》，中华书局 1984 年版，第 747 页。

② 梁启超：《清代学术概论》，夏晓红编《梁启超文选》（下），中国广播电视出版社 1992 年版，第 258 页。

审美与功用的对峙与互补

——论中国近代文学观念中的文学价值取向

　　从文学价值与功能的角度考察，中国传统诗学观念中包含了功利主义与非功利主义两种观点。"功利"与"非功利"的划分只是相对而言，如果以"文学有用抑或无用"的方式提问，那么，我们必须回答，文学是有用的。从这个意义上讲，任何文学都是有"功利"的。但确立"功利"与"非功利"之分的依据还要看其对"用"的理解。所谓"功利主义"的文学价值观所强调的是现实之用，要求文学要有用于社会，它更着重于文学审美功能之外的政治教化作用。而"非功利主义"的文学价值论强调审美之用，文学艺术以发挥审美娱乐功能为宗旨。先秦时期，对文学价值取向的不同要求就已存在了，它们分别以孔子和老庄的文学观为代表。在以后的诗学发展过程中，虽然功利主义的文学观始终占主流地位，但非功利主义的文学观却从来没有消退过，甚至在某一时代出现了后者压倒前者的情形，如魏晋时期，由于"人"的自觉时代的到来，诗文创作和诗论更重于强调表现人生价值、生命体验，对功利主义的文学观而言是一次大的突破。

　　中国近代文学观念中的功利主义与非功利主义价值观与传统诗学有一致之处，但我们认为，后者与前者相比，其具体内容已发生了很大变化，这主要表现在两种价值观对"文以载道"论的超越上面。

　　由于儒学思想自身的特点，决定了它对于政治教化的高度重视，同时，它自然而然地要把文学作为一种政治工具来看待，这一点构成了中国文学乃至中国文化的一大显著特征。在儒学的统治下，中国文学并没有自身的独立价值，文学被正统观念视为"载道"的工具。孔子要求诗歌"迩之事父，远之事君"，开始把文学与社会政治捆绑在一起。《诗大序》云："故正得失，动天地，感鬼神，莫近于诗。先王以是经夫妇，成孝敬，厚人伦，美教化，移风俗。"儒家思想工具主义的文学功能观就是从这里开始的，经过了汉儒、宋明之儒等的发展，形成了严格的"文以载道"的文学功能观。大凡每一个文学理论家在讨论文学问题时，都不得不对"文"与"道"的关系首先做出自己的回答，但都没有超出"文以载道"的框子。无论从价值上讲，还是从功能上看，在正统的文学观念中，文学艺术在封建社会中很难保证有自身的价值，成为依附于政治教化的奴婢，这在很大程度上窒息了文学的正常发展，正如郑振铎所言："中国文学所以不能充分发达，便是吃了传袭的文学观念的亏。大部分的人，都中了儒学的毒……"[1]在中国文学史上，尽管有不少非正统文学理论极力为文学争取独立地位而抗争，但其声音是极其微弱的，对儒学的政教工具论的文学观念没有造成多大影响。直到近代，一大批知识分子才对文学的这一根本问题开始了新的反思，其中，王国维在这方面的贡献最大。

王国维对"文以载道"论进行了猛烈批判，力图从根本上动摇作为正统文学观念核心的封建儒学。他指出："今日之时代，已入研究自由之时代，而非教权专制之时代。苟儒学之说有价值也，则因研究诸子之学而益明其无价值也，虽罢黜百家适足以滋世人之疑惑耳。"[2]他还大声疾呼："异日发明光大我国之学术者，必在兼通世界学术之人，而不在一孔之陋儒，固可决也。"[3]在此基础上，王国维便开始了文学批判。他对文学已经失去独立地位与价值，沦落为封建统治服务的奴婢、工具这一事实看得十分清楚，感受也相当深刻："又观近数年之文学，亦不重文学自己之价

---

① 郑振铎：《整理中国文学的提议》，《郑振铎文集》第七卷，人民文学出版社 1988 年版，第 7 页。

② 王国维：《奏定经学科大学文学科大学章程书后》，《静庵文集》，辽宁教育出版社 1997 年版，第 178 页。

③ 同上书。

值，而唯视为政治教育之手段，与哲学无异。"①忽视文学自身价值，把文学艺术作为政治教育的手段的恶果，必然是"使其著作无价值也"。王国维转而对文学创作的实际做了考察，发现"咏史、怀古、感事、赠人之题目，弥漫充塞于诗界，而抒情叙事之作，什佰不得其一，其有美术上之价值者，仅其写自然之美方面耳"②。他不但从根本上击中了正统文学观念的要害，而且由于他深受康德、叔本华哲学、文学思想影响，提出了与正统文学观念截然不同的文学主张。通观王国维的文学观念，他对文学价值与功能的看法主要有以下几点：

第一，文学的任务不是表现儒家之道，文学的价值在于表现人生，"其所欲解释者皆宇宙人生之根本问题"。对于这一点，有不少人曾认为王国维片面地强调了"共同人性"。其实，事实并非如此。王国维还进一步指出："诗之为道，既以描写人生为事；而人生者，非孤立之生活，而在家族、国家社会中之生活也。"③他曾称赞《诗经·节南山》中的"我瞻四方，蹙蹙所骋"为"诗人之忧生也"；赞美陶渊明的《饮酒》第十二首的"终日驰车走，不见所问津"是"诗人之忧世也"④。他否定了"文以载道"的文学工具论，但并没有否认人是社会的人。另外，王国维要求作家在表现人生时，不能抽象地来表现，而必须做到寓抽象于具体，寓共性于个性之中。他在《〈红楼梦〉评论》一文中说："夫美术之所以写者，非个人之性质，而人类全体之性质也。惟美术之特质，贵具体而不贵抽象。于是举全人类之性质也，置诸个人名字之下。……善观物者，能就个人之事实，而发现人类全体之性质。"并且，王国维更进一步地把文学思维与哲学思维区别开来，在肯定二者在表现人生这一根本问题有相同之处的基础上，

① 王国维：《论近年之学术界》，《静庵文集》，辽宁教育出版社 1997 年版，第 114 页。

② 王国维：《论哲学家与美术家之天职》，《静庵文集》，辽宁教育出版社 1997 年版，第 120 页。

③ 王国维：《屈子文学之精神》，《静庵文集》，辽宁教育出版社 1997 年版，第 171 页。

④ （清）况周颐，王国维：《蕙风词话·人间词话》，徐调孚注，王幼安校定，人民文学出版社 1982 年版，第 202 页。

他认为二者对世界的"解释"方法是不同的，前者是"直观"的、"顿悟"的，而后者则是"思考"的、"合理"的。王国维从主张艺术应表现人生始，最后提出了如何表现人生的形象思维理论，这不但在艺术精神上超越了正统文论，而且在一般文学艺术创作论上也走向了现代形态。《〈红楼梦〉评论》正是在新的认识基础上，对中国古代小说、戏剧千篇一律的公式化创作给予了激烈批判。他指出，作家之所以在创作中放弃了自我的个体创作意识，因循守旧地编造"大团圆"结局，其根本原因在于：作家不敢正视真正的现实人生，也就使得这些作品失去了其审美价值。

第二，文学要表现情感。文学要表现人生，就必须要表现人的情感。王国维认为，人们内心世界的思想情感，平时不能"语诸人或不能以庄语表之"，但在文学所创造的艺术世界中，"我"与人们没有利害关系，因此，可以自由自在地传达出自己的思想感情。他进一步提出："若夫真正之大诗人，则又以人类之感情为其一己之感情，彼其势力充实不可以已，遂不以发表自己之感情为满足，更进而欲发表人类全体之感情。彼之著作，实为人类全体之喉舌，而读者于此得闻其悲欢啼笑之声，遂觉自己之势力，亦为之发扬而不能自已。"①他公开宣扬文学要表现人的情感，明显表现出与传统文学观念的不同。

第三，王国维认为文学艺术的根本特质在于它具有审美价值。由于深受叔本华生命哲学的影响，他认为文艺具有"无利害"的特质，因而，它是人们从悲剧人生中解脱出来的重要途径。人们进入艺术世界中，便得到审美的享受，而非感官的刺激，"凡人生中足以使人悲者，美术中则吾人乐而观之"，它可以使人得以"暂时之平和"。王国维以诗一般的语言描绘了艺术作品在审美活动中带给人的自由境界，他说："兹有一物焉，使吾人超然于利害之外，而忘物与我之关系。此时也，吾人之心，无希望，无恐怖，非复欲之我，而但知之我也。此犹

① 王国维：《人间嗜好之研究》，《静庵文集》，辽宁教育出版社 1997 年版，第 148 页。

积阴弥月，而旭日杲杲也；犹覆舟大海之中，浮沉上下，而飘著于故乡之海岸也；犹阵云惨淡，而插翅之天使，赍平和之福音而来者也；犹鱼之脱于罾网，鸟之自樊笼出，而游于山林江海也。"①这是何等美妙！在王国维看来，审美具有超功利、超社会、超理性，甚至超个人的特点。这种看法固然有其片面性，但是，王国维的议论正是有感于长期封建统治对个性的束缚而发的，具有鲜明的反封建色彩，是对人性自由的呼唤。正是看到了文学艺术的审美特征，他才把《红楼梦》作为一部伟大著作来评价，并把它与歌德的《浮士德》相提并论，认为它是"宇宙一大著述"，以审美的方式使人们暂时达到人生解脱的目的。王国维对于文学艺术的看法具有强烈的人本主义色彩，他从人生价值的角度提出了有别于正统文学观念的全新观点。

就功利主义文学观而言，它们所持的文学要有用于现实社会的观点以同传统"文以载道"论表现出明显的不同。洋务运动之前，传统文学观在文坛上依然占有重要地位。道、咸、同三朝的文论家虽然没有放弃"文以载道"之说，但在经世致用的旗帜下，他们对"道"的理解显然已经不再仅仅局限于"孔孟之道"，而是扩大了"道"的范围。冯桂芬曾指出："道非必'天命''率性'之谓，举凡典章、制度、名物、象数，无一非道之所寄，即无不可著之于文。"②他还宣称自己"独不信义法之说"。姚莹在《与陆次山论文书》中把"才、学、识"皆归入"道"的范围。在《与吴岳卿书》中认为，作文之要除"义理"外，还要有"经济"，强调文章"经世"，要"关世道"。而魏源尽管也坚持"文贯乎道""文之外无道，文之外无治"，但是，"魏源的'贯道''言志'论之所以可贵，就在于他不是一个思想僵化的复古主义者，而是一个头脑清醒的现实主义者。他是立足于现实的变革来高唱传统的理论，或者说，是用传统的旗号来倡言文学为变法图强服务的。他所言的'文贯道'和

---

① 王国维：《〈红楼梦〉评论》，《静庵文集》，辽宁教育出版社 1997 年版，第 67 页。

② （清）冯桂芬：《复庄卫生书》，郭绍虞主编《中国历代文论选》（下册），中华书局 1963 年版，第 118 页。

'诗言志'，深刻地包涵着经世致用，为现实服务的精神"①。而龚自珍的"尊心""尊情"诸说的提出除表现出同传统诗文中所抒之"情"不同外，对"文以载道"的工具论文学观当然也是一个突破。

当西学大潮真正进入中国之后，近代资产阶级知识分子出于"启蒙"与"救亡"的双重需要，提出"鼓民力""新民德""开民智"的口号，实行社会改革。"诗界革命""文界革命""小说界革命"都是在功利主义文学观的促发下产生的。如何看待在近代处于主导地位的这种文学观念？有学者认为这是传统"文以载道"论、"文学教化"说的翻版；也有学者从文学自主性、独立性的角度出发，对之进行批评。且看最具有代表性的观点，"由于摒弃了'觉世'，'写已知之理'之类的错误观念，把文学地位提到了政治之上，王国维的文学创作和文学研究从不受他的政治立场的干扰左右"，"王国维在政治上虽然谈不上充当'社会良心'，他的政治观和伦理观都有着浓厚的士大夫意识，但是他对文学和学术的态度，却是西方近代知识分子式的，以追求真理探索人生为目的。在变革中国传统的政治大一统观念上，在强调艺术与学术有其独立的价值，不受政治左右上，王国维倒是具备了近代知识分子的独立意识，算得上是中国第一代名副其实的知识分子"②。以上这段文字对王国维的评价基本是正确的，但因为作者是从与功利主义文学观相比较的角度肯定王国维的，因此，从中可以看出他对以"觉世"为目的的文学价值观的一些看法。我们认为，作者的观点有两处是值得商榷的。其一，认为"觉世"的文学观是"错误观念"，就完全否定了功利主义文学观念。当然，由于急于让文学干预社会政治，参与开启"民智"，它在一定程度上忽视了对人性的深入开掘，文学自身的审美特征也并没有得到很好的展示，但并不能因此将功利主义的文学观一棍子打死。其二，作者还认为王国维是中国第一代名副其实的知识分子，其原因当然是因为王国

---

① 黄霖：《中国近代文学批评史》，上海古籍出版社 1993 年版，第 41 页。

② 袁进：《中国小说的近代变革》，中国社会科学出版社 1992 年版，第 112–113 页。

维的学术研究是不受政治左右，是有"独立意识"的。但完全不受政治影响的文学与学术是不存在的。况且，文学与学术对社会政治若能起到好的推动作用，又为什么非要远离它呢？王国维们不可少，但梁启超们也不可无。甚至可以说，在变革的时代，梁启超也许比王国维更重要些。

认为梁启超等的功用主义文学观是"文以载道"论的延续或翻版的观点也是错误的。首先，传统文学观是以"文以载道"为核心的，其主要内容是以统治阶级的思想"教化"人民。而近代功用主义文学观的提倡是为了让文学参与到"启蒙"与"救亡"的革命中去，因此，它要求文学必须摆脱"文以载道"的束缚，走向更广阔的社会现实中来。文学要面向现实，反映现实是近代至五四新文化运动时期所打出的最鲜艳的旗帜。这时期的理论家和文学家在他们的理论主张和创作实践中对长期存在于中国人心理深处的"团圆意识"进行了彻底批判。王无生以新的阐释眼光指出古人之所以作小说的原因，不是为"载道"，而是出于"愤政治之压制"，"痛社会之浑浊"，"哀婚姻之不自由"。

梁启超被认为是功用主义文学观念的代表，其实，他是以文学反映生活来代替"文以载道"的。梁启超从读者审美需要的角度出发提出这一问题，他说："凡人之性，常非能以现境界而自满足者也。……故常欲于其直接以触以受之外，而间接有所触有所受……此其一。人之恒情，于其所怀抱之想象，所经阅之境界，往往有行之不知，习矣不察者；不论为哀、为乐、为怨、为怒、为恋、为骇、为忧、为惭，常若知其然而不知其所以然。……此其二。"①因为小说可以满足人们的审美需要，"常导人游于他境界，而变换其常触常受之空气者"。可见梁启超之所以大力提倡小说，除注意到它具有认识功能、教育功能之外，还具有审美功能。需要特别注意的是，梁启超后来的文学观念有了进一步发展。他一方面承认文学艺术的"功

① 梁启超：《论小说与群治之关系》，夏晓虹编《梁启超文选》（下），中国广播电视出版社 1992 年版，第 4 页。

用"性，又特别强调文学自身的审美价值和审美特征，注重文学作品对情感的表现，他甚至将情感与理智对立起来，并认为情感高于理智。梁启超以充满激情的口吻说："理性只能叫人知道某件事该做、某件事该怎样做法，却不能叫人去做事；能叫人去做事的，只有情感。我们既承认世界事要人去做，就不能不对于情感这样东西十分尊重。"①其言辞虽有些过激，但只要把它放到正统思想束缚个人情感的大背景中去考察，我们就会感到它是非常难能可贵的。在谈到艺术时，他认为"艺术是情感的表现，情感是不受进化法则支配的"②。在他看来，"艺术是情感的表现"③，"艺术的权威，是把那霎时间便过去的情感，捉住他令他随时可以再现；是把艺术家自己的'个性'的情感，打进别人们的'情阈'里头，在若干期间内占领了'他心'的位置"④。因此，艺术家的责任在于把优美的情感"用美妙的技术把他表现出来，这才不辱没了艺术价值"⑤。梁启超又进一步以中国古典诗歌作为材料，来研究作家自我的情感在文学作品中的表现。在《中国韵文里头所表现的情感》一文中，他把诗歌中作家表达情感的不同方式分为六类，即"奔进的表情法""回荡的表情法""蕴藉的表情法""象征派的表情法""浪漫派的表情法""写实派的表情法"。梁启超对作家创作情感的高度重视，体现了对正统儒学特别是宋儒的文学观念的超越精神。在宣扬道学的宋儒看来，作家表达情感与"言志""载道"是对立的，如果将"盛气直述"，那么，文学作品就不可能达到"厚人伦、美教化"，"动天地、感鬼神"的目的。对情感表达的重视也说明梁启超的功用主义文学观与文学艺术的审美性并不是相互排斥的。

综观以上所述，我们认为近代

---

① 梁启超：《评非宗教同盟》，夏晓虹编《梁启超文选》（上），中国广播电视出版社1992年版，第508页。

② 梁启超：《情圣杜甫》，夏晓虹编《梁启超文选》（下），中国广播电视出版社1992年版，第135页。

③ 同上书。

④ 梁启超：《中国韵文里头所表现的情感》，夏晓虹编《梁启超文选》（下），中国广播电视出版社1992年版，第23页。

⑤ 同上书。

文学价值观表现为审美与功利的对峙与互补，一是说明二者确实存在较大差异，对近代文学发展及文学理论的建构各自产生了不同影响，这本身就具有互补性。二是提请人们注意二者并非水火不容，功用主义的与强调审美的（或谓之非功用的）并非完全相互排斥，只是侧重点不同而已。梁启超的功用主义文学观中对审美的重视已如上所述。而王国维要求文学应有自身价值，其意图在于冲击传统的文学工具论，在批评实践中他对"忧生""忧世"的作品是倍加推崇的，而这些作品的"功用"是显而易见的。

与对文学价值的理解相联系，正统文学观念认为，只有用来"言志"的诗文才是最好的"载道"工具，而兴起于民间的戏曲、小说却被认为是"君子弗为"的小道。因此，高明在《琵琶记》中，一开始便声明"不关风化体，纵好也徒然"，这说明在近代以前，小说仍然不能摆脱正统文人对它的偏见。到了近代，由于接受了西方思潮的影响，特别是梁启超等人看到了政治小说对日本明治维新所起的重要作用，他们便提出了"小说界革命"的口号。梁启超希望能像伏尔泰、托尔斯泰等小说家那样"……而以其诚恳之气，清高之思，美妙之文，能运他国文明新思想，移植于本国，以造福于其同胞……"①他同时还认为："故今日欲改良群治，必自小说界始；欲新民，必新小说。"梁启超等人从功用主义文学观出发，把小说的作用看得如此之高，当然有其过分的一面，但是，作为一种文学体裁，小说却开始受到了重视。我们认为，梁启超等人重视小说的地位，大力宣传小说在"新道德""新国民""新政治""新风俗""新学艺""新人心""新人格"方面所起的作用，至少有这样几点已经超越了正统文学观念对小说的看法：首先，大力提倡小说创作，表明了一种新的读者观念的产生，文学已不再是封建贵族的专利。对小说的提倡促进了文学走向民间的进程。其次，梁启超认识到了小说具有的美感作用，即他所概括的"熏、浸、刺、提"四

---

① 梁启超：《论学术之势力左右世界》，夏晓虹编《梁启超文选》（下），中国广播电视出版社1992年版，第213页。

种力。由此可见，他们已经注意到了文学艺术教育作用的实现，必须通过打动读者的强烈情感，在潜移默化中使人们受到教益。再次，梁启超还提出了小说在创作方法上有现实主义与浪漫主义之分，这也表现出受外来小说理论的影响。

总之，在近代，不论是功用主义文学观还是非功用主义的文学观，都使文学逐步跳出了"文以载道"论的窠臼，走向了反映广阔的社会生活的宽广道路。

（原载《东方论坛》1998 年第 4 期）

论中国近代文学转型中的传统文学观念及其新变

——兼论新派理论家向传统的回归

从文学观念发展的角度看，新的文学观念与旧的文学观念的并陈与杂糅是中国近代文学观念的一大重要特征。所谓"并陈"是指新的和旧的同时存在；所谓"杂糅"是说"旧"中有"新"和"新"中有"旧"，还包括由"新"转"旧"。

对近代的属于旧的文学观念的研究存在着两个方面的弊病。其一是倾向于将近代文学看作古典文学的尾巴的学者对之评价往往过高，没有注意将它的出现放到近代社会现实中考察，因而对旧文学观念的研究只局限于就某一派别做一些具体分析，视野不够开阔。其二是倾向于把近代文学当作现代文学之头的学者为了强调有别于传统的新文学观念对现代文学的影响，把与之对立的旧文学观念看得过低，甚至不加分析地给予全盘否定。以上两种情况都无助于更深入、更准确地把握带有复古主义色彩的传统文学理论。

近代旧文学观念的代表作家和理论家虽然较多，观点也不尽相同，但它们有着共同的特点，可概括如下：

第一，卫道崇古。中国传统文人本来就具有复古、崇古的心理定式，他们认为"三王时代"是理想的"治世"，因此，古代文学观念总是向后看，以古为标尺。近代作家和理论家中那些较为进步的人士（如龚自珍、魏源等）尚且打着复古的旗号实行文艺的变革，守旧文人更是抱着"古"法不放，要求文学艺术必须恪守儒家的"道统"和"文统"。众所周知，"桐城派"是贯穿整个清代的文学理论流派，郭绍虞先生曾经指出："清代文论以古文家为中坚，而古文家之文论又以'桐城派'为中坚。有清一代的古文，前前后后殆无不与桐城生关系。在桐城派未成立以前的古文家，大都可视为'桐城派'的前驱；在'桐城派'方立或既立的时候，一般不入宗派或别立宗派的古文家，又都是桐城派之羽翼与支流。由清代的文学史言，由清代的文学批评言，论到它散文的部分都不能不以桐城为中心。"①可见，"桐城派"对清代文坛的影响之大。从鸦片战争始，近代的每一个重要时期，"桐城派"的余续都占有一定地位。鸦片战争前后，以方东树、管同、姚莹、梅曾亮为代表的"姚门四弟子"继承桐城派的理论主张，努力维护封建"道统"和"文统"。方东树自称："平生观书……惟于朱子之言有独契，觉其……直与孔曾思孟无二。……故见后人著书，凡与朱子为难者，辄忿恨。"②他斥责汉学说："近世为汉学者，其敝益甚，其识益陋，其所挟惟取汉儒破碎穿凿谬说，扬其波而汩其流，抵掌攘袂，明目张胆，惟以诋宋儒攻朱子为急务。要知，不知学之有统，道之有归，聊相与逞志快意以骛名而已。"③姚莹同样鼓吹儒家之道，他说："文章之大者，发明道义……"④可见维护"道统"是姚门弟子所持文学观念的一个重要内容。面对包世臣、蒋湘南、戴震、龚自珍、魏源等人对桐城派的批判，姚门诸弟子极力维护"文统"。

刘开在著名的《与阮芸台宫保论文书》中说："文之义法，至《史》《汉》而已备，文之体制，至八家而乃全，彼固予人以有定之程式也。……故善学文者，其始必用力于八家，而后得所从入。"⑤他还指出归有光、方苞之文"然其大体雅正，可以楷模后学，要不得不推为一代之正宗也。学《史》《汉》者由八家而入，学八家者由震川、望

① 郭绍虞：《桐城文派与其文论》，《中国文学批评史》，上海古籍出版社 1979 年版，第 627 页。

② (清)方东树：《书林扬觯》，光绪间刻本。

③ (清)方东树：《汉学商兑重序》，郑振铎编《晚清文选》，上海书店 1987 年版，第 114 页。

④ (清) 姚莹：《〈黄香石诗〉序》，贾文昭编《桐城派文论选》，中华书局 2008 年版，第 241 页。

⑤ (清) 刘开：《与阮芸台宫保论文书》，郭绍虞主编《中国历代文论选》（下册），中华书局 1963 年版，第 287-288 页。

溪而入，则不误于所向……"①文章要"以汉人之气体，运八家之成法，本之以六经，参之以周末诸子"，就可以"争美古人"。姚门弟子生活在鸦片战争前后，面对新时代渐起的变革潮流对旧文学观念的冲击，他们极力巩固封建正统思想在文学领域中的统治地位，因此，便打出"复古""崇古"的旗帜，其目的仍然是保卫"道统"与"文统"。

以曾国藩及其弟子为代表的湘乡派同样主张"崇古"，他们把孔孟、程朱儒学之"道统"与从先秦两汉至唐宋八大家再到桐城派的"文统"作为讨论文艺问题的根本出发点。曾国藩将"义理"置于文章各要素的中心地位："文之醇驳，一视乎道之多寡以为差。见道尤多者，文尤醇焉，孟轲是也。次多者，醇次焉；见少者，文驳焉；自荀扬庄列屈贾而下，次第等差略可指数"。"取司马迁、班固、杜甫、韩愈、欧阳修、曾巩、王安石及方苞之作悉心而读之，……然后知古之知道者，未有不明于文字者"②。"道"决定"文"，"道统"与"文统"是一致的。

宋诗派也是几乎贯穿于整个清代诗坛的一个重要流派，但影响最大的是作为它的延续的"同光体"。"同光体"对嘉道年间的"宋诗派"在继承的基础上有所发展，但万变不离其宗，它依然到前人的诗歌创作中寻求"诗法"，不能将诗歌创作与反映时代结合起来，甚至公开提出写诗是"寂者之事"，"荒寒之路"。陈衍不满道咸以来清代诗坛的不景气局面，在《石遗室诗话》中批评诗人"蓄积贫薄，翻覆只此数言，或作声色张之"，他明确提出诗"非其人而为是言，非其时而为是言"，指责他们的作品是"人工赋物，技擅雕虫，蟋蟀萤火之咏不绝于篇，看水孤雁之作开卷而是"。但是，陈衍围绕着"力破余地"说所提出的三点见解（语言要"宁涩勿滑"，要有"色彩"，要

①（清）刘开：《与阮芸台宫保论文书》，郭绍虞主编《中国历代文论选》（下册），中华书局1963年版，第289页。

②（清）曾国藩：《致刘孟容》，清·李翰章编纂，清·李鸿章校勘《曾文正公全集》第四部《书札》，吉林人民出版社2005年版，第2035页。

"独具笔意"）仍然局限于古典诗体的范围，再加他不能从根本上摆脱拟古的窠臼，因而"同光体"的衰亡是必然的。

另外，以王闿运为代表的汉魏六朝诗派出现在清末民初，堪与"同光体"相抗衡，为此，他被奉为"诗坛的首领"。他主张"乐成依声，诗必法古，自然之理也"①，"词不追古，则意必循今；率意以言，纬经益远"②。他认为宋诗不如唐诗，唐诗不如汉魏六朝，因此主张写诗必须宗汉魏六朝。而以樊增祥、易顺鼎为代表的中晚唐诗派，则主张师法中晚唐诗人，由此可见，近代复古主义文论家所言之"古"的含义是有较大区别的。

总之，旧的文学理论流派在文学观念上都是持复古态度的，尽管他们之中有人主张在拟古的基础上要"化古"，甚至也有人提出要创新，但由于他们所持的根本观念是儒家的"文以载道"的陈旧观念，与改良派、革命派的文学观念相比，可以看出其明显的落后性，而且随着其赖于存在的封建统治力量的衰落，它们的消亡也是势在必然的。

第二，尚雅。雅俗之辨在中国诗学发展史上屡屡出现，在正统文学观念看来，只有"雅"的文学才符合"温柔敦厚"的儒家诗教。近代以来由于文学要担负起唤醒民众的需要，促使文学必须走向大众，同时随着近代商业的兴起产生了市民阶层，城市市民的大量出现也为文学的大众化、通俗化提供了必需的读者群，于是，文学的"俗化"便形成了近代文学观念变革的一个不可阻挡的洪流。从太平天国的文艺政策到洋务运动中的文艺改革，从"三界"革命再到"五四"前后的"文学革命"运动，可清晰地看出近代知识分子致力于"俗"文学的努力。正是在这样的背景之下，守旧派对"雅"文学的鼓吹也就更加起劲。

---

① （清）王闿运：《诗法一首示黄生》，民国十一年中华书局石印本《新古文辞类纂稿本》卷二十三，郭绍虞主编《中国历代文论选》第四册，上海古籍出版社 2001 年版，第 108 页。

② （清）王闿运：《八代文粹序》，光绪庚子年间烝阳刊本《王湘绮先生文集》卷三，郭绍虞主编《中国历代文论选》第四册，上海古籍出版社 2001 年版，第 109 页。

作为桐城派鼻祖之一的方苞曾专门提出"古文不可入语录中语，魏晋六朝人藻俪俳语，汉赋中板重字法，诗歌中隽语，南北朝佻巧语"等"五不"的雅语语言标准。这种近于苛刻的要求自然不可能完全被他的继承者照原样去做，但作文要求雅洁却被后人一提再提。曾国藩说："早尝师义法于桐城，得其竣法之旨。"①黎庶昌言："本朝文章，其体实正自望溪方式，至姚先生而辞始雅洁，至曾文正公始变化以臻大。"②吴汝伦在与严复讨论翻译的行文要求时说："与其伤洁，毋宁失真，凡琐屑不足道之事，不记何伤？若名之为文，而俚俗鄙浅，荐绅所不道，此则昔之知言者，无不悬为戒律，曾氏所谓'辞气远鄙'也。"依据桐城派的论文标准，只有按照《左传》《史记》的规范，摹仿唐宋古文家的风格写出的作品才是雅洁的，而那些能为大众所接受的反映现实生活的文艺作品被看作是俚俗之诗，因此，他们认为当时兴起的时务文、新小说"固不足与文学之事"，"有识者方鄙夷而不顾"③。

宋诗派由于崇尚宋诗，因此，以学问入诗，诗人之言与学人之言合而为一便是它的重要诗学主张。在此基础上，宋诗派尚雅的主张当然不难理解。何绍基在中期宋诗派中最具有创新精神，他明确提出反对依傍古人，公开声明"做人要做今日当做之人，即做诗要做今日当做之诗"，作诗"到得独出手眼时，须当与古人并驱。若生在老杜前，老杜还当学我"④。为了突出诗人的独创性，他强调的"不俗"有较多的积极意义，如他说："同流合污，胸无是非，或逐时好，或傍古人，是之谓俗。直起直落，独来独往，有感则通，见义则赴，是谓不俗。高松小草，并生一山，各与造物之气相通。松不顾草，草

①（清）薛福成：《寄龛文存序》，丁凤麟，王欣之编《薛福成选集》，上海人民出版社1987年版，第239页。

②（清）黎庶昌：《续古文辞类纂》，清光绪十六年金陵书局刻本。

③（清）吴汝伦：《答严几道》，郭绍虞主编《中国历代文论选》第四册，上海古籍出版社2001年版，第150页。

④（清）何绍基：《与汪菊士论诗》，郭绍虞主编《中国历代文论选》第四册，上海古籍出版社2001年版，第35页。

不附松，自为生气，不相假借。"①何绍基追求"不俗"主要表现在对诗歌语言的要求上，他明确指出："将一切牢骚语、自命语、摹古语、随便语、名士风情语、勉强应酬语，概从刊落，戛戛独造，本根乃见。"②由此看来，何绍基追求"不俗"的途径仍然是宋诗派所信奉的以学问为诗，再加他坚持写诗要"温柔敦厚""要扶持纲常，涵抱名理"，他的"不俗"虽然有追求不摹拟古人的一面，但其目的仍是求"雅"，由于他不能摆脱"诗文中不可无考据"及以学问为诗的诗歌艺术标准，这种"雅"便极易走向艰涩险怪、佶屈聱牙的一极，终不能超越传统诗论的羁绊。

旧的诗文理论在 19 世纪末仍占有重要地位，甚至在政治立场上属于"革命派"的理论家在对待诗文的观念上也依然具有浓厚的"复古"色彩。刘师培和章炳麟便是最突出的代表，他们在诗文主张上的一个共同特点也是追求典雅。刘师培反对桐城古文，但在对"文"进行界定时，他所坚持的是阮元的"文言说"。他说："故三代之时，凡可观可象，秩然有序者，咸谓之文。就事物言，则典籍为文，礼法为文，文字亦文。文也者，别乎鄙词俚语者也，必象取错交，功施藻饰，始克被以文称。"③因此，"非偶词俚语，弗足言文"，④刘师培最终还是将典雅作为其论文的最高标准。刘师培一方面猛烈抨击孔学，著有《孔学真论》，其材料之翔实、说理之透彻、论证之严密，在当时的同类论著中可谓是无与伦比的。然而，生活在历史的转折时代，刘师培的思想存在着难以克服的矛盾，他的文化保守主义表现在文学思想中便是其文学的复古主义思想，其最突出的表现应是我们以上所述的他对"雅"文学的极力推崇。

与刘师培一样具有文化保守主义倾向的还有著名的国学大师章太炎，他被其弟子鲁迅称为"有学问

① （清）何绍基：《使黔草自序》，郭绍虞主编《中国历代文论选》第四册，上海古籍出版社 2001 年版，第 30 页。

② （清）何绍基：《符南樵寄鸥馆诗集叙》，《东州草堂文钞》卷三。

③ （清）刘师培：《广阮氏文言说》，郭绍虞主编《中国历代文论选》第三册，上海古籍出版社 2001 年版，第 598 页。

④ （清）刘师培：《中国中古文学史·论文杂记·概论》，人民文学出版社 1959 年版，第 5 页。

的革命家"。在政治思想方面，他具有强烈的民族主义思想，提出"用国粹激动种姓，增进爱国的热肠"，同时又有强烈的批孔倾向，但他的文学观念却具有浓厚的复古主义色彩。为纠当时文风空疏、绮靡之弊，太炎提出自己对"文"的理解："文学者，以有文字著于竹帛，故谓之文；论其法式，谓之文学。"①他论文的标准是"文章"的古义，在此基础上，章太炎提出了有关"雅俗"的诗文理论。他认为文章有"雅俗"之分，"或曰：'子前言一切文辞体裁各异，其工拙亦因之而异。今乃欲以书志疏证之法，施之于一切文辞，不自相刺谬耶'？答曰："前者所言，以工拙言也。工拙者，系乎才调；雅俗者存乎轨则。轨则之不知，虽有才调而无足贵。是故俗而工者，无宁雅而拙也。雅有消极积极之分。消极之雅清而无物，欧、曾、方、姚之文是也。积极之雅，闳而能肆，杨、班、张、韩之文是也。虽俗而工者，无宁稚而拙。故方姚之才虽弩，犹足以傲今人也。"②而判断"雅"的标准有二，其一是他所谓的"轨则"，"轨则"也即是"格"，就是一定文体的法式。如他说："先求训诂，句分字析，然后敢造词也。先辨体裁，引绳切墨，然后敢放言也。"其二是"便俗致用"，关于此，太炎的看法有较多可取之处，因为他强调文章要平直，反对浮夸之辞。他说：

> 或曰：子谓不辨雅俗，则工拙可以不论，前者已云便俗致用为要者，公牍是也。彼公牍者，复何雅俗之可言乎？答曰："所谓雅者，文能合格。公牍既以便俗，则上准格令，下适时语，无屈奇之称号，无表象之言词，斯为雅矣"。③

由以上可以看出，章太炎的"雅"与宋诗派、汉魏六朝派所追求的"雅"多有相似之处，但他从强调文章不能浮夸、不追求绮丽文

① 章太炎：《国故论衡·文学总略》，郭绍虞主编《中国历代文论选》第四册，上海古籍出版社 2001 年版，第 302 页。

② 章太炎：《文学论略》，上海群众图书公司 1925 年版，第 30-31 页。

③ 同上书，第 32 页。

风的角度来谈"雅"还是有其重要价值的。

　　章太炎在对小说的研究中也涉及雅俗问题。他在提高小说地位方面虽有一定功绩，但对小说特点的研究仍依照笔记等文体的标准。鉴于唐以后，特别是明清以来的通俗小说创作的兴盛，他提出了小说的雅俗问题："近世小说，其为街谈巷语，若《水浒传》《儒林外史》；其为神怪幽秘，若《阅微草堂》五种，此皆无害为雅者。若以古艳相矜，以明媚自喜，则无不沦入恶道。故知小说自有雅俗，非有俗无雅也。"①那么，什么样的小说才是"雅"的呢？太炎指出，《史记·滑稽列传》《汉书·东方朔列传》是雅，而邯郸淳之《笑林》、刘义庆之《世说》以及《搜神记》《幽明录》之类，虽"有意构造"，兼搜神鬼，谲怪恢奇，"而无淫污流漫之文，是在小说，犹不失为雅也"②。而他所说的"俗"小说，主要指专写男女爱情，在文字风格上表现为"艳"和"媚"的，就是"俗"，就为"淫污流漫""廉耻道丧"之作。但章太炎把《红楼梦》《聊斋志异》以及林纾的翻译都归入"时俗"小说，可看出他对描写纯洁的爱情之作与那些格调低下的艳情之作没有区别开来。他所遵循的小说标准是古训，因而他是不能给反映时代状况的新小说以应有的重视的。与梁启超等人对新小说文体的大力提倡相比，章太炎显然表现得有些古里古气。

　　总之，章太炎讲"雅"，在理论上不能说完全错误，但在实践上必然与其他复古主义文学观念一样，导致诗文创作的深奥难懂。而他对"俗"的鄙视更是以正统文学观念的视角来审视文学的。章太炎的文学观从根本上讲还是属于杂文学体系范围的，胡适对他的评价是十分中肯的："这五十年是中国古文学的结束期，做这个大结束的人物，很不容易得。恰好有一个章炳麟，真可算是古文学很光荣的结局了。"③

　　① 章太炎：《文学论略》，上海群众图书公司1925年版，第34页。
　　② 同上书。
　　③ 胡适：《五十年来中国之文学》，欧阳哲生编《胡适文集》第二卷，北京大学出版社1998年版，第200页。

以上所谈复古主义文学观念的两个方面的特点，都是与近代新文学观念相对立的，从本质上讲，它们与新的时代步伐是不合拍的。但是，我们必须承认，随着社会的变革和文化的进步，旧文学观念自身也做出了某种程度的调整，力图顺应时代的发展，尤其是经世致用思潮的兴起对之产生了更大的影响。

"经世致用"是儒家学说的重要组成部分，近代的经世致用思潮是在清王朝已走向末路之时，一部分有识之士为挽救社会的衰颓在吸收传统思想的基础上而产生的。嘉道间，它已开始出现，至鸦片战争前后，随着内外矛盾的加剧，经世致用形成为近代的一大思想潮流，魏源、龚自珍、林则徐、姚莹、包世臣、汤鹏、徐继畬等都是有名的代表人物。经世派主张社会改革，要求以改良的方式求得社会的进步。面对清王朝的腐败统治，那些较为开明的地主阶级经世派虽然不可能提出彻底推翻封建统治的主张，但他们却具有强烈的批判意识。龚自珍曾激烈地发表过这样的言论："左无才相，右无才史，阃无才将，庠序无才士，陇无才民，廛无才工，衢无才商。"①他们对社会积弊的揭露涉及政治、经济、军事、文化等各个方面。鸦片战争之后，林则徐、魏源、姚莹等开始向西方学习先进的科学文化知识，这直接影响了洋务运动和早期维新运动的诞生。具体到文学观念方面，经世致用思潮对守旧的复古主义文学观念产生了直接影响。

首先，文学要有用于世。前面我们已经谈过，作为桐城派继承者的姚（莹）门弟子是坚持封建"道统"和"文统"的，但在时代变革的刺激之下，特别是在经世致用思潮的影响下（姚莹本人就是其中的代表人物之一），姚门弟子已开始关注文学对现实的影响作用，主张为文要有用于社会。方东树说："文不能经世者，皆无用之言，大雅君子所弗为也。"②他在《辨道论》中阐明了文章要"救

---

① （清）龚自珍：《乙丙之际箸议第九》，钱仲联主编《龚自珍文选》，苏州大学出版社2001年版，第57页。

② （清）方东树：《复罗月川太守书》，《仪卫轩文集》卷七，清同治七年（1868年）刻本，第118页。

乎时"的道理，"君子之言为足以救乎时而已！故同一言也，失其所以言之心，则言虽是而不足传矣。"又说："人第供当时驱役不能为法后世，耻也；钻故纸著书作文翼传后世而不足膺世之用，亦耻也。必也才当用世，卓乎实能济世；不幸不用，而修身立言足为天下后世法，古之君子未有不如此厉志力学者也。"尽管方东树论文不能抛开儒家之"道"，但他所言之"道"已不再仅仅是孔孟之道或程朱理学，他认为"文章"应同"道德""政事"统一起来，而统一的基础是"通于世物"，强调要"救时""济世"，这确是对桐城派的一个较大发展。梅曾亮、管同也明确提出那些关注现实社会、有益于人心教化的诗文才是好的。

曾国藩及其弟子们抱着中兴桐城派的愿望，对其理论主张在坚持的基础上也做了一些发展。曾氏对姚鼐"经济天下"、梅曾亮文章"随时而变"的思想进行了吸收和丰富，提出了"文章与世变相因"①，强调文学与时代变革的关系。同时，曾国藩为了使文学能更直接地为现实（在他那里当然主要还是封建统治）服务，去除桐城派的空疏之病，他在桐城派的"义理""考据""辞章"之上又加上"经济"一项，认为"此四者缺一不可"②，明确将"经济之学"纳入文学的范畴，从中可见经世致用思潮对他的影响。由于鼓吹"经济之学"，他们在作文与论文时都注重文学是否关涉时事、世情，他们之中的不少人都是洋务派的中坚力量。

刘熙载的文学思想基本上还是属于正统文学观念的范围。经世致用思潮的影响在他身上虽然不如以上所谈诸人明显，但从他的一些言论中也可看出经世思想在其文学观念中的某些痕迹，他的某些主张甚至具有一定程度的"人民性"，如他在《艺概》中指出："代匹夫匹妇语最难。盖饥寒劳困之苦，虽告人，

① （清）曾国藩：《欧阳生文集·序》，清·李翰章编纂，清·李鸿章校勘《曾文正公全集》第三部《文集》，吉林人民出版社 2005 年版，第 1762 页。

② （清）曾国藩：《求阙斋日记类钞》，清·李翰章编纂，清·李鸿章校勘《曾文正公全集》第八部《求阙斋日记类钞·卷上》，吉林人民出版社 2005 年版，第 545 页。

人且不知；知之，必物我无间者也。杜少陵、元次山、白香山，不但身与闾阎，目击其事，直与疾病之在身者无异。"他要求文人走出自我的狭小圈子，到人民群众中去"体验生活"，这样文人所写出的作品才能真正感人，才能达到理想的艺术效果。刘熙载论文的目的当然还是为维护封建道统服务，但他所提出的文学要表现"匹夫匹妇"之"饥寒劳困之苦"的文学主张，显然已不是封建"道统""文统"所能包容得了的。

另外，宋诗派及"同光体"等旧诗文流派都不同程度地表现出对社会现实的关注，体现出近代文学观念旧中有新的一面。

传统文学观念中的"旧中有新"还表现为在风起云涌的时代潮中，文章要因时而变。这一点同强调文学要发挥"经世"作用当然是紧密联系在一起的。姚门弟子梅曾亮的言论较具代表性：

惟窃以为文章之事，莫大乎因时。立吾言于此，虽其事之至微，物之甚小，而一时朝野之风好尚，皆可因吾言而见之。使为文于唐贞元、元和时，读者不知为贞元、元和人，不可也；为文于宋嘉祐、元祐时，读者不知为嘉祐、元祐人，不可也。韩子曰："惟陈言之务去"，岂独其词之不可袭哉？夫古今之理势，固有大同者矣；其为运会所移，人事所推演，而变异日新者，不可穷极也，执古今之同。而概其异，虽于词无所假者，其言亦已陈矣。①

只有随着时代的变化而不断变化，文章才能常新。

文章要随时而变的主张在其他流派中也有一定表现，它的主要价值在于不再顽固坚守复古、拟古，而是在"学古"的同时，要有所创新，有所创造。曾国藩并不完全恪守桐城义法，甚至提出"道与文俱至"

---

① （清）梅曾亮：《答朱丹木书》，李梦苏主编《中华藏典·名家藏书——历代名人书札四》，内蒙古人民出版社 2003 年版，第 90 页。

"道与文兼至交尽"，反对崇道贬文。刘熙载更是明确表述了学古与创新的辩证关系。他认为"诗不可有我而无古，更不可有古而无我"①，他所说的"我"当然是指创作主体的个性创造精神，而"古"是前人创作的基本经验，在刘熙载看来二者是既对立又统一的。在这样一个基本的限定之上，他更加突出强调艺术的独创性。他认为："明理之文，大要有三，曰：阐前人所已发，扩前人所未发"②，"词要清新，切忌拾古人牙慧。盖在古人为清新者，袭之即腐烂也。拾得珠玉，化为灰尘，岂不可鄙笑"③。因此，刘熙载对诗文的"真"特别看重，他论"真"的文字随处可见。而"真"的内涵在他的诗文理论中既包括创作主体的情感之真，也包括艺术风格的独创性，还包括艺术形式的自然天成等。梅曾亮曾提出"文章之事，莫大乎因时"，将"运会所移""人事所推演"作为文学创作的基本出发点，因此，他对文学表现个人的真实情感以及真实地反映现实生活特别重视。如他说："物之可好于天下者，莫如真也。人之境百不同也，境同而性情不同，……境不同，人不同，而诗为之征象，此古人之真也。……述家人亲友悲喜之情，生计忧艰，及耳目所接近可惊叹悲悯之事，亦时有物色慢戏绮丽之作，亦不至于淫放，适乎境而不夸，称乎情而不歉，审乎才而不剽窃曼衍，放乎其真，适足而上，此则……可以言真矣！真如是，可以言好矣！"④另外，从何绍基要求作文要有"真性情"，王闿运主张"诗贵有情"的观点中，我们可以看出，在复古、拟古的理论框架下，他们也意识到一味摹仿古人最终不会有什么出路，于是，努力突出个性创造便成为传统诗文流派进行调整的一个重要内容。

以上对旧文学观念中的"旧"

---

① （清）刘熙载：《艺概诗概》，郭绍虞主编《中国历代文论选》第四册，上海古籍出版社 2001 年版，第 41 页。

②同上书，第 55 页。

③同上书，第 63 页。

④ （清）梅曾亮：《黄香铁诗序》，《柏枧山房诗文集》，彭国忠，胡晓明校点，上海古籍出版社 2005 年版，第 115-116 页。

与"新"两个方面进行了分析，在力求对之做出实事求是评价的基础上，我们特别强调了其中"新"的一面。但是，必须清楚，由于他们的理论根基是建立在正统文学观念的基础之上的，他们的"变"是相当有限的，在新的文学观念的冲击下，旧文学观念虽依然存在，但已逐渐走向颓败。这样，就形成了近代文学观念的新旧并陈局面。

新文学观念的"杂糅"一方面是指"旧"中有"新"，即我们上面所讨论的传统文学观念的自我调整，另一个重要的方面是指近代的新文学观念中往往夹杂着旧文学观念。我们在这里所说的"旧"的含义，不是一般意义上的传统文学观念，因为任何时代的文学观念都不可能彻底排除"传统"，如果在此意义上理解"新旧杂糅"并无太大意义。"新"中的"旧"是指倾向于保守的正统文学观念而言。另外，我们认为近代文学观念中新旧并陈与杂糅还表现在新观念的提倡者在后期的"回归"方面，即文学观念在近代后期被重新确认，而从西方引进的新观念有的被融化在中国传统观念之中，有的并没有扎下根基，在近代后期就销声匿迹了。

先来看"新"中之"旧"。任何新观念的产生都会经历一个极为复杂而艰难的过程。在这一过程中与新观念形成对立的旧观念还会不同程度地存在，并且常常会出现以"旧"观念解释"新"观念的情形，其目的当然是为新观念产生的合理性寻求传统上的依据，这其中的原因主要是因为人们的心理定式的作用。新的尚未深入到人们的文化心理结构层面，而旧的仍然迟迟不肯离去。

近代的持新观念的文论家在其思想深处往往存在着很多矛盾，而其中，"新"与"旧"的矛盾显得较为明显。如严复曾用类似于现代"为艺术而艺术"的文学价值观反对传统的"文以载道"①论，但另一方面，他又认为："窃尝究观哲理，以为

---

① 严复曾提出："诗之于人，若草木花英，若鸟兽之鸣啸，发于自然，达于至深，而莫能自已。盖至无用矣，而又不可无如此。"（《诗序说》）

耐久无弊，尚是孔子之书。"①梁启超等人借鉴西方观念特别是在受到日本明治小说的影响之下，提倡"新小说"，大大提高了小说的地位。他们的小说观念与贬低小说的传统观念相比，无疑是一种新的文学观念，但也必须看到，梁启超等的小说理论也透露出不少旧观念的痕迹。在"审美与功利的对峙与互补"部分，我们认为梁启超注重小说参与改良社会，提倡文学救国与正统的"文以载道"论是不同的。其实，西方小说在社会变革时期也会部分地充当社会革命的武器，并非只有中国近代如此。近代小说观念中的"旧"观念的遗留并不在于梁启超受到什么"文以载道"的影响。我们认为他们的"新"中之"旧"，首先表现在虽然他们有了新的读者观念，将文学从高雅的"殿堂"推向了民间，然而，他们对小说接受者的态度仍然是落后的，正如瞿秋白所指出的："'戊戌政变'的前后，这些能够读小说的'下等人'已经不大安分了，他们已经逐渐的成为社会上的重要人物，他们已经是一种力量——开明专制主义的贵族维新党，也企图经过小说来组织这些'下等人'的情绪，宣传维新主义。"②因此，他们虽然在理论上大力提倡以白话文反对文言文，但在骨子里仍然认为文言文与白话文有高下之分，似乎用白话文是为了能够让"下等人"读懂小说才提倡的，所以，在晚清文坛上，文言小说一直占有一定的地位。林纾翻译西方小说用的仍是文言，他还认为西方小说的一些特点都能在中国传统小说中找到，如他说"西人文体何乃甚类我史迁也"③，还强调西方小说"往往于伏线、接笋、变调过脉处，大类吾古文家言"④。林纾还将中国儒家的传统理论比附西方小说所表现的人情纠葛与社会

① （清）严复：《与熊纯如书札》，王栻主编《严复集》第三册，中华书局 1986 年版，第603 页。

② 瞿秋白：《论文学革命及语言文字问题·鬼门关以外的战争》，《瞿秋白文集·文学编》第三卷，人民文学出版社 1989 年版，第 140 页。

③ （清）林纾：《斐州烟水愁城录序》，1905 年商务印书馆版，陈平原，夏晓红编《二十世纪中国小说理论资料》第一卷，北京大学出版社 1989 年版，第 141 页。

④ （清）林纾：《撒克逊劫后英雄略序》，1905 年商务印书馆版，陈平原，夏晓红编《二十世纪中国小说理论资料》第一卷，北京大学出版社 1989 年版，第 145 页。

关系，这显然是十分牵强的。"以中化西"是近代文学观念形成过程中的一个重要现象，但在"化"的过程中常常会出现用旧观念解释新观念的情况。周作人曾指出："中国近方以说部教道德为桀，举世靡然，……顾说部曼衍自诗，泰西诗多私制，主美，故能出自由之意，舒其文心。而中国则以典章视诗，演至说部，亦立劝惩为皋极，文章与教训，漫无畛畦。画最隘之界，使忽驰其神智，否者或群逼拶之。所意不同，成果斯异。然世之现为文辞者，实不外学与文二事；学以益智，文以移情，能移人情，文责以尽，他有所益，客而已。而说部者，文之属也。读泰西之书，当并涵泰西之意。以古目观新制，适自蔽耳。"① "以古目观新制"实质上揭示出近代知识分子在对待"中西"与"新旧"方面所存在的不可克服的矛盾性，在他们的新观念中仍然存在着与之相悖的旧观念。

近代文学观念的新旧并陈与杂糅的第三种表现是"新"派理论家向传统的"回归"。众所周知，近代文学新观念的代表人物基本是在甲午战争之后走向对中国传统美学及文学观念变革道路的。但是，当辛亥革命失败之后，大多数的"新潮"理论家对传统的东西又表现出特别欣赏的态度，他们所致力的中西融合的尝试虽然产生了较为丰富的成果，但最终还是走向失败。这一现象的出现是极有意义的，学界虽有人注意到了，但尚未有系统性的论著出现。对这一现象我们将做一点初步的研究工作。

梁启超的思想道路及文学道路是具有代表性的，他对自己的认识非常清醒，他曾清晰地分析过自己的思想变化："在第二期，康有为、梁启超、章炳麟、严复等辈，都是新思想界勇士，立在阵头最前的一排。到第三期时，许多新青年跑上前线，这些人一躺一躺被挤落后，甚至已经全然退伍了。这种新陈代谢现象，可以证明这五十年间思想界的血液流转得很快……"② 梁启超所说的"第二期"

① 周作人：《周逴〈红星佚史〉序》，陈平原，夏晓红编《二十世纪中国小说理论资料》第一卷，北京大学出版社 1989 年版，第 232 页。

② 梁启超：《饮冰室文集》第十四册，中华书局 1915 年版，第 39 页。

是指从甲午战争到辛亥革命，而"第三期"是指五四运动前后。从梁启超个人的角度而言，他在"第三期"向传统回归，一个最直接的原因在于他的欧洲之行。1918 年底至 1920 年初，梁启超曾到欧洲旅行考察，面对战后的欧洲，他对其所倾心过的欧洲文明大失所望："当时讴歌科学万能之人，满期望科学成功，黄金世界便指日出现。如今功总算成了，一百年物质的进步，比从前三千年所得还加三倍。我们人类不惟没有得着幸福，倒反带来许多灾难。如象沙漠中失路的旅人，远远望见个大黑影，拼命往前赶，以为可以靠他向导，那知赶上几程，影子却不见了，因此无限凄惶失望。"①尤其是当梁启超表示要将西洋文明带到中国时，而美国某记者却说："西洋文明已经破产了。"又说："我们回去就关起大门老等，等你们把中国文明输进来救拔我们。"诸如此类的话他在欧洲听到很多。欧洲一战后的事实和西方人对中国文明的态度使梁启超对中国传统政治、伦理、道德的态度发生改变，在他所说的"第二期"他对中国国民性的批判常常显得过于热烈，而游欧归来之后，却认为中国古代政治上的民本主义，社会关系中的互助主义，经济上的小农制度都是应该保留的国粹。梁启超还特别指出："吾人当将固有国民性发挥光大之。"②思想上的大转折也直接影响到了他的文学观念的变化，他对待小说的态度即可见一斑。梁启超在开始提倡小说时，其目的在于"开启民智"，可当他后来不再是一个叱咤风云的政治家，尤其是传统观念在其心目中的地位得以重新确立时，"小说为文学之最上乘"的概念在梁氏心中已不复存在，他对作为文学正宗的诗、文重又给予了过多的关注。在为《清华周刊》撰写的《国学入门书要及其读法》中，梁启超认为诗歌是"最有价值的文学"，专门用来课余"讽诵"的文学作品全都包括在"韵文书类"，它们与"修养应用及思想史关系书类""政治史及其他文献书类""小学书及文法书类""随意阅览

---

① 梁启超：《欧游心影录》，《梁启超全集》第十卷，北京出版社 1999 年版，第 1968 页。

② 《梁任公在中国公学演说》，转引自夏晓虹《觉世与传世：梁启超的文学道路》，上海人民出版社 1991 年版，第 165 页。

书类"构成了国学书的主要组成部分，而对小说所谈较少，甚至说"吾以为苟非作文学专家，则无专读小说之必要"①。前后两个时期对小说的态度可谓是判若两人。梁启超后期对诗歌的研究取得了很多成果，他对诗歌情感表达方式的分类及运用西方分类法对中国诗歌（如屈原作品）的研究都极有学术价值，有关内容已在有些章节中涉及，此处不再细述。总之，梁启超放弃对小说的重视转而青睐诗歌，表明他在文体观念上向传统观念的"复归"。另外，严复、王国维等理论家也表现出向传统回归的倾向，而包天笑、吴趼人作为"新小说"的倡导者与实践者后来也成了鸳鸯蝴蝶派的主力。鸳鸯蝴蝶派作家的创作虽有不少有价值的东西，但其中所流露出来的传统的封建意识是极为明显的。

总之，新旧文学观念的并陈与杂糅是近代文学观念有别于古代和现代文学观念的一个突出特征。可以认为，近代文学观念在其发生与发展过程中，既有旧观念急遽裂变、新观念迅速萌生的一面，又有新观念在产生和发展过程中所表现出的曲折性、复杂性的一面。鲁迅在讨论中国思想文化及美学思潮的演进时曾精辟地指出："有两种特别的现象，一种是新的来了好久之后，而旧的又回复过来，即是反复。一种是新的来了好久之后，而旧的仍不废去，而是羼杂。"②这一论断对于近代文学观念而言尤其适用。把握近代文学观念发展的曲折性与复杂性具有十分重要的意义，可以防止在理解近代文学观念演变时常常出现的简单化弊病。

近代文学观念新旧并陈与杂糅的现象使我们充分认识到：近代文学观念甚至是文化观念的演进过程是十分复杂的，旧观念在新的来了很久以后仍具有不小的势力，这说明传统（当然包括传统中落后的东西）力量的强大，在新的观念还没有成为人们文化心理结构的内在构成成分之前，旧观念会以公开的形式与之相对

① 此处参阅了夏晓虹《觉世与传世：梁启超的文学道路》，上海人民出版社 1991 年版，第 166 页有关内容。

② 鲁迅：《中国小说的历史的变迁》，《鲁迅全集》第九卷，人民文学出版社 2005 年版，第 311 页。

抗，旧的东西仍会顽固地存在。陈独秀讲得非常透彻："政治界虽经三次革命，而黑暗未尝稍减。其原因之小部分则为三次革命，皆虎头蛇尾，未能充分以鲜血洗净旧污；其大部分，则为盘踞在吾人精神界根深底固之伦理、道德、文学、艺术诸端，莫不黑幕层张，垢污深积，并此虎头蛇尾之革命而未有焉。此单独政治革命所以于吾人社会，不生若何变化，不收若何效果也。推其总因，乃在吾人疾视革命，不知其为开发文明之利器故。"①正是基于这样一种认识，以陈独秀、胡适甚至包括鲁迅在内的文化上的"激进派"才提出了彻底、全面地批判传统的号召："我们要诚心巩固共和政体，非将这班反对共和的伦理文学等等旧思想，完全洗刷得干干净净不可。"②诸如此类的言论在五四新文化运动的旗手们那里比比皆是，在他们看来，"现代万能，传统万恶"，传统是一个整体，必须全盘否定，方能建设新型文化。这种情绪可以理解，但"传统"与"现代"并非全然对立不可调和。文化激进主义者对传统中保守、落后成分的批判当然十分必要，然而，婴儿和脏水一起泼掉的做法，使得新型文化的根基不太牢固。我们在"致力于中西融合的初步尝试"中就指出，近代知识分子融合中西古今的努力应该肯定，但它却失败了，而接下来的五四新文化运动在中国思想文化史上的功绩是显著的，它是二十世纪中国的一场伟大的思想解放运动，从此，传统的儒家伦理地位一落千丈。它的"激进"相对于中国文化的保守性及晚清以来中国内外交困的局势而言也具有其历史的合理性，但其中所表现出的西化倾向以及对待传统文化的非理性态度也应引起我们的注意。

（原载复旦大学中国古代文学研究中心编《中国文学研究》，2009 年第 13 辑）

---

① 陈独秀：《文学革命论》，郭绍虞主编《中国历代文论选》第四册，上海古籍出版社 2001 年版，第 536 页。

② 陈独秀：《旧思想与国体问题》，载《新青年》，1917 年 5 月 1 日第 3 卷第 3 号。

论中国近代创作主体观念的嬗变及意义

中国近代社会激烈剧变的现实为近代人对文学问题的重新思考提供了契机。新的时代课题要求人们不能再将文学视为"载道"的或借以自娱的工具，而是要通过它张扬个性，实现人的解放，要求作家密切关注现实社会的变革并积极参与其中，进而实现真正的主体价值，因此，近代理论家和作家所面临的首要问题就是如何将作家的创作从传统伦理思想的禁锢中挣脱出来，获得创作主体的真正自由。以龚自珍、王国维、鲁迅三位理论家为代表的理论著述，清楚地显示出近代创作主体论发展演变的轨迹。

对于封建社会戕杀作家主体性的现象，龚自珍是较早对之进行猛烈批判者之一，他在"将萎之华"的封建末世首先唱出了追求创作主体自由的声音，似一道闪电划破了沉寂的天空。但龚自珍思想中所具有的近代意义的内容并不是在西方"新学"的影响下产生的，而是来自传统思想中的非正统观念（如佛教思想），当然他那不随时俗的独特文化人格对其新思想的产生具有直接的影响作用。龚自珍给我们这样一个重要启示：传统思想体系已到了非打破不可的时候了，即使没有外来异质文化的影响，其自身也已开始出现分化之势。

龚自珍具有强烈的忧患感，他不仅认为中国的出路在于社会的改革，而且还以历史变易观为思想基础力主改革"日之将夕"的封建王朝。他注重的是历史主体的能动性，而历史主体的能动性最后必须依赖于个体的能动性。龚自珍提出新的以人的主体创造为核心的哲学理论，他把"自我"作为创造世界的主体，他指出："天地，人所造，众人自造，非圣人所造……众人之宰，非道非极，自名曰我，我光造日月，我力造山川，我变造毛羽肖翘，我理造文字语言，我气造天地，我天地又造人，我分别造伦纪。"①龚自珍在这里所讲的"自我"当然主要是受到了佛学思想的影响，但并不能仅仅理解为纯粹个体的自我，但个体"自我"的价值在其思想中应占有较大比重，对"自我"价值带有唯心主义色彩的夸张式歌颂与传统伦理道德判然而异，具有强烈的叛逆精神。

龚自珍对作家主体自由精神的缺失曾深有感慨地说："呜呼！予欲摹古人之能创兮，予命弗丁其时！予欲因今人之所因兮，予苶然而耻之。"②在龚自珍思想的基础上，后来的黄遵宪等人对复古、拟古文风的批判更加激烈，他们认识到作家之所以不能直抒胸怀，表达自我的真实情感而陷入对古人创作的模拟之中，关键在于儒学道统的影响，因此，他们对复古、拟古之风的批判是从对道统的抨击开始的："儒家不过九流之一，可议者尚多。公见之所及，昌言排击之，无害也；孟子尚有可疑者。"③进而，他嘲笑了儒家诗教及泥古不化的恶劣诗风："俗儒好尊古，日日故纸研。六经字所无，不敢入诗篇。古人弃糟粕，见之口流涎。"④抨击是切中要害的，这同时也说明了龚自珍对近代个性解放思想的产生具有开拓之功。龚自珍关于创作主体的一系列主张，主要表现在他的"三尊"说之中，即尊心、尊情、尊自然。

尊心，就是要尊重作家对客观外界事物的主观感受及价值判断。龚自珍特别强调作家的"心力"，"心无力者，谓之庸人"，"心力"是每个作家都要具备的基本条件，只有具备了心力，创作主体才能根

① （清）龚自珍：《壬癸之际胎观第一》，《龚自珍全集》，王佩诤校，上海古籍出版社1999版，第12页。

② （清）龚自珍：《文体篦》，郭绍虞主编《中国历代文论选》第四册，上海古籍出版社2001年版，第18页。

③ 转引自张永芳：《黄遵宪·梁启超》，春风文艺出版社1999年版，第13页。

④ 黄遵宪《杂感》之二，《黄遵宪诗选》，钟贤培等选注，广东人民出版社1994年版，第356页。

据自己的审美标准对所要表现的客观世界做出独特的感受与评价。在用于自励的《文体箴》中，龚自珍批判了复古、拟古的文风后又进一步指出："虽天地之久定位，亦心审而后许其然，苟心察而弗许，我安能领彼久定之云？"这里十分明显地表现出他要求作家应具有探索精神与独立创造精神。"心审"必然是在"心力"的基础上进行的，它是作家的自我感受及对对象所做的价值判断的一系列过程。

"尊心"实际上所要求的就是力图使作家在创作的准备阶段必须具备良好的素质，它主要指作家独特的审美个性，它不受既成的道德伦理规范约束。"尊情"是尊心的合理延伸。作家的情感只有从封建伦理道德的束缚之下解脱出来，才能创造出真正自由的文学，因此，龚自珍十分重视作家创作的情感问题。在《长短言自序》中，龚氏以其创作的切身体会写到"情者为物也，亦尝有意乎锄之矣，锄之不能，而反宥之，宥之不能而反尊之"。还说："民饮食，则生其情矣，情则生其文矣。"他在对作家的具体评论中，将文学的情感表现作为衡量文学作品是非优劣的标准。在评价汤海秋的诗歌创作时说："巩祚亦一言而已，曰：完。何以谓之完也？海秋心迹尽在是，所欲言者在是，所不欲言而卒不能言在是，所不欲言而竟不言，于所不言求其言亦在是。"①龚自珍所谓的"完"是指诗文完整地表现了个性、情感，也即是"诗与人为一"。

尊自然实际上是对前两者的进一步强调，它反对矫揉造作，所要求的是作家个性的自然表现，讲究自然天成。这一点是受到李贽"童心"说的影响的，龚自珍的两首诗充分表达了崇尚"童心"，要求表现自然情感的愿望：

　　　少年哀乐过于人，歌泣无端字字真。

---

① （清）龚自珍：《书汤海秋诗集后》，郭绍虞主编《中国历代文论选》第四册，上海古籍出版社 2001 年版，第 1 页。

既壮周旋杂癫黠，童心来复梦中身。①

不似怀人不似禅，梦回清泪一潸然。

瓶花帖妥炉香定，觅我童心二六年。②

对童心的追求也是从反对封建纲常出发的，同样表现出要求创作个性自由的追求。尊自然的文艺思想在《病梅馆记》中更加突出地表现出来。龚自珍对束缚个性自由，以畸形、病态为美的丑恶现实深恶痛绝，要求表现健康的、自然的审美情趣，他呼吁治病梅应"解其棕缚，叙其根枝，顺其天性"，表达出强烈的个性解放的要求，其锋芒是直指正统伦理思想的。

龚自珍在尊心、尊情、尊自然的理论前提下，进一步提出文学创新的主张。在《绩溪胡户训文集·序》中，他批判桐城派的"义法"是一种复古僵化的形式主义："其业之有藉焉，其成之有名焉，淆为若干家，厘为总集若干，别集若干。又剧论其业之苦与甘也，为书一通。又就已然之迹，而画其朝代，条其义法也，为书若干通。异人舆者，又必有异之者，曾曾云初，又必有祖祢之者。"由于"义法"与最缺乏创新精神的八股文联系十分紧密，所以，他对之给予了尖锐的批判："言也者，不得已而有者也。如其胸肌本无所欲言，其才武又未能达于言，强使之言，茫茫不知将为何等言；不得已，则又使之姑效他人之言；效他人之种种言，实不知其所以言。于是剽掠脱误。摹拟颠倒，如醉如寐以言，言毕矣，不知我为何等言。"③

龚自珍在进行文学评论时，也将"创新"的标准运用到文学研究的实践中去，他所认为的具有较高艺术成就的人，都是具有创新精神

---

① （清）龚自珍：《己亥杂诗》，郭绍虞主编《中国历代文论选》第四册，上海古籍出版社 2001 年版，第 8 页。

② （清）龚自珍：《午梦初觉，怅然诗成》，郭绍虞主编《中国历代文论选》第四册，上海古籍出版社 2001 年版，第 4 页。

③ （清）龚自珍：《述思古子议》，郭绍虞主编《中国历代文论选》第四册，上海古籍出版社 2001 年版，第 17 页。

的。古代诗人中他十分推崇李白，认为李白在接受传统的基础上有自己的独创性："庄屈实二，不可以并，并之以为心，自白始。儒、仙、侠实三，不可以合，合之以为气，又自白始也。"①在评论汤海秋的诗作时，也往往从创新这一角度展开讨论，认为他的诗有独创性："要不肯挦他人之言以为己言，任举一篇，无论识与不识，曰：此汤益阳之诗。"②龚自珍的诗歌创作本身也体现了他所主张的创新精神，他的《己亥杂诗》三百一十五首，无论从内容还是从形式上看，都不摹拟古人，在当时的诗坛给人一种耳目一新的感觉。

王国维不同于龚自珍之处在于他身处中西文化交流与碰撞的时代氛围中，有条件大量接触并吸收西方新学以助他对人生问题及文学问题的深入思考，他对作家创作个性的认识较之前人更加深入，视野更加开阔。王国维所提出的天才、超人和赤子三个概念代表了他的创作主体观念。

王国维之推崇文学创作中的"天才"是直接接受了康德、叔本华、尼采等人的思想影响的。他说："'美术者，天才之制作也'。此自康德以来，百余年间学者之定论也。然天下之物，有决非真正之美术品而又决非利用品；又其制作之人，决非必为天才，而吾人之视之也，若与天下之所制作之美术无异者，无以名之名，曰古雅。"③显然，王国维对康德的天才论是有所接受的，但他并不盲从康德，认为有些艺术品非天才之作亦可作艺术品赏玩并称之为"古雅"。王国维的天才论不同于康德的另一点是他认为天才必须与后天的修养（包括知识、德行、人格等各方面）结合起来。叔本华有关天才的论述对王国维也产生了很大影响，他在《叔本华之哲学及其教育学说》一文中说："独天才者，由其知力之伟大，而全离

<hr>

① （清）龚自珍：《最录李白集》，郭绍虞主编《中国历代文论选》第四册，上海古籍出版社 2001 年版，第 11 页。

② （清）龚自珍：《书汤海秋诗集后》，郭绍虞主编《中国历代文论选》第四册，上海古籍出版社 2001 年版，第 1 页。

③ 王国维：《古雅在美学上之位置》，《王国维遗书·静安文集续编》第五册，商务印书馆1940 年版，第 23 页。

意志之关系，故其观物也，视他人为深，而其创作之也，与自然为一。故美者，实可谓天才之特殊物也。"但对中国近代美学中的"天才论"影响最大的还是尼采的"超人"说。王国维当然也曾以之为武器对中国传统道德伦理进行猛烈批判。

尼采的"天才"说是对个体意志的极力扩张，是对既有道德的破坏。他有感于西方社会的人性异化现象，呼唤"超人"出世以拯救人类于苦难中。"超人"是"新人、独特的人、无与伦比的人，那种为自己制定法则的人，那种创造自我的人"①！尼采对资本主义社会现实的批判正应和了王国维对中国几千年来传统道德不满的心态，因此，他的学说得到了王国维的极力称赞。王国维认为尼采"以旷世之文才鼓吹其学说"，"破坏旧文化而创造新文化"，"图其一切价值之颠覆"，"肆其叛逆而不惮"。他对中国精神界的影响使秦皇汉武成吉思汗拿破仑之流望而却步。②尼采的异端思想曾极大地鼓舞着近代思想家努力冲破封建礼教之罗网，高举个性解放的大旗，因此，王国维很容易看到尼采是"超绝道德之法则"的：

> 由叔本华之说，则充足理由之原则非徒无益于天才，其所以为天才者，正在离之而观物耳。由尼采之说，则道德律非徒无益于超人，超道德而行动，超人之特质也。由叔本华之说，最大之知识，在超绝知识之法则。由尼采之说，最大之道德，在超绝道德之法则。天才存于知之无所限制。……于是尼采由知之无限制说，转而唱意之无限制说。③

王国维对尼采"超人"说的评价是基本正确的，他抓住了其反抗

① [德]尼采：《上帝死了——尼采文选》，戚仁译，夏镇平校，上海三联书店1989年版，第313页。

② 王国维：《叔本华与尼采》，《王国维遗书·静安文集续编》第五册，商务印书馆1940年版，第62页。

③ 王国维：《叔本华与尼采》，姚淦铭，王燕主编《王国维文集》（下），中国文史出版社2007年版，第207页。

道德的一面。尼采的"重估一切价值"的口号开启了西方现代非理性主义的大门，其"超人"哲学也是其非理性思想的一个重要组成部分，王国维对理性的批判明显受到他的影响。王国维认为"理"有广义与狭义之分，广义为"理由"，狭义为"理性"，"以理由而言，为吾人知识之普遍形式；以理性而言，则为吾人构造概念及定概念间之关系之作用，而知力之一种也。故'理'之为物，但有主观的意义，而无客观的意义。"依王国维之言，无论"理"是作为"理由"还是作为"理性"来理解，它都没有普遍价值，不能成为人类追求的最终目标。他还特别指出"理"也没有伦理学意义上的价值：

> 然"理"之为义除理由、理性以外更无他解。若以理由言，则伦理学之理由，所谓动机是也。……善亦一动机，恶亦一动机，理性亦然。理性者，推理之能力也，为善由理性，为恶亦由理性，则理性之但为行为之形式，而不足为行为之标准，昭昭然矣。惟理性之能力，为动物之所无，而人类之所独有，故世人遂以形而上学之所谓真，与伦理学之所谓善，尽归诸理之属性。不知理性者，不过吾人知力之作用，以造概念，以定概念之关系，除为行为之手段外，毫无关于伦理上之价值。其所以有此误解者，由"理"之一字乃一普遍之概念故。①

与对理论的否定相对照，王国维除对尼采的"超人"说感兴趣外，还对叔本华的"意志论"倍加青睐，认为康德以前的哲学家只注重"知力"方面，用理性解释世界，把理性看成人的本体，而"至叔本华出而唱主意论，彼既由吾人之自觉，而发见意志为吾人之本质，因之以推动万物之本质矣"②。王国维指出了理性于人类所造成的危害，强调人的"直观"能力在日常生活及审美活动中的重要

① 王国维：《释理》，姚淦铭，王燕主编《王国维文集》（下），中国文史出版社 2007 年版，第 158 页。

② 王国维：《叔本华之哲学及其教育学说》，姚淦铭，王燕主编《王国维文集》（下），中国文史出版社 2007 年版，第 191 页。

性，因此，他对人生与文学的思考带有非理性主义的成分，其认识虽然有许多偏颇之处，但若将其置于长期以来封建正统观念对人的钳制之背景下，其积极意义显然是极大的。

王国维的"赤子"说也是其创作主体思想的重要内容。他认为赤子之心或曰"童心"是艺术创造的重要条件之一，他曾结合叔本华的天才论来讨论童心：

> 天才者，不失其赤子之心也。盖人生至七年后，知识之机关即脑之质与量已达完全之域，而生殖之机关尚未发达，故赤子能感也，能思也，能教也。其爱知识也，较成人为深，而其受知识也，亦视成人为易。一言以蔽之曰：彼之知力盛于意志而已。即彼之知力之作用，远过于意志之所需要而已。故自某方面观之，凡赤子皆天才也。又凡天才自某点观之，皆赤子也。①

"童心"在王国维这里应有两个方面的含义，从主观方面而言，它要求作家尊重自己的独特感受，排除一切成规的束缚，能够"感自己之感，言自己之言"。他对中国古代作家的批评也往往以"童心"为出发点：

> 屈子，感自己之感，言自己之言者也。
> 屈子之后，文学上之雄者，渊明其尤也。韦、柳……感他人之所感，而言他人之所言，宜其不如李、杜也。
> 宋以后之能感自己之感，言自己之言者，其惟东坡乎！山谷可谓能言其言矣，未可谓能感所感也。②

---

① 王国维：《叔本华与尼采》，姚淦铭，王燕主编《王国维文集》（下），中国文史出版社2007年版，第208页。

② 王国维：《文学小言》，姚淦铭，王燕主编《王国维文集》（上），中国文史出版社2007年版，第18页。

王国维认为作家的"童心"是产生"自然"文学的首要因素，他在评价元曲的伟大成就时曾表达过这种观点："元曲之佳处何在？一言以蔽之曰：自然而已矣。古今之大文学，无不以自然胜，而莫著于元曲。盖元剧之作者，其人均非有名位学问也；其作剧也，非有藏之名山，传之其人之意也，彼以意兴之所至为之，以自娱娱人。关目之拙劣，所不问也；思想之卑陋，所不讳也；人物之矛盾，所不顾也；彼但摹写其胸中之感想，与时代之情状，而真挚之理，与秀杰之气，时流露于其间。故谓元曲为中国最自然之文学，无不可也。"①王国维认为元曲之所以是最自然的文学在于元曲作家能不受任何功利目的限制，把文学当作游戏，所以充满了童真之趣。就文学来讲，元剧也就真正地表现了那个时代的真实面貌。

　　王国维对天才、赤子、超人的重视及对其个性特征的描述无疑是有感于长期以来个体、个性不能真正自由的文化传统而发的，他所推崇的"天才"自然也与其个性气质有关。天才对社会人生深入的思考使他具有独立的个性，具有高度的主观能动性，具有不屈服世俗成规的反抗精神，他与现实社会的冲突也就更加强烈，因此，他的痛苦才最大。由此可以看出，王国维关于人的主体性思想的论述与近代个性解放的社会思潮有着高度的一致性，具有典型的近代性质，表明了个体意识在近代的真正觉醒。

　　长期以来，学者们大多认为王国维的"境界"说是集中国古典意境理论之大成，我们认为这种说法是不准确的，其"境界"说并不能简单地用"情景交融"来解释。他的文学观念除受康德、叔本华影响外，还有海甫定（霍夫丁）的心理学理论。王国维曾译霍夫丁《心理学概论》，其中有这样一段话："同一事物，同一变故，由吾人感情之异，而视之也异，恰如同一之原野，由所射光线之不同，而其风景异也。此际生活感情，实占最大之势力。"这一理论对王国维的文学思想影响是明显可见的，他说：

---

① 王国维：《宋元戏曲考》，姚淦铭，王燕主编《王国维文集》（上），中国文史出版社2007年版，第252—253页。

"诗歌之题目,皆以描写自己之深邃之感情为主,其写景物也亦必以自己之深邃之感情为之素地,而始得以特别之境遇中,用特别之眼观之。"①这里的"特别之眼""特别之境遇"都深深地打上了霍夫丁心理学理论的痕迹。由于王国维研究"意境"借鉴了西方哲学、心理学的方法,所以他对意境的研究不是把"情"和"景"同等看待的,在《人间词话》中我们可以找到有力的证据:"山谷云:'天下清景,不择贤愚而与之,然吾持疑端为吾辈设。'诚哉是言!抑其独清景而已,一切境界无不为诗人设。世无诗人,即无此种境界。"在他看来,境界往往是主体和客体共同创造的,但在这一创造过程中主体具有决定性作用。叶嘉莹在《王国维及其文学批评》中曾指出,构成意境最重要的因素不只是外界现实世界的景物,诗歌的优势在于将人内心中的一种理想境界与抽象的情思作意象化处理,因此,"境界"一词,实不仅仅指景物而已,同时更是指人内心之种种"境界"。所以,我们认为,王国维的"境界"说对意境理论的贡献不在于强调了"情"与"景"的交融,而在于在情与景的关系中实现了创作主体与欣赏主体的能动作用,这其实是一种强调主体能动精神的新美学理论。

在王国维研究绘画的理论文章中,也同样突出了创作主体的能动性。《二田画疋记》从审美主客体的相互关系入手来讨论绘画艺术,他非常强调"我"的能动作用,同时,他还注意到作家创作个性在很大程度上决定着作家的风格特征,他说:"夫绘画之可贵者,非以其所绘之物也,必有我焉以寄于物之中。故自其外而观之,则山水云树竹石花草无往而非物也。自其内而观之,则子久也,仲圭也,元镇也,叔明也。吾见之于墙而闻其謦欬矣。且子久不能为仲圭,仲圭不能为元镇,元镇、叔明不能为子久、仲圭,则以子久之我非仲圭之我,而仲圭、元镇、叔明三人者,亦各自有其我故也。画之高下,视其我之高下;一人之画之高下,又视其一时之我之

① 王国维:《屈子文学之精神》,姚淦铭,王燕主编《王国维文集》(上),中国文史出版社2007年版,第20页。

高下。"元代四大画家的作品之所以各个不同，有各自独特的风貌，其关键就在于有"我"的存在，即"各自有其我故也"。在比较明清画家沈石田、恽南田的画风不同时，王国维又更加具体地分析了造成"至不相类"的主体方面的原因，同时还揭示出形成作家不同创作个性的社会根源，其分析显然具有唯物主义的色彩，他指出："石田之苍古，南田之秀润，皆其所谓我而不能相为者也，石田之画，荟蔚沈厚，得气之夏，所写者虽小草拳石，而有土厚水深之势；南田之画，融合骀荡，得气之春，所写者虽枯木断流，而皆有苏生旁出之意，此其不能相为者也。其于书也亦然。石田之书，瘦硬如黄山谷，南田之书，秀媚如褚登善，而二田之书，又非登善、山谷之书也，彼各有所谓我者在也，不然，如石田者生全盛之世，康宁好德，俯仰无怍，以老寿终，宜共和平简易，无奇伟之观；南田幼遭国变，至为僮仆，为浮屠，虽返初服而枯槁以终，上有雍端之亲，下有敬通之妇，宜其忧伤憔悴无乐生之意，而其发于书画者如此，岂非所谓真我者得之于天不以境遇易欤？"①在王国维的书画论中，虽没有出现意境的概念，但他实际上是从书画所构成的意境的角度来讨论的，这种讨论是很突出主体的作用的。

研究王国维的个性主义思想也必须注意其中所存在的矛盾。作为社会转型期的思想家的代表，其思想也是一个充满着矛盾的整体，在对个性的强调上也透露出他的矛盾态度。一方面，已如前述，王国维可以说堪称一位非理性主义的哲学家，他对尼采"超人"哲学投以极大的热情，对传统伦理的批判也异常激烈。但另一方面，王国维毕竟是在传统文化中成长起来的，在其文化心理深处所积淀着的传统思想依然会对他产生影响。尼采"超人"说与传统道德观念判然有别，呼唤个体独立人格等都为王国维所欣赏，同时，也成为他建构美学思想的最有影响的思想资源之一。但当具体到对作家的创作进行研究时，他又特别强调作家个人的道德修养，而且这种道

---

① 王国维：《二田画赝记》，姚淦铭，王燕主编《王国维文集》（上），中国文史出版社2007年版，第74页。

德修养依然离不开传统思想规定的范围。王国维十分重视作家的人格规范，指出："三代以下之诗人，无过于屈子、渊明、子美、子瞻者。此四者苟无文学之天才，其人格亦自足千古。故无高尚伟大之人格，而有高尚伟大之文学者，殆未有之也。"对"德性"的重视尚有多处提及，如"天才者，或数十年而一出，或数百年而一出，而又须济之以学问，帅之以德性，始能产真正之大文学。"①从此意义上讲，王国维又不能忘记传统观念对道德修养的强调。这样，落实到具体创作中，作家的个性一旦为传统的"美德"所局限，其主体性发挥必然是有限度的，如联系王国维对叔本华的"意志自由"说的怀疑，就不难理解他对个体自由是有所保留的了。

近代创作主体观念从以龚自珍为代表的由传统内部分化出来的理论家对个性自由的倡导为发端，中经改良时期的王国维、梁启超、谭嗣同等的积极阐发，可以见出近代创作主体论前两个阶段的基本轮廓。创作个性在龚自珍的理论中占有一定地位，可惜他所处的时代毕竟是近代的起始阶段，社会环境没有为他的理论提供现实土壤，但是，龚自珍无疑对后来的思想家产生了重要影响。梁启超等改良主义思想家沿着龚自珍所开创的道路不断弘扬创作主体的能动精神，但由于他们所关注的"自由"更多的是从"群体"意义上着眼的，代表这种理论基本方向的"新民"文学观是以国民为本位的，因而，创作主体的能动性在改良派及革命派理论家与作家的创作中没有得到彻底发挥，有关这方面的问题留在后面具体讨论。我们认为，近代创作主体观念发展的第三个阶段是鲁迅早期文学主张中所透露出来的以彻底的个性解放为核心的文学创作主体观。因为我们研究的是近代文学观念，在此只涉及鲁迅五四新文化运动之前的文学主张，概括而言，鲁迅对近代创作主体观念的贡献就在于他的"立人"思想以及为达到此目的而提倡的"摩罗诗力"精神。

鲁迅的"立人"思想体现在

---

① 王国维：《文学小言》，姚淦铭，王燕主编《王国维文集》（上），中国文史出版社2007年版，第17页。

1907 年撰写并发表的《摩罗诗力说》中，值得注意的是，鲁迅这一思想的产生与近代人探索救国道路思想发展是一致的。1922 年，梁启超回顾中国近五十年来的发展道路时曾非常精辟地指出："近五十年来，中国人渐渐知道自己的不足了。这点子觉悟，一面算是学问进步的原因，一面也算是学问进步的结果。第一期，先从器物上感觉不足。……很觉得外国的船坚炮利，确是我们所不及。对于这方面的事项，觉得有舍己从人的必要。……第二期，是从制度上感觉不足。自从和日本打了一个败仗下来，国内有心人，真象睡梦中著了一个霹雳，因想到堂堂中国为什么衰败到这田地，都为的是政治不良，所以拿'维新变法'做一面大旗，在社会上开始运动。……第三期，便是从文化上根本感觉不足。第二期所经过时间，比较的很长——从甲午战役起到民国六七年间止。革命成功将近十年，所希望的件件都落空，渐渐有点废然思返，觉得社会文化是整套，要拿旧心理运用新制度，决计不可能，渐渐要求全人格的觉醒。……所以最近两三年间，算是划出一个新时期来了。"[1]从鲁迅早期的生活及思想中所出现的几次大的思想转变中，同样可以看出，"立人"思想是他对社会改革深入思考的产物，但与梁启超等提倡"新民"说的重要不同在于，鲁迅更加意识到作为个体的国民觉醒及人格独立的重要性。救国的根本出路在哪里？他在《文化偏至论》中给予了明确回答："诚若为今立计，所当稽求既往，相度方来，掊物质而张灵明，任个人而排众数。人既发扬踔厉矣，则邦国亦以兴起。奚事抱枝拾叶，徒金铁国会立宪之云乎？"在这段文字中鲁迅实际上讲出了与上引梁启超所谈的大体相似的思想，他指出了洋务派、维新派或只重技术或只重制度的弊端，明确提出中国的出路在于个人的改造，"任个人而排众数"强调的是个体的独立性问题，当然这一思想主要来自尼采哲学。对于尼采哲学，我们过去往往只注意到了他所宣扬的"权力意志"，把他的思想仅仅看作一切强

---

① 梁启超：《五十年中国进化概论》，《梁启超史学论著四种》，岳麓书社 1985 年版，第 7-8 页。

权行为提供依据的反动学说，其实，这种理解是片面的。自近代至五四新文化运动时期，几乎所有的走在时代前沿的思想家、革命家都不同程度地受到尼采思想的影响，尼采对传统道德的批判，对个人权力的推崇成为他们批判中国几千年专制制度的有效工具。因为从传统思想中不可能找到真正能击中正统思想的武器，才采取"拿来主义"的态度引入新思想，况且，鲁迅等人对尼采思想的吸收是立足于其正面价值的，同样是讲"个人"，但与尼采有明显不同。

如何才能"立人"？鲁迅在《摩罗诗力说》中给予了回答，即必须提倡"摩罗诗力"精神。在此文中，他将"摩罗诗力"精神看成一种"力"，这与前文所提到的近代其他思想家所大力弘扬的"心力""意力"等有关"力"的新时代精神有一致性，对"力"的倡导是建立在对儒家文化尚和谐重中庸的批判基础上的。"摩罗诗力"精神当然也可看作鲁迅早期的创作主体观，就其内容而言，具有以下几方面的特点。

第一，"摩罗诗力"强调人的感性存在的生命意志。考察"摩罗"的"原型"有助于我们理解它所蕴含的这一方面的丰富内涵。"摩罗诗"一般是指十九世纪初盛行于欧洲的浪漫主义诗歌，其创作表现出"无不刚健不挠，抱诚守真，不取媚于群，以随顺旧俗"的反叛精神，鲁迅把它们当作"新声"给予介绍以达到改造人性、改革文艺的目的。"摩罗"一词源出于印度古代神话传说，指时常率领群魔破坏善事活动的魔界之王，佛典《大智度论》卷五说："问曰：何以名魔？答曰：夺慧命，坏道法功道善本，是故名为魔。"鲁迅指出："摩罗之言，假自天竺，此云天魔，欧人谓之撒旦，人本以目裴伦。"看来，"摩罗"在欧洲也有它的原型，即鲁迅所指出的"撒旦"。"撒旦"是欧洲人从古希伯来文学中引进的，它的别名曰路西弗，是恶魔的通称。鲁迅在对"摩罗"精神的阐释中，显然十分注重它所代表的"感性"的一面："亚当之居伊甸，盖不殊于笼禽，不识不知，惟帝是悦，使无天魔之诱，人类将无由生。故世间人，当蔑弗秉有魔血，惠之及人世者，撒旦其首矣"①，撒旦与神是具有同等权力的，但他所代表的不是理性、规范，而是欲望，是"肉体生活"（奥古斯丁语），因此，"摩罗"精神就是"魔鬼"精神，"魔血"在每一个人身上流淌，人首先就应是感性的人，无论是尼采还是鲁迅都注重在此层面上来批判束缚人的传统伦理道德，"摩罗"精神与"存天理，灭人欲"的道德信条是根本对立的。

第二，"摩罗"精神是一种贵个性、超世俗、反限制的抗争精神。"摩罗"在希伯来文中就有"仇敌"或"图谋反叛者"的意思。鲁迅对沉浸于黑暗且处于动荡之中的近代中国大力颂扬"摩罗"精神，既有"启蒙"的意义，也有"救亡"的价值。总之，国民必须马上觉醒，个体应该立即行动，冲破黑暗的铁屋子，打碎一切禁锢人们的旧道德。在《文化偏至论》中鲁迅就曾这样呐喊道："明哲之士，必洞达世界之大势，权衡较量，去其偏颇，得其神明，施之国中，翕合无间。外之既不后于世界之思潮，内之仍弗失固有之血脉，取今复古，别立新宗，人生意义，致之深邃，则国人之自觉至，个性张，沙聚之邦，由是转为人国。"②这无疑是针对中国长期的封建制度而言的，争取人格自由与个性独立必须同传统文化决裂，他还指出：

平和为物，不见于人间。其强谓之平和者，不过战事方已或未始之时，外状若宁，暗流仍伏，时劫一会，动作始矣。故观之天然，则和风拂林，甘雨润物，似无不以降福祉于人世，然烈火在下，出为地函，一旦愤兴，万有同坏。其风雨时作，特暂伏之见象，非能永劫安易，如亚当之故家也。人事亦然，衣食家室邦国之争，形现既昭，已不可以讳掩；而二士室处，亦有唤呼，于是生颢气之争，强肺者致胜。故杀机之防，与有生偕；平和之名，等于无有。特生民之始，既以武健勇烈，抗拒战斗，渐进于文明矣，化定移俗，转为新懦，

① 鲁迅：《摩罗诗力说》，《鲁迅全集》第一卷，人民文学出版社 2005 年版，第 75-76页。
② 鲁迅：《文化偏至论》，《鲁迅全集》第一卷，人民文学出版社 2005 年版，第 57 页。

知前征之至险，则爽然思归其雌，而战场在前，复自知不可避，于是运其神思，创为理想之邦……虽自古迄今，决无此平和之朕……①

鲁迅所谓的"杀机"就是指对抗性的不可调和的矛盾斗争，在他看来，人类社会的不断进步须依赖于斗争精神，他提出"立意在反抗，指归在动作"的具有叛逆色彩的反传统思想，力主打破传统的善恶观念。"摩罗"具有强烈的反抗性的生命意志力。鲁迅反对"庸众""多数""众数"，因为世俗的一切都是压抑束缚个性之"我"不能获取独立的障碍，因此，他呼唤具有强烈生命意志力的"超人"，而"摩罗诗人"其实就是具有这种生命力的"精神界之战士"，他在评价这些诗人时特别推崇其反抗世俗的精神："凡是群人，外状至异，各禀自国之特色，发为光华；而要其大归，则趣于一：大都不为顺世和乐之音，动吭一呼，闻者兴起，争天拒俗，而精神复深感后世人心，绵延至于无已。"鲁迅对那些突出地表现了叛逆精神的诗作给予了特别评价，如英国诗人弥尔顿的《失乐园》中"天神与撒旦记事"，"裴伦在异域所为文……凡三传奇称最伟，无不张撒旦而抗天帝，言人所不能言"，他还引用俄国诗人莱蒙托夫的诗《神魔》来表达"摩罗诗"精神重在张个性，反世俗的特点。

第三，鲁迅所提倡的以"摩罗诗"精神为代表的早期"立人"思想虽受到了尼采"超人"哲学的影响，但二者有根本差异。尼采所宣扬的个人主义尽管有进步性，但它毕竟是以牺牲广大群众的利益为代价的，尼采说："这是有道德么，一个细胞化为另一个较强的细胞之功用，它必定这样。这么于它为必需，因为它求丰裕的补充，且自求新生。"②这种思想显然为人与人之间的不平等提供了理论依据。鲁迅在接受尼采个人主义积极成分的同时抛弃了其反动的一面，

---

① 鲁迅：《摩罗诗力说》，《鲁迅全集》第一卷，人民文学出版社 2005 年版，第 68 页。

② [德]尼采：《快乐的知识》，商务印书馆 1945 年版，第 100 页。

他的个人主义具有强烈的人道主义色彩。鲁迅在"五四"之后曾总结过自己的思想："其实，我的意见原也一时不容易了然，因为其中含有许多矛盾，教我自己说，或者是人道主义与个人主义这两种思想的消长起伏罢。"①可见，在他的思想中个人与人民大众的利益是一致的，而不是对立的。《摩罗诗力说》对拜伦、雪莱、普希金、莱蒙托夫、密茨凯维奇、裴多菲等八位"摩罗"诗人的创作进行评述，突出了创作主体的个性，认为文学活动可以"涵养神思"，它们应反映国民的心声，文学艺术应与整个民族的命运联系在一起，对民族的兴亡起着至关重要的作用，"文事式微，则种人之运命亦尽"，"种人失力，而文事亦共零夷，至大之声，渐不生于彼国民之灵府"。他对拜伦及其诗歌做出了高度评价："索诗人一生之内阁，则所遇常抗，所向必动，贵力而尚强，尊己而好战，其战复不如野兽，为独立自由人道也。……故其平生，如狂涛如厉风，举一切伪饰陋习，悉与荡涤，瞻前顾后，素所不知；精神邹勃，莫可抑制，力战而毙，亦必自救其精神；不克厥敌，战则不止。"拜伦诗歌所代表的声音是民族的声音。鲁迅和周作人翻译的《域外小说集》中的大部分作品是俄罗斯、东欧以及巴尔干等弱小民族的文学，由此可见，鲁迅早期的创作主体思想确有尼采"超人"哲学的影响，有重个性，反世俗的特点。但由于其人道主义思想的影响，他的个性主义并没有走向脱离大众的极端，而是十分关注作家的创作主体精神应与国家、民族的前途、命运紧密相连。我们认为，这样的"主体性"才是真正的主体性。"五四"前后，鲁迅进一步坚持并发展了他的个性解放思想，仍然要求知识分子敢于超越于"庸众"之上：

　　"个人的自大"，就是独异，是对庸众宣战。除精神病学上的夸大狂外，这种自大的人，大抵为有几分天才，——照 Nordau 等说，也可以说就是几分狂气。

① 鲁迅：《两地书·二十四》，《鲁迅全集》第十一卷，人民文学出版社 2005 年版，第 81 页。

他们必定自己觉得思想见识高出庸众之上，又为庸众所不懂，所以愤世嫉俗，渐渐变成厌世家，或"国民之敌"。但一切新思想，多从他们出来，政治上宗教上道德上的改革，也从他们发端。[①]

有人曾认为，鲁迅太强调个体而忽略了群体，其实，国民性的改造必须经过由少数知识分子觉醒再到全民的觉醒过程，这一点也为中国思想革命的发展过程所证明。总之，鲁迅的个性解放思想是近代社会改革进程发展的合理一环，是近代个性解放思潮发展的必然结果，他的思想标明近代人学思想从关心群体到关注个体自由的历程。

（收录于赵利民著《中国近代文学观念研究》，山东文艺出版社 1999 年版）

---

① 鲁迅：《热风·随感录　三十八》，《鲁迅全集》第一卷，人民文学出版社 2005 年版，第 327 页。

中国古代悲剧意识
与传统戏剧的"大团圆"结局

中国古代有没有真正意义上的悲剧，这是一个长期争论又悬而未决的问题。基本观点有两种：第一种意见认为中国没有悲剧，第二种意见认为中国有悲剧。我们认为问题似乎不那么简单。先来看有关的争论。较早提出中国没有悲剧的是黑格尔，他认为中国没有悲剧，也缺乏产生悲剧的精神条件。这一观点在西方流传甚广，祖刻尔认为："在中国戏剧中，没有悲剧。他们的戏剧虽不乏悲惨情境，但没有那种可以因为它的尊严感和崇高感而值得称为悲剧性的东西。"①中国也有不少学者持这种观点。王国维是较早从西方引入"悲剧"这一概念的，他亦从中国文化精神的角度入手，认为中国从未有过真正的悲剧，中国人没有欣赏悲剧的能力。他在《〈红楼梦〉评论》中指出："吾国人之精神，世间的也，乐天的也，故代表其精神之戏曲小说无往而不著此乐天之色彩。始于悲者终于欢。始于离者终于亨，非是而欲餍阅者之心难矣。"辛亥革命前后，随着希腊神话以及莎士比亚悲剧作品在中国的引进，近代及新文化运动中不少学者从批判中国传统文化的角度，批评中国传统文学中没有悲剧观念，意在倡导一种新的具有近代意识的悲剧观念，这些学者有蔡元培、鲁迅、胡适、傅斯年、俞平伯等。朱光潜也曾在其《悲剧心理学》中指出，由于中国人具有强烈的道德感而使他们不愿承认人生悲剧性的一面，他认为在中国文学中，喜剧感向来很强，而悲剧感却比较薄弱。冰心曾指出："现在的人，

---

① 转引自[美]苏珊·朗格：《情感与形式》，中国社会科学出版社 1986 年版，第 390 页。

常用悲剧两个字。他们用的时候，不知悲剧同惨剧是不同的，以致往往用得不当。""悲剧必是描写心灵的冲突，必有悲剧的发动力，是悲剧'主人翁'心理冲突的一种力量。"因为悲剧必有心灵的冲突，必是自己的意志，所以悲剧里的主人翁，必定是位英雄。"说到我国的悲剧，实在找不出来。《琵琶记》并不是悲剧，它的主人翁并没有自由意志……《桃花扇》呢，也不是悲剧。《西厢记》自惊梦之后，我就不承认是西厢，即就惊梦以前而言，也够不上说是悲剧"[1]。冰心注意到了中西悲剧的某些质的差别，并以中国悲剧主人翁较少心理冲突而认定中国无悲剧，其所持的标准显然也是西方的。

令人遗憾的是，持中国有悲剧论者也往往陷入了"西方中心论"的泥淖，以西方标准来为中国悲剧"辩护"。比如有学者认为，判断一部作品是否是悲剧作品的标准，要依据其结构特点，"作为这种悲剧结构的副结构的情节，即那个带有团圆之趣的结尾，不是前面悲剧性矛盾冲突发展过程中的有机组成部分，而是在正结构的悲剧冲突基本结束后重新展开的。如果不是这样，就不能成为一出真正的悲剧"[2]；"作为这种悲剧结构正结构的情节长度，必须是占据了全部戏剧情节长度的绝大部分，因而使正结构的情节处于主导地位，决定了这出戏的主要倾向是一出悲剧"[3]。这种鉴别方法将悲剧的团圆结局看作是作品的副结构，实际上仍然是以西方的标准来衡量中国戏剧。

从以上的争论中，我们可以看出这样一个带有实质性的问题，即在讨论悲剧问题时，往往以西方的标准来讨论中国的问题，从根本上讲，就在于没有注意到中国传统悲剧意识的特点具有"内向性"特性。悲剧意识产生于对生存困境的自觉意识之中，它是基于对悲剧性现实冲突的切身体验的。因此，没有冲突就没有悲剧（悲剧性），没有悲剧，也就谈

---

① 冰心：《冰心论创作》，上海文艺出版社1982年版，第123页。

② 宋常立：《试谈元杂剧悲剧的鉴别标准》，《中国古典悲剧喜剧论集》，上海文艺出版社1983年版，第90页。

③ 同上书，第93页。

不上悲剧意识。但是，当我们对中西悲剧意识做比较研究时，就会明显地看到，同样源于冲突，西方悲剧意识是一种外向型的，具有扩张性与抗争性；而中国传统悲剧意识虽源于冲突，但当意识到这种冲突时，个体会主动调节它与群体及社会的关系，宁愿牺牲个体的个性，也不能影响社会的整体秩序。无论是日常悲剧、爱情悲剧，还是政治悲剧，其悲剧主体几乎都表现出一定的妥协性。屈原的悲剧实际上仍然是具有儒家文化特征的悲剧。屈原并没有表现出与以楚怀王为代表的主流意识形态决裂的姿态，他所要做的，也是他只能做的，是尽力回到主流意识形态的中心去。屈原对现实秩序并没有进行批判，他的悲剧感是以"怨"的形式显现出来的，正如司马迁所言，"屈原放逐，著离骚"，"盖自怨生也"。的确，在屈原的作品中，随处可以看到这种"怨"的情怀的抒发，他怨的是作为君王的楚怀王的"不察"，"弗有察而按实兮，听谗人之虚辞"。在屈原的意识中，问题不在楚怀王，而在于他听信了坏人的谗言。他非常怀念同楚怀王合作极为美好的那段时光："惜往日之曾信兮，受诏命以昭时。奉先功以照下兮，明法度之嫌疑。国富强而立法兮，属贞臣而日娱，秘密事之戴心兮，虽过失而弗治……"（《惜往日》）他朝思暮想，力图回到楚怀王身边，实现其美政理想，但这实际上已不可能，因此思乡意识便成为屈原作品中所表现的一个重要主题。他所思念的故乡不是秭归，而是郢都，"曼余目以流观兮，冀壹反之何时？鸟飞反故乡兮，狐死必首丘。信非吾罪而弃逐兮，何日夜而忘之？"（《哀郢》）回归故乡，其实是要回到统治者中间去。如果说，被楚怀王放逐之后，屈原以乡愁来寄托回归的愿望，在"君思我兮然疑作"的疑问中还没有放弃希望的话，那么，当他被楚襄王放逐之后，在他的乡愁中，我们可以看到他的理想彻底破灭了："羌灵魂之欲归兮，何须臾而忘反？背夏浦而西思兮，哀故都之日远！登大坟以远望兮，聊以舒吾忧心。哀州土之平乐兮，悲江介之遗风！……惟郢路之辽远兮，江与夏之不可涉。忽若去不信兮，至今九年而不复。惨郁郁而不通兮，蹇侘傺而含戚。"（《哀郢》）鲁迅对《离骚》的评价是中肯的，尽管"中亦多芳菲凄恻之音"，但同"求索而无止期，猛进而无退转"的西方悲剧作品相比，"反抗挑战，则终篇未能见，感动后世，为力非强"[①]。因此，我们认为中国传统悲剧意识是存在的，但它具有内向性特点，其冲突性比之于西方及中国近代悲剧意识较弱一些。

"大团圆"是中国悲剧意识特性在文学艺术领域中的典型表现，由于"大团圆"的出现，使得悲剧意识得以消解。因此研究"大团圆"结局产生的原因，也就大致可以把握到中国悲剧意识产生的根源。我们从"民族文化心理结构"的角度对之做一分析。

一个民族由于种种原因，逐渐形成了它特有的观念、行为、习俗、信仰、思维方式及情感状态，这些因素自觉或不自觉地成为人们处理各种事务关系和生活的指导原则，也就构成了这个民族共同的心理状态和性格特征，经过长期积淀转化就形成了一个民族所特有的"文化心理结构"。它是一种极其稳定的文化现象，即使进入了先进的现代化时代，也很难摆脱本民族"文化心理结构"的约束。

中国的社会政治经济结构与西方有着明显的不同，以自给自足的小农经济为特点的自然经济一直伴随着中国社会的发展。这种社会组织具有一种维护自身、抵抗外来侵略的能力。不论国家政权如何不断地更替，但它们都几乎不为政治风暴所动。因此，有人将中国的这种社会组织结构称为"超稳定结构"。在这种特殊的环境下形成了中国人待人处世的传统思想观念和行为方式，亦即中华民族的文化心理结构。在它的形成过程中，儒、道、释三家思想起到了重要作用，而最为主要的影响力量还是儒家思想。我们从以下几个方面来考察一下民族文化心理结构对中国古代戏剧"大团圆"结局的产生所起到的影响作用。

第一，"中庸之道"作为中国人的行为准则之一，对"大团圆"的产生起着重要而直接的作用。中

① 鲁迅：《摩罗诗力说》，《鲁迅全集》第一卷，人民文学出版社1981年版，第69页。

国人的宇宙观是"天人合一"，这一思想在先秦时代就有了萌芽。《国语·周语下》记载伶州鸠关于音乐的言论，有"德音不愆，以合神人，神是以宁，民是以听"的记载。《尚书·舜典》讲："八音克谐，无相夺伦，神人以和。"孟子"善养浩然之气"，倡言"君子"，"上下与天地同流"。所有这些言论中都包含着天人合一的思想。道家的"天地与我并生，万物与我为一"对这一思想的形成也做出了贡献。"天人合一"思想在汉代董仲舒那里得到集中解释和阐发，它所要求的是人要顺应必然性、规律性，做到物我统一，自由与必然统一。按张岱年的话说，就是"内外之对立消弭，而人与自然，融为一片"①。这一宇宙观落实到日常生活中便是"中庸之道"。儒家思想的中庸之道实质上是要求在人道的温情脉脉的氏族体制下进行阶级统治，要求对一切采取"中和"的态度，一切都不要过分，主张矛盾对立面如动与静、庄与谐、情与理、悲与喜都相互渗透，达到和谐的统一，这一思想已深深融进中华民族的文化心理结构之中。在审美方面，形成了中国传统的"温柔敦厚"的诗教传统。在戏剧创作上就强调悲和喜的因素相互渗透，由相反到相成，达到高度和谐，这对"大团圆"结局的形成产生了重要影响。

元代戏曲批评家钟嗣成在《录鬼簿》中说："歌曲词章，由于和顺积中，英华自然发外。自有乐章以来，得其名者止此。"把中和看作戏曲的最高境界和作品成功的关键。中国戏剧正是在这一思想指导下，强调和谐、平衡、匀称、统一的美。它讲究"冷热相济""苦乐相错"，往往用结局的喜剧因素来调和前面的悲剧因素，从而达到悲喜适度。《窦娥冤》的平狱申雪，《赵氏孤儿》的孤儿报仇、《精忠谱》的锄奸慰灵、《雷峰塔》的雷峰佛圆、《祝英台》的双蝶齐飞都是由悲到喜，都突出了"中和之美"的思想。

意大利文艺复兴时期的剧作家、诗人瓜里尼说："有人可能提出一个新的问题：像悲喜混杂剧这

① 张岱年：《中国哲学大纲·序论》，中国社会科学出版社 1982 年版，第 7 页。

种混合体究竟是怎么一回事呢？我回答说，它是悲剧和喜剧的两种快感糅合到一起，不至于使听众落入过分的悲剧的忧伤和过分的喜剧的放肆。这就产生一种形式结构都顶好的诗，不仅符合完全由调节四种液体来组成的那种人体方面的混合，而且比起单纯的悲剧或喜剧都较优越，因为它既不拿流血死亡之类凶残的可怕的无人性的场面来使我们感到苦痛，又不致使我们在笑谑中放肆到失去一个有教养的人所应有的谦恭和礼仪。"①这段论述用来帮助我们理解"大团圆"结局倒是显得恰如其分。中国戏剧不同于西方悲剧的一悲到底，以及在极度的悲伤和恐惧中达到"净化"的效果，而是在温和适度的气氛中实现劝谕之功能，使悲剧感得以调和与缓解。

　　第二，善的追求。从中西美学比较的角度来看，在审美理想方面，西方偏重于"真"，东方偏重于"善"，中国的价值观念更是突出了对"善"的着力追求。孔子对《韶》大加赞赏，因为它尽善尽美；否定《武》是因为它歌颂武王暴力行为，虽然美，但未必善。在孔子思想影响下，中国古代审美理想是以善为主导，进而达到真善美相统一的境界。在戏剧的创作中，就往往表现为一种惩恶扬善的结局，从而达到文学艺术的教育作用，达到劝善之目的。所谓"成教化，厚人伦"就是这个意思。李渔在他的《闲情偶寄·讽刺》中非常透彻地说明了这一点："借优人说法，与大众齐听，谓善者如此收场，不善者如此结果，使人知所趋避，是药人寿世之方，救苦弥实之具也。"他极其认真地阐述了戏剧为劝谕而作要让人从中得到教训的愿望。鲁迅先生在《中国小说的历史的变迁》中曾指出："明太祖统一天下后，疑忌群臣，横杀无辜，善终的很不多，人民为对于被害之臣表同情起见，就加上宋江服毒成神事去，这也就是事实上小说使他团圆的缺陷者的老例。"事实上不团圆却变着法儿使其"团圆"，正是因为实际生活中追求不到，人们才用艺术的形式来表达难以实现的愿望。"大团圆"结局实际上是在痛

　　① [意]瓜里尼：《悲喜混杂剧体诗的纲领》，伍蠡甫主编《西方文论选》上卷，上海译文出版社1988年版，第192页。

苦的现实中表现了人民求善的理想。

作为通俗文学的戏曲是从民间兴起的，作者和世人必然要注意观赏者的趣味，人们的审美理想对产生"大团圆"结局必然有重要影响，这种结局在一定程度上代表着广大人民的愿望。面对生活的苦难、爱情的不自由，人们所企求的是善的有好报，恶的有恶报。《西厢记》中张君瑞功成名就，最后与莺莺结合，《琵琶记》中赵五娘"男耕女织度光阴"的美好愿望，《赵氏孤儿》中程勃惩恶复仇的正义行为，这些都在团圆中得到了实现或肯定，从而表达了人们美好善良的愿望。这显然与中国人传统的乐观精神有直接关系。

最后，传统的血缘观念对"大团圆"的形成也有影响。儒家十分重视家族的延续，个人依附于家族，以断绝"宗祖血脉"为大罪。个人存在的目的，就是为了承继祖宗的余绪，维系家庭的延续。在儒教所崇拜的"天、地、君、亲、师"中，"亲"占有十分重要的地位。所以，中国人特别要求家庭和睦，尤其注重家庭的团圆。在中国戏剧中，发生在家庭中的日常生活戏或是男女间悲欢离合的爱情戏，其结局一般都是"大团圆"。

总之，在讨论中国古代有无悲剧问题时，我们必须打破"西方中心主义"的误区。中国古代悲剧意识有其区别于西方悲剧意识的特点，"大团圆"结局在戏剧中的不断出现有其深刻的中国文化背景。

（原载《兰州铁道学院学报》2002 年第 2 期）

略论中国近代思想界悲剧意识的特征

作为社会转型期的中国近代社会有着过多的痛苦，但也充满着生机和活力。从思想史的角度看，由于自明末以来个性解放思潮的冲击，特别是西学的东渐，近代个体意识已经崛起，个体与社会的冲突更加激烈，更加自觉。龚自珍的"悲愤"心态，魏源的"忧患"感，梁启超"还顾室中，则皆沉黑积秽"的苦闷而又压抑的体验，都具有了强烈的悲剧意味。从社会的角度看，近代中国对国外列强的入侵所做的反抗及其不得不失败的结局，同样具有悲剧性。正如马克思所指出的："一个人口几乎占人类三分之一的幅员广大的帝国，不顺时势，仍然安于现状，由于被强力排斥于世界联系的体系之外而孤立无依，因此竭力以天朝尽善尽美的幻想来欺骗自己，这样一个帝国要在这样一场殊死的决斗中死去，在这场决斗中，陈腐世界的代表是激于道义原则，而最现代的社会的代表却是为了获得贱买贵卖的特权——这的确是一种悲剧，甚至诗人的幻想也不能创造出这种离奇的悲剧题材。"①在新的时代背景下，近代悲剧意识不同于传统悲剧意识的新的文化内涵已经呈现出来了。本文认为，它有以下几个方面的特征：

第一，强烈的忧患意识。中国古代士大夫与文人中不乏忧患意识，范仲淹就有"先天下之忧而忧，后天下之乐而乐"的名句。屈原、司马迁甚至曹雪芹都有忧患意识，但这种忧患感由于传统文化的影响并不能导致真正的悲剧意识。到了近代，亡国灭

---

① 《马克思恩格斯选集》第二卷，人民出版社 1972 年版，第 26 页。

种的灾难已经临头，内忧外患的现实让有志之士猛然醒悟，他们再也不能抱着"天朝帝国""华夏中心"的美梦盲目乐观了。因此，近代人悲剧意识的一个重要特点就是强烈的忧患意识。

在近代，较早透露出忧患意识的是龚自珍。他身处封建末世，对时代的变化已有深切的体验，作为启蒙思想家，他敏锐地感受到了社会深层的种种危机，在许多诗文中都表现出深切的"忧患感"，如《自春徂秋，偶有所感，拉杂书之，漫不诠次得十五首》所云："黔首本骨肉，天地本比邻。一发不可牵，牵之动全身。圣者胞与言，岂夫夸大陈，四海变秋气，一室难为春。宗周若蠢蠢，嫠纬烧为尘。所以慷慨士，不得不悲辛!看花忆黄河，对月思西秦，贵官勿三思，以我为杞人。"而《赋忧患》一诗则集中表达了他的忧患意识："故物人寰少，犹蒙忧患惧，春深恒作伴，宵梦亦先驱。不逐年华改，难同逝水徂。多情谁似汝，未忍托禳巫。"龚自珍悲剧意识中的"忧患"之所"忧"的对象应是多方面的，有对国家命运前途暗淡、百姓疾苦的忧虑，也有对自己仕途坎坷曲折的忧愤，但从根本上来讲，龚自珍的"忧患"感主要还是来自封建统治者内部，是对清王朝命运的关怀，仍然是一种"补天"的思想。

外敌入侵及在科技与文化上与西方相比所表现出的差异和悬殊，使得近代人的忧患感更加强烈，而所忧之内容也发生了变化，他们所忧的不再局限于清朝政府是否江山易主，而是对国家、民族命运的深切关怀。面对鸦片战争带给国人从肉体到心灵的摧残，联想到国家的前途命运，大部分仁人志士在心理上产生了极强烈的焦虑感。魏源在他的《阿芙蓉》一诗中痛切陈词："长夜国，莫愁湖，销金锅里乾坤无。涵六合，迷九有，上朱邸，下黔首，彼昏自痼何足言，藩决膏殚付谁守!"[1]正是基于这样的忧患意识，魏源从两方面入手力主改革：一方面，他发出"去伪、去饰、去畏

---

① （清）魏源：《阿芙蓉·江南吟十章之一》，阿英编《鸦片战争文学集》，古籍出版社1957年版，第11页。

难、去养痛、去营窟"①，要求革除官吏中的弄虚作假、贪污腐化、因循守旧之风。另一方面，他虽沿用传统说法，将西方称为"夷"，但却能以科学的态度重视西方科技，提出了著名的"师夷长技以制夷"的主张。从中我们可以看到真正的忧患感确实是国家走向富强之路的主要动力。

忧患意识在洋务派那里来自对西方军事实力的忧惧。据载，湘军首领胡林翼站在长江岸边，看到两艘洋人军舰以其惊人的速度逆江而上时，顿时神色大变，勒马回营途中呕血，几乎堕下马背，从此，他闷闷不乐，凡有人与之谈及洋务，他总说"此非吾辈所能知也"，数日后竟郁郁而死②。这种忧惧心理后来发展成为深深的忧患意识。李鸿章在呈交清廷的《复奏海防事宜疏》中清晰而完整地表达了这种危机感："今东南海疆万余里，各国通商传教，往来自如，麇集京师及各省腹里，阳托和好之名，阴怀吞噬之计，一国生事，诸国遘煽，实为数千年来未有之变局。轮船电报之速，瞬息千里，军械机器之精，巧力百倍，炮弹所到，无坚不摧，水陆关隘，不足限制，又为数千年来未有之强敌，外患之来，变幻如此，而我犹欲以成法制之，譬如医者疗疾，不问何症，概投之以古方，诚未见其效也。"③

顽固派和洋务派的错误使改良派感到，只在技术上学习、模仿西方是不能救国于危难之中的，必须在政治制度方面进行更深层次的改革。因此，改良派对问题的理解更加深入，其危机感、忧患感也就更强烈。严复在宣传"变亦变，不变亦变"之变法主张的同时，向国人灌输、强化忧患意识。康有为在"保国会"上的著名演讲中大声疾呼："吾中国四万万人，无贵无贱，当今日在覆屋之下，漏舟之中，薪火之上，如笼中之鸟，釜底之鱼，牢中之囚，为奴隶，为牛马，为犬羊，听人驱使，听人宰割，此四千年中二十朝未有之奇变，加以圣教式微，种族沦亡，奇

---

① （清）魏源：《海国图志·原叙》（上），岳麓书社 1998 年版，第 2 页。

② （清）薛福成：《庸盦笔记》，萧功勤《儒家文化困境》，四川人民出版社 1986 年版，第 132 页。

③ （清）李鸿章：《复奏海防事宜疏》，《李文忠公全集·奏稿》卷二十四。

惨大痛，真有不能言者也。"①梁启超所忧虑的是国人的不觉醒，"今有巨厦，更历千岁……非不枵然大也，风雨猝集，则倾圮必矣。而室中之人，犹然酣嬉鼾卧，漠无闻也"②。谭嗣同在《仁学》中把中国在列强侵略下的危机感表现得更加具体："外患深矣，海军熸矣，要害扼矣，堂奥入矣，利权夺矣，财源竭矣，分割兆矣，民倒悬矣，国与教与种将偕亡矣。"③鲁迅甚至有一种"中国人要从'世界人'中被挤出"的大恐惧"④。由此可见，近代悲剧意识中的忧患意识所带有的鲜明的时代性使它与传统悲剧意识相比有着新的内涵和特点。

第二，深切的痛苦体验。时代赋予先觉者以特有的使命，他们要担当起拯救民族危亡的重任，因而也就具有强烈的痛苦体验。海德格尔在《荷尔德林与诗的本质》中曾这样来评价荷尔德林："留下来极其孤独地承担他的使命，他追问真理，为他的民众主动地担当苦难，因而是真正地追问真理。"这段话放到先觉们身上也是十分恰当的。先觉们的痛苦是一种孤独的痛苦，"日之将夕，悲风骤至"的痛苦体验似乎已成为挥之不去的情结。充斥在龚自珍的心头的是："岂无红泪痕，掩面面如玉""拊心消息过江淮，红泪淋浪避客揩""小婢口齿蛮复蛮，秋衫红泪潜复潜"。"泪"的意象正是龚氏痛苦意识的形象表达。

洋务运动前后，面对西方先进的科学技术，正统士大夫多从传统思维的角度来理解西方，他们从"内夏外夷""用夏变夷"的思路出发对西方的新技术、新思想采取抵制态度。然而，在事实面前，毕竟出现了一批清醒的知识者深切体察到了儒家文化的思维机制的根本弊端，从而在一定程度上认识到儒家文化的极不乐观的未来命运，随着儒家文化的衰落，中国传统知识分子在儒家文

①康有为：《京师保国会第一集演说》，《康有为政论集》（上册），中华书局1981年版，第237页。

②梁启超：《饮冰室合集》第一册，中华书局1989年版，第2页。

③谭嗣同：《仁学》，李泽厚《中国近代思想史论》，人民出版社1979年版，第241页。

④鲁迅：《随感录·三十六》，《鲁迅全集》第一卷，中国人事出版社1998年版，第186页。

化中的中心地位已逐渐丧失，渐渐地被挤到边缘，个体生存的危机感也已露出端倪，他们不可能再回到这一中心，因此，无论从关心儒家文化命运的角度，还是从个人生存的角度，近代知识分子都会产生极大的痛苦感。王国维的悲剧观虽带有悲观、厌世的色彩，但却是个体所赖以生存的传统价值观念崩溃之后所产生的迷惘与困惑，乃至绝望的悲剧感，也许这种悲剧感太强烈了，以至于使王国维对人生的本质问题进行了追问。

强烈的痛苦意识来自清醒的忧患意识。只有具有危机感的人才会有痛苦感，因此，从龚自珍、魏源到严复、康有为、梁启超、谭嗣同一直到五四新文化运动前后的鲁迅、陈独秀等都具有强烈的痛苦体验，这种痛苦体验对现代作家也产生了很大的影响。新文化运动初期，陈独秀感到中华民族危机四伏，而国人仍不觉醒，他在给毕云呈的信中写到"仆误陷悲观罪戾者，非妄求速效，实以欧美之文明进化，一日千里，吾人已处于望尘莫及之地位。然多数人犹在梦中，而以为是，不知吾之道德、政治、工艺甚至于日用品，无一不在劣败淘汰之数，虽有少数开明之士，其何救于灭亡命运"①？显然，在近代有志之士的心中，忧患感和痛苦体验是并存的。

第三，鲜明的抗争意识。只有忧患和痛苦是不够的，要使民族从危局中奋起，必须进行抗争，于是近代悲剧意识就有了第三个特征：抗争意识。由于中国传统文化的影响，传统中国人虽有悲剧体验，但他们的悲剧意识不是建立在强烈的冲突基础上的，而且，传统悲剧意识所具有的消解性很难产生真正的痛苦，所以，虽有反抗，但力量是极其微弱的。

悲剧是同苦难与价值的毁灭联系在一起的。悲剧意识中有苦难和痛苦意识，但只有苦难还构不成悲剧意识，重要的是对痛苦的超越，是在痛苦之上的抗争。就此而言，中国近代悲剧意识与西方悲剧精神有着相似之处。这是因为：首先，近代社会的现实迫使先行者们必须改变传统的思维方式，放弃"中庸"，奋起抗争。其

① 陈独秀:《通信》，载《新青年》，1916年11月1日第2卷第3号。

次，西方悲剧精神在近代的引进对新的悲剧意识的产生起到了推动作用。再次，严复向国人灌输优胜劣汰适者生存的观点，其核心就是强调自然进化的规律，而主体要积极地进行抗争奋斗才能战胜强者。因此，他呼吁中国人猛醒，对外在的压力要进行抗争。严复等人的进化论思想对近代知识分子的影响极大，加强了近代悲剧意识的抗争意识。

抗争意识导致了具体行动。无论是对封建桎梏，还是对外敌入侵，近代人都以实际行动进行了抗争。鲁迅在《摩罗诗力说》中喊出"立意在反抗，指归在动作"的声音，标志着近代人鲜明的抗争精神，它曾引导无数志士仁人为国家民族奋起抗争。正如雅斯贝尔斯在《悲剧是不够的》中所说，悲剧"不仅仅是对痛苦和死亡、流逝和灭绝的沉思，如果这些东西在成为悲剧，人就必须采取行动。它必须是这样，走进必然会摧毁他的悲剧情景中去。"近代史上的谭嗣同、秋瑾等就是这种悲剧精神的代表，他们以牺牲个体的生命，表现了与恶势力不妥协的勇气。对此李大钊曾给予热烈赞赏："人生的目的，在发展自己的生命，可是也有发展生命必须牺牲生命的时候。因为平凡的发展有时不如壮烈的牺牲足以延长生命的音响和光华。绝美的风景，多在奇险的山川；绝壮的音乐，多是悲凉的韵调；高尚的生活，常在壮烈的牺牲中。"①

综上所述，近代悲剧意识同传统悲剧意识相比具有崭新的特点，它所具有的忧患意识、痛苦意识与抗争精神，使得中华民族在深重的灾难面前始终以不屈的精神和昂扬的姿态同来自内外的反动势力进行决绝的斗争，同时也鼓舞着一代代中国人去完成先驱们未竟的事业。

（原载《黄河学刊》1999 年第 2 期）

---

① 孤松（李大钊）：《牺牲》，载《新生活》，1919 年 11 月 9 日第 12 期。

论中国近代悲剧精神在文学中的表现

　　中国近代社会在内忧外患的危局之中，形成了以强烈的忧患意识、抗争意识及深切的痛苦体验等为特征的近代悲剧精神，正是在这种悲剧精神的影响下，有别于古代以和谐为审美特征的近代新的审美意识才得以崛起，中国近代文学艺术的总体风格也显示出与传统文艺的本质差异。本文从以下几个方面探讨中国近代悲剧精神在文学中的表现。

　　首先，作为一种戏剧类型的悲剧体裁得到明确提倡。从现实的功利主义目的出发，近代理论家及部分作家曾致力于中国戏剧的改造工作，即通常所谓的戏曲改良运动。对"悲剧"（作为一种体裁类型的悲剧）创作的呼唤正是戏剧改革的一大主要内容。明确提倡要在创作中大力创作悲剧的是蒋智由。他在 1904 年发表的《中国之演剧界》中较全面地阐述了自己的主张。第一，他认为中国传统的戏剧艺术没有悲剧。他指出日本报纸对中国演剧界虽多有诋毁之辞，但也不得不承认它们对中国戏剧的某些看法是有一定道理的，如"中国之演剧界也，有喜剧无悲剧。每有男女相慕悦一出，其博人之喝彩多在此，是尤可谓卑陋恶俗者也"。他认为这是"深中我国剧界之弊"的。第二，蒋智由明确指出了悲剧对社会的积极作用，即可以推进社会进步。他引用拿破仑的言论借以说明自己的观点："拿破仑好观剧，每于政治余暇，身临剧场，而其最喜欢者为悲剧。拿破仑之言曰：'悲剧者，君主及人民高等之学校也，其功果盖在历史以上'，又曰：'能鼓励人之精神，高尚人之性质，而能使人学为伟大之人物者也，故为君主者不可不奖励悲剧而扩张之。夫能成法兰西赫之事功者，则坤纳由所作之悲剧感化之力为多。使坤氏而今尚在，予将荣授之以公爵。"他甚至不无夸张地认为，拿破仑之所以功名显赫，主要是他所受悲剧熏陶和影响的结果。蒋智由虽无对"悲剧"概念做理论上的界定之意，但他还是以带有描述性的语言对悲剧做了说明，悲剧是"委曲百折，慷慨悱恻，写贞臣孝子仁人志士，困顿流离，泣风雨动鬼神之精诚者"。蒋氏对悲剧的呼唤显然是基于两个方面的原因：其一，近代社会的特殊状况要求悲剧的出现。其二，中国传统戏曲长期以来不能启发人"广远之理想，奥深之性灵"，反而"舞洋洋，笙锵锵，荡人魂魄而助其淫思"。中国戏剧是缺乏悲剧的，因而要大力创作悲剧，以有益于社会人心。蒋氏断然否定中国传统戏剧中有悲剧作品显然是不准确的，但他从改造社会的角度来讨论悲剧之必要，这与近代文学观念是一致的。对悲剧作品的提倡也具有理论与实践两方面的积极意义。

其次，近代文学作品对"大团圆"结局的突破也是近代文学悲剧意识的一个重要表现。由于近代社会的启蒙思潮所倡导的个性解放的影响，"情"与"理"的冲突加剧，"情"不再像传统文学那样多受"理"束缚，而是具有了较大的独立性。吴趼人说："说人之有情，系与生俱来，未解人事以前，便有了情。"（《恨海》）这与生俱来的情等到人长大之后，便有了许多用处，对君国施展起来便是忠，对父母施展起来便是孝，对子女施展起来便是慈，对于朋友施展起来便是义。吴趼人还说："上自碧落之下，下自黄泉之上，无非一个大傀儡场，这牵动傀儡的总线索，便是一个'情'字。"（《劫余灰》）吴氏之言多有偏颇，如他认为"情"是与生俱来的，论情时还不能抛弃"忠孝节义"等，但他大胆地讲"情"，明确"情"的地位，甚至将"情"作为宇宙之主宰，这不能不说是一个巨大的进步。民初小说家徐枕亚认为天地是一"情窟"，而英雄都是"情种"，因此，"能流血者必多情人，流血所以济情之穷。痴男怨女，海枯石烂，不变初志者，此情也；伟人志士，投艰蹈险，不惜生命者，亦此情也。能为儿女之爱情而流血者，必能为国家之爱情流血；为儿女之爱情而惜其血者，安能为国家之爱情而拼其血乎？"（《玉梨魂》）从个人到国家，徐枕亚对"情"的作用的分析是很有道理的，这对冲破封建桎梏的钳制无疑具有进步作用。由于对"情"的追求，近代人对悲剧性的结局在情感上较容易接受。从接受美学的角度看，对悲剧的欣赏已成为较为普遍的社会心理。

悲剧意识在具有传统观念的近代文人的审美意识中也有一定的地位。刘鹗创作《老残游记》开始于 1903 年 7 月，这部小说的《自叙》整篇都是"哭""泣"二字。刘鹗认为从动物到人判断其是否有灵性的标志，是看其能否"哭泣"。猿猴之所以被称为动物中"最近人者"①，就在于它们会"哭泣"。"盖哭泣者，灵性之现象也。"刘鹗认为感情由灵性所生，哭泣则由感情所生，所以，哭泣是感情的自然流露和发泄。接着，他又将哭泣分为两种："无力"和"有力"，他所重视的是"有力"一类。他又将"有力"之哭泣分为两种："以哭泣为哭泣者，其力尚弱；不以哭泣为哭泣者，其力甚劲，其行乃弥远也。"从这一角度而言，"哭泣"是古代伟大作品产生的直接原因："《离骚》为屈大夫之哭泣，《庄子》为蒙叟之哭泣，《史记》为太史公之哭泣，《草堂诗集》为杜工部之哭泣；李后主以词哭，八大山人以画哭；王实甫寄哭泣于《西厢》，曹雪芹寄哭泣于《红楼梦》。"这可以说是刘鹗从一个崭新的角度对以上所提及的作家作品的解读。尤其需要特别注意的是，刘鹗还专门声明了自己之所以哭泣的根本原因："吾人生今之时，有身世之感情，有家国之感情，有社会之感情，有宗教之感情。其感情愈深者，其哭泣愈痛。此鸿都百炼生所以有《老残游记》之作也。""棋局已残，吾人将老，欲不哭泣也得乎？"《老残游记》通过老残的游历活动，重在揭露晚清社会黑暗腐败的内幕，其流露出的思想虽有保守的一面，但他对社会现实的感触是较为真实的。他所流露出的情感，也带有世纪末

---

① （清）刘鹗：《老残游记》，上海古籍出版社1992年版，第1页。以下凡有关刘鹗之言的引文皆出自此《自叙》，因而不再注明。

情绪的特征。因此，从审美观念上看，刘鹗作为一个士大夫阶层的人士也表露出了鲜明的"悲剧意识"。

具体到戏剧创作上看，近代戏剧虽然仍不能完全摆脱传统式的"大团圆"结局，但已有相当一部分戏剧作品摆脱了这一模式的束缚，从而代表着一种新的戏剧观念的出现。近代初期的戏剧由于启蒙和救亡的急迫性在作家的意识中尚不十分明确，再加上这时期还没有理论家公开倡导新的悲剧观念，因而戏剧创作仍摆脱不了传统思想及结构模式的影响。如黄燮清的《帝女花》《桃溪雪》等受佛教生死轮回观念的影响，其结局仍是"大团圆"式的。《桃溪雪》本来是一部悲剧气氛较强的戏剧，但此剧发展到高潮《投崖》一出，吴绛雪即将投崖之时，作者让她已成仙的丈夫徐明英登场预告绛雪投崖始末，说明主人公原都是仙人谪降人世，今日重返天国。投崖之后显然是夫妇团圆。如此一来，显然大大削弱了作品的悲剧气氛。尽管如此，这部作品所表现出的悲剧色彩仍具有时代意义。

吴趼人的多部小说表现出了近代悲剧意识的觉醒。《二十年目睹之怪现状》其实可看作一部忧患之作，《痛史》虽取材于历史，但作品充满了昂扬的调子，呼唤爱国与正义，作为言情小说开端之作的《恨海》更是突破了"大团圆"结局。作品以庚子事变为背景，描述了两对未婚男女的悲惨遭遇。作者在《杂说》中写道："出版后偶取阅之，至悲惨处，辄自堕泪。"这说明吴氏创作这部作品是投入了真挚感情的。《恨海》后来被改编成戏曲、话剧、电影，曾风靡一时，其中的原因固然部分地由于它仍表现了传统的道德观念，如塑造了节妇棣华和义夫仲蔼的形象。但这一悲剧性的作品之所以能够被社会大众广泛接受，关键还在于接受者期待视野已发生了变化。

清末民初所出现的"鸳鸯蝴蝶派"小说是一种"趣味主义"小说流派，对它的出现批评者居多。确实，"鸳鸯蝴蝶派"小说存有诸多弊病甚至是反动之处，有的作品宣扬了旧的传统道德意识，有的作家一味迎合部分读者的低级趣味，如黑幕小说的作者往往在暴露社会黑暗的同时，对低级趣味亦表现出欣赏态度，鲁迅认为这类作品是谴责小说的堕落。

　　"鸳鸯蝴蝶派"的小说虽未能完全摆脱"才子佳人"小说的框子，但就其结局而言，其中的部分作品已冲破了"大团圆"的结局模式，鲁迅认为"这实在不能不说是一个大进步"。①这种非"大团圆"结局的出现与女性地位的提高和婚姻观念的进步有直接关系，特别是辛亥革命以后，传统婚姻观的"父母之命，媒妁之言"受到冲击，近代作家对爱情与婚姻的不自由感触较多，他们以直面现实的姿态，对爱情与婚姻的不幸采取正视的态度，因此，鸳鸯蝴蝶派小说中的"言情小说"还是有不少以非团圆为结局的。比如徐枕亚的《玉梨魂》其悲剧色彩就明显具有近代性。小说写何梦霞与青年寡妇白梨影的恋爱故事。两人情投意合，心心相印，通过梦霞的学生、梨影的儿子互传书信与诗词。然而他们仍然不能摆脱传统思想观念的束缚，只能把炽烈的感情压抑在心里，忍受痛苦的煎熬。梨影为了解决矛盾，拟将小姑介绍给梦霞，这样她就可以与梦霞经常接近，但小姑因感到婚姻不自主怨艾而死，梦霞则投笔从戎，马革裹尸。这完全可以看作是一个大悲剧，主人公的理想和愿望由于历史条件的限制而不可能实现，造成了悲剧主人公的毁灭。这显然有别于"有情人终成眷属"的陈旧模式。

　　苏曼殊的小说表现的大都是爱情悲剧。他的小说数量虽不多，但却传达出了带有近代性质的悲剧观念，突破了古典爱情小说中的传统团圆意识。作者通过青年男女不幸爱情与婚姻的描写，从社会和个人两个方面揭示出造成悲剧的原因所在。从社会的角度看，爱情的悲剧来自于封建传统婚姻观念和佛门戒律的钳制，具体而言，也就是门第观念以及金钱关系的根深蒂固所造成的。《非梦记》《碎簪记》《断鸿零雁记》等小说反映了社会转折时期新旧道德观念的矛盾，不仅有浓烈的悲剧格调，也有重要的认识价值和审美价值。

　　总之，由于近代社会生活的变化，形成了新的社会群体心理，传统的文化心理结构受到了冲击，而

①鲁迅：《上海文艺之一瞥》，《鲁迅全集》第四卷，人民文学出版社 2005 年版，第 301 页。

具有近代性质的悲剧意识的诞生，无疑对传统中国人的乐天精神产生了较大影响。从文人作家到普通百姓，对爱情与婚姻的不幸能够以真实的心态面对，带有精神慰藉性质的"大团圆"结局不少已被非团圆式的，甚至是悲惨的结局所代替。这是近代叙事文学在观念上比传统文学有明显变化的表现之一。

再次，近代文学中的英雄悲剧及其崇高性特征的表现，构成了近代悲剧意识的一个重要方面。内忧外患、腥风血雨的时代造就了为民族独立而英勇捐躯的先烈，秋瑾、邹容、陈天华堪称这方面的代表。从总体上讲，他们的作品所表现出的审美理想和文学观念都带有新时代的特点。

带有英雄主义色彩的近代文学作品从审美风格上看，已突破了传统的温柔敦厚以"中和"为美的审美理想，而以表现抗争和冲突为主要风格，具有鲜明的崇高性特征。秋瑾的诗歌具有震撼人心的战斗力，传达出雄健磅礴的气概，它们所带给读者的审美感受在古代诗歌中是不多见的。秋宗章在《六六私乘补遗》中对秋瑾诗歌表现出的新的审美风格所做的评价是十分中肯的："恍如天马行空，不受羁勒，非若寻常腐儒之沾沾于格律声调，拾古人余唾者可比。"秋瑾诗歌中慷慨悲壮的诗句随处可见："喜散奁资夸任侠，好吟词赋作书痴"（《独对次清明韵》）；"漫云女子不英雄，万里乘风独向东"（《日人石井君索和即用原韵》）；"祖国陆沉人有责，天涯漂泊我无家"（《感时》）；"时局如斯危已甚，闺装愿尔换吴钩"（《柬徐寄尘》）；"室因地僻知音少，人到无聊感慨多"（《秋日独坐》）；"拼将十万头颅血，须把乾坤力挽回"（《黄河舟中日人索句并见日俄战争地图》）；"好将十万头颅血，一洗腥膻祖国尘"（《赠蒋鹿珊先生言志……》）；"不惜千金买宝刀，貂裘换酒也堪豪"（《对酒》）。秋瑾在妇女解放、民族革命中所起的作用是巨大的。从美学史的角度看，她的诗歌又代表着新的审美意识、新的文学观念的诞生。

"戏剧改良"除形式上的革新之外，在内容上也大力强调表现悲剧精神。尤其需要特别提出的是，近代戏剧在创作中也塑造出了一批悲剧英雄形象。浴血生的《革命军》写邹容入狱；伤时子著的《苍鹰击》和吴梅著的《轩亭秋》等写皖浙起义的失败和徐锡麟、秋瑾的英勇就义。仅仅以秋瑾牺牲为题材所创作的戏剧作品就有七八种之多，除上面所提到的外，还有《六月霜》《轩亭冤》《秋海棠》等。这一方面可以看出，近代戏剧反映现实政治的意识已明显加强；另一方面，秋瑾的牺牲可以说是"历史的必然要求"不能实现的悲剧，她那种勇于抗争的精神所带给人们的是一种悲剧的崇高感。秋瑾们虽然失败了，但他（她）们所代表的精神却鼓舞着一代代革命者前仆后继，为国家民族的解放而斗争。鲁迅先生对"失败的英雄"就有过热烈的歌颂："中国一向就少有失败的英雄，少有韧性的反抗，少有敢单身鏖战的武人，少有敢抚哭叛徒的吊客：见胜兆则纷纷聚集，见败兆则纷纷逃亡……我每看运动会时，常常这样想：优胜者固然可敬，但那虽然落后而仍非跑至终点不止的竞技者，和见了这样的竞技者而肃然不笑的看客，乃正是中国将来的脊梁。"①与之对比，鲁迅批评传统文学中"曲终奏雅""小生落难，到底中了状元"式的团圆主义，这种团圆主义反映出国民害怕失败而不敢进取的卑怯心理，因此，英雄主义精神在近代有着重要价值。而这种英雄主义在戏剧中得到了较充分的表现，英雄的"抗争"与"毁灭"，使近代诸多作品具有悲壮昂扬的格调。而小说在表现悲剧英雄人物方面所做出的成就也是很突出的，与戏剧同题的小说《六月霜》（在戏剧基础上写成），通过对秋瑾身上"侠"气的表现，同样宣扬了悲剧女主人公的"英雄主义精神"。

近代文学悲剧意识的崇高特征还表现在近代革命诗人对"死亡"的态度上。死亡并不一定构成悲剧，但近代革命先驱的牺牲体现了"历史的必然要求"，因而他们的牺牲则是真正意义上的悲剧。由于中国传统"乐感文化"的影响，传统中国人对死亡往往有畏惧心理，孔子曾言"未知生，焉知死"，对"死亡"问题存而不论。而近代社会的革命需要使得无数仁人志士对"死亡"（当然是为民族和国家献出生命意义上的）有了新的理

---

① 鲁迅：《华盖集·这个与那个》，《鲁迅全集》第三卷，人民文学出版社 2005 年版，第152-153 页。

解。邹容和陈天华在对国破家亡的痛苦表达得十分充分的同时，还阐述了死亡与牺牲的必要：民族危机深重，必须不怕牺牲挽救民族于危亡之中。"左一思，右一想，真正危险，说起来，不由人，胆战心惶。俺同胞，除非是，死中求活，再无有，好妙计，堪做主张。"[①]陈天华表现出视死如归的精神："越怕死，越要死，死终不免；舍得死，保得家，家国两昌"，[②]"倒不如做鬼雄，为国争光。"[③]邹容同样歌颂献身精神："刀加吾颈，枪指吾胸，吾敢曰满洲人压制汉人之好手段"，"刀加吾颈，枪指吾胸，吾敢曰满洲人之虐待我。""刀加吾颈，枪指吾胸，吾敢曰满洲人之敲吾肤，吸吾髓"，"刀加吾颈，枪指吾胸，吾敢曰满洲人之残杀我汉人"，"刀加吾颈，枪指吾胸，吾敢曰贼满洲人之屠戮我。"[④]当章太炎被捕后，邹容置生死于不顾，毅然投案。在狱中被监禁两年，病死狱中，年仅21岁。他在与章太炎的诗歌唱和中，写有一首《和西狩〈狱中闻沈禹希见杀〉》：

中原久陆沉，英雄出隐沦。

举世呼不应，扶眼悬京门。

一瞑负多疚，长歌召国魂。

头颅当自抚，谁为墨新坟。

"戊戌变法"失败之后，谭嗣同面对生与死毅然选择了后者。他拒绝了与康有为、梁启超去日本公使馆避难的建议，以极其平静的心境面对死亡，并发表他对死亡之意义的看法，"各国变法，无不从流血而成，今中国未闻有变法而流血者，此国之所以不昌也。有之，请自嗣同始。"临刑前他写了传唱千古的绝命诗："我自横刀向天笑，去留肝胆两昆仑。"作为一个近代青年革命家，谭嗣同

① 陈天华，邹容：《猛回头——陈天华邹容集》，辽宁人民出版社1994年版，第22页。

② 同上书，第35页。

③ 同上书，第36页。

④ 同上书，第193-194页。

为了自己的崇高理想，以知其不可而为之的精神去努力抗争，其牺牲的意义具有积极的性质，在他身上所体现的悲剧意识是具有强烈的崇高色彩的。正是对死亡的无所畏惧，为国家和民族的前途命运而牺牲的献身精神，使得近代文苑中总是回荡着慷慨悲壮的声音。

新的国家观念与新的审美意识在近代是具有普遍性的。1917 年，周恩来为寻求革命真理东渡日本，临行前有诗云："大江歌罢掉头东，邃密群科济世穷；面壁十年图破壁，难酬蹈海亦英雄。"末句即借用陈天华蹈海殉国的故事。陈天华的作品由于意在唤醒民众，提倡独立精神，反抗外来侵略，其感情是真切的，有人说是"一字一泪，一语一血"。因此，出版后不胫而走，影响极大。这些作品在社会的各个阶层，特别是在士兵、学生、工农群众中影响最大。据统计，各种版本的《革命军》销量曾以百万计，占清末革命书刊第一位。鲁迅说："倘说影响，则别的千言万语，大概都抵不过浅近直截的'革命军马前卒邹容'所作的《革命军》。"①从他们的作品在当时所产生的巨大冲击波可以看出，革命的要求并不是某几个革命家或一部分激进知识分子的个人行动，而是广大民众出于社会现实及自身生存的需要所做出的自觉选择。在辛亥革命的冲击之下，两千多年的封建帝制已成为历史，时代毕竟以不可阻挡之势向前艰难地迈进。革命者在思想史、美学史和文学史上都给后代人留下了丰富的遗产。近代文学中所表现出的英雄主义精神及雄壮、豪迈的崇高美对中国现代文学都产生了直接而又巨大的影响。

中国近代悲剧精神塑造出了中国近代文学的气质与性格，同时也开启了中国文学由古代走向现代的序幕。

（原载《枣庄学院学报》2008 年 2 月第 1 期）

---

① 鲁迅：《坟·杂忆》，《鲁迅全集》第一卷，人民文学出版社 2005 年版，第 234 页。

论中国近代作家社会参与意识的强化

中国近代社会是一个新旧交替、风云变幻的时代。在这样的时代，知识分子作为社会的先觉者决不会将自己封闭在"象牙塔"之中，他们认识到空谈误国，只有真正行动起来，参与到社会变革中去，才能挽救中华民族衰落的命运。近代作家表现出了积极参与社会变革的主动性，具有干预社会政治，敢于针砭时弊的自觉意识。

一

中国近代知识分子的社会责任感、使命感相当突出。自鸦片战争始，近代知识分子面对民族的危难，表现出热切关注现实的倾向。以龚自珍、魏源为代表的具有变革现实思想意识的进步封建文人敏锐地觉察到社会的危机，即使如姚莹、方东树等思想较为保守的人物在清王朝统治江河日下的背景下也不得不将目光转向社会现实，他们都以入世的精神，以经世的态度寻求克服社会危机的途径。时代为之提供了施展才华的机会，经世致用思潮的兴起更加促使知识分子在现实中寻找自己的角色，今文经学成为他们"讥切时政，抵制专制"，鼓吹变革图强，提倡经世致用的思想武器。龚自珍对作家主体自由精神的缺失曾深有感慨地说："呜呼！予欲摹古人之能创兮，予命弗丁其时！予欲因今人之所因兮，予莜然而耻之。"①这同时也表达出他关注现实，主张近代个性解放思想的积极主动性。龚自珍关于创作主体介入现实发挥主体性的思想主要表现在他的"三尊"说之中，即尊心、尊情、尊自然。

尊心，就是要尊重作家对客观外界事物的主观感受及价值判断。龚自珍特别强调作家的"心力"，认为"心无力者，谓之庸人"，可见，"心力"是每个作家都要具备的基本条件，而只有具备了心力，创作主体才能根据自己的审美标准对所要表现的客观世界做出独特的感受与评价。

"尊情"是尊心的合理延伸。龚自珍十分重视作家创作的情感问题。在《长短言自序》中，他以其创作的切身体会写到"情者为物也，亦尝有意乎锄之矣，锄之不能，而反宥之，宥之不能而反尊之"。还说："民饮食，则生其情矣，情则生其文矣。"他在对作家的具体评论中，将文学的情感表现作为衡量文学作品是非优劣的标准。在评价汤海秋的诗歌创作时说："巩祚亦一言而已，曰：完。何以谓之完也？海秋心迹尽在是，所欲言者在是，所不欲言而卒不能言在是，所不欲言而竟不言，于所不言求其言亦在是。"②龚自珍所谓的"完"是指诗文完整地表现了个性、情感，也即是"诗与人为一"。

尊自然是对前两者的进一步强调，它反对矫揉造作，所要求的是作家个性的自然表现，讲究自然天成。在《病梅馆记》中，龚自珍对束缚个性自由，以畸形、病态为美的丑恶现实深恶痛绝，要求表现健康的、自然的审美情趣，他呼吁治病梅应"解其棕缚，叙其根枝，顺其天性"，表达出强烈的个性解放的要求，其锋芒是直指正统伦理思想的。

在尊心、尊情、尊自然的理论前提下，龚自珍进一步提出文学创

---

① （清）龚自珍：《文体箴》，郭绍虞主编《中国历代文论选》第四册，上海古籍出版社2001年版，第18页。

② （清）龚自珍：《书汤海秋诗集后》，郭绍虞主编《中国历代文论选》第四册，上海古籍出版社2001年版，第1页。

新的主张。在《绩溪胡户训文集·序》中，他批判桐城派的"义法"是一种复古僵化的形式主义："其业之有藉焉，其成之有名焉，浐为若干家，厘为总集若干，别集若干。又剧论其业之苦与甘也，为书一通。又就已然之迹，而画其朝代，条其义法也，为书若干通。昇人舆者，又必有昇之者，曾曾云礽，又必有祖祢之者。"由于"义法"与最缺乏创新精神的八股文联系十分紧密，所以，对之给予了尖锐的批判："言也者，不得已而有者也。如其胸肌本无所欲言，其才武又未能达于言，强使之言，茫茫不知将为何等言；不得已，则又使之姑效他人之言；效他人之种种言，实不知其所以言。于是剽掠脱误。摹拟颠倒，如醉如寐以言，言毕矣，不知我为何等言。"①

龚自珍现存诗作六百余首，无论是古诗、律诗还是乐府歌行体无不与现实社会密切相关，特别是其中有大量诗篇直接反映了社会的全面危机并鞭挞统治者的腐朽无能，即使是一些表现内心情感的诗作也都是与他所处的时代息息相关的。龚自珍认为诗与史、诗人与史官的社会作用是相同的，其使命在于反映社会的真实，表现时代的精神，正如他在《尊史二》中所指出的"诗文之指，有罄献曲之义，本群史之支流"。重视文学参与社会改革，反映社会现实的思想在同期其他人的言论中不难找到，如包世臣就说过："言事之文，必先洞悉所事之条理原委，抉明正义，然后述得失之所以然，而条画其补救之方。记事之文，必先表明缘起，而深究得失之故，然后述其本来，则是非明白，不惑将来。"②他们认为，在社会黑暗，国家处于危难之中的情势下，作家必须关心国计民生，要发挥出敢于抨击时弊，"经世匡时"的社会作用。

魏源提出"贯经术、政事、文章于一"③。要将学术与天下之治及社会现实紧密结合起来，主动担

---

① （清）龚自珍：《述思古子议》，郭绍虞主编《中国历代文论选》第四册，上海古籍出版社 2001 年版，第 17 页。

② （清）包世臣：《与杨季子论文书》，郭绍虞主编《中国历代文论选》第四册，上海古籍出版社 2001 年版，第 23 页。

③ （清）魏源：《两汉经师今古文学家法考叙》，《魏源集》（上册），中华书局 1976 年版，第 152 页。

当起改革社会的责任。在日常生活方面，他们显然也并没有清谈议政，而是将大部分时间与精力用于同现实政治、国计民生有关的问题之中去，多关心"经济之学"。中国传统知识分子本来就具有政治家、思想家与文学家合为一身的特点，在近代尤其如此，他们的文学思想与政治主张同样是密不可分的，鼓励作家并身体力行地将手中的笔投入到现实生活之中。

二

资产阶级改良时期的文学创作由于时代的需要被赋予更新的任务，文学要传播一切新政、新法、新学，要担负起"新民"的责任，"诗界革命""文界革命""小说界革命"以及戏剧改良的目的都是以"新民"为旨归的。从创作主体的角度而言，完成时代所赋予的任务就应该更加关心社会现实的变化，更加贴近生活，因此，梁启超等要求语言变革，走语言通俗化的道路也是为了更好地发挥文学在改造社会中的作用。近代文学总体上表现出一个共同倾向，即强烈干预社会现实的意识。特别需要提出的是，近代知识分子为发挥参与社会的作用，创办了大量报刊，其思想言论或以政论文形式或以其他文学形式得以发表，如《强学报》《时务报》《国闻报》都在当时产生了很大影响，后来又有多种报刊问世。梁启超逃亡日本后，又先后创办《清议报》《新民丛报》《新小说》，这些报刊成为发表其政见及文学改良主张的阵地。他后来曾回忆说："启超既亡居日本……复专以宣传为业，以《新民丛报》《新小说》等诸杂志，畅其旨义，国人竞喜读之。清廷虽严禁，不能遏，每一册出，内地翻刻本辄十数。二十年来学子之思想，颇蒙其影响。"[①]一些作家如李宝嘉、吴沃尧、曾朴等也分别创办了专门的小说杂志如《绣像小说》《月月小说》和《小说林》，许多影响很大的小说都是在当时的小说杂志上发表的。作为资产阶级改

---

① 梁启超：《清代学术概论》，《梁启超全集》第十卷，北京出版社1999年版，第3100页。

良派的主要发言人，梁启超以西方"天赋人权""民权民主"学说为武器来批判中国封建君主专制制度，试图建立一个君主立宪制的共和国，并在理论上形成了新的国家观念，认为决定国家命运的是民众，而不是一个封建君主。严复在《辟韩》一文中所说的"斯民者，固斯天下之真主也。"即是代表性观点。更为重要者，他们切实体会到实现政治理想的重要条件之一是社会道德水平的根本提高。尤其是戊戌变法失败的惨痛教训使梁启超们更加感到国民的不觉悟，旧官僚体制下的官吏腐败和堕落是影响社会改良成功的重要阻力。在《新民说》中，梁启超明确陈词："不意此久经腐败之社会，遂非文明学说所遽能移植。于是自由之说入，不以之增幸福，而以之破秩序；平等之说入，不以之荷义务，而以之蔑制裁；竞争之说入，不以之敌外界，而以之散内困；权力之说入，不以之图公益，而以之文私见；破坏之说入，不以之箴膏肓，而以之灭国粹。"①而实现以上诸项的最根本则是国民道德水平的提高。梁启超指出中国国民最缺乏的即是公德，它是"人群之所以为群，国家之所以为国"的根本。梁任公改造旧道德的急切心情溢于言表："今世士夫谈维新者，诸事皆敢言新，惟不敢言新道德。"他还说："苟不及今急急斟酌古今中外，发明一种新道德者而提倡之，吾恐今后智育愈盛，则德育愈衰，泰西物质文明尽输入中国，而四万万人且相率而为禽兽也。呜呼！道德革命之论，吾知必为举国之所诟病。顾吾特恨吾才之不逮耳，若夫与一世之流俗人挑战决斗，吾所不惧，吾所不辞。"②在《中国积弱溯源论》中，他认为"奴性""愚昧""为我""好伪""怯懦""无动"为中国积贫积弱之祸根。"救危亡求进步之道"在于改良"民质"，培养"公德"。梁启超孜孜以求的"新民"理想的主要内容之一也是要求国民有强烈的道德感。

实现"道德救国"的重要利器便是文学艺术。在梁启超看来，小说作为一种为普通百姓喜闻乐见的

① 梁启超：《新民说（1902）》，《梁启超全集》第三卷，北京出版社 1999 年版，第 655 页。
② 同上书，第 680 页。

文体，应在改善国民道德方面做出贡献，因而，我们可以看到，在梁启超功利主义文学价值观影响下的小说创作几乎都致力于这方面的表现。最明显的莫过于近代谴责小说，诚如鲁迅所说："戊戌变法既不成，越二年即庚子岁而有义和团之变，群乃知政府不足与图治，顿有抨击之意矣。其在小说，则揭发伏藏，显其弊端，而于时政，严加纠弹，或更扩充，并及风俗。"[1]在这些作品中，作者极力抨击了社会道德的败坏，尤其是官场的腐败，他们和梁启超一样也发出这样的呼吁："今日之社会岌岌可危，固非急图恢复我固有之道德，不足以维持之，非徒言输入文明，即可以改良革新者也。"[2]当时的各种报纸杂志也都公开声明自己的办刊宗旨为"变国俗""启迪群蒙""涵养民德"等。在《新民丛报》发刊辞中，梁启超声言："以为欲维新我国，当先维新我民，中国之不振，由于公德缺乏，智慧不开，故本报专对此病而药治之，务采合中西道德以为德育之方针，广罗政学理论以为智育之原本。"铲除国民劣根性，弘扬带有资产阶级思想色彩的新道德成为时代启蒙主题的当务之急，文学便自然而然地充当完成这一任务的重要工具，这也构成了梁启超功利主义文学价值观的一个重要方面。

梁启超"国家功利主义"思想对文学观念上的功利主义也产生了重要影响。国家主义在梁氏的思想中占有十分重要的地位，他的所有活动的最终目标是建设独立的近代意义上的民族国家。对待西学的态度同样是建立在这一基础之上的，他对公德、自由、平等思想的引进正是因为它们对中国社会的改革与进步有直接作用。戊戌变法之后，他一方面致力于中国人精神领域的改造工作，另一方面对西方功利主义学说产生了浓厚兴趣，托马斯·霍布士和杰里米·边沁的功利主义学说以及本杰明·基德的社会达尔文主义帮助他形成了国家功利主义思想观念。梁启超批判了传统价值观中的轻"利"思想，他呼吁人人都要为

---

① 鲁迅：《中国小说史略》，《鲁迅全集》第九卷，人民文学出版社2005年版，第291页。

② 吴趼人：《〈上海游骖录〉跋》，陈平原、夏晓红编《二十世纪中国小说理论资料》第一卷，北京大学出版社1989年版，第259页。

国家富强做贡献，特别要求人们要做"生利之人"而不做"取他人所生之利我们坐分之"的"分利主义"，从中可以看出，他的新型理想人格的塑造同传统的纯粹道德化的人格理想已有很大不同。

在这种国家功利主义思想的影响下，形成了近代社会尚功利、言经济的风气。近代知识分子打破了"内圣外王"的修身之道，以开阔的视野和极大的热情投身于社会改革的洪流之中，他们开始热衷于办实业、经商、办学、办报纸、编杂志、开书店等等，尽情展露自己的才华。除梁启超这些领袖人物之外，一般文人如李伯元、吴趼人、刘鹗等无不如此。在如何对待文学的价值与功能方面，梁启超们以功利主义的观点让小说"发表政见，商榷国计"是很自然的事情。尤其是受日本政治小说的影响所创作的"政治小说"成为他们从事的政治活动的一部分，在小说中往往直接发表"救国""启蒙"的政治见解，文学领域特别是小说创作成为传播新思想的重要阵地。革命派文学家与改良派作家相比，如果说前者主张"自由的文学"的话，那么后者则要求文学要表现"民族革命"，但都同样强调作家的社会责任感。

近代作家社会参与意识的加强从近代小说叙述模式的变革方面可以得到进一步证明。为拯救灾难深重的中华民族于危难之中，在梁启超等倡导的"小说界革命"的感召之下，近代小说家真正贴近现实进行创作，及时反映时代生活的变化。鲁迅在谈到自近代开始的中国文学创作时曾发表了极精辟的论断："以前的文艺，好像写别一个社会，我们只要鉴赏；现在的文艺，就是写我们自己的社会，连我们自己也写进去；在小说里可以发见社会，也可以发现自己。以前的文艺，如隔岸观火，没有什么切身关系；现在的文艺，连自己也烧在这里面，自己一定深深感觉到；一到自己感觉到，一定要参加到社会去！"[1]中国近代小说家的创作多表现出这一有别于传统文学的重要特点。

考察近代小说创作，有这样一

---

[1] 鲁迅：《文艺与政治的歧途》，《鲁迅全集》第七卷，人民文学出版社 2005 年版，第 120 页。

个事实不可忽视，即第一人称在小说中的大量运用，这正说明近代作家社会参与意识的强化。具体而言，第一人称又可分为三种类型：第一人称主观式、第一人称客观式和第一人称修辞式。[①]

第一人称主观式叙述视角，是指叙述者是作品中的一个人物，但同时还承担叙述事件与结构故事的任务。如吴趼人的《二十年目睹之怪现状》即是以"我"（九死一生）为叙述者，以"我"的所见所闻来结构全书故事的。再如《冷眼观》也是以"我"（王小雅）作为叙述者，通过"我"的经历来展现晚清维新运动时期社会上的丑恶现实，"我"有时被作为主人公，如在与张素兰的爱情中，"我"成为被主要刻画的人物，但在"逆子忤亲""观察使惧内""洋场维新怪事""戊戌变法事件"等情节中，"我"只是一个旁观者与见证人；"我"既可以根据情节需要引出人物构成事件，也可以随时发表议论和感想，其优点在于加强了作品的真实感，更加贴近现实生活。其实，近代小说也已开始带给我们这种感受，其中以"史""记""录""传"为名的极多，作家在小说中常常声明都是真实的材料。可见，第一人称在近代小说中的运用多起来的原因也正在于此。

第一人称客观叙述是指叙述者只承担叙述事件、引出故事的任务，他并不是作品中的人物，而只具有结构故事的作用。如徐卓呆的短篇小说《温泉浴》就是第一人称客观叙述贯穿始终的。

第一人称修辞方式是指叙述者在作品中发表主观看法，也可以对作品的人物或情节做出解释，它不同于客观叙述之处在于可以直接发表意见，它区别于主观叙述之处在于他不是作品中的人物，如吴趼人小说《恨海》开头就是以第一人称修辞方式阐明为何创作这部写情作品的原因。看来，叙事角度的转换并不仅仅是一个形式的问题，其背后正体现出近代作家对现实生活事件的关注以及所投入的热情。

近代作家社会参与意识的加强还表现在作家、理论家对生活体验

---

① 此处参考方正耀：《晚清小说研究》，华东师大出版社1991年版中的观点。

的重视。近代人借鉴了西方小说家创作的经验，如在谈到英国现实主义作家狄更斯的创作时曾有人指出："迭更司每一摇笔，则一时社会上之人物之魂魄自奔赴腕下，如符篆之役使鬼物焉。"其原因在于"迭更司少更患难，熟知闾阎情伪，故其小说，善摹劳人嫠妇之幽思，孤臣孽子之痛苦，虽穿窬乞丐者流，读之亦不啻其自叙"①。那么，近代作家是如何认识自己对生活的切身体验的呢？吴趼人宣称《二十年目睹之怪现状》"皆二十年前所亲见亲闻"。李伯元小说中的官场人物"如颊上添毫，纤毫毕露，如地狱之变相，丑态百出。每出一纸，见者拍案叫绝。熟于事故者皆曰：'是非过来人不能道其只字'。"②他们明确提出要"进入中国一切种种的社会里头，将他一切种种的坏处，考查得逼真逼现"③。

以上有关生活体验方面的言论或创作体会都说明中国近代文学家将眼光放到了社会生活之中，在此基础上将他们对社会的认识、理解及自我的情感体验传达出来，这既与时代的要求密不可分，也表现出作家对社会改革的积极态度。

三

中国近代作家积极参与社会变革过程中，在文学创作的个性与社会功利性之间也存在一定的矛盾。从理论上讲，梁启超对之是很重视的。在《美与生活》一文中，他这样说："我确信'美'是人类生活的一要素，或者还是各种要素中最重要者。倘若在生活全内容中把'美'的成分抽出，恐怕便活得不自在，甚至活不成。"④在《论小说与群治

① 孙毓修：《欧美小说丛谈》，载《小说月报》，1913年第4卷第3号。

② （清）茂苑惜秋生：《官场现形记·序》，魏绍昌编《李伯元研究资料》，上海古籍出版社1980版，第86页。

③ 中原浪子：《京华艳史》第一回，载《新新小说》，1905年第5号。

④ 梁启超：《美术与生活》，夏晓红编《梁启超文选》（下），中国广播电视出版社1992年版，第153页。

之关系》中他还明确提出了小说所具有的"熏""浸""刺""提"四种力，这是从艺术的美感效果的角度讨论艺术的价值的。理论上这样讲，但一旦落实到文学实践中，梁启超似乎来不及顾及艺术的审美品格而专注于其社会功利价值，于是他的同仁们给予了及时的提醒，黄遵宪在1902年写给他的信中指出：

> 《新中国未来记》表明政见与我同者十之六七，他日再细评之，与公往复。此卷所短者，小说中之神采（必以透彻为佳），之趣味（必以曲折为佳），俟陆续见书乃能言之，刻未能妄测也。仆意小说所以难作者，非举今日社会中所有情态一一饱尝烂熟出于纸上，而又将方言谚语一一驱遣，无不如意，未足以称绝妙之文。①

梁启超也不是没有意识到自己的失误，但是正如他所声明的："兹编之作，专欲发表区区政见，以就正于爱国达识之君子。"梁氏的话有不排除为自己开脱的成分，但也透露出几分无可奈何。

但在前所未有的民族矛盾、文化冲突的情景下，中国近代文学自然而然地被赋予了诸多现实的社会功能，它必须承担崇高的历史使命，必须为民族的"救亡"和"启蒙"而呐喊，有时甚至自觉地充当了政治斗争的工具。从作家的角度而言，他们往往是自觉地投入极大的热情参与到社会现实斗争的队伍之中去，甚至带有复古色彩的文学观念都已自觉地在经世致用思潮的影响下主动进行调整与变革，强化文学作用于现实的功能，处于文学改良运动高潮时期的梁启超们的文学观念的功利主义价值取向的突显是在情理之中的。梁启超认为："彼美、英、德、法、奥、意、日本各国政界之日进，则政治小说为功最高焉。"梁启超还说过一段早已为人们所熟

---

① 黄遵宪：《与饮冰室主人书》，转引自丁文江，赵丰田编《梁启超年谱长编》，上海人民出版社1983年版，第301页。

知的话："欲新一国之民，不可不新一国之小说，故欲新道德必新小说，欲新宗教必新小说，欲新政治必新小说，欲新风俗必新小说，欲新文艺必新小说，乃至欲新人心、欲新人格必新小说……"①推动社会变革的一切药方似乎都在文学之中了。对文学的社会功利性的强调在当时确实起到了提高文学地位的目的，文学在推动社会进步的历程中也起到了不容忽视的积极作用。但我们也不得不承认这种极端功利主义的文学观念在一定程度上影响了文学自身审美特性的发挥。

梁启超在后期从政治舞台转向学术研究之后曾从学术思想史的角度对功利主义进行了深刻的检讨："而一切所谓'新学家'者，其所以失败，更有一种根源，曰：不以学问为目的而以为手段。……殊不知凡学问之为物，实应离'致用'之意而独立生存；真所谓'正其谊不谋其利，明其道不计其功'；质言之，则有'书呆子'然后有学问也。晚清之新学家，欲求其如晚清先辈具有'为经学而治经学'之精神者，渺不可得；其不能有所成就，亦何足怪。"他直言不讳地承认老师康有为和他的失误在于"有为、启超皆抱启蒙期'致用'的观念，借经术以文饰其政论，颇失'为经学而治经学'之本意，故其业不昌"②。梁氏之言对理解功利主义文学观在处理文学与政治的关系时所出现的偏颇同样具有重要意义。

作家的创作个性在创作实践中之所以会打折扣，其原因来自两个方面。一方面作家的思想意识虽冲破了封建罗网，张扬个性自由的成分也不断增长，但由于传统力量依然非常强大，近代作家对个性的肯定是有限度的，较具代表性的是"鸳鸯蝴蝶派"的言情小说创作。"鸳鸯蝴蝶派"作为20世纪初市民文学的代表，与当时旨在救国的革命派文学在价值取向上有较大差别，但它并不是一个反动的文学流派，其不少作品表现了作家反对封建礼教，争取婚姻自由的思

① 梁启超：《小说与群治之关系》，陈平原，夏晓红编《二十世纪中国小说理论资料》第一卷，北京大学出版社1989年版，第33页。

② 梁启超：《清代学术概论》，《梁启超全集》第十卷，北京出版社1999年版，第3070页。

想主题。《孽冤镜·自序》称言："《孽冤镜》胡为乎作哉！予无它……欲鼓吹真切的自由结婚，从而淘汰世界之种种痛苦，消释男女间种种罪恶耳。愿普天下为人父母者，对子女之婚嫁，打消富贵两字，打消专制两字。"①对封建婚姻制度如此明确地进行否定是具有较大的进步意义的。另一方面，他们又提倡妇女的"从一而终"，以防造成男女关系的混乱。陶澹庵在《鸳湖潮·序》中说："自由之风行而女奔濮上，平权之说起而狮吼河东。"②《玉梨魂》的主要人物所具有的双重性格就充分说明了作家的矛盾心态，他们既赞美"情"，又主张以"理"节"情"。从中可看出作家思想的局限，对自由人性的歌颂与对之所持的一定的保留态度都打上了过渡时代的烙印。至"五四"前后，表现青年男女彻底反封建婚姻道德，走出旧家庭的作品才大量出现在文坛上。

维新派文学特别是革命派文学的文学救国论强调文学的功利主义，甚至要求文学直接为救亡图存服务，这在一定程度上影响了作家从更深的层面上思考人生的问题，不能更深入地表现这个风云变幻的时代。本来，艺术反映现实和表现人生二者并不是对立的。纵观中外文学发展史，那些深刻表现了"人性"（宽泛意义上的）的文学，从中也会反映出时代的状况。反过来，真正深刻地表现了时代社会生活的文学作品也必然不能忽视对"人"的表现。而近代作家的个性表现却遇到了问题，为完成时代赋予的历史使命，近代作家全身心地投入到激烈的社会斗争之中，这是应该给予充分肯定的，但是过分急功近利显然也影响作家对社会人生的个性化思考及审美化表达。

无论如何，近代作家积极参与社会变革的意识对于 20 世纪中国文学而言是具有伟大功绩的。

① 吴双热：《孽冤镜·自序》，陈平原、夏晓红编《二十世纪中国小说理论资料》第一卷，北京大学出版社 1989 年版，第 464 页。

② 陶澹庵：《鸳湖潮·序》，陈平原、夏晓红编《二十世纪中国小说理论资料》第一卷，北京大学出版社 1989 年版，第 477 页。

（原载《理论学刊》2013 年第 11 期）

从杂文学体系的解体到纯文学体系的初步确立

——论中国近代文体观念的产生

中国近代文学观念在中西文化融合的大背景下，出现了一系列有别于传统文学观念的新特点，而纯文学体系逐渐取代杂文学体系是其一大重要特征。

中国古代文学观念是建立在杂文学体系之上的。众所周知，先秦时代文史哲是不分的，文学与非文学的界限十分模糊。在先秦典籍中，"文"的概念并不仅仅指文学，而是泛指一切文化典籍，如"人之于学问也……子贡、季路，故鄙人也，被文学，服礼仪，为天下列士"①。"凡出言谈，由文学之为道也"②。"灭文章，散五采……而天下始含其聪矣"③。"主有令，而民以文学非之"④。魏晋南北朝开始了文学的自觉时代，文人对文学的自身特点做出了较为自觉的探讨。曹丕的"文本同而末异"的理论以及他所提出的"奏议宜雅，书论宜理，铭诔尚实，诗赋欲丽"等"四科不同"的主张表现出对作为文学的"诗赋"与其他种类文章的区别。刘勰、钟嵘、陆机、萧统等都表现出将文学同其他学术著作区分开来的努力。另外，"文"与"笔"的区分也在魏晋时代产生，正如刘勰所言："今之常言，有文有笔，以为无韵者笔也，有韵者文也。夫文以足言，理兼诗

① (战国) 荀况：《荀子·大略》，《诸子集成本》卷十九，中华书局 1954 年版，第 334 页。

② (战国) 墨子：《墨子·非命中》，《诸子集成本》卷九，中华书局 1954 年版，第 169 页。

③ (战国) 庄子：《外篇·胠箧》，《南华经》，周苏平，张克平译注，三秦出版社 1995 年版，第 128 页。

④ (战国) 韩非子：《韩非子·问辩》，《韩非子》卷十七，上海古籍出版社 1989 年版社，第 136 页。

书，别目两名，自近代耳……"①这样看来，魏晋南北朝时期对文学自身特性的探讨相对于先秦两汉而言无疑是一大进步。然而，对"文"的理解依然不能摆脱泛文学观念的束缚。唐、宋、明、清各朝基本上都是在这一文学观念的范围内对"文学"概念进行界定的。

中国古代杂文学观念产生的原因是多方面的，但最主要的应是正统儒家思想影响下所形成的"文以载道"论。综观儒家诗文理论，无一不标榜宗经复古，要求文艺要有利于社会教化，因此，那些能够直接"传道"的文体样式便被作为文学来看了，如宋人曾巩和王安石的文集中奏议、策论、制诰、表启、墓志竟占十之八九。由于以上各类实用文体都被塞进"文学"之中，因而，强调"文学"的道德教化功能就是自然的事了，而文学自身的审美特性当然并不会被特别重视。

中国传统杂文学体系的瓦解在近代也经历了一个渐进的过程，龚自珍、魏源所持的仍然是杂文学观念。有感于文学被封建统治者作为愚弄百姓的工具的现实，龚自珍在经世致用思潮影响下，要求文章要有补于事，要与人民的生活密切结合，因此，他呼唤恢复"圣人之文"。他所言的"文"是"始乎饮食，中乎制作，终乎闻性与天道"的，他在《五经大义始终论》中指出："聪明孰为大？能始饮食民者也……其在《雅》诗，歌神灵之德，曰：'民之质矣，日用饮食'，是故饮食继天地。又求诸《礼》曰：'礼之初，始诸饮食'，礼者，祭礼也。民饮食，则生其情矣，情则生其文矣。"龚自珍将文学同民生相联系，代表着近代初期经世派的总体思想倾向，他的这一文学主张无疑具有进步意义。但是，我们也必须看到，由于龚自珍生活的主要时间是在鸦片战争之前，新时代的思潮对他的影响太少，因此他论文时主要是在杂文学体系之内来讨论问题的。

龚自珍还发展了章学诚"六经皆史"的观点，认为一切文章皆史，这也就是他的"尊史"说。因此，

---

① （梁）刘勰：《文心雕龙·总术篇》，范文澜《文心雕龙注》第九卷，人民文学出版社1958年版，第655页。

我们有理由认为龚自珍尽管提出了"尊情""尊史"诸说，但他的文学观念仍然是杂文学观念。

魏源同样是从经世观念出发，主张"贯经术政事文章于一"，这其中就暗含着他的文学观念的泛文学性。他在《国朝古文类钞序》中指出："百物之生，惟人能言，最灵贵于天地。有笔诸书，矢为文字之言，即有整齐文字，以待来学之言。请言《六经》：《六经》自《易》《礼》《春秋》姬、孔制作外，《诗》则纂辑当时有韵之文也；《书》则纂辑当时制诰章奏载记之文也；《礼记》则纂辑学士大夫考证议论之文也；罗网放失，纂述旧闻，以昭代为宪章，而监二代文献。然则整齐文字之学，自夫子之纂《六经》始。后尊之为经，在当日夫子自视，则亦一代诗文之汇选，本朝前之文献而已。故曰：'文不在此乎？'是则古今文字之辰极也。"此即认为《六经》是最具典范性的文学。魏源之所以如此推崇《六经》是由其对文学价值的理解决定的。他从功利主义文学观出发强调文学的社会政治作用，对清代汉学、宋学脱离社会现实的倾向无疑具有矫正作用。但魏源的文学观念仍不能完全摆脱以政教为中心的传统杂文学观念。

即使到了近代文学观念发展的第三个阶段即辛亥革命后，尚有人坚持杂文学观念，最具代表性的人物当首推章炳麟。胡适在《五十年来中国之文学》中称章太炎为中国古文学的结束期大人物，这个立论角度一定是基于文学观念从古代向近代的转换的，所以，胡适的论断是非常正确的。章太炎给文学所设定的范围之宽泛，对古代的杂文学观念而言堪称有过之而无不及。他将一切文字性的东西皆称之为文学，但他的杂文学体系又并不是古代的杂烩。在论文时就将礼乐刑政为文、文德之操为文的观点给抛弃了，而对其他诸说进行了新的融汇，形成了非常明确的杂文学体系。胡适认为章太炎几乎"推翻古来一切狭隘的文论"是切中要害的。章太炎的杂文学体系是对中国古代文学发展的一个总结，其中所体现的文学观念反映了自汉至清末对文学概念的基本理解。因此，从这一角度讲，章太炎的理论具有重要意义。但是，他力图用这种已不能适应时代的文学观念指导当时的文学运动就暴露出了他的落后性。面对近代的文体变革，他表现出了保守性。章太炎反对白话文的主张受到他的学生鲁迅的批评："专门家除了他的专长之外，许多见识是往往不及博识家或常识者的。太炎先生是革命的先觉，小学的大师，倘谈文献，讲《说文》，当然娓娓可听，但一到攻击现在的白话，便牛头不对马嘴，即其一例。"①另据许寿裳回忆鲁迅在日本听章太炎讲课的有关情况时说："鲁迅听讲，极少发言，只有一次，因为章先生问及文学的定义如何，鲁迅答道：'文学和学说不同，学说所以启人思，文学所以增人感。'先生听了说：这样分法虽较胜于前人，然仍有不当。鲁迅默然不服，退而和我说：先生诠释文学，范围过于宽泛，把有句读的和无句读的悉归入文学。其实文字与文学固当有区别的……"②由此可以看出传统的杂文学观念已不能为时代所接受，必将为新的文学观念所代替。

近代纯文学体系形成的主要原因是由于近代知识分子对小说戏曲的高度重视使它们真正进入文学的范围，促成了纯文学体系的建立。属于功用主义一派的理论家出于社会改革的需要大力倡导小说创作，但需要特别注意的是他们将小说当作重要文体看待并不完全出于小说的审美功能，而更多的是从小说作为开启民智、宣传改良思想的工具为着眼点的。康有为是较早看到小说社会作用的重要人物之一，他在1897年发表的《〈日本书目志〉识语》中说："易逮于民治，善入于愚俗，可增七略为八，四部为五，蔚为大国，直隶王风者，今日急务，其小说乎！今识字之人，有不读经，无有不读小说者。故六经不能教，当以小说教之；正史不能入，当以小说入之；语录不能喻，当以小说喻之；律例不能治，当以小说治之"，"今中国识字之人尤寡，经义史故，亟宜译小说而讲通之。泰西尤隆小说哉"。梁启超在1896年出版的《变法通议》

① 鲁迅：《名人和名言》，《且介亭杂文二集》，人民文学出版 1973 年版，第 120 页。
② 许寿裳：《亡友鲁迅印象记》，人民文学出版 1997 年版，第 25 页。

和 1897 年发表的《蒙学报、演义报合叙》中就已提出了小说可以服务于社会政治，必须大力提倡的主张。1902 年梁启超在其著名的《论小说与群治之关系》一文中从两个方面把小说视为"文学之最上乘"。一方面是因为它可以改造社会，"今日欲改良群治，必自新小说始"。另一方面是因为小说具有其他文体所无法比拟的艺术感染力：

> 凡人之性，常非能以现境界而自满足者也……小说者，常导人游于他境界，而变换其常受之空气者也。此其一。人之恒情，于其所怀抱之想象，所经阅之境界，往往有行之不知、习矣不察者……有人焉和盘托出，彻底而发露之，则拍案叫绝曰：善哉善哉，如是如是。所谓"夫子之言，于我心有戚戚焉"。感人至深，莫此为甚。此其二。……而诸文中能极其妙而神其技者，莫小说若，故曰，小说为文学最上乘也。①

梁启超对"新小说"的提倡是立足于其具有启蒙的功用性质，但通过以上文字也可以看出，从其初衷而言，梁启超还是极为重视小说的艺术感染力的，他十分清楚地知道让普通读者像读政论文一样读小说，是很难读进去的。当然，在梁启超的"新小说"实践中，因为急于"发表政见，商榷国计"，他的《新中国未来记》便如作者在绪言里所承认的："此编今初成两三回，一覆读之，似说部非说部，似稗史非稗史，似论著非论著，不知成何种文体，自顾自失笑"，"编中往往多载法律、章程、演说、论文等，联编累牍，毫无趣味，知无以飨读者之望矣，愿以报中他种之有滋味者偿之"。《新中国未来记》给我们这样的启示：在梁启超那里，虽已表现出建立纯文学体系的努力，但他依然受到杂文学体系的影响，可见出从杂文学体系向纯文学体系过渡的艰难历程。然而，梁启超的"新小说"毕竟产

① 梁启超：《论小说与群治之关系》，夏晓红编《梁启超文选》，中国广播电视出版社 1992 年版，第 3—4 页。

生了很大影响，他曾列出多种小说类别，如"哲理科学小说""军事小说""侦探小说""语怪小说""传奇小说""世界名人逸事"等，使小说真正进入了纯文学的框架之内。

"小说界革命"的一个重要目的就是把小说同经史子集相区分，夏曾佑在《小说原理》中更表现出了自觉的文体意识。他从小说的文体功能出发，将小说与其他非文学形式区分开来，并把读物分成两种："有所为而读者，如宗教、道德、科学注释诸书是，其数读之不足以自娱……无所为而读者，如一切章回、散段、院本、传奇诸小说是……几几非此不足以自遣。"强调小说的"自娱""无所为"说明小说进入了纯文学体系的范围。在对中国近代小说观念的理解方面存在一些错误认识，如有人认为，中国小说进入"文学"，实际上是梁启超将正统的儒家文学观向小说扩张，要求小说向正统的儒家文学观认同，从而进入"文学"的殿堂。还有人认为发动"小说界革命"的人所持的是传统文学观念等等，这些言论都是不符合中国近代文学的实际情况的。近代小说观念有其不同于传统之处，因为无论是理论家的主张还是作家的创作实践都展现出新的特点。偏执地把近代新生的东西硬拉进传统并进而否定或部分否定之，对此我们难以苟同。

中国戏曲虽然渊源流长，但它在传统杂文学体系中的地位甚至比小说还要低。到了近代，人们对戏曲"无关风化"的传统认识表示怀疑，确立戏曲的地位。近代改革者将戏曲与国家的兴衰存亡及对国民的启蒙紧紧联系在一起。梁启超非常有信心地表示要"继索士比亚、福禄特尔之风，为剧坛起革命军"①。陈独秀于1904、1905年在《论戏曲》中提出"戏曲有益"的观点，表现出与传统戏曲观的不同。陈佩忍则在《论戏剧之有益》中充满激情地评价戏剧的价值：

---

① 梁启超：《中国唯一之文学报〈新小说〉》，载《新民丛报》，1902年第14号。

对同族而发表宗旨，登舞台而亲演悲欢；大声疾呼，垂涕以道，此其情状，其气概，脱较诸合众国民，在米利坚费城府中独立厅上撞自由之钟，而宣告独立之檄文，夫复何所逊让？

以王国维为代表的近代非功利主义文学观在促进纯文学体系形成的进程中更是功不可没。王国维明确指出，在传统文以载道思想的影响下，文学并没有真正的独立地位，文学家若想得到社会的肯定和尊重，则"皆抱政治上之大志"，"无不欲兼为政治家"。他呼吁文学及学术要摆脱工具论的束缚："故欲学术之发达，必视学术为目的，而不视为手段而后可。汗德《伦理学》之格言曰：'当视人人为一目的，不可视为手段。'岂特人之对人当如是而已乎，对学术亦何独不然。然则彼等言政治，则言政治已耳，而必欲读哲学文学之神圣，此则大可解者也。"①王国维将文学的使命定位在表现人生、表现人的真实情感，强调其审美性，所有这些观点都从深层为纯文学体系的逐步确立，为诗歌、小说、戏曲等文体摆脱对载道的依附从而走向独立提供了重要的理论依据。

周作人 1908 年发表于《河南》上的《论文章意义及其使命因及中国近时论文之失》，虽然在当时的影响并不太大，但与作者的文学价值观紧密相连，表明周作人已非常有意识地将传统杂文学体系与正在建构的纯文学体系区分开来。周作人从文学自身的审美特性出发，指出文学与学术应严格划分，他说："历史一物，不称文章。传记（亦有入文者，此第指记叠事实者言）编年亦然。他如一切教本，以及表解、统计、方术、图谱之属亦不言文，以过于专业，偏而不溥也。"继而他又将文章分为两类，即"纯文章"与"杂文章"。纯文章是诗，诗又分为两类：一类是"吟式诗"，指可以吟诵的韵文，包括诗赋、词曲、传奇等；另一类是"诗式诗"，指不能吟诵的散文，小说就属于此类。其他如"书记论状诸属"都是"杂文

① 王国维：《论近年之学术界》，姚淦铭，王燕编《王国维文集》第三卷，中国文史出版社 1997 年版，第 38 页。

章"。周作人的"纯文章"概念同现代意义上的"文学"概念已无多大区别。至五四文学革命则沿着近代文体变革的路子走下来,形成了纯文学体系的框架。刘半农在《我之文学改良观》中明确将"文字"与"文学"区别开来,他说:"酬世之文（如颂词、寿序、祭文、挽联、墓诔之属）一时虽不能尽废,将来崇实主义发达后,此种文学废物,必在自然淘汰之列。故进一步言之,凡可视为文学上有永久存在之资格与价值者,只诗歌戏曲、小说杂文二种也。"

纯文学体系的建构由近代起步经过现代的进一步发展,终于取代了传统的杂文学体系。探讨这一课题的意义在于:近代纯文学体系的产生标明了新的文学价值观的确立,文学自身的独立的审美功能真正开始引起重视。尽管梁启超等由于改良社会的急切需要,使得其文学观念仍受到狭隘的功利主义影响,但他们对小说戏曲的高度重视对现代文体观念的出现具有先导作用。非功利主义的文学观为纯文学体系的建构提供了观念上的依据。从这一角度讲,近代非功利主义文学观在中国近代文学发展中的作用也是不可低估的。另外,纯文学体系在近代的初步确立为真正意义上的现代纯文学体系的诞生提供了条件,也应了学界最近常说的一句名言:"没有晚清何来五四。"

（原载《理论学刊》2013 年第 11 期）

域外小说翻译与中国近代小说观念的变革

　　域外小说翻译强化了近代小说参与社会政治改革运动的信念和信心，提高了小说的社会地位。

　　真正重视对域外小说的翻译是在文学改良主义者的提倡下开始的，严复、夏曾佑发表《本馆附印说部缘起》，提出拟出版"译诸大瀛之外"的小说。梁启超于 1898 年所作《译印政治小说序》应被看作倡导为维新救国服务而必须译介域外小说的宣言书，他对这一伟大工程充满信心，因而其言辞也显得踌躇满志："今特采外国名儒所撰述，而有关切于今日中国时局者，次第译之，附于报末。"在他们的影响下，翻译小说蔚然成风，欧美、日本的重要作家的作品都曾被部分地介绍过来。当然，近代人有自己的期待视野，他们是抱着"且闻欧、美、东瀛，其开化之时，往往得小说之助"[1]的信念而致力于域外小说翻译的。小说理论家们认为对西方小说的翻译应该是有选择性的，徐念慈等人就反对"搜索诸东西藉以迎和风尚"[2]，王钟麟则更加明确地指出，翻译小说要于中国的改良变法有所补益，这也是判断是否要翻译的标准。他指出外国小说的译介对当时的社会而言就像"执他人之药方，以治己之病"，但外国小说"事势既殊，体

---

　　① 几道（严复），别士（夏曾佑）：《本馆附印说部缘起》，陈平原、夏晓虹编《二十世纪中国小说理论资料》第一卷（1897 年 -1916 年），北京大学出版社 1989 年版，第 12 页。原载《国闻报》，1897 年 10 月 16 日至 11 月 18 日。

　　② 觉我（徐念慈）：《余之小说观》，陈平原、夏晓虹编《二十世纪中国小说理论资料》第一卷（1897 年 -1916 年），北京大学出版社 1989 年版，第 311 页。

裁亦异"①，因而不能无选择地见什么译什么，最紧要的是"选择事实之于国事有关者而译之"②。鲁迅与周作人之所以出版《域外小说集》也有其直接的现实目的，他们对时人"多译哈葛德和柯南道尔的作品"表示不满。据统计从 1896 年至 1916 年出版的翻译小说中，柯南道尔的作品有三十二种位居第一，哈葛德的作品有二十五种名列第二。鲁迅兄弟显然是认为以上二人的小说对当时的资产阶级革命运动并无多大帮助，因此，他们主张译介"异域文术新宗"，把目光投向俄罗斯以及东欧、巴尔干等弱小民族的文学，从此直到五四新文化运动以后，翻译界更为注重反映社会问题小说的翻译，而且所选作品的质量也比以前有较大提高。

以上所述均为资产阶级革命家对小说翻译所持的基本态度。在他们之前的资产阶级改良派同样是从文学要关注现实政治的价值标准出发来决定翻译小说的取舍的。梁启超到日本之后选择在当时的日本已过时的《佳人奇遇》等政治小说并投入较大精力译之，这是经过他的"有色眼镜"过滤之后的选择。

林纾作为近代翻译小说的实践者，所译作品一百多部，他对外国小说的翻译是以"有益于今日之社会"③为出发点的。在《黑奴吁天录跋》中，林纾指出翻译这部作品是配合当时的政治斗争的：

① 天僇生（王钟麒）:《中国历代小说史论》，陈平原，夏晓虹编《二十世纪中国小说理论资料》第一卷（1897 年 -1916 年），北京大学出版社 1989 年版，第 266 页。

② 天僇生（王钟麒）:《论小说与改良社会之关系》，陈平原，夏晓虹编《二十世纪中国小说理论资料》第一卷（1897 年 -1916 年），北京大学出版社 1989 年版，第 263 页。

③（清）林纾:《鬼山狼侠传叙》，陈平原，夏晓虹编《二十世纪中国小说理论资料》第一卷（1897 年 -1916 年），北京大学出版社 1989 年版，第 311 页。

余与魏君同译是书，非巧于叙悲以博阅者无端之眼泪，特为奴之势逼及吾种，不能不为大众一号。近年美洲厉禁华工，水步设为木栅，聚数百远来之华人，栅而钥之，一礼拜始释，其一二人或逾越两礼拜仍弗释者，此即吾书中所指之奴栅也。向来文明之国，无私发人函，今彼人于华人之函，无不遍发。有书及'美国'二字，如犯国讳，捕逐驱斥，不遗余力。则谓吾华有国度耶？无国度耶？观哲而治与友书，意谓无国之人，虽文明者亦施我以野蛮之礼，则异日吾华为奴张本，不即基于此乎？……若吾华有司，又乌知有自己国民无罪，为人囚辱而庾死耶？上下之情，判若楚越，国威之削，又何待言？今当变政之始，而吾书适成，人人既蠲弃故纸，勤求新学，则吾书虽俚浅，亦足为振作志气，爱国保种之一助。海内有识君子，或不斥为过当之言乎？①

被美国总统林肯称作由一个小妇人的一本书引起一场战争的《黑奴吁天录》经林纾翻译介绍进我国之后，同样引起了中国读者的强烈共鸣，激发了近代人反侵略爱国家的巨大热情。有些读者的阅读感受很具有代表性："欲买此书而未遂，至时若处借得焉。挟归于灯下读之，涕泪汍澜，不可仰视，孱弱之躯，不觉精神为之一振，且读且泣，且泣且读（这同林纾译此书时"且泣且译，且译且泣"的感受及表达感受的方式一样。——引者），穷三鼓不能成寐。……嗟呼！我黄种国权衰落亦云至矣。四百余州之士，尽在列强之势力范围，四万万之同胞，已隶白人之奴隶册籍，我黄人不必远征法美之革命与独立，与日本之维新，即下而等诸黑人，能师其渴望自由之操，则乘时借势，一转移间，而为全球之望国矣。""我读《吁天录》，以我同胞国家思想淡薄，故恐终不免黑人之地位，我愈为同胞危。我读《吁天录》，证之以檀香山烧埠记，证之以美洲、澳洲禁止华人之新例，证之以东三省，证之以联军入京，证之以旅顺、大连、威海、胶州、广湾、九龙之旧状，我愈信同胞蒙昧涣散，不能团结之，终为黑人续，我不觉为同胞心碎。"②这部作品之所以能在异国产生如此效果的根本原因在于它令中

---

① （清）林纾：《〈黑奴吁天录〉跋》，陈平原，夏晓虹编《二十世纪中国小说理论资料》第一卷（1897年–1916年），北京大学出版社1989年版，第28页。

② 灵石：《读〈黑奴吁天录〉》，阿英编《晚清文学丛钞·小说戏曲研究卷》，中华书局1960年版，第280–282页。

国读者联想起国人面临的内忧外患、即将亡国灭种的危难现实，可以说它正契合了中国读者的"前理解"。

林纾在其多种译著的序言中曾屡次表达出他翻译域外小说的最重要目的在于激发爱国之思，寄托忧思之泪。就连表面看似"缠绵悱恻、哀感顽艳"的《巴黎茶花女遗事》之所以能获得"可怜一卷茶花女，断尽支那荡子肠"这种阅读效果，其原因除了它感人的爱情故事本身之外，还在于它引起了在封建统治下爱情婚姻得不到自由的中国青年的共鸣。

由此可见，近代知识分子译介外国小说是以"为我所需"的标准实行"拿来主义"的，而从取舍标准本身就可看出近代人所需要的是那些反映社会现实的作品。同时，在翻译过程中，他们还有意识地对原作进行删改，以强化译者本人所要突出的"主题"，如对托尔斯泰的作品的翻译就存在这方面的问题。陈平原曾指出："1902年《新小说》创刊号即刊'俄国大小说家托尔斯泰'像，其后不断有文章谈及，也陆续有译作出版，可大都是把他作为政治小说家，与伏尔泰、李顿、迪斯累里、柴四朗等人放在一起论述的，译作也颇注重其教诲色彩很浓的宗教题材的民间故事（如《托氏宗教小说》《罗刹因果录》）。而这些显然都不是作为小说艺术大家的托尔斯泰之所长，甚至可以说正是其所短。"①如此情形在很多翻译小说中是十分常见的。

翻译文学明确从功用主义文学价值观出发译介西方小说，这在近代中国人看来是有益于社会改良与革命的部分。梁启超说："往往每一书出，而全国之议论为之一变。彼美、英、德、法、奥、意、日本各国政界之日进，则政治小说为功最高焉。"②由此可见，当翻译作品被引进中国文坛之后，近代作家对这类小说已不再有什么隔膜之感，而且在创作上也深受启发和影响。有了可以模仿、效法的对象，近代小说便开始创作自己的所谓"政治小说"（宽泛意义上的）。

---

① 陈平原：《二十世纪中国小说史》，北京大学出版社1989年版，第67页。

② 梁启超：《译印政治小说序》，郭绍虞主编《中国历代文论选》第四册，上海古籍出版社1980年版，第206页。

梁启超创作《新中国未来记》虽是一次不成功的尝试，但日本政治小说观念对中国近代小说所产生的影响已是明显可见，它直接促进了"小说界革命"的发生。如果没有域外翻译小说及其所带来的小说观念的影响，这一"革命"无论如何也不可能成为近代文学变革的一项重要内容。

林纾还在翻译西方小说的同时，创作了如《金陵秋》《官场新现形记》和《京华碧血录》等带有反映社会现实的强烈政治倾向的小说，按他自己的话说就是以"国事为经，爱情为纬"，这颇似现代文学中的"革命＋恋爱"的创作模式。林纾的创作成就虽不高，但他致力于学习西方文学，创作"政治"性小说表明了近代小说创作的一个重要倾向。林纾的翻译小说对早期鲁迅的创作思想影响很大，甚至可以说鲁迅后来的现实主义文学道路的选择除其自身个性、生活道路以及他自己翻译作品的影响外，林译小说对鲁迅的审美理想、文学创作倾向的形成也起到了一定作用。周作人曾在《鲁迅的青年时代·鲁迅与清末文坛》《知堂文集·我学国文的经验》中回忆说，鲁迅和他都是林译小说的热心读者，像《巴黎茶花女遗事》《黑太子南征录》等五十种左右的林译小说他们都读过。周作人还讲，对鲁迅影响最大的三个人是梁启超、严复和林纾。在林纾的启发下，鲁迅"注重的倒是在绍介，在翻译"①，并且身体力行翻译域外小说，其小说中的现实主义倾向无疑是与外国小说的影响分不开的。

近代翻译小说就政治思想层面而言，对中国近代文学的影响是很大的。表现人的觉醒、人的启蒙的主题固然与翻译小说分不开，但这些都是依附于反映社会变革的中心主题的。

第二，近代翻译小说为进行中西小说的比较研究提供了材料，使近代作家、文学理论家看到了中西小说的差异，进而对中国小说的某些不足有了清醒的认识，促进了传统小说观念在近代的变革。近代文人对中

---

① 鲁迅：《南腔北调集·我怎么做起小说来》，《鲁迅全集》第五卷，人民文学出版社1973年版，第106页。

西文学（主要是小说）所做的比较表现在以下方面：

首先，从所表现的思想内容看，中西小说有明显不同。周树奎（桂笙）作为一个文学翻译家，对中西小说都有切身的阅读体验，出于急迫改革中国旧小说的强烈愿望，他在提出我国古代小说"劣者固多，佳者亦不少"的同时，认为从与欧美小说中"文明者"比较的角度来看，中国小说不如外国小说者有五个方面：一曰"身份"，外国小说中人物的一切举动，身份自在，总不失其国民之资格，而中国小说欲著一人之恶，则酣畅淋漓，不留余地，失却身份；二曰"辱骂"，外国小说中，辱骂之辞极少，即使偶有涉及，也避免全句。而中国小说中常将骂人之辞大书特书；三曰"诲淫"，外国风俗尊重女权，不著秽亵之语，而中国小说中淫情浪态，摹写万状，令人不堪卒读；四曰"公德"，外国人重公德，中国小说界不辨此为何物，偶有一二人做一二事，便颂之为仁人义士；五曰"图画"，外国小说中图画极精极多，中国的绣像小说画法至旧，近来新小说也未能以图画与文字夹杂刊印。以上五个方面中除第一讲人物塑造，第五谈插图艺术之外，其余三点基本上都是着眼于思想内容而言的。周氏之论未必完全正确，如他把中国小说的内容概括为"诲淫"，显然与梁启超等的偏颇是一样的，但由于长期的封建礼教的禁锢，自然人性不能得到正常发展，两性关系在中国古代文学作品中往往以扭曲的变态的形式表现出来，《金瓶梅》及其他中国小说中的"性描写"与西方描写"性"的作品如《查特莱夫人的情人》等相比，的确显得有些"诲淫"。所以，通过中西比较，确实有助于反观中国文学的不足。

林纾也从文学与社会的关系角度入手，认为在反映社会改革方面，西方小说比中国传统小说更具有现实主义精神，他认为狄更斯等西方小说家的小说与中国司马迁等人的作品相比不仅有共同之处，而且"可侪吾国之史迁"[1]。看来，林氏在评判中西文学时，并没有放弃中国文学的标

---

[1] （清）林纾：《撒克逊劫后英雄略序》，郭绍虞主编《中国历代文论选》第四册，上海古籍出版社1980年版，第162页。

准。但他还是十分重视二者之间的差别的，比如他认为西方小说比中国传统小说具有强烈的现实感，更加贴近社会改革的潮流，他在《红礁画桨录·译余剩语》中指出："西人小说，即奇恣荒渺，其中非寓以哲理，即参以阅历，无苟然之作。西小说之荒渺无稽，至《葛利佛》言小人国大人国的风土，亦必兼言其政治之得失，用讽其祖国，此得谓无关系乎？若《封神传》《西游记》者，则真谓之无关系矣。"看来，林纾所关注的是与"政治之得失"有关系的小说作品。而事实上，西方小说在每次大的社会改革运动中，都较为直接地参与了社会政治，如启蒙主义时期的小说家，除用他们的作品宣传启蒙思想外，甚至有时作者也禁不住介入作品之中，直接发表其见解。从西方的文学创作经验看，任何时代的文学艺术都不可能超然于社会之外，近代小说在参与近代社会变革的进程中起到了积极作用，但对文学审美性的忽视也是一个不可回避的问题。

其次，由于翻译文学的引进，中西小说艺术技巧方面的比较不仅成为可能，而且推动了中国传统小说在近代的变革。翻译家周桂笙除对中西小说在思想内容方面的不同进行比较之外，也注意到了它们在艺术方面的差异，他在译《毒蛇圈》时说：

我国小说体裁，往往先将书中主人翁之姓氏来历叙述一番，然后详其事迹于后；或亦有用楔子、辞章、言论之属以为之冠者。盖非如是则无下手处矣。陈陈相因，几于千篇一律，当为读者所共知。此篇为法国小说巨子鲍福所著，乃其起笔处即就父女问答之辞，凭空落墨，恍如奇峰突兀，从天外飞来；又如燃放花炮，火星乱起。然细察之，皆有条理，自非能手，不敢出此！虽然，此亦欧西小说家之常态耳。爰照译之，介绍于吾国小说界中，弗以不健全讥之！

西方小说叙事中的这种开头方式与中国传统小说有头有尾、诗词在前的结构方式相比，确实表现出较大差异。我们虽不能说中国传统小说的叙事模式完全不好，因为各个民族的文学发展有自己的传统，但有一个事实是必须承认的，这就是西方翻译小说在近代对中国传统小说的叙事模式产生了有力的冲击。

林纾在认识到中西文学异同的基础上，曾提出一个极有价值的命题，即"合中西二文熔为一片"①，他确实已具备了"世界文学"的眼光，完全可以称得上是中国比较文学的先驱之一。林纾主张"以彼新理，助我行文"，他以开放的眼光指出，中西结合不会影响中国古文的原有魅力，反而会使中国文学更具光彩。他在《洪罕女郎传跋语》中说：

> 哈（葛德）氏文章，亦恒有伏线处，用法颇同于《史记》。予颇自恨不知西文，恃朋友口述，而于西人文章妙处，尤不能曲绘其状。故于讲舍中敦喻诸生，极力策勉其恣肆于西学，以彼新理，助我行文，则异日学界中定更有光明之一日。或谓西学一昌，则古人之光焰熸矣，余殊不谓然。学堂中果能将洋汉两门，分道扬镳而指授，旧者既精，新者复熟，合中西二文熔为一片，彼严几道先生不如是耶？

由于林纾毕竟不懂英文，他对西方小说的认识往往只停留在一般感性认识之上，至于如何"合中西熔为一片"，他既没有提供答案，也无暇对中西小说的比较做更为深入细致的探索，但在林纾们的翻译小说及其中西小说比较理论的影响下，中国小说的观念变革在近代真正进入了起始阶段。

第三，域外小说翻译对丰富中国近代小说文体类型产生了重要的促进作用。自翻译小说在中国近代大量出版发行之后，近代小说家了解到在中国志人、志怪和讲史三大类小说之外，竟还有如此多的小说类型可

---

① （清）林纾：《洪罕女郎传跋》，郭绍虞主编《中国历代文论选》第四册，上海古籍出版社1980年版，第162页。

以涉足，因此，出于宣传改良或革命思想的需要，政治小说、科学小说和教育小说被近代作家尝试着开始创作。以上各类小说的代表作品在有关中国近代文学史论著中都已做了较为详细的介绍，我们不再多谈。

需要注意的一个问题是：翻译理论与实践二者之间出现了错位。按晚清理论家的主张，当然要以政治小说、科学小说为主要译介对象，实际上也确有大量的这类小说翻译过来，但从数量上不如侦探小说多。柯南道尔的小说位居翻译作品的榜首，这说明近代人在对政治小说感兴趣的同时，似乎更喜欢读侦探小说这种形式新颖、情节曲折的新式小说。读者的需要影响了译者的选择，促进了侦探小说的翻译。更为重要的是，有的小说家开始创作侦探小说，主要代表作有《中国女侦探》《霍桑探案》《李飞探案》等，可见，外国侦探小说对中国小说的通俗化也起到了一定推动作用。

第四，域外翻译小说促进了近代小说叙事精神的转变。关于近代小说叙事模式的研究，陈平原在《中国小说叙事模式的转变》中从时间、视角、结构三个方面对之做出了卓有成效的研究，开创了近代小说研究的一个新局面。但对叙事模式的研究基本上还停留在形式方面，而没有真正接触到新的模式产生的内在本质性的原因。我们用叙事精神来描述近代小说在叙事方面的转变，其内容既包括叙事视角、时间、结构等，也特别将造成形式变化的内在原因包容进来。那么，这种内在的叙事精神是什么？它是指时代变化所引起的叙述者与其文本所表现的对象的关系。由于这一关系的变化，才有了叙事模式的变化。

众所周知，中国传统小说的史传传统决定了它的叙事精神是不断地重复演述历史故事，正如胡应麟所言"古人著书，虽幻设必有所本"。鲁迅先生虽指出唐人始有意为小说，但唐代小说仍然是在原有故事的基础上演义而成，有名的《霍小玉传》《虬髯客传》都是有历史"根据"的。李益的故事来源于《旧唐书·李益传》，虬髯客形象是在唐太宗的历史故事基础上塑造而成的。宋代的"讲史"和"小说"实际上都是讲述历史故事。明末清初的著名章回小说《三国演义》《水浒传》《西游记》《金瓶梅》等都是在原有历史著作或文学作品的基础上发展而来的。《红楼梦》讲述的倒是一个"当代故事"，但此书一出，接着就有《红楼梦》的补本与续本出现。苏曼殊曾指出，我国古代小说多叙述往事，而西方小说多描写今人，他的话一语破的，概括出了中西小说的差异。其实，这也是近现代小说与古典小说在叙事精神上的根本差别。

中国近代小说叙事精神的转变在叙事模式上首先表现为叙事视角的变化，这就是第一人称叙述的运用，关于此，前文已有涉及，此处不再赘述。

中国近代小说的叙述时间在西方翻译小说的影响下，也变得丰富多样，近代小说家已不再仅仅满足于传统小说有头有尾讲故事的叙述方式，打破了物理的时间和空间，增强了叙述者的自由度，扩大了小说表现生活的能力，丰富了作品的内容。周桂笙在《〈毒蛇圈〉译者识语》中从与中国传统小说比较的角度指出了倒叙手法的好处，他说："我国小说之体裁，往往先将书中主人翁之姓氏、来历叙述一番，然后评其事迹于后"，而《毒蛇圈》这部小说"其起笔处即就父女问答之词，凭空落墨，恍如奇峰突兀，从天外飞来，火星乱起。然细察之，皆有条理。自非能手，不敢出此"。近代小说家看到了倒叙的魅力，也开始尝试模仿，如吴趼人的《九命奇冤》就是将后来的故事提到开头来展开情节的。另外，李涵秋的《雌蝶影》、傲骨的《砒石案》、徐振亚的《玉梨魂》等言情小说都是在域外翻译小说影响下运用了倒叙手法的。

中国近代小说已不再局限于传统小说的单一叙述模式，其叙事功能日趋多样化。尽管新的尝试还很不成熟，还带有模仿的痕迹，但它的意义是巨大的，它为现代小说创作提供了有益的经验和教训。如果没有近代小说的开拓性工作，现代小说也许会在叙述技巧方面再探索多年。

另外，中国近代小说在一些具体的艺术技巧方面，如塑造人物时的肖像描写、心理描写以及景物描写等都较为成功地借鉴了西方小说的经验，为中国近代小说观念的新的转变做出了贡献。

　　总之，中国近代小说的观念变革及在创作上所取得的成就，固然来自于时代的赐予，但域外小说的翻译引进作为一种外部力量，对中国近代小说观念的影响也是不可忽视的一个重要方面。

（原载《理论学刊》1999 年第 1 期）

报刊对近代文学语言观念变革的影响

    传播媒介直接影响着文本接受者，它甚至可以造就接受者。在古代，人们之所以对文字会产生那样大的敬畏心理，这是因为文字刻在甲骨钟鼎之上，只为少数"上等人"所掌握，它们担负着占卜、纪事等重要职责。到了封建时代，还流行着"敬惜字纸"的说法，同样说明人们依然对文字存在着崇拜心理，其原因当然还是由于书写工具的限制，文字对普通人而言还不是十分熟悉的东西。因此，中国虽然早于西方发明了印刷术，但在古代雕版印刷的生产量是极其有限的，文字性的文本还是仅限在贵族士大夫及文人中传播，与一般民众无缘。

    到了近代，机械印刷代替了传统的印刷方式，中国也进入了"机械复制"的时代。新的印刷出版方式与中国传统的雕版印刷相比，具有较多的优越性，无论是印刷的内容容量，还是印刷速度都是传统方式所无法比拟的。具备了这一条件之后，报纸杂志自近代开始大量创刊发行。

    中国近代报刊的创办首先是由外国传教士完成的。据统计，"从1815年到19世纪末，外国人在中国一共创办了近二百种中外文报刊，占当时我国报刊总数的百分之八十以上，在很大程度上控制了我国的新闻出版业"[1]。近代报刊开始是由外国传教士"学了中国人口气"办报给中国人看，后来发展到中国人自己办报来传播自己的思想。近代改良主义者正是看到了报刊这一新生的传播媒介的便利之

---

[1] 方汉奇：《中国近代报刊史》，山西教育出版社1981年版，第10页。

点，才大兴办报之风的。

王韬 1870 年自欧洲回国后居住香港，起初与朋友黄平甫为《华字日报》撰稿，发表其翻译著作及改革主张。《申报》在介绍《华字日报》时，曾对他们在该报所发表文章的某些特点做了总结："其主笔为黄平甫及王君紫诠，飞毫濡墨，挥洒淋漓，据案伸笺，风流蕴藉，盖二君留心世事，博通中外之典章，肆力陈编，宏备古今之渊鉴，政刑措置，尽托闲谈，朝野见闻，总归直笔，不第供夫乾 志夫虞初而已也。"①有了参与报刊写作的经验之后，王韬便开始自己创办报纸，这就是第一份传播资产阶级思想的《循环日报》。为使自己的报纸能顺利及时发行，他还曾集资设立中华印务局，专营印刷业，从中可看出新的印刷技术对报刊的重要影响作用。

戊戌维新时期，为加强社会改革的力度，为使他们的思想主张扩大到社会的各个阶层，改良主义者特别重视报刊的作用，并大量创办报纸。康有为、梁启超等为首的改良派就创办了三十多种报刊。梁启超多次谈到报刊对宣传启蒙思想的重要作用，在给夏曾佑的信中，他说："顷欲在都开设报馆，已略有端绪。此举有成，其于重心力量颇大也。"②在给汪康年的信中又写道："此间亦欲开学会，颇有应者，然其数甚微，度欲开会，非有报馆不可。他馆之议论既浸渍于人心，则风气之成不远矣。"③1902 年，梁启超还特别指出："学生日多，书局日多，报馆日多"，为影响中国前途的三件大事，此言是有事实依据的，其他两项不说，只报刊的大量出版发行就对推进中国近代社会变革产生了巨大的影响力量。梁启超主办的《时务报》从初创时的每期只发行四千份左右，到半年后增加到七千份，再到一年后的一万三千份，甚至有时到一万七千份，其销量在全国报刊之首。作为一份改良运动的机关报，

---

① 《本馆自述》，载《申报》，1872 年 5 月 8 日第 6 号。

② 梁启超：《五月廿九日与穗卿足下书》，丁文江、赵丰田编《梁任公先生年谱长编》，上海人民出版社 1983 年版，第 40 页。

③ 梁启超：《五月间与穰卿足下书》，丁文江、赵丰田编《梁任公先生年谱长编》，上海人民出版社 1983 年版，第 40 页。

它是带有很大政治性的，但发行量如此之大正说明新思潮在当时对人们的影响。一份小小的报纸作用是不可低估的，正如有人所指出的："作为经济发展和政治变革的中介环节，大众传播媒介的发达，是近代社会变迁的重要动力和指标，不仅直接推动政体变革，而且引起了整个社会的连锁反应。"①梁启超那篇著名的《变法通议》就是在《时务报》上发表的，"变亦变，不变亦变"的变法主张是通过报纸传播开来的。

报刊为近代社会改革提供了最好的宣传阵地。既然报刊是面向大众的，那么报纸必须让普通百姓看懂，这是一个不言自明的道理。据统计，19世纪90年代的上海人中，百分之六十的男性粗识文字，其中百分之五到百分之十是学者文人，百分之十到百分之三十的女性有阅读能力。②上海在当时讲应是全国最发达的城市，人们的文化程度尚且如此，更不用说广大的乡村了。基于这样一种现实情况，办报人必须努力运用通俗易懂的语言文字来传播他们的思想。于是，近代中国便出现了大量的"白话报"。《演义白话报》《无锡白话报》《女学报》《觉民报》《安徽白话报》、北京《京话报》等都是近代著名的白话报纸。另外，杭州、湖南、湖北、山西、河南、广东、吉林、西藏、黑龙江都有自己的白话报纸。

裘廷梁曾提出创办白话报的主张，"欲民知大启，必自广学校始，不得已而求其次，必自阅报始，报安能人人而阅之，必自白话报始"③。陈独秀更是一个白话报的积极创办者，在他创办的《安徽俗话报》创刊号上，发表了他办俗话报的主张并指出办报的目的有两个："第一要把各处的事体，说给我们的安徽人听听，免得大家躲在鼓里"，"第二是要把各项浅近的学问，用通行的俗话演出来，好教我们安徽人无钱多读书的，看了这俗话报，也可以长点见

---

① 骆爽：《"剖析"上海人》，中国社会出版社1995年版，第224页。

② 参见徐雪筠等译编：《上海近代社会经济发展概况》，上海社会科学出版社1985年版，第96页。

③ 裘廷梁：《〈无锡白话报〉序》，《中国近代史资料丛刊·戊戌变法Ⅳ》，神州国光社1953年版，第544页。

识"。为了将新思想普及到民间，他不遗余力地用白话报纸来宣传他们的思想主张。陈独秀曾这样回忆他为创办报纸所做的工作："我那时是二十几岁的少年，为革新感情所趋使，寄居在科学图书社楼上，作《安徽俗话报》，日夜梦想革新大业。何物臭虫，虽布满衣被，亦不自觉。"①当时的白话报文章所用语言确实是通俗晓畅的大众化语言。现摘引上海《演义白话报》上的一则小引，可做证明：

> 我们中国，在五大洲中，也算大国。自从开辟以来，中国总是关门自立。不料如今东西洋各国，四面进来，夺我的属地，占我的码头，他要通商就通商，他要立约就立约。同是做生意，外国人运货进来，中国关税极轻，中国货到了外国，都加倍收税。同是做工，外国人多多少少，听凭他到我中国，中国人到外国进口就要收人身税，还有许多规矩。近来美国竟把我华工赶出。同是杀人放火，中国人杀了外国人，立刻抵命，外国人杀了中国人，不过监禁几年，便就释放。我们中国人种种吃亏，不止一处，讲到这句，便要气死。

综上所述，我们可以清楚地看到为完成"救亡"与"启蒙"的两大任务，近代先进的知识分子以新兴的报纸作为传播先进思想的媒介。由于报刊所面对的读者是普通民众，所以迫使作者必须考虑他的读者，朱光潜先生曾指出："就文学而言，读者群变了，作者的对象和态度也随之而变了。二千年来中国文学在大体上是宫廷文学，……这是一个进身之阶，读书人都借此获禄取宠，所以写作的对象是达官贵人，而写作的态度就不免要逢迎当时的时尚……于今作者的写作对象是一般看报间杂志的民众，作者与读者是平等人，彼此对面说话……文学从此可以脱离官场的虚矫诮媚，变成比较家常亲切，不摆空架子；尤其重要

---

① 王光远：《陈独秀年谱 1879—1942》，重庆出版社 1987 年版，第 14 页。

的是从此可以在全民族的生活中吸取滋养与生命力"。①从中可见，报刊的意义不仅仅在于它的宣传作用，更为重要的是它迫使作家建立起了一种新的读者观念。

近代新的传播媒介的诞生加速了文学语言革新运动，推动了文学走向民间的进程。它也启发我们，在媒体飞速发展的今天，研究它对社会文化所造成的影响（包括显性的和隐性的）是颇有趣味和意义的。

如上所述，近代语言改革运动对传播改良主义者的启蒙思想，对产生文人新的读者观念，对文体自觉意识的树立等诸方面所做的贡献是功莫大焉的。近代文学观念发展的过渡性特征也决定了近代语言变革过程必然表现出复杂性特征。但是，近代语言变革进程中的一些问题也应引起注意。

首先，近代改革者大多积极主张言文合一，提倡白话文代替文言文，这主要出于他们的功利主义需要，但从内心深处而言，他们对白话和文言所持的态度是不同的。在他们看来，白话文是给下等的粗人来看的，文言是上等人的语言，二者有高下之分。周作人作为提倡白话文的一员，他对晚清语言改革的分析基本上是符合实际的，他首先指出白话文在近代产生的原因："……因为想要变法，要使一般国民都认些文字，看看报纸，对国家政治都可明了一点，所以认为用白话写文章可得到较大的效力。"②但是，存在两点不足：其一，是"现在白话文是话怎么说便怎么写，那时候确是由古文翻白话……可见那时的白话是作者用古文想出之后又翻作白话写出来的"③；其二，"是态度的不同。现在我们作文的态度是一元的，就是无论对什么人，作什么事，无论是著书或随便的写一张纸条儿，一律都用白话。而以前的态度则是二元的，不是凡文字都用白话写，只是为一般没有学识的平民如工人才写白话的……但如写正经的文章或著书时，当然还是

① 朱光潜：《现代中国文学》，《朱光潜批评文集》，珠海出版社1998年版，第165页。

② 周作人：《现代散文导论》（上），《中国新文学大系导论选集》，香港益群出版社1980年版，第125页。

③ 同上书，第125—126页。

作古文的。因而我们可以说，在那时候古文是为老爷用的，而白话是为听差用的"。①周作人的评价并不完全正确，这里不排除他为了抬高"五四"白话文而压低晚清白话文的倾向。但从近代变革的实际看，周作人所言基本上是符合当时的实际情况的，特别是他说的第二点在大多数的白话文倡导者的身上也都存在。尽管口头上提倡白话，但在创作实践中，他们并不完全用白话写作，特别是把诗文作为抒发个人情感而并不用于开启民智时，启蒙主义者往往仍然用文言写作。更有意思的是裘廷梁那篇力倡"崇白话而废文言"的《论白话为维新之本》也是用文言写的。

显然，传统的语言观作为一种文化心理积淀不是一朝一夕就可以完全抛弃掉的，一旦离开了大众的"语境"，转向私人场合时，近代文人的恋文言"情结"便自然地表现出来了。

其次，从近代文学的创作实践看，文言小说与白话小说在近代虽形成二元对立之势，但亦不乏主张文白并存者。特别是在清末民初，文言小说得到了空前的发展。陈平原先生曾指出："'以俗言道俗情者，正格也；文言道俗情者，变格也。'这一点基本为清末民初小说家所接受。可文言小说并未因此而消沉……以古文家身份为小说，既是扬长避短，又是习惯使然，很自然就做起文言小说来，象林纾、苏曼殊、梁启超、章士钊都是名重一时的文章名家，而周氏兄弟、程善之、恽铁樵、陈冷血等人的古文也颇有功底，只是个人所宗所习不同，风格自是千差万别。因而，提倡白话小说者声势浩大，而提倡、创作文言小说者仍大有人在。"②关于文言小说在近代的存在以及后来的"繁荣"原因，陈平原在其著作中已有较充分论证，它不是我们在此所要讨论的核心问题，因而不做详细讨论。我们只想说明，在白话文被大力提倡的同时，文言文在近代仍然占有一席之地，只有到了"五四"后，文言文才算渐趋消失。

---

① 周作人：《现代散文导论》（上），《中国新文学大系导论选集》，香港益群出版社1980年版，第126页。

② 陈平原：《二十世纪中国小说史》，北京大学出版社1989年版，第210页。

再次，"五四"之前胡适、陈独秀的白话明显具有欧化倾向，胡适曾说过："白话文必不能避免'欧化'，只有欧化的白话方才能够应付新时代的新需要。"①胡适认为，"欧化"可以使汉语更讲"文法"，句子结构更加谨严。因此，"五四"前的白话文与晚清的白话文是有区别的。

最后，由于近代启蒙者出于现实的功利性需要，在运用白话文创作时，常常会出现忽视作品审美性的情形。因只求达到宣传目的，报刊文章极易流于空洞说教，降低了文学作品的艺术性。日本政治小说《新日本》的作者尾崎对中国文学曾发表看法：中国人虽有文学思想，而无政治思想。故其政治上之奏议论策，不过是文学上之述作耳。此言得到译者的赞同："凡今日自命政家有言责常建议者，及与我辈同业为报馆主笔者，皆当书此节末数言于座右，每将执笔时则内自省之。""报章体"确实有"政治化"的倾向，但对"报人"而言，他们并不以之为病。

（原载《现代语文》1999 年第 3 期）

---

① 胡适：《导言》，赵家璧主编，胡适编选《中国新文学大系·建设理论集》第一集，上海文艺出版社 1981 年版，第 24 页。

"新名词"在近代中国输入的文化内涵

所谓"新名词"是指中国本土不曾有过的新词语，即使在输出国，也因为代表着新的概念，新的文化，所以它们也是具有新内涵的。自汉以至近代，外来新名词在我国的输入曾出现过两次大的高潮，一是汉魏六朝及唐代的佛经翻译带来了大量的佛教词语，对包括文学在内的中国文化产生了重大的影响，有不少佛教词汇甚至成为中国诗学的重要范畴被确定下来，"境界"一词便是最具代表性的一例。外国"新名词"输入我国的第二个高峰期是近代。它起初被引进中国，主要原因是出于学习西方科技的需要。早期的"新术语""新名词"基本上都是科技方面的词汇。王国维曾十分准确地指出了这一点："十年以前（指1895年，即甲午中日战争的"议和"之年——引者）西洋学术之输入，限于形而下学之方面，故虽有新字新语，于文学上尚未有显著之影响也。数年以来，形上之学渐入于中国，而又有一日本焉，为之中间之驿骑，于是日本所造译西语之汉文，以混混之势而侵入我国之文学界。"[1]事实确如王国维所言，外来新名词在中国近代的被引入，以1895年甲午战争失败为界标分为前后两个时期。前一个时期，即是伴随着被王氏称为"形而下学"的西方科学技术引进我国而输入的科技新词语时代。当近代改良主义者把向西方学习的视角从"技术"转向文化与政治制度方面时，随之而来的是大批的西方政治、经济、哲学等社会科

---

① 王国维：《论新学语之输入》，姚淦铭，王燕主编《王国维文集》（下），中国文史出版社2007年版，第23页。

学或人文科学著作，以此为契机，西方（包括准西方的日本，因为中国从日本引进的"新名词"大多数也是来自于西方）的作为"形上之学"的社会学说方面的新名词也随之浩浩荡荡地进入中国。新名词的输入对近代中国而言实乃时代迫切之需要，王国维从学术发展的角度进行过论证，他说："故我国学术而欲进步乎，则虽在闭关独立之时代犹不得不造新名，况西洋之学术骎骎而入中国，则言语之不足用，固自然之势也。"①在王国维看来，解决中国言语不足的办法为"新语之输入是已"②。梁启超则从社会发展的角度探讨"新名词"输入的必要：

> 社会之变迁日繁，其新现象、新名词必日出，或从积累而得，或从交换而来，故数千年前一乡、一国之文字，必不能举数千年后万流汇沓、群族纷拏时代之名物、意境而尽载之，尽描之，此无可如何者也。言文合，则言增而文与之俱增，一新名物、新意境出，而即有一新文字以应之。新新相引，而日进焉。③

从以上文字可以看出，梁启超还从言文合一的角度论证新名词出现及被应用的必然性。总起来讲，"新名词"作为新思想的载体在近代的大量引进和应用是时代课题所提出的必然要求。

"新名词"能够进入诗文之中，功劳最大的莫过于梁启超。1896年秋他开始在《时务报》上连载的《变法通议》就运用了日本的很多新名词，如以太、脑筋、中心、起点等，给人耳目一新之感，同时带来了新的思想。接之而来的是各大报纸上发表的文章都争相运用新名词，据柴萼《梵天庐丛录》回忆："数十年来，吾国文章，承受倭风最甚……新会

---

① 王国维：《论新学语之输入》，姚淦铭，王燕主编《王国维文集》（下），中国文史出版社 2007 年版，第 23 页。
② 同上书，第 22 页。
③ 梁启超：《论进步》，《梁启超全集》第三卷，北京出版社 1999 年版，第 683 页。

梁启超主上海《时务报》，著《变法通议》，初尚有意为文，其后遂昌以太、脑筋、中心、起点，《湘报》继起，浏阳唐才常、谭嗣同和之。古文家相顾惶恐，观长沙王先谦《与陈宝箴书》可见矣。及留日学生兴，《游学译编》，依文直译，而梁氏之《新民丛报》，考生奉为秘册，务为新语，以动主司。吴士鉴典试江西，尤喜新词，解元熊生卷上士鉴批语，直奖其能摹梁文。梁益为《世界大势论》《饮冰室自由书》，以投时好，湖南则自江标、徐仁铸号为'开新'，继以阳湖张鹤龄总理学务，好以新名词形于官牍。"这段文字对当时"新名词"应用的情况讲得十分清楚。同时，作者还讲出一个事实，即当时很多新名词都是从日本借用过来的，日本充当了中西文化交流的桥梁，中国人看到日本向西方国家学习所带来的繁荣，于是也就开始向日本学习。梁启超等曾留学日本，他们翻译了日本的大批著作。梁启超的"诗界革命""文界革命"都涉及"新名词"问题，他将"新名词"引入中国诗文视为文体改革的一个重要手段，"诗界革命"中的"二新"之一就是"新语句"。但是，梁启超毕竟处于由古代向现代的过渡时期，他要求"新意境""新语句"必须与"旧风格"相统一，这样，内容和形式二者之间就出现了矛盾。其实梁启超在《夏威夷游记》中就已初步感到了"新语句与古风格常相背驰"。一般来讲，形式为表现新内容要主动做出调整，但梁启超对古代诗文格律的爱好还难以一下子割舍，因此，为了向"旧风格"妥协，他便抛弃了"新语句"（即"新名词"），这最终导致了诗歌革命的不彻底性，新诗革命任务的真正完成只有留给后人去解决了。"五四"白话文运动的新诗创作的理论和实践才算真正冲破了传统诗歌形式规范的束缚。

如果说"新名词"在"诗界革命"中因为要保留"旧风格"而不得不打折扣的话，那么，"新名词"在"文界革命"中便成为一个重要角色，并在梁启超的"新文体"中也得到了充分的应用，如被他认为是"开文章之新体"的《过渡时代论》中有一段话：

其现在之势力圈，矢贯七扎，气吞万牛，谁能御之？其将来之目的地，黄金世界，荼锦生涯，谁能限之？故过渡时代者，实千古英雄豪杰之大舞台也，多少民族由死而生、由剥而复、由奴而主、由瘠而肥，所必由之路也。美哉过渡时代乎！①

短短一段文字中就有几个"新名词"得到恰当的应用，如"势力""过渡""时代""目的""舞台""民族"等几乎都是外来"新名词"。试想一下，如果没有这些新词，梁启超新的改良思想绝对不能得到充分的表达。

"新名词"在诗文中的应用受到了保守派的极力诋毁，守旧派文人王先谦等用旧文体的模式来衡量"新名词"的运用，其结论必然是对之完全否定。即使创办过《杭州白话报》与《中国白话报》的"白话道人"（林獬）也对从日本引进"新名词"的做法表示反感："吾国文章，实足称雄世界。日本固无文字；故虽国势盛至今日，而彼中学子谈文学者，犹当事事乞于汉土。今我顾自弃国粹，而规仿文章最简单之东籍，单词片语，奉若《丘》《索》，此真可异者矣！"②章太炎、刘师培也从保存国粹的狭隘民族情绪出发批判"新名词"，《国粹学报略例》宣称："本报以发明国学，保存国粹为宗旨"，"本报撰述，其文体纯用国文，风格务求渊懿精实，一洗近日东瀛文体粗浅之恶习。"③另外，康有为以及南社中持保守文学观念的诗人如胡蕴玉等都不满意于将日本的"新名词"引入诗文。从"新名词"所遭遇到的来自各方面人士的攻击即可明显看出文体改革之难。更为重要的是，文化上和政治上的保守主义者反对"新名词"还有深层的原因，这就是新名词背后的新思想、新学说。

对待"新名词"输入的态度，王国维的观点是较为公允的。他首先对从欧美及日本引进"新名词"

---

① 梁启超：《过渡时代论》，夏晓红编《梁启超文选》（上），中国广播电视出版社1992年版，第265页。

② 郭长海、金菊贞编《高旭集》，社科文献出版社2003年版，第544页。

③ 《国粹学报略例》，载《国粹学报》，1905年2月第1期。

持赞赏态度，他说：

> 日本所造西语之汉文，以混混之势而侵入我国之文学界，好奇者滥用之，泥古者唾弃之，二者皆非也。夫普通之文字中，固无事于新奇之语也，至于讲一学，治一艺，则非增新语不可。而日本之学者，既先我而定之矣，则沿而用之，何不可之有，故非甚不妥者，吾人固无以创造为也。……日人所定之语，虽有未精确者，而创造之新语，卒无以加于彼，则其不用之也谓何？要之，处今日而讲学，已有不能不增新语之势，而人既造之，我沿用之，其势无便于此者矣。①

在主张为我所用，有选择地输入"新名词"时，他也看到了"新名词"的引入确有太泛、太滥之弊端，他明确地指出：

> 然近人之唾弃新名词，抑有由焉，则能力之不完全是也。今之译者，其有解日文之能力者，十无一二焉；其有国文之素养者，十无三四焉，其能兼通西文，深知一学之真意者，以余见闻之狭，殆未见其人也。彼等之著译，但以罔一时之利耳，传知识之思想彼等先天中所未有也。故其所作，皆粗漏庞杂，佶屈而不可读。然因此而遂欲废日本已定之学语，此又大不然者也。②

王国维以上两个方面的言论是对"新名词"输入做出的较为恰当的评价，从中也可窥见"新名词"输入的意义。

综上所述，我们认为，"新名词"的输入促进了诗体、文体的解放，从而使文学作品的形式在表现作家情感时更为自由。再者，日本

① 王国维：《论新学语之输入》，姚淦铭，王燕主编《王国维文集》（下），中国文史出版社2007年版，第23页。

② 同上书，第24页。

及欧美"新名词"融入中国文学中，也表明了西方先进的新思想、新文化已成为近代文学所表现的内容，给中国文学带来了新的文化气息。因此，"新名词"的输入具有深刻的文化内涵。在其引进过程中，尽管免不了有生搬硬套之嫌，但它对近代文学及近代文化而言，确实具有较多的正面价值，这是为后来的中国新文学及新文化的发展所证明了的。

（收录于赵利民著《中国近代文学观念研究》，山东文艺出版社 1999 年版）

论梁启超的科学主义思想
及其影响下的文学观

梁启超作为中国近代思想史上一颗璀璨的明星在政治、文化等领域对后世都产生了巨大的影响，他的科学主义思想在与其他思想相互依存相互渗透的同时也凸显出了鲜明的特色，从而成为其思想体系的一个重要组成部分。在科学主义思想影响下，梁的文学观也表现出与传统文学观念的不同，更具有理性内涵和现代性特征。

一　梁启超科学主义思想的构建过程

19 世纪以来西方的坚船利炮摧毁了中国的大门，山河破碎风飘絮的惨状使得消除内忧外患、实现国富民强成为近代中国人共同的愿望。生于清朝中后期的梁启超正是在这种时代背景之下将西学纳入自己的思想范畴之中的。通过初识、吸收、反思和整合，他对科学主义的认识经历了由浅入深、内置外延的动态化过程，并在此基础上逐步构建起具有个人思想特性的科学主义思想。

初识阶段。梁启超从 19 世纪 90 年代起就接触到了"西方格致之学"，初识科学的他已经意识到科学在强国图治上的重要作用，他首先在意识上对科学产生了"兴趣"，然而面对这一舶来品，梁还不能从本质上进行把握，他把西方书籍分成"学""政""教"三类，又将自然科学归入到"西学"大类与包括人文社会科学的"政"相并立，尽管从认识上他觉得"凡一切政皆出于学，则学与政不能分"①可是却并没有在根本上打通科学内部学科之间的联系。在分析每一大类时又认为"西学之属先虚而后实，盖有形有质之学，皆从无形无质而生也"②，可见那时梁已经初步认识到了学科之间的层级关系，但他对科学概念的理解还是相对肤浅的。

吸收阶段。戊戌变法失败之后梁启超流亡国外，在此期间他阅读到了大量日本译介的西方学术书籍，眼界也随之开阔并且逐渐转向学理研究。此阶段他对哥白尼、培根和笛卡尔、富兰克林、达尔文等的学说已有一定的体认，又将科学精神和科学方法逐渐纳入科学观的体系当中以使其科学主义思想趋于完善。对于"科学"概念的理解，其《格致学沿革考略》导言中就指出："学问之种类极繁，要可分为两端：其一，形而上学，即政治学、生计学、群学等是也；其二，形而下学，即质学、化学、天文学、地质学、全体学、动物学、植物学等是也。吾因近人通行名义，举凡：属于形而下学，皆谓之格致。"③虽然概念范围还局限于自然科学，但是此时"科学"在表达上已经和"格致"具有了相同的地位。1911年发表的《学与术》中他又借鉴西方学界对"科学"的界定，承认了科学的本质在于探索事物发展的内在规律，同时意识到"学"是技艺的本体，"术"则是"学"的应用延伸。与之前相比，梁启超对科学的认识又进一步深化，并开始关注科学的实践意义。

反思阶段。1918年到1920年梁启超游历欧洲实地考察西方文明，"一战"之后欧洲各国的颓废和动荡局势给梁以沉重打击，特别是接触到当时欧洲学界对西方科学价值的反省之后，他对国内科学崇拜态度产生了怀疑。他发表的《欧游心影录》就宣称"科学万能梦"已经破灭，科学的大行其道催生了唯物质的机械的人生观，意志自由的缺失使人们丧失了精神的领地，人们活在世上独一无

---

① 梁启超：《西学书目表序例》，《梁启超全集》第一卷，北京出版社1999年版，第82页。
② 同上书。
③ 梁启超：《格致学沿革考略》，《梁启超全集》第一卷，北京出版社1999年版，第951页。

二的目的就是"抢面包"。梁敏锐地认识到科学的负面效应，认为欧洲悲惨现实的出现科学有着不可逃脱的责任，他对物质的质疑实际上是通过反思来解决"科学迷信"，所以他开始更加理性地看待"科学"的问题。

整合阶段。20世纪20年代经历了对科学价值的深切思考，梁的科学主义思想更加明晰也更加具有了个人的思想特质。在《科学精神与东西文化》一文中他正面指出"有系统之真知识，叫作科学"，"所有政治学、经济学、社会学等等，只要够得上一门学问的，没有不是科学"①，在此科学已然成为自然科学与社会科学的总和。此后"科玄论战"中梁发表的《人生观与科学》从本质上对科学内涵进行阐释，他指出"根据经验的事实，分析综合求出一个近真的公例以推论同类事物，这种学问叫作'科学'"②，在他的思维当中"科学"不再是一个单一艰涩的概念而是重经验事实和方法理论，涵盖于诸学科之间不同于"改变出来的物质，或建设出来的机关等等"③的学问系统。与当时论争环境下其他学者片面的认识相比较，梁启超的这种观念具有鲜明的包容性和超前的洞察力，他的思想体系也逐渐完整起来。

二 梁启超科学主义思想的特性

(一) 功利性

梁启超的科学主义思想是在过渡时期的特殊情况下形成，受到中西文化的滋养并于真切的国内外现实之下垒筑起来的。当他从故纸堆中奋起投向新学的怀抱，当他将眼光越过中国看到近邻和大洋彼岸的风光，当他环顾四周并切身感受到当时国家和人民的苦难，当他想到中国的未来……梁启超深情地喊道："吾爱

① 梁启超：《科学精神与东西文化》，《梁启超全集》第十四卷，北京出版社1999年版，第4005页。

② 梁启超：《人生观与科学》，《梁启超全集》第十四卷，北京出版社1999年版，第4168页。

③ 同上书。

我祖国，吾爱我同胞之国民！"①救国图存的愿望使得梁启超成为"近代中国通向现代中国的历史坐标而存在的根基"②，从他"百科全书式"的思想体系这一母体当中衍生出来的科学主义思想一开始就流淌上了救国救民的血液，他对现代科学的体认经由传统"格致"到一般意义"科学"再到广义"科学"的观念演进历程，每一个阶段的科学理念都融入了其功利化色彩。

不同于纯粹的科学家，身为一名人文知识分子的梁启超对科学的关注重点并不在于用科学探索自然规律，而是在于将科学认识应用到道德政治、文化伦理的改革中，实现启蒙和救亡的目的。刚刚接触西学之初的他就在《变法通议》中将日本和中国向欧洲学习的方式进行对比，认为"日人之游欧洲者，讨论学业，讲求官制，归而行之；中人之游欧洲者，询某厂船炮之利，某厂价值之廉，购而用之。强弱之原，其在此乎！"③在一定程度上他认识到吸收西学精髓的必要性要远大于拿来用之，科学成为变法强国的一个本原手段，本着"用其新，取其陈"④的态度他注重从国外吸收思想为我所用，从学习西方科学开始梁就带有明显的目的性。

梁启超在对科学有了整体认知的前提之下特别强调科学精神的重要性，他认为中国学术在自然科学上存在空缺，这种落后也造成了近代科学精神的匮乏，因此他一直致力倡导科学精神，推动中国的近代化。梁早年就撰写了《格致学沿革考略》来系统介绍西方从古至今自然科学发展的历程，后来又发表《论中国学术思想变迁之大势》《论希腊古代学术》等，把科学与科学精神纳入中西学术思想的比较研究当中，在批判中国传统学术缺乏科学精神的同时，宣传西方学术传统中科学精神的重要意义。在 1922 年的《科学精神与东

① 梁启超：《论中国学术思想变迁之大势》，《梁启超全集》第三卷，北京出版社 1999 年版，第 561 页。

② 姚新雅，王云：《梁启超：在科学文化领域中重新解读》，载《科学技术与辩证法》，2003 年第 6 期。

③ 梁启超：《变法通议》，《梁启超全集》第一卷，北京出版社 1999 年版，第 10 页。

④ 梁启超：《读〈日本书目志〉书后》，《梁启超全集》第一卷，北京出版社 1999 年版，第 128 页。

西文化》讲演中，梁启超批判了人们将科学看得"太低、太粗""太呆、太窄"两种错误态度，并给科学精神下了定义："可以教人求得有系统之真智识的方法，叫作科学精神"①，他希望人们去关注科学、认识科学本身真正的价值并广而用之争取学问的独立。梁启超将善疑、求真、自由、开放的科学精神运用于治学和政治，赋予它唤醒民族，促进社会进步的力量。

梁启勋曾评价兄长说："向来笃信科学，其治学之道，亦无不以科学方法从事研究"②，精神的运用要有方法的支撑，传播科学方法也是科学精神的重要功能，梁启超觉得"方法普及于社会，人人都可以研究，自然人人都会有发明"③，所以他注重科学方法的总结和宣传，不但在《中国历史研究法》及其补编、《治国学的两条道路》《国学入门书要目及其读法》等论著中专门探讨方法问题，还从思想体系中归纳出穷究推理、综合归纳、因果律等具体科学方法并且积极运用于实践。梁启超还认识到西方思想有别于国学传统而且对于中国进步具有重要作用，他认为西方"研究方法确属精密，我们应该采用它""思潮内容丰富，种种方面可供参考"，同时也告诫研究西方不可盲从，"须如老吏断狱一般，无论中外古今何种学说，总拿他作供词、证词助我的判断"④。

（二）融合性

从梁启超的学术历程上，不难发现他一直力图将自己放在世界广阔的视野里去重新审视近代中国的思想动向，赋予自己重大历史使命的庄严意识。当科学从被看作一种技术资源到思想资源之后，他希望能为中国传统思想带来新的活力，因此一直致力于从多方面对西方思想进行调节使其走向一种融合的

① 梁启超：《科学精神与东西文化》，《梁启超全集》第十四卷，北京出版社1999年版，第4005页。

② 梁启超：《病床日记》，夏晓虹编《追忆梁启超》，中国广播电视出版社1997年版，第28页。

③ 梁启超：《科学精神与东西文化》，《梁启超全集》第十四卷，北京出版社1999年版，第4005页。

④ 梁启超：《欧心影录节录》，《梁启超全集》第十卷，北京出版社1999年版，第968页。

状态。

梁启超强调引进西学的必要性却也不完全否定中学的优秀成分，他将西方思想作为一种催化剂使中国传统思想进行反应、质变、发展，他认识到我们学习西方的目的"非西学不兴之为患，而中学将亡之为患"，并批评那些"自顾中国实学，一无所识，乃藉西学以自大"的"无赖学子"，梁认为"舍西学而言中学者，其中学必为无用；舍中学而言西学者，其西学必为无本"①只有"本""用"相辅相成才能达到良好的效果。《万木草堂小学学记》从立志、养心、读书、穷理、经世、传教、学文、卫生八个方面进行阐释，较早地强调提高自身涵养的重要性，又把智育与德育区分开来，摆脱了中国传统上的泛道德主义的局限。梁启超对中国文明的博大灿烂充满了自豪感，而面对近代中国与西方拉开的距离又感到"汗颜"，他说"吾不患外国学术思想之不输入，吾唯患本国学术思想之不发明"，要恢复辉煌还需要"外学之真精神普及于祖国，则当转输之任者，必邃于国学，然后能收其效"促成中西两文明的"结婚时代"②。其著名的新民说也是在这种思想氛围之下形成，他力图把别国的学术文化借鉴过来，熔铸成一个新的学术文化系统来开启国民精神。此后他的科学主义思想也一直对中学进行观照，中西结合的学术思想伴随于梁对西方理念认识的始终。

具有理性精神的科学虽然能给近代中国发展带来有力的支持，但是梁意识到光有理性并不能解决一切问题，因而追求精神自由、摆脱"奴性"的观念使其思想常常闪烁着"科学"与"精神"相结合的光芒，提出"慧观""烟士披里纯""审美情感"等科学认识的路径。他的"慧观"思想要求观察者具有一定的科学研究方法，在一定思维、理论的指导之下对客观真实进行有目的的、主动的科学观察，即"不以其所已知蔽其

① 梁启超：《西学书目表序例》，《梁启超全集》第一卷，北京出版社1999年版，第82页。

② 梁启超：《论中国学术思想变迁之大势》，《梁启超全集》第三卷，北京出版社1999年版，第561页。

所未知，而常以所已知推其所未知"①，肯定了人的主观能动性。1901年梁通过翻译日本学者的文章阐释了"烟士披里纯"观点，强调潜在情感的蕴藉和灵感的迸发，使人们渐渐重视这种非逻辑的通道以及它在鼓舞民众上的独特作用。欧洲考察的经历使梁启超看到了科学的负面效应，从科学滥用所致精神世界的困境中，梁洞悉了以中国文化为代表的东方文化在"救济精神饥荒"方面的独特优势。他说："东方的学问，以精神为出发点；西方的学问，以物质为出发点。救知识饥荒，在西方找材料；救精神饥荒，在东方找材料"②。他提倡"爱"与"美"，认为在科学理性之外存在着这些"上不臣天子下不友诸侯"③的人类认识，精神审美可与科学理性相得益彰，扮演充实生活、填补精神空虚的角色。"科玄论战"之时梁讲到"人生"是由"物界"和"心界"两方面调和而成的，"人生关涉理智方面的事项，绝对要用科学方法来解决；关涉情感方面的事项，绝对的超科学"④，他打破了当时对科学和人生观认识僵化的局面，把人类思想扩展到更加宽阔的领域，让情感不再附庸于科学而是成为与理智一样的人类不可或缺的部分，这种观点在当时无疑是超前的。

梁启超历来以改造中国、塑造新民为己任，强烈的责任感使他的科学思想并没有仅仅停留在学术研究层面，梁重视科学在实践上的传播，放大科学的无穷作用并为民为国所用，实现科学的真正价值和目的。他倡导创办学会、报馆，出版书籍，又进行做讲座、任教讲学等等的活动，就连对子女的教育上也在进行着科学文化的探索，而他在自身思想上一次又一次的调整又何尝不是亲力亲为？正如勒文森所言梁启超"相信科学会普及，不亚于相信孔子"⑤，

① 梁启超：《慧观》，《梁启超全集》第二卷，北京出版社1999年版，第362页。

② 梁启超：《东南大学课毕告别辞（1922年）》，《梁启超全集》第十四卷，北京出版社1999年版，第4158页。

③ 梁启超：《人生观与科学》，《梁启超全集》第十四卷，北京出版社1999年版，第4168页。

④ 同上书。

⑤ [美]约瑟夫·阿·勒文森：《梁启超与中国近代思想》，刘伟译，四川人民出版社1986年版，第289页。

他不满足于中国仅作为吸收西方科学的后来者，他要让国人具有融会贯通为我所用的气魄，只有所有理念运用于社会才能被检验被利用，理论与实践的结合才可以让知识实现其有用性。

三 梁启超科学主义思想影响下的文学观

清朝文学发展到清末已经走向了衰落，变得僵化和狭隘，呈现出万马齐喑的状态，梁启超对当时文坛的复古守旧风气更是深恶痛绝，尤其是在西学思潮对中国的冲击已经成为不可逆转事实的情况下，梁启超思想体系中所构建的科学主义思想必将渗透到其文学观领域并为之发展提供从学理上到应用上的指导。

首先，梁启超一方面打破了传统的束缚，摒弃了守旧和封闭的思想认识，以开放的姿态吸纳西学精华为我所用，认为：“清代第一流人物，精力不用诸此方面，故一时若甚衰落，然反动之征已见。今后西洋之文学美术，行将尽量收入，我国民于最近之将来，必有多数之天才家出焉，采纳之而傅益以己之遗产，创成新派。与其他之学术相联络呼应，为趣味极丰富之民众的文化运动”。①他敏锐地洞察到当时文化上逐渐开化的态势，希望引进西方文学美术的智慧实现中西互补，创造文学的新繁荣，这种主动性也成为科学思想能够被运用到文学研究中来的先决因素。另一方面梁很注重文学研究和创作过程中理性意识的把握，重视客观实在的依据性。比如在研究诗歌时他就提到：“如莎士比亚、弥儿敦、田尼逊等，其诗动亦数万言。伟哉！勿论文藻，即其气魄固已夺人矣。中国……长篇之诗，最传颂者，唯杜之《北征》，韩之《南山》。”然而相比之下，在“精深盘郁”，“雄伟博丽”方面，还逊人一筹，②这些观

① 梁启超：《清代学术概论》，《梁启超全集》第十卷，北京出版社 1999 年版，第 3066 页。

② 梁启超：《饮冰室诗话》之八，人民文学出版社 1959 年版，第 4 页。

点的提出必然要建立在对中西方作家、作品、理论等的涉猎和掌握的基础之上，虽然这种比较本身还是肤浅和表面的，但是中肯的论述却不能不说是得益于这种开放、求实的态度，对事实材料的掌握为梁的理论创建提供了相对扎实的根基。对于写作，他也要求作者应当抒发真实感受，把"求真"看作作文的第一个标准，强调通过充分、齐全的搜集过程，积累文章材料并且能够加以鉴别。观念上的开放自由、求真务实都为其文学观赋予了科学精神，并对具体的理论和创作起到了导向作用。

其次，梁启超将进化论观点引进文学研究。他指出："人类德慧智术之所以进化，都是每经一度之反动再兴，则其派之内容，必革新焉而有以异乎其前。……此在欧洲三千年学术史中，其大势最著明，我国亦不能违此公例。"①因此梁认为作为"德慧智术"重要一分子的文学，在清代文学逐渐走向没落，尤其是在文学担当着人性启蒙作用的现实下，对其进行革新，使其由传统走向现代是十分必要的。他从进化的观点出发深刻地意识到传统文学观念当中存在糟粕的成分并且它们被淘汰的命运已经不可避免，要实现文学的活力就必须革除保守、陈旧的思想，寻求文学向前发展的理路。在实践上梁倡导著名的"三界革命"——他在"诗界革命"中要求"新意境""新语句"，"古风格""三长兼备"，扩大了诗歌的表现领域与词汇容量②；在"文界革命"中公开反对桐城古文和经学古文，提倡文章引进西方的新思想、新精神，大量使用新名词，从条理清晰、辞句浅显和富有感情色彩三个方面指出"新文体"所追求的目标；在"小说界革命"中称"小说为文学之最上乘也"③，打破了轻视小说的传统观念，高度评价了中国文学由进化而来的小说，发掘了小说的内在潜力和蓬勃生机。建立在进化论基础上的"三界革命"无论是从

① 梁启超：《清代学术概论》，《梁启超全集》第十卷，北京出版社 1999 年版，第 3066 页。

② 夏晓虹：《以觉世始传世终的梁启超》，载《中国社会科学辑刊》，1995 年春季卷。

③ 梁启超：《论小说与群治之关系》，《梁启超全集》第四卷，北京出版社 1999 年版，第 884 页。

形式方法上，还是从内容思想上都更加注重平易性并朝着通俗化前进。

更为重要的是，梁启超将进化论观点与他的"史性"意识结合起来，形成了进化的文学史观。梁启超的思想世界始终蕴含着一股深沉浓厚的历史情结，他认为"中国古代，史外无学，举凡人类智识之记录，无不从纳于史"，就治学而言，"当思人类无论何种文明，皆须求根柢于历史"[①]，在其一生所作的著述里面无论学术研究还是文艺作品，都具有了"皆涵史性"[②]的特征，尤其是梁到了晚年更加偏好史学，对文学的研究也以史为主。他利用进化论观点观照中国传统史学并力图对其进行改造，提出了"史学之界说"的新认识："历史者，叙述进化之现象也"；"历史者，叙述人群之进化也"；"历史者，叙述人群进化之现象而求得其公理公例者也"[③]而"数千年之历史，进化之历史，数万里之世界，进化之世界也。"[④]那么当把这种认知推广到文学史概念上，就表现为文学史是一门叙述文学进化之现象而求得其公理公例的学问，与人类文明紧紧相连的文学史如若不能从进化的角度来考虑的话，必将不可能完全解释"史"的实质内涵，文学史研究的就是文学上一切有生长有发达有进步的非循环的发展[⑤]。文学的这种进化史观最突出地表现在"由古语文学进化为俗语文学"的小说史观上，在位于"小说丛话"首篇的梁启超文章里，他就观点鲜明地提出"文学之进化有一大关键，即由古语之文学变为俗语之文学是也。各国文学史之开展，靡不循此轨道"，在文章中他将俗语化作为追溯小说发展史的线索，认为先秦时期已有俗语文学，各国的方言错出不穷，所以先秦文学数千年称最。对于人们"多谓宋元以

① 梁启超：《中国历史研究法》，《梁启超全集》第十四卷，北京出版社 1999 年版，第 4087 页。

② 梁启超：《饮冰室合集·序》，《饮冰室合集·文集》之四，中华书局 1989 年版，第 3 页。

③ 梁启超：《新史学（1902）》，《梁启超全集》第三卷，北京出版社 1999 年版，第 736 页。

④ 梁启超：《论学术之势力左右世界》，《梁启超全集》第三卷，北京出版社 1999 年版，第 557 页。

⑤ 韩慧贤：《论梁启超的文学史思想》，《扬州大学》，2005 年。

降，为中国文学退化时"①的说法，他则不以为然，梁认为与六朝之文、韩柳诸贤相比较，从文学发展进化上看，宋元以后文学的俗语化反倒是一种进步。在《论小说与群治之关系》中他也肯定了"在文字中，则文言不如其俗语"②的现实。梁通过进化历程来品评古今小说的得失，明确了小说由古语文学变为俗语文学的必然，值得注意的是他更是把这种观点扩展到文学史的大范围之内并以世界的视角认同各国文学史也沿此轨迹。他的这种用历史进化观点来审视文学史的思想对后来王国维、胡适的论述和研究也产生了影响。

同时，梁启超还十分善于利用科学研究方法去解决文学问题。总体上看，一方面开放的科学态度使梁打破了国别文学的界限，他能够将中国文学与世界文学相联系，进行中西文学的横向比较和中国文学内部的纵向、横向比较，发现中西文学以及中国不同时期文学在创作、批评上的差异，为本国文学发展提供改革依据。另一方面梁将地理、历史等其他学科综合到文学研究中来实现各个学科间的渗透，像《中国地理大势论》就从地理学角度分析了黄河流域与长江流域不同的环境特征导致南北文学风格的不同。具体上看，梁启超又常常对总体文本、历来片断性的感受评论进行梳理、归纳的分类研究。在西方文学理论的影响下，他把小说分为"理想派"和"写实派"两大类，为中国文学体系引进新概念，划分中国的文学流派，促进小说的科学化研究。在《中国韵文里头所表现的情感》一文中，梁研究了诗歌的表情艺术，并将其划分为六大类，又对部分表情法中的不同类型进行详细的区分，在研究过程中梁都按照"首先界定概念，描述主要特征，然后举作品为例以实证之"③的程序，《中学以上作文教学法》则是在选取历代优秀散文作为例证的基

---

① 梁启超：《小说丛话》，载《新小说》，1903 年第 7 期。

② 梁启超：《论小说与群治之关系》，《梁启超全集》第四卷，北京出版社 1999 年版，第 884 页。

③ 夏晓红：《觉世与传世——梁启超的文学道路》，中华书局 2006 年版，第 26 页。

础上，研究总结文章的写作方法。梁利用科学的方法研究文学有利于形成相对理性、系统的研究成果，也有利于文学观念的普及和传播。

再次，梁启超关注文学的审美价值，注重文学对情感的表现力。早期他就以为文学具有"娱魂性"的作用，但又警告读者不能"溺志"①。欧游归国之后对科学的质疑反思也反映到了文学上。《文学的反射》一文就描绘了在"科学万能时代"社会和人都被作家当作实验品来层层剖析，使文学异化而失去审美趣味的状况，梁认为19世纪末全欧洲"阴沉沉一片秋气"的形成，与此有很大关系，可见梁十分强调文学对人精神的作用，呼唤文学为人们带来审美情趣。之后，他又进一步以中国古典诗歌作为材料来探讨文学作品当中情感的地位，提出"艺术是情感的表现，情感不受进化法则支配"②，这种观点是与梁当时对科学进行更加理智地厘析，追求"爱"与"美"所分不开的。屈原、陶渊明、杜甫都是梁启超十分推崇的诗人，他认为他们都富有强烈的真情实感，只是运用了不同的表情方法才造就了各自不同的创作风格，证实了情感是文学创作的灵魂。所以，他"承认文学艺术的功用性，又特别强调文学自身的审美价值和审美特征，注重文学作品对情感的表现，他甚至将情感与理智对立起来，并认为情感高于理智"③，梁对理论的融合、推广启发了其他的学者，作为宝贵的学术资源也产生了深远的影响。

文学在启发民智方面的特殊功能使其与科学自然而然地站在了"救亡"和"启蒙"的同一旗帜之下，尽管后期梁启超将重点转向了学术和文化研究，但是他的思想观念未曾脱离国家意识这个核心。对于科学，梁没有迷信式的崇敬也没有绝对式的菲薄，他始终保持"吸收并批判着"的态度，既将科学视为救治近代中国颓废局势的一剂良药，又绝对不臣服于科学，他警惕着科学技术给

① 梁启超：《万木草堂小学学记》，《梁启超全集》第一卷，北京出版社1999年版，第114页。

② 梁启超：《情圣杜甫》，《梁启超全集》第十三卷，北京出版社1999年版，第3978页。

③ 赵利民：《中国近代文学观念研究》，山东文艺出版社1999年版，第36页。

人类思想带来的冲击，科学之于他就在于其实用性。同样，在梁科学主义思想的指引下，他的文学观融汇了文化使命、历史意识和科学素养，坚持独立的思考和理性的评判并适时做出调整使其文学观处于一种思辨地受到科学影响的状态。当他以开放的态度将科学引入文学领域的同时，也关注到了中西文化差异以及两者的补充作用。有别于"五四"时期那种把传统全盘否定的态度，梁并没有对中国优秀的文学传统理念丧失信心，他强调"拿西洋的文明来扩充我的文明，又拿我的文明去补助西洋文明，叫他化合起来，成一种新的文明"①，因而他希望继承中国文化中有价值的部分并吸收西洋文化中的有益成分，始终强调在文学观念上要对糟粕进行革除，对精华进行提炼，以更好地发挥文学政治宣传、教化民众和移风易俗的作用。

站在今天的角度看，梁的科学主义思想在文学观上的运用还有诸多值得商榷之处，比如在文学史观上他就过分强调了进化论的重要性，从而忽视了这种思维方式并不能完全适用于研究文学这一人文科学的特性。但是梁启超的文学观是与他科学思想的发展历程紧紧相连并在内在理路上表现出同样鲜明的功利性和融合性的，况且在当时中国科学精神匮乏的历史背景下，梁启超尊重科学却不盲从于科学，热爱科学却不听命于科学，不断进行调试、批判和发扬，敢于将科学思想应用于其他学科的研究，并积极宣传科学精神、鼓励实践。他的意识是值得肯定的，也正是这种客观、理智、辩证的态度才使得梁启超形成了独树一帜的科学主义思想和在这种思想影响之下的文学观念。

（本文与陈子萌合作，原载《济南大学学报》2011 年第 6 期）

---

① 梁启超：《评非宗教同盟》，李华兴，吴嘉勋编《梁启超选集》，上海人民出版社 1984 年版，第 790 页。

从与薛绍徽女学观的比较
看梁启超的女性主义意识

梁启超在晚清与民国时期先是在政治领域，后是在教育文化领域拥有巨大的社会影响，无疑是当时的男性社会精英分子之一，他对女性文学和女性情感的论述影响广泛且意义重大，并一直备受女性主义文学批评的关注。因而，深入探讨其女性主义意识对近代文学研究有着极为重要的意义。本文试从女学观的角度入手，特别是通过与薛绍徽女学观的比较，探讨其兴女学话语背后的女性主义意识，分析其形成，概括其特质，以求深化对此问题的认识。

在近代中国"救亡图存"时代主题的召唤下进行的现代化运动，或多或少都离不开民族主义的保驾护航，梁启超兴女学的妇女解放思想也不例外。但正如戴锦华所言："女性主义和民族主义的并置似乎十分逻辑又不无荒诞。"之所以荒诞，在于两者在理论表述系统中形同水火。从女性主义立场来看，民族主义尤其是其典型形态"国家民族主义"，无疑是父权结构的集中体现，是社会压抑与暴力之源；而从民族主义立场来看，女性主义或是一种女人的无事生非或奢侈之想，或是一种极端危险、极度可疑的鼓噪，或二者兼有①。因此，当我们考察梁启超这一男性精英的女学话语之时，由于新旧时代的冲突以及其性别身份的限定，往往可以窥探到隐藏在兴女学话语背后的心理动因。

---

① 陈顺馨、戴锦华选编：《妇女、民族与女性主义》，中央编译出版社 2004 年版，第 27 页。

一　工具：女学之于男性精英梁启超

（一）否定：男性精英梁启超之于传统妇女形象

梁启超是当时维新变法的代表人物，在妇女解放方面亦是先驱。在广泛考察了西方国家情况之后，梁启超在其主笔的《时务报》上撰写了《记江西康女士》一文，首次提出了关于女子教育的看法。1897 年他又在《变法通议·论女学》中提出他的兴女学观点，在洋洋洒洒数千字的论说中，道出了他兴女学的初衷："吾推及天下积弱之本，必自妇人不学始。"①梁启超认为，与西方妇女相比，中国妇女的极大差别是缺少自由。他把当时世界各国分为三类，以佐证他的观点：美国最强，是由于女学最盛，"不战而屈人之兵"；英、法、德、日次强，是由于女学次盛；而印度、波斯、土耳其由于"女学衰，母教失，无业众，智民少"，而"国之所存者幸矣"②。随即他反观中国当时现状，认为二万万妇女"闺阃禁锢，例俗束缚，惰为游民，顽若土番"③，不禁发出慨叹："呜呼!聚二万万之游民土番，国几何不弊也?"在他看来，中国二万万女子皆是完全不生利的分利之人，"况女子二万万，全属分利，而无一生利者。惟其不能自养，而待养于他人也"④。不仅"不生利"，这二万万女子不读书，不识字，整日居家无事，"以其天地间之事物，一无所闻，而竭其终身之精神，以争强弱讲交涉于筐箧之间，故其丑习不学而皆能，不约而尽能"⑤。

在戊戌变法期间，传统儒家思想成为维新派攻击对象，从而作为三纲五常之一的"夫为妻纲"以及"男尊女卑"观念都成为重点抨击的对象。因此，不让女子受教育就被

---

① 梁启超：《论女学》，《饮冰室合集·文集》之一，中华书局 1989 年版，第 38 页。

② 同上书，第 43 页。

③ 梁启超：《创设女学堂启》，《饮冰室合集·文集》之二，中华书局 1989 年版，第 19 页。

④ 梁启超：《论女学》，《饮冰室合集·文集》之一，中华书局 1989 年版，第 38 页。

⑤ 同上书，第 40 页。

作为儒家礼教"吃人"的例证，被提出来批判，进而达到摧毁儒家传统的目的。梁启超对女子不学现象的批判确实揭示了中国社会中的社会性别等级和歧视束缚妇女的种种弊端，他认为我国女子要走上社会，首先应该要具备独立自由的人格，从知识能力上争上游，达到"内之以拓其心胸，外之以助其生计"的目的。而女学则是培养女子独立人格的首要方式之一，是女子独立的第一步。女子知识文化水平的提高，不仅是女子自尊、自强的基础，而且还决定着整个民族的风貌，女性的文化素养高，生活会变得丰富多彩，整个社会也充满生机与活力，民族乃至人类发展将进入良性循环。但不可否认的是，这个以男性知识分子为主体的批判也有其缺陷：男性精英们居高临下地看妇女，把妇女视为素质差的群体，把妇女一概表现为封建礼教的牺牲品，抹杀了妇女在中国五千年文明中的作用和贡献，对妇女做出一种非历史的界定。

既然妇女如此不堪，我们不禁质疑：梁启超为什么要把女学兴衰视为国家强弱之根本，认为要"振二三千年之颓风，拯二百万人之呼命"，必须以"开女智为第一义"？①如果我们追问这种矛盾话语下的男性心理动因，不难发现一些别有意味的内心驱动。

在当时国际权力结构关系中，中国的地位急剧下降，这使得一直处于父权制绝对权威地位的男性精英强烈地感受到了帝国主义冲击下的自卑，自尊心、自信心经受了前所未有的挫折。正是由于在世界民族格局中，中国当时所受的欺凌，唤起了以梁启超为代表的男性精英们对世界范围中平等意识的真诚向往。这种平等意识的表现是多方面的，既然国族之间的平等在那个时代是不可能的，那么他们就盼望着在生活方式、性别关系方面能与"泰西"一样的平等。而这又要通过倡导女学来实现。因此"男性／男权在帝国主义冲击下所产生的自卑"②是当时男性精英兴女学的主

① 梁启超：《创设女学堂启》，《饮冰室合集·文集》之二，中华书局 1989 年版，第 19 页。

② 王政、刘禾、高彦颐：《从〈女界钟〉到"男界钟"：男性主体、国族主义与现代性》，杜芳琴，王政主编《社会性别》第二辑，天津人民出版社 2004 年版，第 33 页。

要原因之一。其次，以梁启超为代表的当时男性精英为了追求中华文明的振兴，往往把西方资本主义的一切理论和行动都视为圭臬，因此由西方而兴的女权运动自然而然被他们认为是现代文明的重要组成部分，"民权与女权如蝉联蚨萼而生，不可遏抑也"①，从而男性精英就把"……借用海外的特别是西方的男女平权这种言说是建构现代男性主体的一个非常重要的内容，是把自己和以往的男性区分的标志"②。因此，"……非要把传统女子说得一无是处，然后才可以有一个新的革命性的女权主义；有了新的女权主义，才可以建构一个新的现代国民"③。

（二）正女：男性精英梁启超之于新型女性构想

中国的士大夫们有着悠久的、持之以恒的"正女"传统。古代的中国，家国同构，"家"为"国"之基础，而"女"在"家"中的重要作用也因此历来为士大夫所注意。从《周易》开始，就强调"女正"须先"正女"，这"正女"的任务就由士大夫主动承担诸多的家训、家规及大夫家书中都包含了大量的"正女"内容。而到了近代，伴随着西方列强的侵入，在国家危亡之际，男性知识精英又因对"国家"的关注而把焦点集中到女性身上。因此，梁启超在否定了中国传统妇女的同时，借助兴女学之话语又对他理想中的新型女性进行了构想。

首先，依照他二万万女子尽份力的观点，他提出兴女学要"为人类自立计"，这里实际上是三个层次的内涵，一是指女子要自立，要有职业，能够自养。所谓"非经学问不能达也"，"学也者，业之母也"④。梁启超把兴女学延伸到妇女经济的独立上，而女子经济独立的目的又在民强国富。一个国家的强弱，有政治、经济等各种因素，把女学与

---

① 金天翮：《女界钟·绪论》，陈雁编校，上海古籍出版社 2003 年版，第 4 页。

② 王政、刘禾、高彦颐：《从〈女界钟〉到"男界钟"：男性主体、国族主义与现代性》，杜芳琴、王政主编《社会性别》第二辑，天津人民出版社 2004 年版，第 36 页。

③ 同上书。

④ 梁启超：《论女学》，《饮冰室合集·文集》之一，中华书局 1989 年版，第 40 页。

国家的强盛联系在一起，这就把女学提到一个至关重要的地位；二是指男女一体意义上的国人的自立，"妇女皆禁为学"意味着一半的国人无用，而整体国人无法自立。三是指由国人支撑的民族/国家的自立，如果国人不能自立，也就无所谓国家/民族的自立。

其次，梁启超希望女性"上可相夫，下可教子，近可宜家，远可善种"，造就贤妻良母。期望通过女学，可以使女子既知"有万古，有五洲"，知"与夫生人所以相处之道"，又要帮助丈夫管理治理好家庭，"内之以拓其心胸，外之以助其生计"，从而有别于古代封建才女只能"批风抹月，拈花弄草，能为伤春惜别之语，成诗词集数卷"。由此不难发现，梁启超对于理想女性的构想是既要有传统儒家的相夫教子，又要有民族危亡之时所需要的男性气质，反映了处于新旧交替之际的男性精英对女性主体建构的矛盾之处。

再次，梁启超强调母教的作用。他认为："治天下之大本二：曰正人心，广人才。而二者之本，必自蒙养始；蒙养之本，必自母教始；母教之本，必自妇学始。是故妇学实天下存亡强弱之大原也。"母教本来指在家里面靠女子的德行来传承修身齐家治国平天下。梁启超重视"女正家正"这种传统母教模式反映的是男性精英渴望把女性从传统家庭中解放出来，让她们变成国家的一员的新主张，但是对女性做母亲的要求没有变，希望通过母教来"正人心，广人才"，与儒家通过母教来传承修身齐家治国平天下有异曲同工之妙。可以说，近代男性精英们为了借助母教来达到他们建构复制现代父权制社会的目的，才提高母教的地位。

最后，梁启超还要求女子必须重视胎教。他指出西方"言种族之学者，以胎教为第一义"[1]，他们让怀孕的妇女练习体操，所生子女"肤革充盈，筋力强壮"。因此中国要强大，首要是保种，"国呜呼保？必使其国强，而后能保也。种呜呼保？必使其种进，而后能保也。进诈而为忠，进私而为公，进涣而为群，进愚而为

---

[1] 梁启超：《论女学》，《饮冰室合集·文集》之一，中华书局1989年版，第41页。

智，进野而为文，此其道也……故妇学为保种之权舆也。"①很显然，男性精英在高呼解放女性、兴办女子教育的同时，并没有颠覆男性的精英特权，而是把兴女学建立在自身保国保种的基础上，把女性作为了实现国家主义目标的工具。

二　目的：女学之于知识女性

面对当时梁启超等男性精英倡导的兴女学运动，当时的知识女性并没有完全亦步亦趋，实际上，一些知识女性在男性精英们兴女学的话语中发现了其对民族国家功能的夸大性特征及男性掩盖在民族国家政治当中的男性性别私欲，因此，在兴女学的实践上，她们往往具有很大的能动性，并非限制于男性权利的规约，而是以权利主体的方式实践。薛绍徽就是其中极具代表性的一位。

（一）求实：女学之于知识女性

对梁启超等男性精英的女学言说及其兴女学的实践对于民族振兴能起到多大作用，薛绍徽②是心存疑问的。中国圣王先哲要求妇女严守闺门，而今男性精英指责女性怠惰误国，对于男性精英这种在民族衰亡的语境中前后抵牾、推卸责任的话语薛绍徽给予了讥讽："方今中国圣明在上，士大夫之具才艺者几如米粟布帛，充布人间，所以报答升平者，亦至矣。"③尤其针对男性精英指责中国二万万妇女为惰逸无用之辈并大力提倡西学之说，薛绍徽质疑："西国虽男女并重，余不知其自古

① 梁启超：《论女学》，《饮冰室合集·文集》之一，中华书局1989年版，第41页。
② 薛绍徽乃是清末著名的女翻译家。她出生于福建侯官士大夫家庭，从小熟读经书。其夫陈寿彭毕业于福州船政学堂，后留学出使欧洲各国多年，因此薛绍徽深受西学熏陶，再加上深厚的学识修养，使她具有独立的性格以及远见卓识。在她的一生当中，为了宣扬男女平等、解放妇女的思想，她努力以西方之理灌注于东方的实践中。
③ 薛绍徽：《创设女学堂章程并序》，载《女学报》，1898年8月第3、4期。

迄今，名媛贤女，成才者几何人？成艺者几何人？其数果能昌盛于中国否？"①薛绍徽此话虽然是反诘男性领导者一味推崇西方女学，但是句句是真实问题，反映了她一贯的求实态度与求知精神。实际上，薛绍徽的这种求实态度和求知精神在她的《〈外国列女传〉序》中已有表露。《外国列女传》是中国第一部系统介绍西方妇女的著作，由薛绍徽与陈寿彭合作编译，完成于1903年，出版于1906年。《外国列女传》的编译，绝非一对知识夫妇的笔墨消遣。甲午海战，清政府惨败于昔日追随者日本之手。有激于此，中国知识阶层遂有戊戌变法之举。此为有史以来第一次变传统帝制为宪制的尝试，所取模式，则不可避免地受日本明治维新影响，以西法为主。其中一项主要内容便是推行西方教育制度，包括女子教育，薛、陈夫妇均曾积极参与其事。《外国列女传》的编译，目的在于"观西国女教"，这是二人在变法失败后的继续努力。②

薛绍徽所作序文《〈外国列女传〉序》收录在她的《黛韵楼文集》当中，文中谈到了编译此书的目的以及他们对待古今、中西文化差异的态度。陈坚持以西方标准描述西方妇女，薛则主张参考中国标准介绍西方事迹，表面看来似乎是开放的西式丈夫和保守的中式妻子之间的矛盾，但原因要远为复杂。诚然，以今人之眼光看待二人的分歧，我们很容易赞同陈寿彭的开放自由的观点，但若考虑到当时的时代背景以及二人所处的环境，我们不难发现薛绍徽对于女学所下的苦心。薛绍徽在序言中所言："迩来吾国士大夫，慨念时艰，振兴新学。本夫妇敌体之说，演男女平权之文。绍徽问而疑焉。夫暇荒远服，道不相伴。规范阃仪，事犹难见。登泰山而迷白马，奚翅摸般；游赤水而失元珠，有如买椟。绎如夫子载搜秘籍、博考史书。因瞩凡涉及女史记载，逮及里

<hr>

① 薛绍徽：《创设女学堂章程并序》，载《女学报》，1898 年 8 月第 3、4 期。

② 钱南秀：《清季女作家薛绍徽及其〈外国烈女传〉》，张宏生编《明清文学与性别研究》，江苏古籍出版社 2002 年版，第 932—956 页。

巷传闻，代为罗织，以备辑录。"①领导者要求妇女借鉴西方，薛绍徽则提出首先应该考察西方的"规范礼仪"，以免"买椟还珠"。中国男性领导者由于甲午中日海战的惨痛失利，往往容易从直接导因论成败，以武力高下论优劣，因鸦片战争五十年以来的国耻而全盘否认中国五千年传统，一切以西法为标准；而妇女因为长期排斥在权力中心之外，并不盲从跟随男性领导者，而是能够较为客观全面地考虑问题，批判地面对中西文化的矛盾和冲突。实际上，在女子社会化教育实行的初期，"保存礼教"和"启发知识"相提并论已然是为新式教育留下了立足与生长的必要空间。而日益扩展的新教育最终必将突破旧教育的规范，又是可以预期的前景。因此她要求陈彭寿广泛搜集有关资料，以备她辑录参考，对西方传统进行周密研究。可以看出，薛绍徽在响应男性改革者兴女学的倡议之时，也向他们提出挑战，要求他们以翔实的材料验证和调整自己对西方的盲目崇拜。

（二）重释：知识女性之于传统女教

薛绍徽对于梁启超等男性精英在民族话语下倡导的女学运动不无担忧，在她为女儿所作的《训女诗》中，上来就谈道："余思吾国女教以贞顺为主，五千年来鲜有流弊。晚近士大夫倡兴女学……所误恐不止毫厘千里已也。"因此，面对"三千年未有之大变局"和西方文化的挑战，薛绍徽既没有像男性精英那样彻底地改弦更张，也没有完全地固守传统道德，而是致力于从中国传统文化入手，赋予传统女教以新的含义，努力使中国女学整合于两种性质截然不同的文化之上。这种由经典阐发新意的言说在她的多处文章均可得见。

1897 年 11 月，中国士绅在上海创办中国第一所女学堂，建立中国第一个女学会，以弘扬妇女教育。梁启超作为当时女性解放的主要倡导者在《新闻报》发表了草拟的《女学堂试办略章》，对办学宗旨、课程

① 薛绍徽：《外国列女传·序》，《薛绍徽集》，林怡点校，方志出版社 2002 年版，第 121-122 页。

设置、管理制度等进行了规定。薛绍徽——女学堂发起人陈季同之弟媳，当即被邀请参与讨论梁的《女学堂试办略章》，"择女教所宜者凡若干条著为议"。薛不同意梁的建议："学堂之设，悉尊吾儒圣教，堂中亦供奉至圣先师神位。"[1]虽曲谅其心，谓之"原堂中崇祀孔圣，是为道统计"，但仍然婉转批评道："孔子之道，譬如日星在上，虽愚夫愚妇，莫不瞻敬。祀与不祀，孔道之尊严自在。"事实上，薛绍徽考虑到女学堂的创设，要彰显女子之本色，因此提议以班昭代替孔子。班昭是中国历史上知名度极高的女子，其一生大事为后人津津乐道者有三：即续《汉书》、教授后妃和撰写《女诫》。然而正是由于她在《女诫》中对中国女子在人伦关系上的规范，使她在古代和近代社会中的评价褒贬不一。不可否认的是，班昭之所以可以名留青史，完全离不开她的文才，这也正是薛绍徽选定班昭供奉女学堂的原因之一，正如薛在《倡设女学堂条议并序》中所道："溯女教之始，实由于文王后妃，次即孟母。然有辅圣诞贤之德，实无专书以贻后学。唯汉之曹大家续成《汉书》、教授六宫，其德其学是为千古表率；又有《女诫》《女训》，上继《内则》，古今贤媛，无出其右。祀于堂中，以为妇女楷模，犹之书院但祀程朱，隐寓尊孔之义。"这样一来，薛绍徽从正面意义上来阐发班昭形象，认为她比只"立德不立言"的周文王后妃，更适合成为晚清女学的"楷模"。

薛绍徽不仅对传统女教的经典人物进行重释，而且对传统的四德进行了新定义。在《创设女学堂条议并序》中，薛绍徽就谈道："才之与艺，是曰妇言，曰妇工，固四德不能外。"[2]这改变了传统妇德中妇言为出言谨慎，妇工为中馈纺绩的定义，否定了"女子无才便是德"的说法。尤其是针对女子文学创作，对"言不出于闺"的规范也加以质疑。她认为："纵内言不出闺，犹有词翰流传……夫三百篇冠以宫人之什；十九首半属思妇之歌。乐府有木兰之辞，或疑其己作；古诗赋兰芝之事，不识为谁

---

① 梁启超：《创设女学堂启》，《饮冰室合集·文集》之二，中华书局1989年版，第19页。

② 薛绍徽：《创设女学堂章程并序》，载《女学报》，1898年第3期。

何。"①并把妇女诗词的合理性与宗经的传统联系在一起，来驳斥"妇女无文"的观点——"虽郑国卫风，不为删诗置。"②不仅如此，薛绍徽还身体力行，"偕楚娟嫂氏编《历代宫闺词综》，又佐绎如夫子辑《外国烈女传》"。可见，薛的女学观是立足于中国文化传统和中国国情上的，并努力推动中国女学伴随中国文化传统"与时俱进"。

三　结语

综上所述，我们可以看到，晚清以来的维新运动毕竟不是女权主义革命/运动，以梁启超为代表的男性精英在妇女解放问题上虽然表现出了与政治目标相契合的特征，然而，其政治性别立场导致他们不可能深入彻底地演绎女权运动的命题。另外，无论是从民族/国家的立场出发，还是从男权政治立场出发，晚清以来男性精英兴女学的大计，无一不是在强化男性对妇女相夫教子传统角色的认定和期待。而知识女性由于长期被排斥于权力中心之外，并不盲从男性领导者，且女学一事又关乎切身利益，因此能够较客观全面地考虑问题，能够在女学问题上批判地面对中西文化的矛盾和冲突，并努力借男性精英兴女学之契机，真正地为谋求中国妇女之解放而努力。与当时的知识女性相比，梁启超等男性精英的女性意识似仍有进一步发展提升的必要。

(本文与刘静爽合作，收录于《中国现代美学与文论的发动》，天津人民出版社 2008 年 6 月版)

---

① 薛绍徽：《丁耕邻先生〈闽川闺秀诗话续〉序》，《薛绍徽集》，林怡点校，方志出版社2002 年版，第 127–128 页。
② 同上书。

王国维悲观主义人生观成因新探

　　过去的研究著作在涉及王国维的悲观主义及其悲剧观念时，几乎都认为是由于受到了德国哲学家叔本华哲学观念的影响。我们认为，这一说法并没有什么错误，但研究者却忽视了王国维的矛盾文化心态对他的悲观主义人生观所产生的影响作用。叔本华的悲观主义思想何以能在王国维心中扎下根并对他的悲剧理论以至整个审美理论产生重大影响，而这些影响在其他文论家或美学家身上却并不明显或几乎看不到。显然，这与王国维自身的个体因素有直接的关联。接受美学大师尧斯在讨论"文本"接受时，曾使用"期待视野"这一概念，它可以帮助我们理解王国维对叔本华哲学思想的接受问题。"期待视野"又译"期待水准"，是指阅读一部作品时，读者的文学阅读经验构成的思维定向或先在结构，即读者接受的主观条件。解释学的"前理解""前思维结构"都是"期待视野"构成的条件。"期待视野"的形成是由多种因素构成的，主要是民族文化和个人文化的积淀，起作用的既有先天的因素，又有后天的因素。由于构成因素的不同，每个人的期待视野就会显现出不同的特点。显然，"期待视野"会制约接受主体对接受对象的选择，同时也影响到接受者对对象的评价和理解，它对对象的接受也会形成其新的视野的一部分，它会随个人自身条件的变化及社会思潮、政治思潮等因素的变化而发生变化。叔本华对王国维而言可看作是一个"文本"。王国维一开始接触叔本华的思想就产生了强烈的共鸣，可谓"一拍即合"，他这样描述当时的情景："余之研究哲学，始于辛壬之间，癸卯春始读汗德（即康德——引者）之纯理批评，苦其不解，读几半而辍，嗣读叔本华之书而大好之。自癸卯之夏，以至甲辰之冬，皆与叔本华为伴侣之时代也。其所尤惬心者，则在叔本华之知识论，汗德之说得因之以上窥。然于其人生哲学，其观察之精锐，与议论之犀利，亦未尝不心怡神释也"①。当他再回头读康德时，才读懂了原来极难理解的康德哲学与美学思想。叔本华的悲观主义及唯意志论思想对王国维的人生观与学术研究都产生了较大影响。梁启超对西方唯意志论哲学思潮亦有接受，然而，其美学思想中却没有任何悲观主义的成分。蔡元培也受到康德、叔本华思想的影响，叔本华的唯意志论哲学在蔡元培著作中也有反映，但他却摒弃了叔本华的悲观主义，而王国维却表现出不同的倾向，原因何在？这不得不考虑王国维的矛盾文化心态。我们从以下几个方面探讨王国维的矛盾文化心态对其悲观主义人生观的形成所产生的影响。

第一，传统思想观念与新的资产阶级启蒙思想观念的矛盾。在王国维五十年的不算太长的人生生涯中，始终交织着新旧思想之间的矛盾。王国维是在心境极为不佳的情况下，接触到叔本华的著作的。他在《三十自序》中说："体素羸弱，性复忧郁，人生之问题，日往复于吾前，自是始决从事于哲学。"王国维的性格因素对他选择叔本华确实有影响。叶嘉莹曾将王国维的悲观主义人生观及其悲剧性结局归纳为两方面，一是叔本华思想的影响，二是他生来就有一种"忧郁悲观的天性"和"富于悲悯之心的情怀"，由于时代变故的刺激，便一发而不可收拾。②叶氏将王国维的"忧郁"性格归结为天生就有的不是完全没有道理。但我们认为，王国维性格的形成主要还是来自他的家境的衰落以及社会的动荡变化。由于不断思考"人生之问题"，使他走向哲学研究，同时他还读过翻尔彭之《社会学》、器文之《名学》、海甫定之《心理学》，所有这些西方"新学"都促使王国维对中国封建正统思想以及中国传统思维

---

① 王国维：《静安文集自序》，姚淦铭，王燕编《王国维文集》第三卷，中国文史出版社1997年版，第469页。

② 叶嘉莹：《王国维及其文学批评》，河北教育出版社1997年版，第9页。

方式做出了清醒的分析，甚至是猛烈的批判。虽然王国维没有动摇封建统治的动机和目的，但他对正统封建道德的批判却带有鲜明的反封建色彩。在《论性》《释理》《原命》《国朝汉学派戴阮二家之哲学说》《论哲学家与美术家之天职》等文中，王国维虽从纯学术观点出发来讨论传统伦理道德，但他对儒家道德观念的批判是切中要害的。他认为孔子的"仁义"之说无哲学基础。[①]在《释理》一文中，他从与康德纯粹"实践理性"的比较角度对宋儒的"天理"说发起挑战。王国维认为本体论上不存在什么"客观天理"的"真"，而"天理"与伦理学上的"善"也没有关系。敢于对"天理"的地位产生怀疑，这确实需要一定的勇气。他还对封建"道统"做了尖锐的批判，在《论近年来之学术界》中说："自周之衰，文王周公势力之瓦解也，国民之智力成熟于内，政治之纷乱乘之于外，上无统一之制度，下迫于社会之要求，于道德、政治、文学上灿然放万丈光焰。"百家争鸣的战国时代被王国维认为是中国思想的能动时代。而至汉代，由于孔子学说统辖思想领域，整个思想界则变得"停滞""凋敝"。六朝至唐代，中国传统思想同佛教尚不能"化合"，王国维将之称为受动时代。宋儒调和儒佛，而使宋代学术带有能动之性质。从宋代至清，因为孔子思想被定为一尊，加上道统之说又起，中国学术便又进入了一个衰落时期。王国维有感于学术的不能独立自由，对正统儒学给予了激烈批判："今日之时代，已入研究自由时代，而非教权专制之时代。苟儒学之说而有价值也，则因研究诸子之学而益明其无价值也，虽罢黜百家适足以滋世人之疑惑耳。"他还大胆地预言："异日发明光大我国之学术者，必在兼通世界学术之人，而不在一孔之陋儒，固可决也。"[②]由此可以看出，王国维对传统观念的批判是自觉的，他所依据的主要是来自西方哲学中以康德、叔本华哲学为代表的"意志自由"

---

① 王国维：《书辜氏汤生英译〈中庸〉后》，姚淦铭，王燕编《王国维文集》第三卷，中国文史出版社1997年版，第45页。

② 王国维：《奏定经学科大学文学科大学章程书后》，姚淦铭，王燕编《王国维文集》第三卷，中国文史出版社1997年版，第71页。

说。①伦理学上的"自由"学说是王国维批判正统思想的有力武器，因此，我们认为，虽不能将他简单划入资产阶级行列之中，②但从他对封建伦理思想的批判的言论中可以看出，王国维是具有资产阶级启蒙思想的，他虽不像康有为、梁启超、蔡元培、胡适、鲁迅等人那样公然举起反对封建，致力于宣扬启蒙的大旗，但他所做的工作却一点也不逊色。

王国维对近代社会政治革命的不明朗态度，造成了他在近代启蒙思想史上的地位一直没有被人们充分重视，李泽厚的看法很有道理："由于中国近代思想集中在社会政治领域，他们两人（指梁启超与王国维——引者）的代表地位和时代意义在康（有为）、孙（中山）、章（太炎）等巨大身影的遮掩下，显得黯淡得多。但因此而完全忽视和否定他们，则歪曲了历史本来面目。"③但他毕竟是从传统中成长起来的，他不可能完全摆脱封建专制思想的局限，新思想在他心目中占有一席之地，而旧观念又有较多的残留，其结果必然造成王国维心理上的极大矛盾和痛苦。"人生过处惟存悔，知识增时只益疑"是他矛盾文化心态的形象而又确切的表达。难以解决的心理冲突不能不影响他对人生的悲观主义态度。《红楼梦〉评论》正是创作于这一时期，文章中所表现的悲观主义人生观也可以看作是王国维思想矛盾的理论展示。尤其是辛亥革命之后，④王国维的思想轨迹又出现了新的转向，他的学术研究也更多地向传统回归，甚至表现出极大的落后性。在后来的生活中，他所结交的大多是清廷的遗老。在随同罗振玉逃亡日本期间，他写下了《颐和园词》《蜀道难》《隆裕皇太后挽歌辞九十韵》三首长诗，以表达他对灭亡了

① 虽然王国维在宣称康德、叔本华学说"可爱不可信"之前就对它们产生了怀疑，但所受影响已深入到他的思想之中。

② 我们认为王国维的思想十分复杂，因此不同意聂振斌先生将王国维划入资产阶级思想家行列中的提法。因这一问题不是本部分的中心问题，此处不详细讨论，有关聂振斌的观点请参看《王国维美学思想述评》，辽宁大学出版社1997年版。

③ 李泽厚：《中国近代思想史论》，人民出版社1986年版，第433页。

④ 辛亥革命后的思想当然不可能影响到体现王国维悲剧观念的《红楼梦〉评论》，但其思想是一个整体，因此为说明王氏思想上的矛盾，对其后期转向稍做说明。

的清王朝的怀念。《颐和园词》开篇云："汉家七叶钟阳九，颥洞风埃昏九有。"把满族统治者称为"汉家"，可见他对统治者的臣服心理。1922年，王国维应诏回京，做了退位十一年的末代皇帝溥仪的"南书房行走"；1927年，北伐军进攻华北，他拖着长辫留下"经此世变，义无再辱"的遗书投昆明湖自杀。王国维的最后自杀显然是他的悲观主义人生观的最好说明，"义无再辱"表面看来似乎是为"殉清"而死，但背后所掩藏着的应是他的无法摆脱的思想矛盾。周作人对王国维的评价可以帮助我们证实这一看法，他说："王君是国学家，但他也研究过西洋学问，知道文学哲学的意义，并不是专做古人的徒弟的，所以在二十年前我们对他是很有尊敬与希望，不知道怎样一来，王君以了无关系之'微君'资格而忽然做了遗老，随后就做了'废帝'的师傅之职，一面在学问上也钻到了'朴学家'的壳里去，全然抛弃了哲学、文学，专治经史。……在王君这样理智发达的人，不会不发现自己生活的矛盾，工作的偏颇，或者简直这都与他的趣味倾向相反，而感到一种苦闷……以后情势牵连，莫能解脱，终至进退维谷，不能不出于破灭之一途了。"[①]作为与王国维同时代的学者，周作人对王国维的理解应该是可信的。

第二，王国维对西方新学本身所具有的矛盾态度是其矛盾心态的重要构成部分，也是其悲观主义人生观形成的一个重要原因。首先，王国维接受"新学"的目的不在于发展中国的科学技术，因此，他对西方新思想的态度不同于洋务运动领袖所奉行的"中学为体""西学为用"。其次，王国维引进"西学"的意图显然也不是为了中国社会政治的进步，不是为了推进政治改革的革命进程，从这一角度来讲，他又同维新派叛然有别。他所要解决的是长期萦绕于其心中的"人生问题"，因此，王国维虽然受到了西方"进化论"等科学主义哲学思潮的影响，但他对之并不完全持赞成态度，认为"上海、天津所译书"，大多都

---

① 岂明（周作人）：《偶感》之二，载《语丝》，1927年6月11日第135期。

是非人文的数学、力学等"皆形下之学，与我国思想上无丝毫之关系也。"①另一方面，王国维反对为政治上的功利主义目的学习"新学"，他曾指出严复翻译《天演论》虽然达到了"一新世人之耳目"的效果，然而"顾严氏所奉者，英吉利之功利论及进化论之哲学耳，其兴味之所存，不存在于纯粹哲学，而存于哲学之各分科。如经济、社会学等，其所最好者也。"②王国维反对用急功近利的观点看学术问题："夫天下之事物，非由全不足以知曲，非致曲不足以知全，虽一物之解释，一事之决断，非深知宇宙人生之真相者，不能为也。……故深湛幽渺之思，学者有所不避焉；迂远繁琐之讥，学者有所不辞焉。事物无大小，无远近，苟思之得其真，纪之得其实，极其会归，皆有裨于人类之生存福祉。己不竟其绪，他人当能竟之；今不获其用，后世当能用之……世之君子，可谓知有用之用，而不知无用之用者矣。"③他批评康有为、梁启超引入西学"之于学术非固有之兴味，不过以之为政治上之手段"。④由此看来，王国维选择康德、叔本华哲学正是看中了它们的人文主义的色彩，以之做"武器"来探讨人生及所谓的"纯学术"问题。但是，王国维后来发现叔本华等人的学说仍然没有帮助他解决人生的根本问题，甚至当时就对它们产生了怀疑。他在三十岁所写的《自序》（二）中对于这一困惑讲得十分清楚：

---

① 王国维：《论近年之学术界》，周锡山编校《王国维文学美学论著集》，北岳文艺出版社1987年版，第106页。

② 同上书，第107页。

③ 王国维：《国学丛刊序》，周锡山编校《王国维文学美学论著集》，北岳文艺出版社1987年版，第180-181页。

④ 王国维：《论近年之学术界》，周锡山编校《王国维文学美学论著集》，北岳文艺出版社1987年版，第107页。

余疲于哲学有日矣，哲学上之说，大都可爱者不可信，而可信者不可爱。余知真理，而余又爱其谬误。伟大之形而上学，高严之伦理学与纯粹之美学，此吾人所酷嗜也。然求其可信者，则宁在知识论上之实证论，伦理学上之快乐论，与美学上之经验论。知其可信而不能爱，感其可爱而不能信，此近二三年中最大之烦闷，而近日之嗜好，所以渐由哲学而移于文学，而欲于其中求直接之慰藉者也。

　　事实上，也正如王国维所言，他对康德、叔本华的哲学思想确实持怀疑态度。对康德的"意志自由"说，他明确表达了自己的怀疑的态度。康德认为自由属于本体世界，"自由"对现象世界而言，则处于经验界的因果律之外，是一种本体原因，谓之"自由因"。王国维认为这种说法有待商榷："吾人所以从理性之命令（即指康德的"道德律令"——引者），而离身体上之冲动而独立者，必有种种之原因。此原因不存在于现在，必存于过去；不存于个人之精神，必存于民族之精神。而此等表面的自由，不过不可见之原因战胜可见之原因耳。其为原因所决定，仍与自然界之事变无以异也。"①也就是说，王国维认为"自由因"只是"表面的原因"，康德认为自由是"纯粹理性之能现于实践"，王国维不以为然，"理性之势力"能否"现于实践"，实在很难说清楚。对叔本华的"意志自由"说，王国维同样存有疑问，他在《原命》中说：

　　　　谓动机律之在人事界，与因果律之在自然界同。故意志之既入经验界，而现于个人之品性以后，则无往而不为动机所决定，惟意志之自己拒绝或自己主张，其结果虽现于经验上，然属意志之自由。然其谓意志之拒绝自己，本于物我一体之知识，则此知识，非即拒绝意志之动机乎？则自由二字，意志之本体，果有此性质否？吾不能知。然其在经验之世界中，不过一空虚之概念，终不能有实在之内容也。②

康德、叔本华的理论虽然使王

---

① 王国维：《原命》，周锡山编校《王国维文学美学论著集》，北岳文艺出版社1987年版，第144页。
② 同上书，第144-145页。

国维在思考人生问题的路途上产生了强烈的共鸣，然而，他从理智上毕竟看出了他们学说中的可疑之处，这样一来，便在学术思想的层面陷入了深深的矛盾之中，他发现"新学"也不能为他长期思考的人生问题提供明确答案，其后期的转向很能说明这一点。罗振玉曾说过，当王国维放弃西学而转向国学研究时，曾"取行箧《静安文集》百余册悉烧之。"在编辑自己的学术论文集《观堂集林》时，王国维对自己三十五岁以前的作品"弃之如土苴"。就是这样在"可爱""可信"之间的矛盾中，王国维的人生痛苦感丝毫没有得到任何缓解。从他的诗词作品中可以看出他的心迹："我生三十载，役役苦不平。如何万物长，自作牺与牲。安得吾丧我，表里同澄莹。……何为方寸地，矛戟禁纵横？闻道既未得，逐物又未能。充充百年内，持此欲何成"（《端居》）。王国维的《欲觅》一诗同样传达出他对人生问题索解而不得的困惑、迷惘乃至于失望的心境："欲觅吾心已自难，更从何处把心安？诗缘病辍弥无赖，忧与生来讵有端？起看月中霜万瓦，卧闻风里竹千竿。沧浪亭北君迁树，何限栖鸦噪暮寒。"表现这种矛盾、失望心情的诗作尚有很多，如"宇宙何寥廓，吾知则有涯。面墙见人影，真面固难知"（《来日二首》）等。

王国维到文学中寻求"慰藉"的原因在《自序》（二）中已讲得十分清楚，也就是说，对"新学"的矛盾心理使他产生了排解不开的"烦闷"。他通过哲学研究发现世界的虚无性和人生的无意义，而他又要努力寻找世界的意义，因此就求助于诗，希望通过文学获取心中的平静。刘小枫的有关论述可以帮助我们理解王国维这一转向的原因及意义："世界本身的确无意义可言，但世界的虚无恰恰应该是被否定的对象。必须使虚无的现世世界充满意义，这正是诗存在的意义，正是诗人存在的使命。诗人存在的价值就在于，他必须主动为世界提供意义。正因为如此，人们才常常说，一个没有诗的世界，不是属于人的世界。人多少是靠诗活着的，靠诗来确立温暖的爱，来消除世界对人的揶揄。是诗才把世界的一切转化为属人的、亲切的形态。"①但事实证明最终王国维仍然

① 刘小枫：《拯救与逍遥》，上海人民出版社1988年版，第55页。

不能摆脱内心的冲突和矛盾。

王国维作为一个学术中人，对他所信奉的学说的矛盾心态应该是没有什么不正常之处，因为康德、叔本华的思想本身所存在的弊病是明显可见的。问题是，王国维从"忧生"的角度对之进行解读时，感到他们的哲学思想是最管用的武器。然而，从客观的角度看，它们又不具有客观真理的性质，因而"觉其可爱而不能信"，这种矛盾才真正是让王国维产生极大痛苦的原因。由此可以看出，王国维对西学的矛盾心态是他人生理想与社会现实的矛盾的反映，也是形成他悲剧人生观和美学观的重要原因之一。

第三，王国维对社会现实政治的认识也具有矛盾性，这是他悲观主义人生观形成的更为直接的原因。整个近代社会八十年的历史是中国社会的转型时期，在这样一个过渡时期，社会的各个层面都充满着矛盾，新旧价值观念也会同时并存。如前所述，我们认为王国维是一个极为复杂的人物，用阶级分析的方法来框定他属于新兴的资产阶级还是反动的地主阶级似乎很难奏效。时代的转型在王国维身上体现得相当明显。他既有保守的封建性的思想观念，又有进步的启蒙思想家的理论主张，这种思想上的二重性当然来自于他对社会现实变革的理解，但反过来又影响了他对所处时代的认识和把握。因此，他常常以充满着或惊奇或兴奋或失望的眼睛来看待风云变幻的时代社会政治变革。当然，这其中更多的还是失望。

王国维一生执着于"纯学术"研究，基本上不参与社会政治运动，对现实采取超然的态度，但他对于列强侵略下的中国社会的惨烈现实和人民艰难困苦的生活状况不可能无动于衷，他在诗词创作中也曾抒发过强烈的忧患感："几看昆池累劫灰，俄惊沧海又楼台。早知世界由心造，无奈悲欢触绪来。翁埠潮回千顷月，超山雪尽万株梅。卜邻莫忘他年约，同醉中山酒一杯"（《题友人三十小像》）；另在《八月十五日夜月》写道："一餐灵药便长生，眼见山海几变更。留得当年好颜色，嫦娥底事太无情？"这两首诗都是有感于国家遭受外敌入侵，山河破碎而发。我们不能说王国维完全不关心国家政治，只能说他对社会现实的关注往往通过他对人生感悟的表达而曲折隐晦地表现出来。对于维新变法，他也曾公开发表过很有见地的主张："常谓此刻欲望在上者变法，万万不能，惟有百姓竭力去做，做得一分就算一分。"①但从总体上说，王国维对近代社会的一系列变革，特别是对待封建专制制度和近代革命的态度是矛盾的。如前所述，王国维青年时代接受的西方资产阶级新学说使其思想具有启蒙色彩成分，在这种较为先进思想的影响下，王国维对走向末世的封建专制统治是不满意的，在前面所提到的早期论文中多有锋芒毕露的批判。然而，王国维所具有的资产阶级新思想本身就具有极大的矛盾性，他虽不是民族资产阶级的代表者，但在行动上多少带有这一阶级的某些特点，即资产阶级由于近代特殊的社会现实不能正常发育，在行动上常常处于摇摆状态，因而，他虽对封建制度不满，但又不主张社会革命。因此，当辛亥革命发起时，他没有发表过明确的看法，似乎既没有表示过赞成，也没有表示过反对。当辛亥革命失败的时候，他却认为失败的原因是革命本身的混乱所致。经过几次大的动荡之后，他甚至认为，辛亥革命同军阀混战一样，是造成社会动荡百姓疾苦的原因："自辛亥之冬至于今日，不用五年，成败起灭，均在我辈眼中，'成家与仲家，奄忽随飘风'，作此语时，当在孙公未败之前，今一一皆验。后之视今，亦今之视昔，苟不以辛亥之前之政局有成家仲家之鉴，则必蹈其覆辙，此天理之必然，无可勉强者也。"②经过几次大的动荡之后，王国维对社会变革便产生了变还不如不变的惧怕心理。尤其第一次世界大战之后的欧洲现实状况使他对西方世界的发展也持悲观态度，他在《论政事疏》一文中说："原西说之所以风靡一世者，以其国家之富强也。然自欧战以后，欧洲诸强国情见势绌，道德堕落，本业衰微，货币低降，物价腾涌，工资之争斗日烈，危险之思想甚多。甚者如俄罗斯，赤地数万

---

① 吴泽主编：《王国维全集·书信》，中华书局1984年版，第3页。

② 转引自《王国维学术研究论集》第1辑，华东师范大学出版社1983年版，第402页。

里，饿死千万人，生民以来，未有此酷。而中国此十二年中，纪纲扫地，争夺相仍，财政穷蹙，国几不国者，源以半出于此。"正是建立在对中外社会现实的这种认识的基础上，王国维最后才走向政治上的彻底保守。辛亥革命废除了封建帝制，而张勋企图复辟，演出了一场闹剧，王国维竟认为"三百年乃得此人，庶足饰此历史"。因而对张勋的覆灭倍感痛苦，"曲江之哀，猿鹤虫沙之痛"是他心迹的表露。王国维在生命的最后几年做了末代皇帝溥仪的"南书房行走"，也是具有必然性的，特别是当他所寄希望的皇帝被赶出禁宫，虚名也难保之时，他就在矛盾困惑中终于走向了绝望。

综合以上所述，我们认为王国维的悲观主义人生观和他有关悲剧观念的理论所产生的直接思想根源，固然来自叔本华的唯意志主义哲学和中国传统的老庄学说，但在思想上、学术上和对现实的矛盾心理所构成的矛盾文化心态是他能够接受以上思想的根本原因，因而，考察王国维的美学思想和文学观念不能忽视这一重要方面。理解了以上问题，他自杀的原因也就不难找到。关于王国维自杀的原因已有很多论述，①而我们认为他的自尽主要是由其无法摆脱的矛盾文化心态所决定的。

（原载《文史哲》1999 年第 3 期）

---

① 关于王国维自杀的原因，已有的主要观点是：殉清说；殉中国旧文化说；避祸说；窘于经济说；受西方悲观主义哲学影响说等。

论王国维非功利主义文学价值观的意义

　　以王国维为代表的近代非功利主义文学价值观在我们过去的研究论著中基本是给予否定的。近年来，随着中国近代文论及美学研究的不断深入，学界对它的认识有了较大改观，其价值和意义也被越来越多的人所注意。但我们认为，如果不能将它的出现置于近代特有的中西文化背景之下来考察，则很难真正挖掘出这一文学价值观在中国近现代文论发展史中的意义，也就不能给它以科学的定位。

　　对"政教工具论"的超越　　中国文论传统中的将文学视为政治教化工具的看法作为一种文学价值观而言，具有极大的稳定性，它的形成以及不断的延续绝对不是偶然的，它取决于以儒家思想为根基的中国传统人文精神，与"修身齐家治国平天下"的中国传统知识分子所追求的人格理想密切相关。在儒家思想看来，上自天子，下自庶民"壹是皆以修身为本"。修身就是修道，它成为儒家文化的"道统"。显然，修身是"内圣"方面的功夫，其本身不是目的，其目标所指是"外王"，它是儒家的"政统"。梁启超一语中的地指出："内圣外王之道，一语包举中国学术之全部"。对道统的阐发形成学统，由于道统融汇到政统之中，因而学统也就必然与政统不能分割，并为其服务，因而，知识分子的"文"就成为"载道"的工具，成为"政治教化的工具"。孔子从"思无邪"的角度指出了"诗三百"的价值，其标准是儒家的"仁""礼"要求。同时，他还指出诗具有"迩之事父，远之事君"的功能，这一方面把文艺作品道德伦理化，另一方面，已露出将文学看成政教工具的端倪，在以后的儒家思想发展中，便逐渐演化成为占主导地位的"文以载道"的文学价值观。历史发展到汉代，随着汉王朝中央集权的封建专制统治的加强，"罢黜百家，独尊儒术"的提出，使儒家思想成为真正占主导地位的思想。扬雄发挥孔子的"有德者必有言"的观点，提出"足言足容，德之藻矣"的主张，形成了"文以载道"的基本形态。隋末王通提出文章"上明三纲，下达五常"，"征存亡，辨得失"；唐代诗文家对古文的提倡，进一步强化了"文以载道""文以明道"的思想。柳宗元说："始吾幼且少，为文章，以辞为工。乃长，乃知文者以明道，是固不苟为炳炳烺烺，务采色夸声音以为能也。凡吾所陈，皆自谓近道。"宋代文人更将文与道紧密地联系起来，欧阳修认为"道胜者文不难而自至"，道为本，文为末。在道学家那里，文更处于依附地位，程颐甚至认为"作文害道"。明清时期的文论家除个别的是正统论的反对者外，在论述文学的功能时，基本上沿袭了文章"明道致用"的观点。

传统文学观念的核心问题是文与道的关系，它产生了以下几种不良后果：其一，传统"政教工具"论与中国文化的伦理化特质密不可分，它是建立在儒家的伦理道德之上的，但儒家的伦理道德并非具有普遍意义的道德，它只不过是为统治者服务的工具，因而，文学功能的伦理化的弊害是明显可见的。其二，由于文章要"明道""载道"，文学自身的独立价值不可能得到真正发挥。其三，这种文学价值论所带来的另一个恶果是中国传统知识分子总希望参与到"治天下"的政治活动之中，因此"学而优则仕"是他们努力追求的目标，一旦进入体制内部，他们就变成为统治集团的一员，完全丧失了知识分子的真正价值，很少对人的生存意义等终极问题进行深入思考，屈原如果没有被放逐的痛苦经历，很难想象他能写出《天问》等优秀之作。

对于这种忽视文学自身独立价值，把文学当作宣传儒家伦理道德的工具的价值观，王国维以其敏锐的眼光发现并深刻认识到它在中国文学史上的流传之广，弊病之大，在对传统儒家文化的根本特质进行反思的基础上，他明确指出，由于哲学、文学无独立价值，如不为政治教化服务则没有任何用处。因此，一般哲学家、文学家若想得到社会的尊重和肯定，则"皆抱政治上之大志"，"无不欲兼为政治家"，他说：

> 至诗人之无此抱负者，与夫小说、戏曲、图画、音乐诸家，皆以俳儒、倡优自处，世亦以俳儒、倡优畜之。所谓"诗外尚有事在"，"一命为文人，便无足观"，我国人之金科玉律也。呜呼！美术无独立之价值也，久矣！此无怪历代诗人多托于忠君、爱国、劝善、惩恶之意，以自解免，而纯粹美术上之著述，往往受世之迫害，而无人为之昭雪者也。此亦我国哲学、美术不发达之一原因也。①

这样一来，即使是中国古代的伟大作家也不得不将自己的创作同道统、政统捆绑在一起，把自己的作品充当政治教育的手段。王国维从学术、文学要有自己的独立价值入手，反对把它们作为物质功利或道德政治的附庸，在其前期著作中，他反复呼吁学术及文学要挣脱工具论的羁绊："故欲学术之发达，必视学术为目的，而不视为手段，而后可。汗德伦理学之格言曰：'当视人人为一目的，不可视为手段。'岂特人之对人当如是而已乎？对学术亦何独不然？然则彼等言政治则言政治已耳，而必欲读哲学、文学之神圣，此则大不可解者也。"②从中我们可以明确看出，王国维非功利主义文学价值观的提出显然是有感于"文以载道"论对中国文学所造成的消极影响而发的，他的思想具有开创意义。朱自清先生在评价"五四"文学的时候曾指出："照传统的看法，文章本是技艺，本是小道，宋儒甚至于说'作文害道'。新文学运动接受了西洋的影响，除了解放文本，以白话代古文之外，所争取的就是这文学的

---

① 王国维：《论哲学家与美术家之天职》，《静庵文集》，辽宁教育出版社1997年版，第120页。

② 王国维：《论近年之学术界》，《静庵文集》，辽宁教育出版社1997年版，第114页。

意念，也就是文学的地位。他们要打倒那'道'，让文学独立起来。所以对'文以载道'说加以无情的攻击。这'载道'说虽然比'言道'说温和些，可是文还是道的附庸。照这一说，那些不载道的文就是'玩物丧志'。玩物丧志是消遣，载道是严肃。消遣的文是技艺，没有地位；载道的文有地位了，但是那地位是道的，不是文的——若单就文而论，它还只是技艺，只是小道。新文学运动所争取的是，文学就是文学，不干道的事，它是艺术，不是技艺，它有独立存在的理由。"①结合王国维的具体观点，可以看出他所做的工作对五四新文学而言显然具有开创之功。

与世界人文主义思潮的呼应　自 19 世纪末开始，西方哲学、美学上的人文主义与科学主义思潮出现了明显的对立之势。科学主义是一种以自然科学的方法研究、探讨世界的哲学理论，它所强调的是研究对象的客观性、精确性和科学性。人文主义哲学的重点则是以人为中心来探寻世界的本质等哲学问题，它更多地关注人的生存状态及人的精神世界的研究。康德哲学是以数学、物理学等自然科学为基础的，他认为只有自然科学才称得上是科学，人的科学理性才是真正的理性，因此，其哲学思想具有科学主义的性质。为了努力弥补其不足，康德在伦理学和美学研究方面都突出了主体性问题。李泽厚曾指出康德的伦理学思想虽然是唯心主义的，"但如果从人类学本体论的实践哲学看，它的价值和意义在于：这是对个体实践要求树立主体性的意志结构，这是要求个体应有担负全人类的存在和发展的义务和责任感。"②康德美学把审美作为人性的最鲜明表现，将其作为人的主体性的最终成果看待，同样突出了人的主体性问题。

康德之后，叔本华、尼采已越来越感觉到科技理性对人性的压抑，他们便公开批判科学主义，弘扬人类的生命意志、主体精神，甚至以非理性来反抗理性。至 20 世

---

① 朱自清：《论严肃》，《朱自清古典文学论文集》（下），上海古籍出版社 1981 年版，第 109—110 页。

② 李泽厚：《批判哲学的批判》，人民出版社 1987 年版，第 431 页。

纪，人文主义思潮与科学主义思潮分庭抗礼，形成鲜明的对立之势。由于主客观方面的原因，王国维选择了德国的人文主义哲学及美学思想，也就是后来他所深刻认识到的"可爱而不可信"的人文主义思想。康德、叔本华、尼采都把人的精神世界的研究提到极高地位，在他们看来，审美、艺术是人类精神世界所发出的火花。王国维的非功利主义艺术观直接受到了以上哲学家的影响。

王国维的非功利主义文学价值观首先打上了康德"审美无利害"说的印痕。康德认为，"美是一切无利害关系的愉快的对象。"①在自然和社会生活中，客观事物会与人发生利害关系，而在审美和艺术领域，这些事物的感性形式与人并没有利害关系，因而，在他看来，审美愉悦是不含一切利害兴趣的。康德专门将审美愉悦同生理快感和道德情感做了区分，他说："快适，美、善，这三者表示表象对于快感及不快感的三种不同的关系，在这些关系里我们可以看到其对象或表现都彼此不同，而且表示这三种愉快的各个适当名词也是各不相同的。快适，是使人快乐的；美，不过是他满意；善，就是被他珍贵的，赞许的，这就是说，他在它里面肯定一种客观价值。快适也适用于无理性的动物。美只适用于人类，换句话说，适用于动物性的又具有理性的生灵——因为人不仅是有理性（就是说，有灵魂）的，但同时也是一种动物。善却是一般地适用于一切有理性的动物……人可以说：在这三种愉快里只有对美的欣赏的愉快是唯一无利害关系的和自由的愉快；因为既没有官能方面的利害感，也没理性方面的利害感来强迫我们赞许。"②王国维在《古雅之在美学上之位置》中指出美之性质是"可爱玩而不可利用者"实际上是康德审美无利害命题的中文翻译。我们认为，就文学价值观的系统结构而言，应该说，它是很复杂的，但任何文学价值都有一个核心，这个核心决定了文学价值观的其他内容。那么这个核心是什么呢？是审美理

① [德]康德：《判断力批判》上卷，商务印书馆1987年版，第48页。

② 同上书，第46页。

想。就非功利的文学价值观而言，它的审美理想是将审美看作超越于现实、道德之上的。王国维的非功利主义价值观从"美"与"真"的角度讨论文艺之功用，这大不同于传统政教工具论着眼于"善"与"美"关系的艺术论。

王国维将文艺同"真理"联系起来考察，其目的在于揭示出文艺的真正本质与价值。他在《论哲学家与美术家之天职》一文中指出：

> 天下有最神圣最尊贵而无与于当世之用者，哲学与美术是已。天下之人嚣然谓之曰无用，无损于哲学美术之价值也。至为此学者自忘其神圣之位置而求以合当世之用，于是二者之价值失。夫哲学与美术之所志者，真理也。真理者，天下万世之真理，而非一时之真理也。其有发明此真理（哲学家）或以记号表之（美术）者，天下万世之功绩，而非一时之功绩也。唯其为天下万世之真理，故不能尽与一时一国之利益合，且有时不能相容，此即其神圣之所存也。

王国维立论的这一基础，显示了他在文艺研究上的深刻眼光。海德格尔从"存在"的角度探讨艺术的本质，他肯定了黑格尔就艺术与真理的关系来思考艺术问题，并在此基础上对之做出发展。海德格尔所谓的"真"是在"真"的希腊文 aletheia 的原初意义上使用的，即去蔽或无蔽，具体而言就是去除大地性的无意义状态，使大地万物意义化，使之从隐匿状态中呈现出来，此即所谓世界性的状态。艺术作品中的真与非真的冲突即是世界与大地的冲突。海德格尔对其论点的阐释虽不免晦涩，但我们可以清晰地看到，他认为艺术的价值在于它与"人的存在"联系在一起。王国维也明确指出他所说的"真理"是"宇宙人生之根本真理"，显然王氏的真理也是立足于人的生存意义之上的，这种"真理"是带有普遍性的，而非为"一时一国之真理"。他认为，"一时一国"之利益是狭隘的、庸俗的功利主义者所追求的。从一般意义上讲，真理与非功利二者的关系应该是统一的，"真理"是被人们在社会实践活动中不断发现的，它们会对人类的社会实践活动起到推动作用。真理的发现使社会功利成为现实，而社会的功利要求，又会推动人们去发现真理，但在社会发展进程中，真理与功利却往往处于矛盾对立状态，尤其是某些个人或集团为一时一地之利益的功利会与真理相矛盾。王国维注意到这一点是很不容易的。当然，我们应该看到，他的这一观点同样是受到了西方人本主义哲学思想影响的。叔本华说："艺术复制着世界一切现象中本质的和常住的东西，……艺术的唯一源泉就是对理念的认识，它唯一的目标就是传达这一认识。"①艺术是对理念的认识，王国维接受了叔氏的思想，他在《叔本华之哲学及其教育学说》中指出：

> 美之对象非特别之物，而此物之种类之形式；又观之之我，非特别之我，而纯粹无欲之我也。夫空间、时间既为吾人直观之形式，物之现于空间皆并立，现于时间者皆相续，故现于空间、时间者皆特别之物也，既视为特别之物矣，则此物与我利害之关系，欲其不生于心不可得也。若不视此物为与我有利益之关系而但观其物，则此物已非特别之物，而代表其物之全种，叔氏谓之曰实念，故美之知识，实念之知识也。

此处的"实念"现在一般译为"理念"，是叔本华从柏拉图那里借来的。在叔氏哲学中，"理念"是处于"意志"和"表象"之间的，它是意志客体化的过程的中间环节。一切个体都有生灭，而"理念"却是永恒的，美就存在于这些理念之中，"审美观赏的个体都不是个别的事物，而是在该事物中趋向于展示的理念，也就是意志在一定级别上恰如其分的客体性"，也可以说，"意志由于单纯的空间现象而有恰如其分的客体化便是客观意义上的美"。王国维将审美与艺术纳入了"人生"中讨论，这充分显示出其文艺观的人本主义性质。席勒的

---

① [德]叔本华：《作为意志和表象的世界》，商务印书馆1982年版，第258页。

"游戏说"对王国维的非功利主义文学价值观也产生了很大影响。所有这些都说明王国维的美学思想与艺术理论是在中西文化交流的大背景下产生的，在人文主义和科学主义日趋对抗的情势下，王国维接受了人本主义哲学及美学思想的影响，表明了中国美学观念及文学观念融入了中西文化融合的大合唱中。

纠现实之弊　无论是对工具论的反叛，还是对西方美学思想的吸收借鉴都成为王国维非功利主义文学价值观产生的契机。从近距离的背景看，王国维所处时代的精神文化状况也为这一文学价值观念的形成提供了现实的条件。

首先，王国维深深地认识到近代中国精神上的颓落之势，道德滑坡、社会腐败的现象触目惊心，人们的精神无所寄托。他在《文学与教育——〈教育杂感〉四则之四》一文中表达了自己深深的感慨及忧患：

> 今之混混然输入于我中国者，非泰西物质的文明乎？政治家与教育家，坎然自知其不彼若，毅然法之，法之诚是也，然回顾我国民之精神界则奚若？试问我国之大文学家，有足以代表全国民之精神，如希腊之鄂谟尔，英之狭斯丕尔，德之格代之乎？吾人则不能答也，其所以不能答者，殆无其人欤？抑有之而吾人不能举其人以实之欤？二者必具一焉，有前之说，则我国之重文学不如泰西，前所我所不知，至后说，则事实较然，我可违也。我国人对文学之趣味如此，则于何处得其精神之慰藉乎？求之于宗教欤？则我国无固有之宗教，印度之佛教亦久失其生气，求之于美术欤？美术之匮乏，亦未有如我中国者也，则夫蚩蚩之氓。除饮食男女之外，非鸦片赌博之归而奚归乎？故我国人之嗜鸦片也，有心理的必然性，与西人之细腰，中人之缠足有美学的必然性无以异。

王国维对中国精神状况的估计是正确的，也正是有了这种认识，他才从更深层上提出问题，即必须提高中国人的整体素质，因此，他十分重视哲学和美学的作用，特别强调审美教育对改造国民落后、愚昧状况的作用。他在《去毒篇》和《人间嗜好之研究》中指出了中国人吸食鸦片的心理依据，提出"鸦片烟之根本治疗法及将来教育上之注意"的看法。他具体地阐释了其基本观点：

> 故禁鸦片之根本之道，除修明政治，大兴教育，以养成国民之知识及道德外，尤不可不于国民之感情，加之意焉。其道安在？则宗教与美术二者是也。前者适于下流社会，后者适于上等社会；前者所以鼓国民之希望，后者所以供国民之慰藉。兹二者尤我国今日所最缺乏，亦其所最需要者也。①

王国维特别将美术、宗教作为拯救中国的途径，正在于发挥二者对人精神上的作用，因此，如果再将艺术作为载封建之"道"的工具显然无助于中国的"启蒙"事业。他的设想从根本上讲应该说是"可爱"的，但实际上却带有虚妄色彩，中国的前途命运仅仅依赖于艺术和宗教是绝对不行的。但王国维的思考对改良派和革命派过分重视物质利益而轻视精神价值又具有警示作用，他的思想对鲁迅的早期思想也产生了很大影响。

其次，王国维非功利主义文学价值观的产生还有一个具体背景，即梁启超为代表的近代功利主义价值观对文学所造成的负面影响已显示出来，王国维的观点从根本上讲是以与之对立的姿态出现的。但就近代文学价值观的整体而言，二者又形成互补之势。近代改良主义者的文学价值观不能简单地等同于传统的"文以载道"论，但为了社会政治斗争的需要，梁启超把文学艺术当作为社会改革服务的工具是时代的需要，这有其合理性，但过分突出艺术的现实功用，无疑会影响它自身的审美价值。王国维推崇非功利主义，鄙薄学术与文艺上的功利主

---

① 王国维：《去毒篇》，《静庵文集》，辽宁教育出版社1997年版，第183页。

义，显然也与功利主义的失误有关。他明确表示反对长期以来过分重视物质利益，忽视精神作用的功利主义，他曾尖锐指出："夫同治及光绪初年之留学欧美者，皆以海军制造为主，其次法律而已。以纯粹科学专其家者，独无所闻；其稍有哲学之兴味如严复氏者，亦只以馀力及之；其能接欧人深邃伟大之思想者，吾决其必无也；即令有之，亦其无表出之之能力，又可决也。况近数年之留学界，或抱政治之野心，或怀实利之目的，其肯研究冷淡干燥无益于世之思想问题哉？即有其人，然现在之思想界，未受其戈戈之影响，则又可不言而决也。"①在此，我们更进一步地看到，王国维非功利主义价值观的提出是建立在"精神高于物质"理论认识之上的。

王国维非功利主义之"用"所注重的是精神之用，他认为艺术除具有审美的价值外，还具有伦理学上的精神"解脱"价值和心理学上的心灵"慰藉"价值，所有这些价值都是作用于人的精神领域的。

总之，王国维的非功利主义价值观显示了中国文学研究向世界的开放性特点，他所集中思考的是如何建造人类的精神家园问题，即如何找到人类精神的栖居之所，因此，他对艺术功用的要求是超脱于一切狭隘的政治目的之外的。如果说王国维的前期思想主要是受到西方哲学思想的影响，还带有更多的唯心主义色彩，那么，在写作《人间词话》及《宋元戏曲史》时期，他已经克服了照搬西学的弊病，开始注重结合中国文学及文化传统来探讨艺术问题。同时，他也更加重视艺术与现实的关系，特别推崇"忧生""忧世"之作。但我们必须注意，王国维所重视的仍然是艺术的精神价值，他仍然没有将艺术当作为现实政治服务的工具。

长期以来，由于受机械反映论的影响，我们对以王国维开始的近现代非功利主义美学与文学观念采取否定态度。其实，只要我们稍一留意，就不难看到，它是一股足以和功利主义形成对峙之势的美学思潮。与

---

① 王国维：《论近年之学术界》，《静庵文集》，辽宁教育出版社1997年版，114页。

王国维同时代的蔡元培也曾受康德的影响，认为美的特性有两个，即普遍和超脱，从他对美育功能的分析，可以看出他对艺术功能的理解是超功利的。他说："在现象世界，凡人皆有爱恶惊惧喜怒悲乐之情，随离合生死祸福利害而流传。至美术，则即以此等现象为资料，而能使对之者，一无杂念……"[①]朱光潜在 20 年代也坚持文艺的超功利观点，他说："美术家的生活就是超脱现实的生活；美术作品就是帮助我们超脱现实到理想界去求安慰的。换句话说，我们有美术的要求，就因为现实界待遇我国太刻薄，不让我们意志推行无碍，于是我们的意志就跑到理想界去求慰情的路径。美术作品之所以美，在于它能够给我们很好的理想境界。所以我们可以说，美术作品的价值高低就看它超脱现实的程度大小，就看所创造的理想世界是阔大还是窄狭。"[②]宗白华认为审美是超利害的"静观"，郭沫若也曾主张"艺术的精神"就是没有功利性。在一个时期，由于"左"倾思想的影响，中国当代文艺几乎完全成为某种政策的图解，其自身所应具有的审美特性几乎丧失殆尽，以上诸位理论家的功利主义美学思想也多在被批判之列。新时期以来，对文学的价值问题的研究引起了热烈的讨论，文学的审美特性、精神价值得到了重新确认，但"纯审美"的口号也曾兴盛一时。总结近代功利主义与非功利主义的经验教训对当代文艺学建设仍然具有十分重要的意义。

（原载《文学评论》2002 年"青年学者专号"）

---

① 蔡元培：《对于新教育之意见》，《蔡元培全集》第二卷，中华书局 1984 年版，第 134 页。

② 朱光潜：《谈美》，开明书店 1932 年版，第 20 页。

论王国维悲剧观的实质

——兼评与之相关的两个观点

　　具有近代性质的悲剧意识的诞生及其在文学中的充分表现，构成了中国近代文学观念变革的一大景观。中国近代悲剧意识标举忧患意识、痛苦意识及抗争精神，冲破了以"中和"为美的古典审美理想，因此，近代悲剧观念在文学上的提倡及表现便更多带有鲜明的冲突性及崇高性特征。在近代人看来，悲剧的根源不存在于具有宿命色彩的命运之中，也不是如文艺复兴时期的人文学者所认为的那样悲剧是人物自身性格原因所造成的。近代悲剧观念倒是可以"社会悲剧"来命名之，在近代人看来，悲剧之所以产生，在于代表进步理想的先进力量尚处于萌芽之中，还不能与保守的反动势力相抗衡，因此，导致新的理想的失败。然而可贵的是，近代人是以知其不可而为之的精神，以主体的姿态与现实相抗争的，从这个意义上讲，中国近代悲剧意识同西方悲剧意识有更多的相似之处。其中的原因除我们曾经谈到过的社会原因之外，当然还与近代知识分子主动引进西方以强调冲突为特点的悲剧观念有关。同近代悲剧观念的主流相比，在王国维的悲剧观念中，我们看不到胡适、李大钊、鲁迅等人所宣扬的旨在与现实相抗争的"立意在反抗，指归在动作"的昂扬精神，他认为悲剧是作为人生之命运的一种"自感"的表露，"人生之命运，固无异于悲剧"。因此，我们称王国维所持的悲剧观念为"人生悲剧"。

　　王国维的人生悲剧观是直接脱胎于叔本华的，因此，在具体把握叔本华哲学对他带有人生体验的悲剧观的影响之前，我们有必要将眼界放宽一些，把叔本华的悲剧观念放到西方美学发展史中考察，这样我们会发现西方现代悲剧观从叔本华开始已出现了一个新的转折，即西方悲剧理论经过了古希腊时期（以亚里士多德为代表），德国古典美学时期（以黑格尔为代表）以及马克思、恩格斯对悲剧的研究三个高潮之后，进入了第四个高潮期。悲剧观念在现代美学中的蜕变是与现代美学的人本主义思潮相一致的，这种新的悲剧观念与传统悲剧观的不同之处在于：其一，现代悲剧观将悲剧的研究扩大到社会生活领域，认为存在着一种全人类的悲剧，这样就将悲剧扩大到普通的生活领域，得出生活本身就是悲剧的结论，使它成为人类固有的某种特性，叔本华将人类的生活本身看作是一种悲剧的存在。尼采虽然不完全同意叔本华对人生的悲观主义理解，主张以悲剧来激发人的生命意志的力量，但他对人类的悲剧存在状态的认定却仍然同叔本华保持了一致性。这种悲剧观在 20 世纪的其他美学家的思想中也有表现，成为当代美学中的一大潮流，其代表当推存在主义悲剧观。如雅斯贝尔斯就从叔本华、尼采、齐克果和陀斯妥耶夫斯基那里受到启示，将他的悲剧观定位于人的存在的荒谬性上。他认为，人的存在的荒谬性就是"罪"，他说："一个人的生命因其起源而获罪。真的，我从来没有向往过这个世界，也不曾希冀我个人能生存于其间。我的罪并非出于意愿，而只是因为我有这样一个出生。我是有罪祖先的苗裔，这使我自己也有了罪。"[①]另一方面，行动本身也是一种"罪"。雅斯贝尔斯认为，人在实现其可能性时，往往不受规范限制，会被神或绝对者背弃。因此，人的存在显然是具有悲剧性的。这种悲剧观的产生是与现代西方社会的现实状况分不开的，它是资本主义文化矛盾在哲学、美学领域的折射和投影。现代哲学家置身于资本主义异化环境中，正是在对现代生活的无从把握中产生了关于人生的悲观主义态度。因此，便有了现代悲剧观念与传统悲剧观念相区别的第二点，即现代悲剧观的悲剧精神发生了变化，它们往往把悲剧理解为"不幸"和

---

① [德]叔本华：《作为意志和表象的世界》，商务印书馆 1982 年版，第 427 页。

"可怕"的事情。虽然尼采的"权力意志论"主张超越悲剧人生，但从总体上看，这类观念对人的生存状态基本上是持悲观态度的，它们认为消除悲剧感的途径只有两条：要么自杀，要么皈依上帝。基督教之所以在西方长盛不衰，与人们所说的第二条途径有直接关系。西班牙哲学家乌纳穆诺（1864—1936）就是要以宗教的精神（尼采曾批判过的）来达到悲剧的超越。

　　了解了叔本华的悲剧观在西方文学史上的地位，有助于我们对叔本华这一观念的理论把握，尤其是可以帮助我们清晰地看出它所产生的历史必然。而王国维对叔本华的接受如果同样放到世界现代美学史上看，多少也能说明中西美学发展的某些同步性。王国维对叔本华悲剧观念的吸收，实在是不能完全如缪钺先生所说"其喜叔本华之说而受其影响乃自然之巧合"①。这其中的原因既要从王国维自身来找，也不能忽视美学史发展的同步规律。虽然王国维的悲剧观念在中国近代特殊的背景下，显得有些背时，但它与西方现代悲剧观又有一定程度的一致性，它的出现至少为中国近代现代美学提供了理解悲剧的另一种思路。

　　王国维在《叔本华之哲学及其教育学说》一文中说：

　　　　叔本华于知识论上，奉汗德（即康德——引者）之说，曰：世界者，吾人之观念也。一切万物，皆由充足理由之原理决定之，而此原理，吾人知力之形式也。物之为吾人所知者，不得不入此形式。故吾人所知之物，决非物之自身，而但现象而已，易言以明之，吾人之观念而已。然则物之自身，吾人终不得而知之乎？叔氏曰：否！他物则吾不可知，若我之为我，则为物之自身之一部，昭昭然矣。而我之为我，其现于直观中时，则块然空间及时间中之一物，与万物无异。然其现于反观时，则吾人谓之意志而不疑也。而吾人反观时，无知力之形式行乎其间，故反观时之

　　① 缪钺：《王静安与叔本华》，《诗词散论》，台北开明书店1953年版，第68页。

我，我之自身也。然则我之自身，意志也。而意志与身体吾人实视为一物，故身体者可谓之意志之客观化也，即意志之入于知力之形式中者也。吾人观我时，得由此二方面，而观物时，只由一方面，即唯由知力之形式中观之，故物之自身，遂不得而知。然由观我之例推之，则一切物之自身，皆意志也。

在这段文字中，王国维指出了叔本华对世界与人的本质的基本看法。叔本华完成了西方哲学史上的一个重要转向，即由传统的实在的绝对的本体论转变为个体—感性生命的本体论。在叔本华这里，本体已不是绝对的实在，不是什么上帝，而是人的生命意志。他提出了两个命题，第一个命题是"世界是我们的表象"，这个命题的内在含义是，世界上的一切都要以主体为条件，它们只为主体而存在。就作为主体的人而言，它既是认识的主体，又是认识的客体，这就是作为人的世界的特征。叔本华将意识确立为理解存在的最高范畴：没有人所意识着的对象，也就没有世界可言。他举例说，他不认识什么是太阳，什么是地球，而永远只是眼睛，是眼睛看见太阳；永远只是手，是手感触着地球，他的这世界只是作为表象而存在的。叔本华明确地说："'世界是我的表象'：这是一个真理，是对于任何一个生活着的生物都有效的真理；不过只有人能够将纳入反省的，抽象的意识罢了。"①叔本华的第二个命题是"世界是我的意志"。世界上的现象纷纭复杂，世界就像一个难解的谜，那么它的谜底是什么？答曰："这个谜底叫作意志。这，也唯有这，才给了这主体理解自己这现象的那把钥匙，才分别对它揭露和指出了它的本质，它的作为和行动的定义和内在动力。"②意志是初始的，无时间性和空间性，它是无因而成的活动，它在人心中表现为冲动、本能、渴望和要求。万物也是"意志的客体化"。叔本华主张意志是万物的本

---

① [德]叔本华：《作为意志和表象的世界》，商务印书馆1982年版，第25页。
② 同上书，第151页。

原，从无机物到有机物，从低等动物到高等动物，意志的客体化一级比一级明显。比如，树木对阳光的渴望，才使它们努力向上，它又需要潮湿，就往土地扎根。在动物中，野兽为了获取食物就要发展爪牙和体力，冲撞的愿望是生角的原因。总之这一切都是意志的外在表现，是我们直观到的意志的活动。从叔本华的两个基本哲学命题中可知，他是第一个明确提出意志第一的人，也是一个彻底的唯意志论者，其中的偏颇是不言自明的。

唯意志论必然导致唯我主义。叔本华无限夸大人的意志，而人的个体自由又必然要受到客观规律的制约，意志不可能天马行空，不受限制，因此，叔本华的唯意志主义自然而然地走向悲观主义。他认为生命意志的本质就是痛苦，人生的痛苦来自于生命意志的冲动，其表现方式可分为两种："一部分是由偶然和错误带来。偶然和错误（在那里）是作为世界的统治者出现的。并且，由于近乎有心（为虐）的恶作剧作为命运（之神）而人格化了。一部分是由于人类斗争是从自己里面产生的，因为不同个体的意志是互相交叉的，而多数人又是心肠不好和错误百出的。在所有这些人们中活着的和显现着的是一个同一的意志，但是这意志的各个现象却自相斗争，自相屠杀。"①叔本华的这段话包含两个方面的意思，其一，人生的命运是世界意志盲目冲动的结果。其二，人类自身为欲望而争斗，也是造成人生悲剧性的原因。在前面所引叔本华的言论中，我们已经看到他明确指出"人生是在痛苦和无聊两者之间像钟摆一样来回摆动着。事实上痛苦和无聊两者也就是人生的两种最后成分。"王国维几乎完全照搬了叔本华的观点，得出了人生即痛苦即悲剧的观点：

　　　　生活之本质何？欲而已矣。欲之为性无厌，而其原生于不足。不足之状态，苦痛是也。既偿一欲，则此欲以终。然欲之被偿者一，而不偿者什佰。一欲既

① [德]叔本华：《作为意志和表象的世界》，商务印书馆1982年版，第350页。

终，他欲随之，故究竟之慰藉，终不可得也。即使吾人欲悉偿，而更无所欲之对象，倦厌之情即起而乘之，于是吾人自己之生活，若负之而不胜其重。故人生者如钟表之摆，实往复于苦痛与倦厌之间者也，夫倦厌固可视为苦痛之一种，有能除去此二者，吾人谓之曰快乐。然当其求快乐也，吾人于固有之苦痛处，又不得不加以努力，而努力亦苦痛之一也。且快乐之后，其感苦痛也弥深。故苦痛而无回复之快乐者有之矣，未有快乐而不先之或继之以苦痛者也。又此苦痛与世界之文化俱增，而不由之而减，何则？文化愈进，其知识弥广，其所欲弥多，又其感苦痛亦弥甚故也。然则人生之所欲，既无以逾于生活，而生活之性质，又不外乎苦痛，故欲与生活与苦痛三者一而已矣。[①]

王国维的悲剧观中还融入了老庄的厌世哲学。他援引老庄的话，认为人之所以有忧患和劳苦，在于人自身有"形"有"体"，所谓"人之大患，在我有身"，"大块载我以形，劳我以生。"这一点与叔本华所宣扬的带有基督教观念的"原罪"也是契合的。叔本华曾引西班牙剧作家、诗人加尔德伦的话"一个人最大的罪，就在他被生了出来"来阐明自己的理论，因为生命是伴随意志同时产生的，而意志的本质即是"欲"，人生的痛苦和烦恼由此而生。王国维循叔氏之说提出了他对人生的悲观主义看法。

谈到王国维的"人生悲剧"观，我们对所涉及的两个问题进行一些评论。其一是王国维依叔本华之说提出的"第三种悲剧"说。王国维在《〈红楼梦〉评论》第三章"《红楼梦》之美学上之价值"中将悲剧区分为三种：第一种是"由极恶之人"造成的；第二种是由"盲目的命运"造成的；第三种是由"普通之人物，普通之境遇"，亦即由生活本身造成的。在这些悲剧类型中，第三种的价值最高。在研究这一问题时，有学者仅仅抓住"普通"二字，然后对之加以延伸，

---

① 王国维：《〈红楼梦〉评论》，《静庵文集》，辽宁教育出版社1997年版，第65-66页。

认为王国维的观点"显然具有很强的现实主义倾向。在某种意义上，甚至可以说，它强调的是对现实关系的如实描写。"①如果说王国维所认为的"悲剧中之悲剧"的《红楼梦》具有强烈的现实主义倾向，是没有任何疑义的话，那么认为王国维的"第三种悲剧说"具有强调对"现实关系的如实描写"的价值，则是我们不能苟同的。王国维强调"第三种悲剧"的目的在于证实他的人生悲剧论的有效性和普遍性。"第三种悲剧"的意义在于"彼示人生最大之不幸非例外之事，而人生之所固有故也。若前二种之悲剧，吾人对蛇蝎之人物与盲目之命运未尝不悚然战栗，然以其罕见之故，犹幸吾生之可以免，而不必求息肩之地也。但在第三种，则见非常之势力足以破坏人生之福祉者，无时而不可坠于吾前，且此等惨酷之行，不但时时可受诸己，而或可以加诸人；躬丁其酷，而无不平之可鸣：此可谓天下之至惨也"。纵观中西文学史的发展，确实存在着这样一种带有规律性的文学现象：悲剧主人公渐渐从"英雄"转向普通人。但王国维在此肯定普通人的悲剧的意图不在于为这一转变在理论上给予支持。既然悲剧会出现在普通人的身上，它就不是生活的特例，而是笼罩在生活之中的，人生是悲剧性的。王国维认为"第三种悲剧"是由于剧中人物彼此间所处的相互对立的地位，"由于他们相互的关系而造成的"。所以，这种不幸才是最可怕的，因为人已完全没有了自主性，而且也无法挣脱悲剧的结局，它不是指某一历史时期，某一社会中人的对立或阶级的对立，这种不幸的对立是无法克服的，因为生命意志的盲目冲动决定了这一点，世界和人生不可能给人们以真正的快乐，因而也就不值得我们留恋，悲剧的实质在于引导我们自愿退出人生，这才是王国维对"第三种悲剧"大加推崇的目的之所在，他正是从人生悲剧的角度指出了《红楼梦》在美学上和伦理学上的价值，并结合贾宝玉、林黛玉的悲剧进一步阐明了他的这种悲剧观念：

① 张本楠：《王国维美学思想研究》，台湾文津出版社1992年版，第108页。

兹就宝玉黛玉之事言之：

贾母爱宝钗之婉嫕，而惩黛玉之孤僻，又信金玉之邪说，而思压宝玉之病；王夫人固亲于薛氏；凤姐以持家之故，忌黛玉之才而虞其不便己也；袭人惩尤二姐、香菱之事，闻黛玉不是'东风压倒西风，就是西风压倒东风'之语（第八十一回），惧祸之及而自同于凤姐，亦自然之势也；宝玉之于黛玉，信誓旦旦，而不能言之于最爱之之祖母，则普通之道德使然，况黛玉一女子哉？由此种种原因，而金玉以之合，木石以之离，又岂有蛇蝎之人物、非常之变故行于其间哉？不过通常之道德，通常之人情，通常之境遇为之而已。由此观之，《红楼梦》者，可谓悲剧中之悲剧也。①

由此观之，王国维认为《红楼梦》的价值在于表现了人生固有之痛苦及其解脱之道，它展示出人生就是一场悲剧的真相。因此，他提出的"第三种悲剧"的意义在于最真切地昭示出人生就是悲剧的观念。

其二，关于悲剧人物的典型性问题。王国维在《〈红楼梦〉评论》中说："美术之所写者，非个人之性质，而人类全体之性质也。唯美术之特质，贵具体而不贵抽象。于是举人类全体之性质，置诸个人之名字之下。譬诸'副墨之子'，'洛涌之孙'，亦随吾人所好名之而已。善于观物者，能就个人之事实，而发现人类全体之性质。今对人类之全体，而必规规焉求个人以实之，人之知力相越，岂不远哉！故《红楼梦》之主人公，谓之贾宝玉可，谓之'子虚'、'乌有'先生可，即谓之纳兰容若可，谓之曹雪芹，亦无不可也。"根据王国维这段文字，国内有不少学者认为他提出了"现实主义的'典型'理论"，认为他的典型论比较接近歌德的典型说。其实，这种说法大谬不然。表面看来，王国维所说的"个人"与"全体"似乎与典型的"个性"与"共性"相同，然而，他所说的"个人"其实只是表达某种理念的符号，而"人类全体之

① 王国维：《〈红楼梦〉评论》，《静庵文集》，辽宁教育出版社1997年版，第75页。

性质"是从叔本华那里借来的,是指生活的"苦痛"。王国维并不关心前者的"个性"特征,对于后者而言,他所说的带有共同性的东西也不是典型论中的"共性"。现实主义典型论中的"共性"是指,建立在对社会现实关系的真实描写基础上的社会生活的发展规律或发展趋势。王国维以上观点仍然没有摆脱叔本华等西方哲学家美学观点的影响。叔本华曾明确讲过艺术是对"理念的认识",文艺的本质特征是"复制那被认识了的理念"。具体的文艺体裁如诗歌、小说、戏剧等所显示的主要是"人的理念"。叔本华在讲到"理念"的表现时,也涉及性格、典型等概念,尽管叔本华似乎也重视性格塑造,但它是作为显现理念的工具被对待的。王国维"举人类全体之性质,置诸个人名字之下"的目的显然仍在于表现抽象的"理念"。叶嘉莹也发现了王国维的这一特点,指出:"从通古今之全人类的哲理来探寻作品之含义,乃是静安先生衡定文学作品之内容的另一项可注意的标准。"①叶氏还分析了这一特点的成因:"他喜欢在作品中寻求较高一层之哲理,欲透过作品中之个人来表现全人类之感情的一点,则一方面固然乃是由于他自己原来就是一个富于哲理之思致的人物,而另一方面则其立说之依据,实在是受了叔本华之意志哲学,康德美学中之趣味判断说,以及曾对康德之说加以发扬光大的德国诗人席勒之文学起源于游戏之说的综合影响。"②我们非常同意叶先生之言,要正确理解王国维对悲剧作品人物塑造的有关问题,必须紧密联系其"人生悲剧"观念。

另外,王国维对悲剧的价值和意义还做了论述,指出悲剧具有双重的解脱作用,即"美术的救济"和"实行的救济",前者是通过审美直观求得解脱,后者是通过对悲剧的欣赏获得"厌世之精神"。

正如王国维本人一样,他的悲剧观念也是一个充满矛盾的复杂整体,自然有着突出的有价值的一面,同时也存在明显的不足。先看

① 叶嘉莹:《王国维及其文学批评》,河北教育出版社1982年版,第162页。
② 同上书,第170页。

王国维悲剧观念的价值和意义。

　　首先，王国维对悲剧观念的积极提倡具有反传统的性质。他大力鼓吹人生悲剧的观念其目的显然是为了打破中国传统中的盲目乐观精神。

　　其次，王国维为了说明自己的悲剧观念，对《红楼梦》的悲剧价值做了充分肯定，认为这部著作是"悲剧中之悲剧"，可以与西方名著《浮士德》相媲美，他对《红楼梦》的评论所持的"人生学"角度也是全新的，因此，他是第一个真正认识到《红楼梦》价值的人。叶嘉莹在《王国维及其文学批评》中曾指出：《〈红楼梦〉评论》比蔡元培所写的《〈石头记〉索引》早十三年，比胡适的《〈红楼梦〉考证》早十七年，比俞平伯的《〈红楼梦〉辨》要早十九年。王国维主要从文学艺术表现人生的角度对悲剧之作《红楼梦》进行评论，这样就在某种程度上抓住了文学艺术的根本问题。正是基于这样一种认识，王国维对《红楼梦》批评的传统方法做了清理。方法不仅仅是方法，从深层看，方法的采用实质上代表着对对象的观念性的认识，也许可以说"方法即观念"。王国维否定传统的研究《红楼梦》的方法其目的在于批判它们对《红楼梦》的传统认识和评价。

　　王国维对"索引派"进行了批评。这一流派的方法主要是受考据学影响，考索主人公的"原型"，对此王国维指出："诗人与小说家之用语，其偶合者固不少。苟执此例以求《红楼梦》之主人公，吾恐其可傅合者，断不止容若一人而已。"只是根据纳兰性德的个别诗词中出现过"红楼""葬花"，就断定贾宝玉即纳兰性德显然是不能令人信服的。后来王梦阮、沈瓶庵认为贾宝玉是清世祖，蔡元培认为是康熙皇帝的太子胤礽，这说明"索引派"的方法的有效性是值得怀疑的。王国维还认为关于《红楼梦》写作者身世的说法也是有欠缺的："至谓《红楼梦》一书，为作者自道其生平者，其说本于此书第一回'竟不如我亲见亲闻的几个女子'一语。信如此说，则唐旦之《天国喜剧》，可谓无独有偶矣。然所谓亲见亲闻，亦可旁观者之口言之，未必躬为剧中之人物。所谓书中种种境界，种种人物，非局中不能道，则是《水浒传》之作者，必为大盗，《三国演义》之作者，必为兵家，此又大不然之说也。"王国维对于以上两说的批判在于他认识到了这两种方法只是局限于一般的考据，其思路是极其狭隘的，是不能揭示出这部"大著述"的美学价值的。

在王国维看来，只有从表现人生的角度才能真正把握《红楼梦》的根本精神，他说："美术中以诗歌戏曲小说为其顶点，以其目的在描写人生故。吾人于是得一绝大著作曰《红楼梦》。"事实上，从文学观念的角度看，王国维确实是将表现人生作为文学的价值来理解的，他在《论近年之学术界》一文中曾指出："诗之道，即以描写人生为业，而人生者非孤立之生活，而在家族、国家、社会中之生活也。"这段文字比他所说的"美术"所表现的是"人类全体之性质"更为具体地阐述了他的文学表现人生的观点。在《人间嗜好之研究》中，他将"表现人生"的命题进一步做了具体化的处理，特别强调了文学对人的情感的表现，认为人们内心世界的思想感情，平时不能"语诸人或不能以庄语表之"，但在文学所创造的艺术世界中，"我"与人们没有利害关系，因此，可以自由自在地传达出自己的思想感情。他进一步指出："若夫真正大诗人，则又以人类之感情为其一己之感情，彼其势力不可以已，遂不以发表自己之感情为满足，更进而欲发表人类全体之感情。彼之著作实为人类全体之喉舌，而读者于此闻其悲欢啼笑之声，遂觉自己之势力亦为之发扬而不能自已。"由此观之，王国维主要以《红楼梦》评论为中心提出了从生命意识的角度研究文学的新视角。

再看王国维悲剧理论的不足。

第一，王国维虽然对《红楼梦》的悲剧性价值进行了充分肯定，然而，他对悲剧产生的原因的分析和归纳显然是错误的。将人生悲剧性归结为人生来就有的"欲望"，很难从根本上将问题说清楚，他的观点带有西方人本主义哲学思潮的明显烙印，因此，叔本华及其后的存在主义哲学家美学家在对人的理解上的不足正是王国维的缺陷。

《红楼梦》中贾宝玉等人物的悲剧是由于在他们身上体现出了要求个性解放，冲破封建专制束缚的新人文精神。然而，传统的道德伦理的强大力量使新生命还不能冲破冰冻的土地自由生长，所以他们的命运必然是以失败告终，因而是悲剧性的。恩格斯对私有制度下的婚姻曾做过精彩的分析："结婚是一种政治的行为，是一种借新的联姻来扩大自己势力的机会；起决定作用的是家世的利益，而决不是个人的意愿。在这种条件下，关于婚姻问题的最后决定权怎能属于爱情呢？"①因此，贾宝玉的爱情悲剧之所以能够产生，是因为个性解放的理想被社会现实压制而不能实现。王国维依据叔本华的理论将悲剧原因归结为"生活之欲"，归结为悲剧人物自身，所谓"自犯罪，自加罚"，而不能将悲剧的发生放入社会历史的发展进程中来考察，因此，他不能发现悲剧产生的真正根源。

第二，王国维为摆脱悲剧性所设计的解脱途径也是虚妄的。他在《〈红楼梦〉评论》中指出了两条解脱道路："一存于观他人之苦痛，一存于觉自己之苦痛。然前者之解脱，唯非常之人为能，其高百倍于后者，而其难亦百倍。但由其成功观之，则二者一也。通常之人，其解脱由于苦痛之阅历，而不由于苦痛之知识。唯非常之人，由非常之知力，而洞观宇宙人生之本质，始知生活与痛苦之不能相离。由是求绝其生活之欲，而得解脱之道。然于解脱之途中，彼之生活之欲，犹时时起而与之相抗，而生种种之幻影。所谓恶魔者，不过此等幻影之人物化而已矣。故通常之解脱，存于自己之苦痛，彼之生活之欲，因不得其满足而愈烈，又因愈烈而愈不得其满足，如此循环，而陷于失望之境遇，遂悟宇宙人生之真相，遽而求其息肩之所。"王国维所说的以上两种解脱道路来自叔本华。叔本华特别重视解脱的第二条道路，因为这是大多数人求得解脱的途径，《浮士德》中的主人公就是一个代表。王国维认为惜春、紫鹃属于前者，宝玉属于后者，宝玉的出家是真正的解脱方式，"今使为宝玉者，于黛

①《马克思恩格斯选集》第四卷，人民出版社1995年版，第74页。

玉既死之后，或感愤而自杀，或放废以终其身，则虽谓此书一无价值可也。"
而宝玉所以出家来求得解脱其意义也是十分明显的："世界人生之所以存
在，实由吾人类之祖先一时之误谬……夫人之有生既为鼻祖之误谬矣，则夫
吾人之同胞，凡为此鼻祖之子孙者，苟有一人焉，未入解脱之域，则鼻祖之
罪，终无时而赎，而一时之误谬反复至数千万年而未有已也。"在王国维看
来，宝玉以出家获得解脱的价值在于赎回了祖先的"罪"，因此，他认为
《红楼梦》的伦理学上的价值也是巨大的。叔本华的"原罪说"和"解脱说"
来自基督教与佛教的观念，是具有神秘主义色彩的。王国维以之来解释《红
楼梦》的价值显然是错误的，当然也歪曲了贾宝玉的形象。

（原载《山东社会科学》1999 年第 5 期）

阐释与创造

—— 20 世纪儒家文艺思想研究概述

儒家文艺思想作为儒家思想体系的一个重要组成部分，它在 20 世纪中国的命运正如儒家文艺思想的开创者孔子的命运一样，在不断被阐释的过程中显示出其独有的魅力，但也暴露出一些不足，被误解、被扭曲，甚至被彻底否定或尊为至高无上的情形也多有出现。儒家文艺思想作为一个"文本"存在着各种阐释的可能性。由于百年来中国社会政治、经济、文化的变化，所经历的曲曲折折也自然有其历史的基础。儒家文艺思想在 20 世纪中国还不仅仅是一个只被看作研究对象的文本，更为重要的是，它在被阐释中充当着构建 20 世纪中国文艺学的重要角色。研究 20 世纪儒家文艺思想学术史当是我们的重要使命，儒家文艺思想并不是已经过去的"历史"，而是作为生生不息的传统仍然活在 20 世纪、21 世纪乃至永远。我们把 20 世纪儒家文艺思想的研究史划分为三个阶段，并对每一阶段的研究概况做一基本描述。

一 在激进与保守之间

第一个阶段为 20 世纪初至五四新文化运动。世纪初的中国是一个风云激荡的时代，启蒙和救亡的时代主题随着甲午战争的失败更加突显出来。先驱者艰难地探索着中国未来发展的道路。自鸦片战争后，面对内忧外患，国人不得不进行深刻的反思，按梁启超的说法，这个反思过程，经过了科技—制度—文化反思的三个阶段，此种概括是极为准确的。伴随 20 世纪初的制度和文化反思的是在思想文化领域对传统文化以及在塑造传统文化中发挥重要作用的儒学思想进行了大规模的反省，其结果是对之所做的猛烈批判。当然，也有持文化保守主义观点的学者与带有强烈激进色彩的思想主流表现出不同的倾向，但由于矫枉必须过正的思想似乎在人们头脑中占有很重要的地位，因此，激烈的反传统潮流始终处于强势地位。20 世纪初二十年对儒家文艺思想的态度是同思想界的激进与保守紧密相连的。这时期，极少就儒家文艺思想研究儒家文艺思想的著作，大多是从思想史的角度来看待它的。多数思想家和学者将批判的锋芒指向儒家学说及儒家文艺思想。

八股取士是封建时代选拔人才的唯一手段。"儒家激励政府的是通过选举选择知识精英，而此种方式极大地束缚了人的自由创造力"[1]。面对危局，就必须变革，文学也一定要走出八股文的禁锢。因此，废除八股及科举制度成为世纪初强烈的呼声。严复指出："天下理之最明而势所必至者，如今日中国不变法则必亡是已。然则变将何先？曰：莫亟于废八股。夫八股非自能害国也，害在使天下无人才。"[2]并指出用八股取士有三大害，即"锢智慧""坏心术""滋游手"。康有为根据他自己的体验，痛陈废弃八股的必要，认为八股陷举国才智于盲瞽，惟恐其稍为有用之学，救时之才，"中国之割地败兵，非他为之，而八股致之也"[3]，建议先废八股，改用策论，一待学校尽开，除废科举，就教以科学。

如果说，严复、康有为是从立足于人才培养的角度反对八股文的话，那么，王国维则以更为广阔，更为深刻的学术视野对儒家及其思想进行了批判。

中国传统文论中的将文学视为政治教化工具的看法作为一种文学价值观而言，具有极大的稳定性，

① 卜松山：《普遍伦理与跨文化对话》，载《读书》，2001 年第 11 期。

② 王栻：《严复集》第一册，中华书局 1986 年版，第 40 页。

③ 汤志钧：《康有为政论集》，中华书局 1981 年版，第 27 页。

它的形成以及不断的延续绝对不是偶然的，它取决于以儒家思想为根基的中国传统人文精神，与"修身齐家治国平天下"的中国传统知识分子所追求的人格理想密切相关。在儒家思想看来，上至天子，下至庶民，"皆以修身为本"。修身就是修道，它成为儒家文化的"道统"。显然，修身是"内圣"方面的功夫，其本身不是目的，其目标所指是"外王"，它是儒家的"政统"。对道统的阐发形成学统，由于道统融汇到政统之中，因而学统也就必然与政统不能分割，并为其服务，因而，知识分子的"文"就成为"载道"的工具，成为"政治教化的工具"。

传统文学观念的"文以载道"思想产生了以下几种不良后果：其一，传统"政教工具"论与中国文化的伦理化特质密不可分，它是建立在儒家的伦理道德之上的，但儒家的伦理道德并非是具有普遍意义的道德，它只不过是为统治者服务的工具，因而，文学功能的伦理化的弊害是明显可见的。其二，由于文章要"明道""载道"，文学自身的独立价值不可能得到真正发挥。其三，这种文学价值观所带来的另一个恶果是中国传统知识分子总希望参与到"治天下"的政治活动之中，因此"学而优则仕"是他们努力追求的目标。一旦进入体制内部，他们就变为统治集团的一员，完全丧失了知识分子的真正价值，很少对人的生存意义等终极问题进行深入思考。

对于这种忽视文学自身独立价值，把文学艺术当作宣传儒家伦理道德的工具的价值观，王国维以其敏锐的眼光发现并深刻认识到它在中国文学史上流传之广，弊病之大。在对传统儒家文化的根本特质进行反思的基础上，他明确指出，由于哲学、文学无独立价值，如不为政治教化服务则没有任何用处，因此，一般哲学家、文学家若想得到社会的尊重和肯定，则"皆抱政治上之大志"，"无不欲兼为政治家"。

王国维从学术、文学要有自己的独立价值入手，反对把它们作为物质功利或道德政治的附庸。在其前期著作中，他反复呼吁学术及文学要摆脱工具论的羁绊："故欲学术之发达，必视学术为目的，而不视为手段而后可，汗德《伦理学》之格言曰："当视人人为一目的，不可视为手段。'岂特人之对人当如是而已乎，对学术、亦何独不然，然则彼等言政治，则言政治已耳，而必欲渎哲学文学之神圣，此则大不可解者也。"①从中我们可以明确看出，王国维非功利主义文学价值观的提出，显然是有感于"文以载道"论对中国文学所造成的消极影响而发的，他的思想具有开创意义。朱自清先生在评价"五四"文学的时候曾指出："照传统的看法，文章本是技艺，本是小道，宋儒甚至于说'作文害道'。新文学运动接受了西洋的影响，除了解放文本，以白话代古文之外，所争取的就是这文学的意念，也就是文学的地位。他们要打倒那'道'，让文学独立起来，所以对'文以载道'说加以无情的攻击。这'载道'说虽然比'害道'说温和些，可是文还是道的附庸。照这一说，那些不载道的文就是'玩物丧志'。玩物丧志是消遣，载道是严肃。消遣的文是技艺，没有地位；载道的文有地位了，但是那地位是道的，不是文的——若单就文而论，它还是技艺，只是小道。新文学运动所争取的是，文学就是文学，不干道的事，它是艺术，不是技艺，它有独立存在的理由。"②结合王国维的具体观点，可以看出他所做的工作对五四新文学而言显然具有开创之功。

鲁迅和周作人的早期文艺思想主张"不用之用"的文学价值观，反对儒家的功利主义文学观。鲁迅在这一时期的诸多文章中公开声明其文学超越现实功利而致力于人的精神改造观点。他指出文艺在于"启人生之闷机，而直语其事实法则"，"文章亦然，虽缕判条分，理密不如学术，而人生诚理，直笼其辞句中""文学和学说不同，学说所以启人思，文学所以增人感"。艺术美有三要素："一曰天物，二曰思维，三曰美化。而美术之目的者……要以与人享乐为臬极"③。鲁迅并不反对文艺之功用，

① 姚淦铭，王燕编：《王国维文集》第三卷，中国文史出版社 1997 年版，第 38 页。

② 朱自清：《朱自清古典文学论文集》（上），上海古籍出版社 1981 年版，第 109–110 页。

③ 赵瑞蕻：《鲁迅〈摩罗诗力说〉·注释·今译·解说》，天津人民出版社 1982 年版，第 58 页。

但明确反对正统儒家的政治教化工具论的观念。

众所周知，鲁迅在《摩罗诗力说》中倡导"摩罗诗力"精神，批判儒家尚和谐重中庸的原则：

> 平和为物，不见于人间。其强谓之平和者，不过战事方已或未始之时，外状若宁，暗流仍伏，时劫一会，动作始矣。……故杀机之瘟，与有生偕；平和之名，等于无有。特生民之始，既以武健勇烈，抗拒战斗，渐进于文明矣，化定移俗，转为新懦，知前征之至险，则爽然思归其雌，而战场在前，复自知不可避，于是运其神思，创为理想之邦……虽自古迄今，决无此平和之朕……

鲁迅所谓的"杀机"就是指对抗性的不可调和的矛盾斗争，在他看来，人类社会的不断进步依赖于斗争精神，他提出的"立意在反抗，指归在动作"具有强烈的反传统思想。

周作人于 1908 年发表《论文章之意义及其使命因及中国近时论文之失》中，对中国文学的未来做了基本描绘：

> 夫文章者，国民精神之所寄也，精神而盛，文章即以发皇；精神而衰，文章亦足以补救，故文章虽非实用而有远功者也。第吾国数千年一统于儒，思想拘囚，文章委顿，趣势所兆，邻于衰亡，而实利所归，一人而已。从可知文章改革一言，不识者虽以为迂，而实则中国切要之图者，此也。夫其术无他，亦惟夺之一人，公诸万姓而已。文章一科，后当别为孤宗，不为他物所统；又当摒儒者门外，俾不得复煽言，因缘为害，而民生所寄，得尽其情，亦即以存古化。

在这段文字中，作者立足于对传统儒家文艺思想的批判，倡导中国文学要"夺之一人，公诸万姓"。至五四新文化运动，周作人提出"人的文学"，即在文学中表现人道主义，既尊重个人的生活需求，又推己及人关爱人类。周作人不无偏激地认为"儒教道教出来的文章，几乎都不合格"。

陈独秀在《文学革命论》中喊出"文学革命"的口号，主张推倒贵族文学、古典文学、山林文学，建设国民文学、写实文学、社会文学。反对儒家的"文以载道"的文学思想，批判韩愈及"桐城派"诸人的复古主义，这与周作人上述观点基本一致。刘半农接着胡适、陈独秀的文学改良，文学革命论讲下来，更加具体地提出了文学艺术改良的具体措施，他提出"道是道，文是文"的观点，认为文学为"美术"之一，而非载道的工具。由此可见，刘半农也是明确反对旧文学、反对儒家的"文以载道"思想。

"崇白话废文言"亦是20世纪初二十年冲破儒家文艺思想的一个重要表现。由于长期的儒家思想的影响，中国传统语言观一直是言文分离的，又因为极力追求"尚雅"，来自于大众的白话语言很难真正进入书面文字中。19世纪末20世纪初，在黄遵宪、梁启超等人提倡"言文合一"的基础上，裘廷梁发表《论白话为维新之本》一文，大胆明朗地指出："中国有文学而不得为智国，民识字而不得为智民"，其根源正在于"文言之为害矣"。他对文言文的弊病做了批评："文言之害，靡独商受之，农受之，工受之，童子受之，今之服方领习矩步者皆受之矣；不宁惟是，愈工于文言者，其受困愈甚。二千年来，海内重望，耗精敝神，岁岁月月为之不知止，自今视之，廛廛足自娱，益天下盖寡。"而白话与文言相比，有八大好处：一是"省功"，二是"除骄气"，三是"免枉读"，四是"保圣教"，五是"便幼学"，六是"炼心力"，七是"少弃才"，八是"便贫民"。裘廷梁甚至把国家的前途和命运同语言变革联系起来。

专以"载道"为己任的古文也是陈独秀批判的对象，在《文学革命论》中，他指出了韩柳古文运动的弊端：

一曰文犹师古。虽非典文，然不脱贵族气派。寻其内容，远不若唐代诸小说家之丰富。其结果乃造成一新贵族文学。二曰误于"文以载道"之谬见。文学本非为载道而设，而自昌黎以讫曾国藩所谓载道之文，不过抄袭孔孟以来极空泛之门面语而已。余尝谓唐宋八家文所谓"文以载道"，直与八股家之所谓"代圣贤立言"，同一鼻孔出气。

在陈独秀看来，标举儒家思想的韩柳古文运动虽然对骈文文风起到了一定的抑制作用，但仍然是以一种形式主义替代了另一种形式主义，没有摆脱正统文学观念的窠臼。为此，他提出了文学的"三大主义"。

胡适更是白话文的积极提倡者，他在《建设的文学革命论》中这样说："这二千年的文人所做的文学都是死的，都是用已经死了的语言文字做。死文字决不能产生活文学。所以中国这二千年只有些死文学。"他的观点不免有些偏激，但在胡适们看来，不极力否定以文言为语言媒介的旧文学，就难以建立通俗畅达可以为广大民众阅读的白话文学。

他们认为，文言文既然为载道之文，提倡白话反对文言文，其深层是反对"文以载道"。因此，儒家文艺思想便成为白话文倡导者们的批判对象。

在儒学及其文艺思想受到猛烈攻击的同时，20世纪初的文化保守主义思想家和学者与激烈反传统者在以儒家思想为核心的传统文化及儒家文艺思想方面所表现态度是明显对立的。辜鸿铭、林纾自不必说，被鲁迅称为"有学问的革命家"的章太炎所坚持的更多的也是儒家文艺观念。

在先秦儒家文学观中，"文"的概念并不仅仅指文学，文、史、哲是不分的，文学与非文学的界限十分模糊。在先秦典籍中，文学（或文章）实际上指一切文化典籍，中国古代泛文学观念产生的原因是多方面的，但最主要的仍应归之于正统儒家思想影响下所形成的"文以载道"论。综观儒家诗文理论，无一不标榜宗经复古，要求文艺要有利于社会教化，因此，那些能够直接"传道"的文体样式便被作为文学来看了，如宋人曾巩和王安石的文集中奏议、策论、制诰、表启、墓志占十之八九。由于以上各类文体都被塞进"文学"之中，因而，强调"文学"的道德教化功能就是自然的事了。自近代特别是20世纪初始，要求打破这种杂文学体系的呼声越来越强烈。但章太炎依然坚持儒家的杂文学观念，他这样对"文学"进行界定："文学者，以有文字著于竹帛，故谓之文；论其法式，谓之文学。凡文理、文字、文辞皆称文；言其采色发扬谓之文；以作乐有阕，施之笔札谓之章。……古文言文章者，不专在竹帛讽诵之间。孔子称尧、舜'焕乎其有文章'，盖君臣、朝廷、尊卑、贵贱之序，车舆、衣服、宫室、饮食、嫁娶、丧祭之分谓之文；八风从律，百度得数，谓之章。文章者，礼乐之殊称矣。其后转移，施于篇什"①。由此观之，章太炎将一切文学性的东西皆称为文，文的外延确实够宽泛的了。但他的杂文学体系又并不是古代的"杂烩"，他在论文时，就将礼乐刑政为文、文德之操为文的观点给抛弃了，而对其他诸说做了新的融汇，形成了非常明确的杂文学体系。

同章太炎一样，刘师培对传统文化也多持肯定态度。在《论近世文学之变迁》一文中，对后来儒学发展给文章带来的影响表示不满。由于其主张"文笔之辨"，提倡韵偶骈文，所以，他认为宋儒讲"义理"，清儒重考据，使文章"词多鄙倍"或"文无性灵"。显然，他对以孔子为代表的儒家思想是持肯定态度的。

关于近代以来特别是"五四"时期的激进主义思潮，过去的研究往往全盘肯定，这是由于把五四新文化运动看作反封建的文化运动。而自20世纪80年代以来，有不少学者对这一激进主义开始做出反思。激进的反传统思想在对待传统文化的态度上存在着"情"与"理"的强烈冲突。从理性的角度而言，胡适、陈独秀、鲁迅等实际上并没有把包括儒家思想在内的传统文化完全否定，胡适就曾说过"全盘西化""这个名词的确不免

---

① 章太炎：《国故论衡·文学总略》，郭绍虞主编《中国历代文论选》第四册，上海古籍出版社2001年版，第302页。

有一点语病。这点语病是因为严格说来，'全盘'含有百分之一百的意义，而百分之九十九还算不得'全盘'……我赞成'全盘西化'原意只是因为这个口号最近于我十几年来'充分'世界化的主张"①！但一旦落实到"情感"上便只有走极端，非此即彼，胡适就曾明确指出过"文化折衷论的不可能"。

　　蔡元培对待儒家文化及儒家文艺思想的态度特别值得我们注意。林纾致信蔡元培，对胡适、陈独秀提出批评，坚持传统道德不可抛弃，"大学为全国师表，五常之所系属……或且有恶乎阑茸之徒，因生过激之论，不知救世之道，必度人所能行；补偏之言，必使人以可信。晚清之末造，慨世者恒曰：去科举，停资格，废八股，斩豚尾，复天足，逐满人，扑专制，整军备，则中国必强。今百凡皆逐矣，强又安在？于是更进一解，必覆孔孟，铲伦常为快"。林氏之极端保守观点显然有极大的片面性。但在此需要注意的是蔡元培《致公言报并答林琴南君函》所阐述的观点。针对林纾的两条诘难"覆孔孟铲伦常"和"尽废古书，行用土语为文字"，蔡元培逐一做出了回答与辩驳。对于"覆孔孟"，蔡元培指出："大学讲义，涉及孔孟者，惟哲学门中之中国哲学史。已出版者，为胡适之君之《中国上古哲学史大纲》，请详阅一过，果有'覆孔孟'之说乎？特别讲演之出版者，有崔怀瑾君之《论语足征记》《春秋复始》。哲学研究会中，有梁漱溟君提出'孔子与孟子异同'问题，与胡默青君提出孔子伦常之研究问题。尊孔者多矣，宁曰覆孔？"至于白话文的提倡，蔡元培指出"白话与文言，形式不同，内容一也"。蔡元培为胡适，陈独秀们的"辩解"更多的是在学理层面。从政治改革的角度看，胡、陈的言论实际上哪有如蔡元培所说的如此中庸！当然，我们从中可以看出，蔡元培的观点既不同于林纾之保守，也有别于胡适、陈独秀实际上的激进言论和行动，是较为公允的，这与蔡氏任北京大学校长期间所主张的"兼容并包"思想是有内在联系的。

　　总体上讲，世纪初二十年对儒家文艺思想的研究与时代政治文化

---

① 胡适：《充分世界化与全盘西化》，原载天津《大公报》，1935 年 6 月 21 日。

思潮密切相关，纯粹学理上的探讨并不多见，更多的是围绕如何对待传统文化的问题所展开的对儒家文艺思想的批判或坚持。就整体倾向而言，激进主义者对儒家文艺思想的抨击当然是占了上风的。实事求是地说，世纪初对儒学思想的批判是历史的必然，也是建设新文化之必需。况且，以儒家思想为核心的传统文化确具有极大的落后性，如对个性的压抑、过分强调等级秩序、政治思想上及文艺上的复古主义影响了创新精神的产生等都应进行清理反思、批判。但是这一时期对于儒家文艺思想以及中国古代文学的批评，出现了很多偏激的言论。同时由于受片面进化论思想的影响，有不少人认为愈新愈好，对传统文艺观念大多给予否定。而文化保守主义者对儒家文艺思想的态度当然同样存在很多问题，他们往往不顾时代的发展，仍一味钟情于旧文学观念，而不能客观地对之做出评价，其弊病也是明显可见的。儒家文艺思想就这样在激进与保守的冲突中实现着艰难的蜕变。

二 动荡中的收获

这一阶段主要指20世纪20年代至"文化大革命"结束，除新中国成立到"反右"运动之前，中国基本上都处于动荡之中。

从总体上讲由于社会政治斗争的不断展开，再加上激进思想的不断强化，甚至发生了"文化大革命"。儒家思想（包括文艺思想）常常处于被批判地位，但也有一些学者尽力避免干扰，致力于儒家文艺思想研究。

朱自清《诗言志辨》一书收入四篇文章《诗言志》《比兴》《诗教》《正变》。其中，前两篇写于抗战前。朱自清说四篇论文"是研究那四条诗论的史的发展的。这四条诗论，四个词句在各时代有许多不同的用例。书中便根据那些重要的用例试着解释这个词句的本义跟变义、源头和流派"。"诗言志"与"温柔敦厚"的诗教为儒家文艺思想的重要组成部分。

《诗言志》分为"献诗陈志""赋诗言志""教诗明志""作诗言志"。

这一篇文章从"诗言志"含义的扩展上论述了诗的功能的发展，从中可看出文学观念的变迁，对作为"开山的纲领"的这一诗论主张的产生、演变做了深入而详尽的描述。

"诗言志"来自《尚书·尧典》："诗言志，歌永言，声依永，律和声，八言克谐，无相夺伦，神人以和。"朱自清在解释"志"的含义时首先引征《歌与诗》一文对"志"的解释，志有三个意义，即记忆、记录、怀抱，志与诗原来是一个字，在"诗言志"中，"志"指"怀抱"。"言志"分别在《公冶长篇》和《先进篇》中出现过两次，都与修身、治国有关，与政教分不开。春秋时代有献诗的风气，朱自清有详细的列举。"献诗"的"言志"不外乎讽与颂，而讽比颂多。与"献诗"不同，颂诗主要用于外交方面，献诗的诗都有定指，全篇意义明白。赋诗是言诸侯之志，一国之志，与献诗陈己志不同。从所表达的内容上看，赋诗颂多而讽少，与献诗相反。献诗的诗都有定指，全篇意义明白。赋诗却往往断章取义，随心所欲，即景生情，没有定准。

"教诗明志"。《诗大序》在讲到诗的作用时说："故正得失，动天地，感鬼神，莫近于诗。先王以是经夫妇，成孝敬，厚人伦，美教化，移风俗。"朱自清从中得出四个方面的启示。其一，"在心为志，发言为诗"从《尧典》"诗言志"和《左传》"志以发言"等语变出，还是"诗言志"之意。但从这一句话中看出将"诗"与"志"分开来了。其二，"情动于中而形于言"与"情发于声"的说法表明诗与乐分了家。其三，"正得失"是献诗陈志之义，"动天地，感鬼神"同《尧典》的"神人以和"意思基本相同。说先王以诗"美教化，移风俗"讲的是教诗，与献诗陈志不同，献诗是由下而上，教诗由上而下。与赋诗言志也不同，赋诗是"为宾荣"，见己德。其四，献诗和赋诗都着重在听歌的人，这里却多从作诗方面看。

"作诗言志"是指个人自作诗而"言志"。朱自清在文中详细梳理了作诗言志的发展流变，并极为中肯地指出："'诗言志'的传统，经两次引申、

271

扩展以后，始终屹立着。‘诗缘情’那新传统虽也在发展，却老只掩在旧传统的影子里，不能出头露面。"袁枚将"诗言志"的意义第三次引申，扩大了它的含义，"诗人有终身之志，有一日之志，有诗外之志，有事外之志，有偶然兴到，流连光景，即事成诗之志；‘志’字不可看杀也"。朱自清认为，"志"含混着"情"。

受儒家中庸思想的影响，中国文学批评史上形成了"温柔敦厚"的诗文批评标准，孔颖达《正义》释"温柔敦厚"云："温谓颜色温润，柔谓情性和柔。《诗》依违讽谏，不指切事情，故云温柔敦厚是‘诗’教也。"《诗大序》所说"发乎情，止乎礼义"，与儒家说的"不偏之谓中"是完全一致的。朱自清指出："‘温柔敦厚’是‘和’是‘亲’，也是‘节’，是‘敬’，也是‘适’，是‘中’。这代表殷、周以来的传统思想。儒家重中道，就是继承这种传统思想。"从汉末直到初唐的诗基本上是以"温柔敦厚"为标准。盛唐开始了诗的散文化，至宋代大盛，以诗说理，成为风气。依朱先生之言，《诗》教既经下衰，诗又在散文化，单说"温柔敦厚"已经不足以启发人，所以进一步提出孔子的"思无邪"一语为教，所重在道不在诗。

朱熹第一个明白地以"思无邪"为《诗》教。在《诗集传》中，朱子指出："诗者，人心之感物而形于言之余也。心之所以感有邪正，故言之所形有是非。惟圣人在上，则其所感者无不正，而其言皆足以为教。其或感之杂，而所发不能无可择者，则上之人必思所以自反，而因有以劝惩之。是亦所以为教也。"朱自清先生认为这是以"思无邪"为《诗》教的正式宣言。以"思无邪"论《诗》出于孔子之口，比"温柔敦厚"更有分量。但道学家不应去此取彼，实际上，这两个方面一正一负，足以相成，所谓"合之则两美"。随着散文长足发展，北宋以来的"文以载道"说渐渐发生了广大的影响，六经都成"载道"之文，"文以载道"说不但代替了诗教，而且代替了文艺之教。

朱自清先生博学多识，在《诗言志辨》中对作为儒家文艺思想核心内容的"诗言志"说和评诗标准的"温柔敦厚"说的梳理和评析兼具文学家的体悟和史学家的眼光，是不可多得的重要著作。

郑振铎于1927年在《小说月报·中国文学研究专号》上发表《读毛诗序》一文。文章认为，《毛诗序》把文学与社会的自然联系概括为"美刺"。郑振铎指出，在文中"美刺"是极其矛盾的，是后汉人"杂采经传，以附会诗文的"。

冯友兰1940年代版的《新理学》在讲到艺术的功用时指出"儒家对于乐极为重视；其所以重视乐者，即以为乐可以有教育底功用，可以作为一种教育的工具"。引用荀子"美善相乐"的观点提出美的艺术品应引起道德上的教育作用。

朱光潜发表于1942年的《乐的精神与礼的精神——儒家思想系统的基础》一文认为儒家全部哲学思想大半从乐与礼出发，乐的精神是"和"，礼的精神是"序"。儒家诗教温柔敦厚，"诗言志"实际上是主张调节情欲而达于中和，并不主张禁止或摧残，是健康的。

张须的《论诗教》发表于1948年7月出版的《国文月刊》第六十九期，其总的思想是从春秋赋诗应对的社会文化背景上来说明孔子重诗教的原因。要解决这一问题，必须了解当时的背景。这也是张须此文的重点所在。春秋时代，各国之间竞争激烈，鲁国处于弱小地位。弱小的国家必须重视政事，特别是外交工作，而外交中的辞令又居于十分重要的地位。孔门列德行、言语、政事、文学四科具有重要的现实意义。春秋士大夫在公共场合，尤其在外交事务中，多引《诗经》中的诗句来表达思想。引诗之外，还有赋诗。赋诗又分为"自赋"和赋昔人之《诗》，前者如许穆夫人赋《载驰》，后者在鲁襄公时代最为流行，甚至成为一时风气。"赋者断章取义以施诸人，受施者亦必断章以为答赋"。孔子的童年时代正在襄公之世，这正是孔子后来重视诗教的社会文化背景。

罗根泽先生于抗日战争之前和抗战初期编写的《中国文学批评史》也是

这一时期的力作。据 1957 年版的"新版序"介绍，1934年，曾由北京人文书店出版周秦汉魏南北朝部分。1943年，商务印书馆重排，分别题名：周秦两汉文学批评史，魏晋六朝文学批评史、隋唐文学批评史和晚唐五代文学批评史四册。1957 年由上海古籍出版社出版，题名《中国文学史》，分一、二两册。

在对"文"与"文学"的概念进行梳理研究时，罗著论及先秦时期重要理论家的观点，其基本结论是，先秦诸家所谓"文"与"文学"与我们现在所谓"文"与"文学"大异，他们是在最广义的意义上使用的，几乎等于现在所谓学术学问或文物制度。孔子当然十分重视文，并将其列为四教之一，又以斯文自任。但是，孔子所谓的文不同于现今意义上的"文"，包括一切"应知的学问"，甚至一切文物制度。孔门第子的观点同孔子是一致的。"文学"一词，据罗根泽先生的研究认为始见于《论语》，至于文学概念为何在孔子那里是一种泛文学观念，罗先生认为其原因主要是孔子"为博学的哲学家，不唯是文学批评家，也不是文学作家。哲学家之于文，只是用以说明其学术思想"。罗先生的观点可能有值得商榷之处，但从一个角度说明了先秦时期包括孔子在内的思想家所持泛文学观念的原因。

关于孔子的诗说，罗著联系序言中所说的"时代意识"通过对春秋赋诗的研究有力地论证了诸子以功用的观点论诗的社会历史原因。罗先生指出，春秋士大夫赋诗的目的是用诗来表达诗人的情意或对人的情意，并不是要体察作诗人的情意，更不是欣赏诗的文学之美。因此，赋诗往往"断章取义"，并不顾及作者的情意，只是借以表达自己的情意。

对孟子的"以意逆志"与"知人论世"说，罗著所论虽较为简略，但仍较辩证地指出了其内涵。据"告子篇"载孟子"以意逆志"解释诗的例证，认为孟子确是站在情感的观点以刺探诗人的情感。但他又是"讲道德，说仁义"的哲学家，而不是文学家，因此，其义从根本上是道德仁义之意，以道德仁义之意刺探诗人之志。从孟子对其他诗的解释可见其"以意逆志"又往往走向"断章取义"。"知人论世"从个人的、历史的、社会的诸种关系来理解作品，与"以意逆志"的方法一起表明了文学批评的一大进步，而且对后来的文学批评产生了重要影响。

对于两汉的文学批评，罗根泽先生认为是封建功用主义的黄金时代，其功利性甚至超过了周秦诸子，这当然是因为对先秦儒家思想的继承。《毛诗序》、郑玄的《诗谱序》显然都带有较强的功利主义色彩。对于辞赋的批评，同样也贯穿着"尚用"的功利主义观点。正如罗著所指出的："'尚用'的观念，恰与两汉相始终，所以两汉的评论辞赋，自刘安至王逸，都以之附会儒家化了的诗经，至魏文帝曹丕才摆脱了这种羁绊。"

至于儒家文艺思想的其他代表文论家的观点，罗著都有较精当的论述，此不赘述。

郭绍虞先生根据旧著改写的《中国文学批评史》于 1955 年出版，是这一阶段中国文学批评研究的重要著作，其中对儒家文艺思想的介绍与研究也较为细致，虽然受到片面阶级论的影响，但对孔门文学思想及后代儒家文艺思想的评价基本上还是公允的。

对孔子文学观的研究，郭绍虞先生重点指出了尚文和尚用两种既矛盾又基本统一的主张。从孔子的"不学诗无以言""言之无文，行而不远"论可以看出孔子是尚文的，在齐闻《韶》而"三月不知肉味"又可见孔子对音乐的爱好与重视，因为礼和乐是密切相关的。郭绍虞先生又明确指出，孔子同时又是注重实际，着重实用的思想家，开后世文道合一的先声。从"有德者必有言，有言者不必有德"的言论以及论诗重在"无邪"，重在"迩之事父，远之事君"，论修辞重在"达"、重在"立诚"等重要诗学主张，则明显可以看出孔子的文学观是偏重于质的，而质又是以道德为标准的。因此，尚文成为手段，尚用才是目的。郭绍虞最后指出，孔子在处理尚用和尚文的关系时，虽有所偏重，但都能将两者"折衷调剂恰到好处"。也许是由于荀子在当时被人们认为是更具有唯物主义色彩的哲学家之故，郭绍虞先生对荀子在儒家文艺思想发展过程中的地位给予了较高评价。

文道关系是儒家文论的一个重要内容。郭绍虞先生在其批评史著作中在讲到唐代古文运动时对之又做了进一步梳理。郭先生认为古文运动不始于韩柳，甚至不始于唐代，刘勰已开发风气，古文运动用来反对南朝言之无物的散文的理论依据是"道"。而刘勰对"道"早有论及。《原道篇》说："心生而言立，言立而文明，自然之道也。"黄侃《文心雕龙札记》认为《原道》一篇重在自然之道。郭绍虞联系《宗经》《序志》诸篇得出的结论与黄侃不同或者说更加具体，即是说《文心雕龙》所言的"道"是儒家之道。

论至"文统与道德"的分化，郭著中两段文字是很精彩的，"宋初人的心目中受了韩愈的影响是横亘着一个'统'的观念，而时到宋代，又不可能像韩愈这样学道好文二者兼营，其势不能不有些偏，也就是不能不分化"，"分化以后，一方面因为文与道是两个事物，一方面又因'统'的观念之深入于人心，所以古文家自有其文统的观念，而道学家自有其道统的观念……到后来，道学家建立他们的道统，古文家建立他们的文统，便各不相谋了"。郭先生用了不少篇幅讲宋代道学家的文论观点并十分精当。

由刘大杰先生主编，王运熙、李庆甲参加编写的《中国文学批评史》上册于 1964 年出版，这部著作比较实事求是地对儒家有关文艺问题的思想进行了梳理与分析。其开篇便指出"儒家的文学思想，在我国文学批评史上占有重要的地位"。

该著首先考察了孔子以前的文学观念。然后指出，孔子对前代的文化遗产，特别是周初以来的文化遗产都有自觉的继承。刘大杰从"论文""论诗"两个方面研究孔子的文艺思想。"论文"方面的主要观点有：第一，"文"在孔子的观念中范围较宽，指一般的文化和学术。第二，孔子重文，表现在文为"四教"（文、行、忠、信）之一。要提高道德修养，非有文化不可，要参加政治活动，非熟悉典章制度不可；要进行外交活动，非善于言辞不可。第三，孔子重文，但更重德，把德放在文之上。在处理道德修养和文化修养二者的关系时，孔子强调德行是根本的、首要的，文化是从属的、次要的。这一思想与前人"立德、立功、立言"的"三不朽"是一致的。孔子所主张的"文质彬彬"虽是指人的修养和外在表现的关系，但要求质文兼备的思想对后代的文学批评产生了重要影响。

关于"论诗"。刘大杰指出，如果说"文"在孔子那里还是一个外延宽泛的概念的话，那么，"孔子对于诗的意见，则可以说是比较纯粹的文学批评"。首先，孔子非常重视诗的作用，"兴于诗，立于礼，成于乐""不学诗，无以言"等分别从道德修养、外交活动、日常生活等方面说明诗之重要性。尤其是提出了"兴、观、群、怨"说。其次，孔子论诗注意从美和善两方面入手，要求内容和形式的统一。再次，孔子以"思无邪"对《诗经》做出的评价表明孔子衡量文艺作品的思想内容所持标准是宽泛的。有论者曾以《诗经》中有表现男欢女爱的诗篇为由，认为孔子对"诗"的评价是有矛盾的。其实，这种观点没有看到在当时的生活习俗中，这些所谓"淫"诗都是自然、健康的。具有民本思想的孔子并非回避这些诗作，在他看来，这也是"无邪"。因此，刘大杰先生认为孔子是"宽容"的。最后，孔子论诗重"中和之美"。这一思想对"温柔敦厚"诗教的形成产生了重要影响。刘著对孟子的"以意逆志""知人论世说""知言养气说"等做了较详细的评述。

本书还对唐代古文运动的代表理论家柳冕、柳宗元、韩愈等的儒家文艺思想做出了较详细的评价。

"文革"十年，孔子被批倒批臭，儒家思想被认为是完全反动的学说，儒家文艺思想除受批判之外，没有什么真正的研究成果。

三 科学研究儒家文艺思想时代的到来

20 世纪末最后二十年与 20 世纪初二十年一样也相对成为儒家文艺思想研究的独立阶段。当然，由于两个阶段中国社会政治、经济、文化等明显不同，对于儒家文艺思想的态度以及研究的主要问题也发生了很大变化。张岱年先生曾于 1983 年指出："尊孔的时代已经过去了，反孔的时代也已经过去了，现在应科学地研究孔子、评价孔子。"①确如张岱年先生所言，20 世纪 80 年代、90 年代的儒家文艺思想研究真正走向了科学研究的时代，而且呈现为研究面广、问题多、方法新、视野宽等诸多特点，产生了大量的优秀成果。我们拟将二十年来的研究归纳概括为几个重要问题加以梳理和分析。

(一) 关于"兴、观、群、怨"

关于儒家文艺社会功能观的研究可谓是一个老问题。大多数学者都承认儒家思想具有突出的伦理性特征，受其影响，儒家学派的创始人孔子及其后来的继承者在对待文艺的社会作用问题上都持政治教化的观点。具体到批评实践中，"兴、观、群、怨"被认为是儒家文艺社会功能观的集中体现。在对这一老问题的研究中出现了一些新观点。

詹福瑞《孔子诗论管见》认为，在对"兴"的理解上，有不少学者依据孔安国"兴，引譬连类"和朱熹"感受志意"的解释，提出"兴"所强调的是诗的"感染作用"，即认为孔子注意到了诗的审美特征。这其实是一种误解。实际上，"兴"是《论语·泰伯》中"兴于诗，立于礼、成于乐"的"兴"，讲的是道德修养问题。"可以兴"是言学诗可以兴起读者兴趣的道德修养。而"兴起"着重于理性的领悟。这种领悟既无须对艺术形象的感受和体验，也无须情感的参与，诗句仅仅被处理成启发引申义的基本义，当然谈不上什么感染作用和审美作用了。

对于"兴"的解释，韩林德《孔子论艺术的社会作用》②一文同詹福瑞的观点有同有异，作者认为，"兴"有两层含义，一是"兴""志"，即兴发情感；二是"兴""意"，即兴起事理。并认为，前者

---

① 张世林：《学林春秋》，朝华出版社 1999 年版，第 195 页。

② 韩林德：《孔子论艺术的社会作用》，载《西北师范学院学报》，1982 年第 1 期。

是对《尚书》"诗言志"论点的肯定和发展。孔子由诗感发出的对事理的赞叹固然说明了孔子念念不忘复礼的守旧心理，但也反映出他对诗歌中类比联想的高度重视。因此，"感染"和"事理"并不矛盾，后者要通过前者达到目的。

在对"兴、观、群、怨"的理解上，这一阶段有不少学者注意从历史、文化的角度较为细致地探讨其产生的社会历史文化背景及其与文艺发展的密切关系。贾东城《横看成岭侧看成峰——从春秋赋诗看孔子的"兴观群怨"说》[1]即从春秋赋诗特有的历史现象出发，研究"兴、观、群、怨"的具体内涵。赋诗活动是时代的需要，出于诸侯争霸的需要，各国大夫皆在外交场合讲究进退之礼仪，文饰其应对之辞令，于是赋诗喻志之风大兴。由于赋诗者出于表达心志的需要，可随心所欲，断章取义，这样就谈不上诗的审美特点，赋诗只是一种社会实际的语言手段和形式，而不是语言艺术的审美活动。陆晓光《春秋政治与孔子〈诗〉"可以观"的历史意蕴》[2]立足于当时的政治制度、交际风尚及孔子的政治理想等对"观"的内涵做了较深入细致的考察。认为孔子提出《诗》"可以观"的最终目的是其所言的"事父事君"，而"观"正是达到这一目的的中介。

(二) 关于"思无邪"

孔子"诗三百，一言以蔽之，曰：思无邪"一语既出，引起后来者众说纷纭的评价和解说。如前所述，"思无邪"作为儒家文艺思想的一个理论问题，在20世纪三四十年代罗根泽等先生就对之做出过研究。到了20世纪80、90年代它又成为热点问题。

蔡尚思在《孔子思想体系》中认为，孔子所谓的"思无邪"是从教育学的角度而发的，提出"思无邪"是害怕其弟子们"不会或不要按照事父事君的要求断章取义，相

---

① 贾东城：《横看成岭侧成峰——从春秋赋诗看孔子的"兴观群怨"说》，载《河北师范大学学报》，1989年第4期。

② 陆晓光：《春秋政治与孔子〈诗〉"可以观"的历史意蕴》，载《华东师范大学学报》，1990年第2期。

反却被人的感情吸引，内心发生共鸣"。并且认为，封建时代的注释家把"思无邪"解释成"归于正"是符合孔子本意的。

有学者则进一步认为《诗经》的情诗被孔子看作"无邪"的作品而未被删除说明了孔子思想中的进步性，而这又与其保守的一面构成了矛盾。

敏泽在《中国文学理论批评史》中同意清代经学家刘宝楠《论语正义》中"归于正"的解释。认为"这是符合孔子对于诗的社会功能的看法的……当然，在阶级社会中，任何道德观念（包括'正''邪'）总是阶级的，而非抽象的。孔子在《诗经》中保留的一部分'怨刺'诗，虽然对统治者做了程度不同的揭露和批判，但也都还是希望奴隶主统治者由此引起警惕，采取措施，更好地进行统治，而不是从根本上违反政治统治阶级的利益的"。

李泽厚、刘纲纪的《中国美学史》对"思无邪"也做了解释，认为孔子深刻地感到了《诗》中鲜明地表现出来的那种肯定现实人生的健全的理性精神，还指出孔子称赞"三百篇"的好处最根本的在于"思无邪""都是从诗所表现的人的道德精神心理状态去观的"，"包含着一个深刻的思想，那就是要从艺术去看一个社会的状态，主要是看表现在艺术中的这个社会的人的精神、情感、心理状态。这是把握住了艺术对社会生活的反映的根本特征的"。他们从美学和艺术精神的角度对孔子的这一评《诗》标准给予了充分肯定，但没有具体涉及争论中的"矛盾"问题。

蔡仲翔等在《中国文学理论史》一书中指出，古代的研究为解决问题，汉儒们的解决矛盾的办法是将爱情诗统统歪曲为政治诗。而这本书的作者认为，如果联系当时的社会历史背景，"思无邪"是不难解决的。该著作指出："从《诗经》中的描绘的生活来看，在周代，青年男女的交往是比较自由的……森严的男女之大防以及妇女的贞节观念是在孔子之后才完全建立起来的，因此，孔子不排斥爱情诗，不仅是可能的，而且是为时代意识所决定的。"同时还指出："爱情诗是可以唱的，但不得涉于淫荡，这就是所谓

'乐而不淫'；怨刺诗也是容许的，但不可流于忿戾，这就是所谓'哀而不伤'。孔子认为"三百篇"是合乎这个标准的，故立为范本，称之为'思无邪'。"进入 20 世纪 90 年代，有学者对"思无邪"研究的方法做出了反思。认为传统经学方法往往把一代代研究者诱入一个循环论证的困境，即根据后儒们对《诗经》《论语》等经典的解释来证明孔子有一个诗教的标准，再用孔子有这样一个"诗教"标准来论证孔子就是根据此一标准来评价"诗三百"的祖宗。只有抛弃了这种循环论证的方法才有可能准确理解"思无邪"的真正内涵。孔子并非从一般后人所谓的道德的角度来概括《诗经》的内容，即不能用现在的道德评价标准来套孔子论诗的标准。今天看来不道德的，在当时也许是符合道德的，如"婚制"。因此，有学者就指出"思无邪"是一个具有象征意义的符号，代表了一个自然而又天真的浑然一体的艺术境界①。正如"诗无达诂"一样，对"思无邪"的理解自古以来就存在较多分歧，这当然与对《诗经》中的基础篇章的理解有直接关系。

（三）关于"文质"

"文质"关系也是儒家文艺思想的一个重要范畴。20 世纪 80 年代初以来，出版的多部"中国文学批评史"及不少文章对之均有论及。

关于"文质"关系的研究论文，束景南的《从文化思想到文学理论：文质说的历史形成和发展》②较为详细地梳理出"文质"说的发展脉络及其演变原因。文章指出文质思想在先秦时代反映了中国人的一种关于人与社会的文化观，它首先发展为文质相副的伦理道德思想。汉初儒家以董仲舒为代表把文质说发展为集道德、历史与政治三位一体的社会文化思想。西汉时期的扬雄第一个把文质说运用到文学上，提出了较完整的文质相副的文学理论。魏晋以降，文质说成为文学评论家评论文学的重要文学

---

① 程怡：《失去的天真："思无邪"传统批评的批评》，载《华东师范大学学报》，1990 年第 5 期。

② 束景南：《从文化思想到文学理论：文质说的历史形成和发展》，载《文献》，1999 年第 3 期。

理论。表现在两方面：一是用文质说评论多种文体的风格，如傅玄、挚虞。二是用文质说来评论历代的作家及其文学作品，如陆机。

本文还指出，刘勰的《文心雕龙》在继承并发展前人文质观的基础上对之做了集大成的总结。刘勰的文质说，在情、理、文三者关系上，主张情重于道，以情为经，以道为纬。这种文质说对当时六朝绮靡文风无疑是一种有力的批判武器，而且也成为后来唐宋古文运动的思想基础。但刘勰的文质观比唐宋古文学家与道学家弃情而讲文与道更深刻，更触及文学艺术本身的特殊审美规律。

四 关于儒家文艺思想对中国古代文学艺术的影响

儒学思想在塑造中华民族文化心理结构过程中起着举足轻重的作用，中国人传统思维方式和行为方式几乎是自觉或不自觉地打上了儒家思想的烙印，而儒家文艺思想对中国古代文学艺术及文学批评的影响更是既直接又深刻。

徐中玉在 20 世纪 80 年代末就特别提出要注意中国古代文论在当代文艺研究中的地位和作用问题，可谓是开了后来学术界提出的"古代文论现代转换"的先声。他总结了中国古代文论的民族特色，尤其指出"尚用""求真""重情"等都较多地受到儒家思想的影响。如在谈到"尚用"时，徐先生认为"兴观群怨"中的"怨"，即"怨刺上政"成为历代进步文艺家创作的崇高目标，这种批评传统对后人自然具有启发意义。孔子提出"情欲信，辞欲巧"，是主张情由人生，但情要真。古代文论中所讲的"信""实""诚"都同"真"基本上是一个意思。总之，要建设当代文艺理论，中国传统文论是一个重要的思想资源，对之进行创造性转换是可能的[①]。综

---

① 徐中玉：《略谈古代文论在当代文艺研究中的地位与作用》，载《文艺理论研究》，1989 年第 6 期。

观这一阶段对儒家文艺思想与中国古代文艺关系的研究，可以看出成果极其丰富，涉及的问题也较多，大体概括为以下几个方面：

（一）伦理型文化对中国古代文艺创作的影响

儒家思想具有重人伦、重伦理道德的特征，在其影响下，中国传统文化具有极强的伦理性，表现为：伦理型文化与宗法政治观念的关系极为密切，造成整个民族的政治思维发达，强调伦理道德为政治服务，传统文化强调国家利益与个人利益的一致性和人际关系，修身为人格修养的第一要务；思维方式上表现为注重崇尚体悟和内在反思；人生审美理想追求至善至美，以善为美。

在这种伦理型文化规范之下，中国古代文学创作往往具有以下明显特点：政治功用第一，文以载道成为一以贯之的创作原则；鉴赏中置道德性联想于艺术性体味之上，以道德伦理作为艺术价值评判标准；审美趣味上标举温柔敦厚、渊淳雅蓄的美；崇古、复古往往成为古代作家的价值参照系。

（二）"入世精神""忧患意识"与中国古代作家的社会参与意识

孔子生活在礼崩乐坏、诸侯纷争的时代，他以积极入世的精神周游列国到处奔走以实现其"仁政"理想。但另一方面，道德与历史的二律背反注定了孔子的悲剧。基于忧患展开的人生实践重新归于更深刻的忧患。

后代作家不同程度地受其忧患意识与入世精神的影响。中国古代作家面向社会现实，广泛、深刻地接触社会，把文艺作为参与社会生活的重要手段。忧时伤世成为中国古代作家的群体意识。从中国古代作家的自我人生设计来看，总是把"兼济天下"放在首位。"思一効筋精力，糜躯以报国"（曹植）、"感时思报国，拔剑起蒿莱"（陈子昂）、"天下兴亡，匹夫有责"（顾炎武）皆体现出以天下为己任的用世之心和献身精神。其次，由于以积极入世面对现实，中国古代绝大多数作家都热衷于仕途，信奉"学而优则仕"。再次，中国古代作家的创作普遍浸润着深重的忧患体验，但最深刻的是忧国忧民的忧患意识。总之，中国古代作家的入世精神及忧患意识使得中国古代文学既不是狭隘地关注自身，也不是空泛地侈言"彼岸"，而是密切关心现实人生，这些基本精神无疑都来自以孔子为代表的儒家思想。

（三）中庸精神与中和美文艺观的追求

孔子的中庸思想直接影响着中国人的致思方式和行为方式，表现在美学精神和艺术理想上，则是古代艺术家对"中和"美的美学境界和艺术境界的追求。"中和之美"首先表现为中国古代作家在创作中处理个体与群体、感性和理性、文与质、情与景、形与神等关系方面，皆以和谐为最高标准。

对"中和之美"的追求使中国的传统文艺看重人生现实和道德情感，注重内容的平稳和谐，中国文学一般不从超现实和超人类的神秘世界中去寻找美，避免了西方文艺中忽而形式主义至高无上（如"三一律"），忽而又放荡不羁（如某些浪漫主义）的弊病，形成了典雅含蓄的美学风格。这是其正面价值。中庸思想对中国文学的影响也产生了一些负面效应。表现在：第一，在处理情与理的关系方面，儒家文艺思想虽然承认文学艺术的抒情言志，但又要求必须做到"温柔敦厚""乐而不淫，哀而不伤"，符合"礼"之规范，发展到后来就走向了"以理节情"，影响了情感的真实自然的表现。第二，孔子强调艺术的中和美，强调适度，使得中国古代美学中壮美、悲剧美等审美形态不如优美丰富。第三，中庸思想使中国古代作家很难彻底走向对统治者的反抗。

（四）从"天人观"及"人学"角度检讨儒家思想对中国古代文学的影响

在孔子、孟子等儒家思想的开创者影响下，中国传统哲学形成了颇有东方特色的"天人合一"思想。这一思想异于西方主客分离的二元对立哲学传统，主张人与自然的和谐统一，落实到文学中便开创了"托物言志"的先例。古代文论中影响深远的"比兴"观就是儒家"天人合一"哲学观在文学理论中的具体表现。

有的学者认为儒家有自己的人学体系，重视人的本质和价值，在尊重人的前提下，又重视人际关系。这样，作为"人学"的中国古代文学与儒家思

284

想关系十分密切。儒家人学思想极为重视人的社会属性，中国古代文学比较重视反映人的社会生活、重视文学的政治教化的社会功能。由于受这一"人学"思想的伦理型品格的影响，中国文学强调人品先于文品。以"仁"为内在核心、以"礼"为外在表现的儒家人学思想也给中国古代作家的创作造成了消极的影响，他们总不能突破封建伦理纲常的限制，批判的矛头不敢直指最高统治者。

（五）从思维学、语言哲学的角度研究儒家思维方式及表达方式对中国古代文论和文学的影响

李清良《孔子与中国古代文论的思维方式和言说方式》①一文从思维方式与言说方式入手，从较新颖的角度，对中国古代文论从思维与表达方面与孔子的关系做了较深入的论述，显示出 20 世纪 90 年代儒家文艺思想研究创新意识的增强。

作者在此文中指出，孔子的言说方式虽然"泛应曲当，用各不同"，但其深层的思维方式都是"吾道一以贯之"，就是一个基本原则统帅其思想各个层面，亦即是中国古代圣哲们常用的以执本驭末（或执一驭多，执简驭繁）为特点的本末思辨法。

孔子这种一以贯之的思维方式与泛应曲当的言说方式对于中国文化产生了深远影响，最典型的表现为中国古代文论尤其是许多诗话之作往往采取一种语录式。从单部诗话著作来看，似乎没有一个全面的理论体系，但在一个时代的众多诗话著作中却往往存在着一个共同的理论体系或理论框架，在"泛应曲当"的外表下又都有"一以贯之"的深层结构。

中西方学者已基本认同这样一个观点，即西方哲学经历了本体论哲学、认识论哲学之后，进入 20 世纪便迎来了语言论哲学的时代。

杨乃乔《经学与儒家诗学——从语言论透视儒家在经典文本上的

---

① 李清良：《孔子与中国古代文论的思维方式与言说方式》，载《东方丛刊》，1998 年第 1 期。

"立言"》①一文称得上从语言论角度研究儒家文艺思想的佳作。

儒家诗学崇尚在经典文本上的"立言"所追寻的政治教化模式，对中国古代文艺理论发展的影响是巨大的。最突出的一个表现是：在创作论上把儒家经典文本"六经"尊崇为文学创作必须遵循不可超越的最高文学范本。儒家诗学通过"立言"把文学存在的价值观投影和聚焦在国家学术宗教的意识形态文化背景上，文学作为语言的文本承载着沉重的政治教化重负。

儒家诗学把文学置于崇高而神圣的学术宗教地位而最终到达政治化的深度模式中，从而使创作主体失落了思想自由。在文章最后，作者指出："儒家诗学的经学中心主义让人们倍感文学的崇高与神圣，同时也让人们的思考停滞在政治忧患意识之下而倍感步履沉重。道家诗学体系崇尚的'立意'作为儒家诗学体系崇尚的'立言'的对立面，其以'立意'于瞬间所追寻的直觉体验消解着儒家经典文本，颠覆着儒家诗学体系的经学中心主义，从另外一个方面推动着中国古代诗学的整体发展。这就是儒道诗学理论的冲突与互补。

关于儒学对古代文学、对某一时期或阶段的影响，以及对某一具体作家或文艺理论家的影响也是 20 世纪八九十年代研究的热点之一。如唐代文学与儒学、宋代文学与儒学关系的探讨以及刘勰、韩愈、朱熹等的文艺思想所受儒学思想影响较大的个案研究都取得了丰富成果。

对清代儒家文艺思想的研究由于受激进主义思想的影响往往采取否定的态度。进入 20 世纪 80 年代，学者们开始真正运用历史唯物主义的观点对之进行实事求是的评价。如关于桐城派的研究就是典型的一例。由于桐城派在五四之前就被改良主义者视为老朽，因此成为众矢之的，到五四新文化运动，"桐城谬种"和"选学妖孽"成为革命的对象。桐城派在当时的命运固然有其历史的必然性，但由于五四新文化运动不免带着好就绝

① 杨乃乔：《经学与儒家诗学——从语言论透视儒家在经典文本上的"立言"》，载《中国社会科学》，1995 年第 6 期。

对好、坏就绝对坏的二元对立的非此即彼的思维模式来看待历史文化遗产，"桐城派"这种传统色彩很重而又被清王朝统治阶级重视的流派自然会被看成"谬种"，必然归入彻底否定之列。围绕如何评价桐城派的问题涉及如何对待具有一定保守性的古代文学理论观点的问题。有学者指出：虽然桐城派基本上是忠实地执行了清王朝的文化政策的，但仍然注意以下两点：其一，必须克服我们过去对待历史和文学史研究中的严重的形而上学的观点，这就是：凡是封建统治阶级提倡的，就一定是坏的，就必须是革命人民反对的，打倒的。其二，我们要重视对社会现象的历史分析，却不能以历史分析代替具体的文学流派分析。桐城派的产生，虽然和当时的历史形势分不开，但他们在文学上的主张既有时代的、历史的，以致阶级的共性，但又有不同的个性或差异性，因此，只有对之进行具体分析才能得出符合历史事实的结论。①

像桐城派这些所谓坚守儒家思想的文论流派当然带有卫道崇古、尚雅等特点，但随着社会的变革和文化的进步，旧文学观念自身也做出了某种程度的调整，力图顺应时代的发展，表现出文学要有用于世和文章要随时而变的主张。这也说明儒家文艺思想并非顽固不化，虽然不像新派那样"新"，但它确实在不断调整自己，力图顺应时势。②

五　从比较诗学的角度研究儒家文艺思想

比较诗学的研究方法在 20 世纪 80 年代的中国形成了热潮，并取得了惊人的研究成果，不少学者从比较文学、比较诗学甚至是比较文化学的角度为切入点，对中国文学或文论现象进行研究，开阔了研究视野和研究思路，得出了传统研究方法可能得不出的结论。中西文学与文论产生于不同的自然环境与社会文化环境，尽管存在着共同的规律性，但也表现出各

① 敏泽：《论桐城派》，载《江淮论坛》，1983 年第 3 期。

② 赵利民：《中国近代复古主义文学观念略论》，载《齐鲁学刊》，1999 年第 4 期。

自的鲜明特色，而它们背后都有着哲学巨人的思想影响。比较研究中西文艺思想的文章大多涉及儒家文艺思想问题，同时还有一些文章专门把儒家文艺思想特别是孔子的文艺思想与西方文艺理论家的思想进行比较研究。

有学者认为孔子与柏拉图为东西方两位文化巨人，他们在形成中西文学传统方面无疑产生了重要影响。因此，比较二者的异同是十分必要的。二者都曾对文艺的本质做过论述，但有重要差异。孔子主善，要求文艺除能唤起人们的精神愉悦外，更主要的还要用"仁"和"礼"等道德规范对人进行道德伦理的教育和熏陶。而柏拉图继承了自古以来的"艺术摹仿自然"的传统观点，认为文艺是客观的，写实的。因此，柏拉图在文艺本质观上主张求"真"。

关于文艺的功能，二者都持功利主义的观点，都强调文艺要服务于现实政治，要起到教化作用。但孔子不同于柏拉图之处在于他提出"兴、观、群、怨"，不只允许歌功颂德，比柏拉图把诗人逐出理想国要宽容得多。因为"怨"至少包含有三层含义：怨刺上政；人们生活中的失意、牢骚、愤懑；爱情中的忧伤、彷徨和感叹。中国文人的忧患意识与孔子"怨"的主张有着密切的关系。就审美理想的角度而言，孔子文艺美学思想集中表现为"中和之美"，其中包括"温柔敦厚""乐而不淫，哀而不伤""文质彬彬"等。"中和之美"使中国传统文艺看重人生现实和道德情感，重视内容的平稳和谐，不从超现实和超人类的神秘世界中寻找美，避免了西方文艺中忽而形式主义至高无上，忽而又放荡不羁的弊病，形成了中国文艺典雅含蓄的美学风格。柏拉图倡导"理念美"是因为他不满于现实生活之美，不满足于艺术形象自身的局限，而是要向外扩展与升华，追求超世俗的艺术魅力。①

也有文章比较孔子与亚里士多德的文艺美学思想。在文艺与现实的关系上表现为"思无邪"与"摹仿说"，对文艺的社会功用的理解

---

① 何文祯：《"两位文化巨人 两种文学传统"——孔子与柏拉图的文艺观》，载《河北大学学报》，1996 年第 1 期。

表现为孔子的"兴观群怨"与亚里士多德的"陶冶、快感"说。至于文艺批评的标准，二者似有较多共同之处，孔子主张"哀而不伤"，亚里士多德则要求艺术"情感适度"。

《毛诗序》作为儒家文艺思想的一个重要文本所提出的不少观点对中国文艺思想的发展产生了重要影响。有学者把它同亚里士多德的《诗学》做比较研究，更见出其具有特色。《诗学》和《毛诗序》对艺术与现实的关系、艺术的情感及功用三大问题的论述，表现了不同的文艺美学思想。二者所出现的差异的原因与各自的哲学思想渊源、产生的艺术土壤等文化背景不同有关，但最主要的还在于它们对艺术与现实关系的不同认识，注重客观世界的真实性是《诗学》的文艺美学思想的核心。着重政治伦理则是《毛诗序》的核心思想，这也是儒家文艺观的重要内容之一。

比较文学研究形成了颇具特色的中国学派。中国学派注重中西文学、诗学的阐发研究，对于打通中西文艺思想，走向真正的中西融合做出了重要贡献。钱锺书先生 1981 年发表于《文学评论》第一期上的《诗可以怨》一文①可谓比较文学中国学派的典型代表。谈中国古代文艺思想必然不能避开儒家之言论，因此，这篇文章也可以看作是从比较角度对儒家文艺思想进行研究的典范之作。

"以意逆志"为孟子所提出的论《诗》方法，后成为文学批评与鉴赏的标准。但对之的具体理解还是存在很大差异的。有学者从阐释学思想出发对这一命题的内容做了新的分析，认为传统的解释有两种意见：其一是指读者以自己的心意去追求迎合作者的原意；其二是"以古人之意求古人之志"，即以作品表达的意义为依据，推求作者的原意。以阐释学的观点看，以上两种理解都是片面的。以阐释学的观点看，文艺批评与鉴赏是一种创造性的理解活动。在这一过程中，读者所理解的作品意义不可能恢复作者的原意，也就是说作者的所谓"原意"

---

① 原为作者 1980 年 11 月 20 日在日本早稻田大学教授座谈会上的讲演稿。

是无法获得的，作品的意义只能是读者个人的前理解与作品语言所表达的内容相互融合的产物。"以意逆志"就是读者的前理解与作品语言所表达的内容相互融合的过程，而不是用读者的心意去追寻迎合作者原意的过程。

阐释学虽是西方学者提出的一种文学批评方法，但一个很明显的事实是只要有对文本的阅读批评就有阐释存在。中国文学批评在两千年的发展过程中，形成了自己的阐释学传统，孟子的"以意逆志"就有着独特的阐释学思想。

儒家文艺思想博大精深，20世纪儒家文艺思想研究的历程虽然曲曲折折，但所取得的成就是有目共睹的，我们的综述虽尽力描绘出百年来儒家文艺思想学术史的基本轮廓，但难免挂一漏万，敬请专家同仁提出批评。

（原载《文史哲》2006年第2期）

后　记

　　自 20 世纪 80 年代中期我从事教学科研工作以来，时光匆匆，三十多年弹指一挥间。

　　80 年代国家改革开放，90 年代市场经济兴起，进入 21 世纪后，中国在进一步融入全球化的同时更加注重文化建设。与时代发展的大背景密切相关，人文学者自然要关注社会的人文精神状况，也必然会思考"人的问题"，20 世纪 90 年代的"人文精神"讨论及其后的"新理性精神"等等都是由文学理论学者首先倡导并扩展到整个人文社会科学领域的。

　　我的大学时代是在 80 年代中期度过的，时代的理论氛围深深地影响着我。根据教学的需要，80 年代末，我便承担起本科生"马克思主义文艺理论"和文艺学专业研究生"马克思主义与当代文论"的教学任务，在学习和研读马克思恩格斯经典著作的过程中，深切认识到马克思主义经典作家一生所关注的是社会革命和人的解放，他们在批判继承前人的基础上提出了人的全面发展的崭新学说，《马克思、恩格斯民间文学思想的再阐释》《马克思、恩格斯审美教育思想综论》两篇文章即是立足于以上的认识对马、恩的审美教育思想和民间文学思想所做的思考和阐释。《论晚清新人学思想及其内在矛盾》《论中国近代创作主体观念的嬗变及意义》等文章涉及领域虽不同，但所研究的问题有着内在的相关性。

　　1995 年，我考入山东大学，师从狄其骢先生、曾繁仁先生攻读文艺学博士学位，两位导师严谨扎实的学风、强烈的问题意识和深切的现实情怀让我终生受益。当时，海内外学人对中国近现代诸多文化思潮的反思正在高峰，我本人对文学思想史又有着较为浓厚的兴趣，于是，将"中国近代文学观念研究"作为博士论文题目，力图探讨近代文学发展演变中的相关问题。

1996 年前后，中国近代文学的研究还远没有近些年来的这么热闹，可以参考的论著相对较少，有关近代文学史、近代文学批评史虽已有几部分量较重的著作问世，但就当时目力所及，以"文学观念"的角度为切入点进入这一领域的研究还是少而又少。《中国近代文学观念：致力于中西融合的初步尝试》《审美与功利的对峙与互补——论中国近代文学观念中的文学价值取向》《论中国近代文学转型中的传统文学观念及其新变——兼论新派理论家向传统的回归》等论文就是集中对中国文学在近代的"转型"问题做出理论的思考。由古典走向现代的"转型"是复杂的，甚至是艰难的，不是简单的线性变革，也不是一朝一夕的"裂变"，转型过程中交织着中与西、新与旧、审美与功利等既对立又互补的多种文学观念，呈现出梁启超所说"启蒙之思想界，极复杂而极绚烂"的文学与文化景观。

一组涉及梁启超、王国维的几篇论文就科学主义、悲剧观等问题提出自己的看法，带有学术争鸣的味道，就教于学界前辈与同仁。

回首过往，内心既欣喜又惶恐，交出的答卷令自己惭愧和汗颜，不禁感叹时间都去哪儿了！聊以欣慰的是，作为 20 世纪 80 年代的大学学子一开始走向社会就赶上了改革开放的重大历史机遇，从此，自己的人生历程与时代的脉搏一起跳动。个人所做出的的固然微不足道，但在社会文化发展的大背景下，努力用思想之光照亮学术之路，当是我辈努力前行的动力。

赵利民

2019 年 8 月 7 日